韵海拾珠

——中国古体诗词独特神韵赏析

上卷

萧秀◎著

人民东方出版传媒
東方出版社

书前语

浩如烟海、世上独一无二的我国古体诗词歌赋，其精品佳作，莫不脍炙人口，令人百读而不厌。说读者读后流连忘返，乐以忘忧和乐不思蜀，似也并非夸张。

寥寥数语、数十语，最多数百语（古诗词中许多精品佳作，其实只有短短几句、几十句，最多如《离骚》，也只有324句。刘邦的《大风歌》，只有三句），精湛而有限的汉字方块字，何以有如此神奇魅力？这浩瀚的古诗词海洋，究蕴藏有何种能引人入胜、感人肺腑的神奇珍宝？笔者徜徉其中，一直在寻求答案。经数十年苦心求索，感悟到，丰盈、深邃、厚重的思想内涵外，情、理、美三要素——情浓、理趣、美感，恐是珍藏其中最神奇的珍宝莫属了。

情，即感情、情感。“诗缘情而绮靡，赋体物而浏亮”。未见有无情、寡情而能诗兴大发、思若泉涌者；也未见有寡情、无情的作品而能使读者沉迷其中，流连忘返、乐不思蜀的。忧国忧民情，男女婚爱情，乡土情，亲友情，闲适情，悲愁哀怨情……，诗和情天然地结有不解之缘。情浓意蜜，方臻佳作。情趣和谐，升华不朽篇章。

理，道理，哲理；景理，物理，事理；古理，人生人世理，在诗词歌赋中，则与“趣”相连，是为理趣。正如宋人包恢言“一诗之出，必极天下之至精，状理则理趣浑然。”理语、议论入诗，诗具理趣之常见；哲理诗和诗中哲理，理趣作之佼佼者；景、物、事与理化，皆诗具理趣之奇葩。古韵悠长，理趣其中，必能给人以更多启迪和享受。

美，文学艺术之根，也是诗词歌赋之本。一首好诗，一阕佳词，从形式到内容，从词语到构思，从意境到风韵，莫不有令人心旷神怡的美于其中。有的甚至可说是美的化身，能给人以无与伦比的美的熏陶和享受。意境美，绚丽美，如画美，雄豪美，飘逸美，宏浑美，平实美，别致美，奇幻美，逼真美，夸张美，柔软美，含蓄美，朦胧美，绘声绘色美，至诚至真美，神韵美，声调美，韵律美……浩瀚的古诗词海洋，简直是一个百花齐放的美的大观园和花团锦簇、美不胜收的美的王国。徜徉其中，不能不使人流连忘返，乐从中生。

情、理、美三神奇珍宝，齐聚交辉，我国古诗词大海的神奇魅力、吸引力和震撼力，自皆可想而知——世上独一无二的文化魅力。

然而，又值得注意的是，这神奇魅力，又非女人头上的美丽装饰，珠光宝气，可一目了然。它俨然夜空中的繁星，虽谁都可睹其熠熠闪光的异彩，却断难察其真谛。更像百花园中的鲜花，姹紫嫣红，人见人爱。但其中每束花，每朵花，究竟美在何处，具有怎样的芳香，又绝非泛泛浏览所能悟得。只有一花一束地过细品赏，方能获得较真切感受。同样，古诗词中的情、理、美，徜徉其中，虽随时会受到强烈感染，但究美源何处，情发何方，也只有一首诗一阕词的过细品味，方能获得真知、真感悟。本书上、中、下三卷（分两册，上卷一册；中、下卷合一册），分别从情、理、美三角度，赏读了我国自春秋战国至近现代65位作者（其中包括14位不知名诗人）精心创作的179首古体诗词歌赋，其目的便是尝试通过这众多诗词歌赋能原原本本地赏读，能原汁原味地领略和感悟蕴藏其中的独特神韵和风采。以期能更真切地认识我国这个世上独一无二的古文化遗产的非凡和卓越，认识其应在世界文化史上占有的重要地位。从而也激励更多的读者和诗词爱好者，能更自觉地为弘扬和传承这文化奇葩效力，促使这无比绚丽的文化瑰宝在新时期更放异彩。为此目的，赏读中，还坚持了从以下四层面发力：

一、求真。即求赏读诗词本意之真。换句话，也就是要将赏读诗词真正读懂。真懂，方能真正感悟蕴藏其中的精华。古诗词姓古，古人古事，古情古韵。要将每首诗词都读懂，也非易事。需用较多功夫。关键是突破“古”关。赏读中，坚持从弄清赏读诗词出笼背景、作者生平和遭遇、特别是写作该诗时的境况、心情、心绪入手，同时遵循诗词内在规律，用诗词创作富有特色的手法，如重意境，贵含蓄，喜浪漫等构思技巧鉴赏古诗词，不但对真正读懂、真正理解赏读诗词的真实内涵有重要作用，而且有效避免了鉴赏古诗词中容易出现的随心所欲、牵强附会、人云亦云、故弄玄虚等弊端，达成鉴赏之全功。

二、探微。即探求赏读诗词字、词、语精湛运用之微和情、理、美妙展趣展之微。古诗词的另一特点是字、词、语运用高度精湛，一个字，一个词，往往包含极丰富、极深刻的内容。情、理、美也常蕴藏其中。赏读中，对那些别致词语，给予了特别关注，力求甚解，起到了牵一字悟全诗的作用。情、理、美在诗词中的展示也往往纤细而微妙。微妙微解，更见高妙。

三、赏趣。自然，这里所谓的趣，非人们通常所谓的一般意义上的兴趣和趣味，更非街头巷尾、凡夫俗子、卿卿我我、蝇营狗苟的那种庸俗低级的趣味和趣事。而是文艺创作、诗词写作所必须具有的形象思维，审美情趣；更是诗人在精心创作时奇思巧构、妙笔生花所致成的那种浓浓旨趣（意趣）、崇高雅趣、神奇妙趣和别致风趣。情、理、美中的趣，便是上面所言的这种旨趣、雅趣、妙趣和风趣。赏读中给予高度重视，致愈见诗中百趣丛生，令人爱不释手。

四、拓古为今用之道。任何赏古，皆为今用。古诗词中的情、理、美，皆有可为今用之深刻内涵，有的放矢，以古鉴今，自会获得立竿见影之效。然而，古诗词内涵之丰，又绝非仅为情、理、美三要素，政治思想理论，文学、美学、写作知识，哲学，历史地理考证，韵律、声学等，莫不兼而具之；齐家，治国，从政，育人，婚姻之道，也皆具有可供发掘之潜能。赏读中，拓而展之，古为今用，也会获益匪浅。其中尤以诗词的美育功能（美教化，美盛德，亦即教育功能），具有许多教育资源不可替代的优势。赏读中，既对明显具有美育效用的吟咏，给予充分的、合乎现实需要的正能量揭示，又对某些表面看似无明显美育效用而实际很具教育意义的诗词和诗句，给予深层次的挖掘和发掘，对于拓展古诗词古为今用功能，似也有很好作用。

笔者竭诚祈盼古诗词方面的专家、学者，广大读者和诗词爱好者坦诚赐教。

目录

|上卷| 情之趣

一、民族情

二、男 女 情

三、乡亲情

四、哀 怨 情

五、思 念 情

上卷 情之趣

一、民族情

“诗缘情而绮靡”——

说到古诗词中的“情”，人们往往会想到那缠绵悱恻的男女婚恋情，那高情远韵的乡土情、亲友情，以及那妙趣横生的闲适情等等。至于情趣，则会使人想到诗中那缠绵柔婉、卿卿我我、日思夜梦、情意绵绵的风流趣事和浪漫情句了。

然而，在浩如烟海的古诗词中，情趣最浓、情致最盛、情韵最挚，最能激人心潮澎湃的，恐还要数那光照日月、气贯长虹、横绝千古的忧国忧民诗作了。

走进浩瀚的古诗词大海，特别是走进这大海，又值国难民艰、民族危亡关头，我们便会立时感到，一种如火如荼而又绵密如织的忧国忧民情愫，宛如黄河长江汹涌波涛，滚滚滔滔，迎面向我们扑来，顿使我们精神为之大振，热血沸腾，昂扬激奋。这便是时代的最强音，中华民族的最强音，也是古诗词中的最强音——忧国忧民音。这强音和诗人的如花妙笔结合在一起，幻化出奥妙无穷的浓浓情趣，便是忧国忧民情趣——古韵情趣之巅。

“诗是心声”（清·叶燮《原诗》外篇上）。放声讴歌、赫然推出我中华民族最强音的巨匠，多是我国文坛上的伟大而杰出的爱国诗人，如屈原、李白、杜甫、白居易、苏轼以及岳飞、文天祥、陆游等。他们心中燃烧着对祖国对人民的爱如火一般炽热，他们的胸襟如大海般辽阔而思绪又如锦缎般缜密，他们那智睿如圣般的远见卓识以及他们亲身经历的激荡社会剧变，和他们那经过千锤百炼、炉火纯青、超凡脱俗的写作技巧融汇在一起，在他们那如椽巨笔下喷涌而出的，便必然会是“惊风雨”、“泣鬼神”、“词源倒流三峡水，笔阵独扫千人军”的佳句和杰作。

然而，又由于他们伟大而杰出的爱国诗人的个性、情趣、所处的环境以及运用文字、表现手法的不同，即便同为忧国忧民诗作，也具有不同风格和特色。或豪迈，或雄浑，或激愤，或悲怆，或深沉，或飘逸……五彩缤纷，色泽斑斓，组成了一幅幅多姿多彩、绚丽炫目的忧国忧民情趣画卷。徜徉其中，有如置身爱国主义宝库，可以饱受爱国主义思想的熏陶；又如投身爱国主义熔炉，心灵不断获得冶炼和洗礼，道德情操不断得到提高和升华。

下面仅从我国文坛上七位伟大杰出爱国诗人的爱国诗作中领略古韵忧国忧民情的缤纷绚丽风采。

（一）豪雄飘逸、“挥斥忧愤”

——李白诗中“横扫六合”的忧国忧民情

李白诗中的忧国忧民情，其主要特点，可概括为八个字：豪雄飘逸，“挥斥忧愤”。他的忧国忧民诗作，可以说大都是豪旷飘逸的“挥斥忧愤”之作。

但随着所处时代形势的变化，以及年龄、境遇、心情、心境的不同，反映在他诗作中，不同时期又有不同的表现形态和特点。

出蜀前，唐王朝正处于“开元之治”的兴盛时期，他少年气负，雄心勃勃，反映在诗作中的忧国忧民情，自然会是情志昂扬、豪雄飘逸的；

进入仕途，特别是二入长安后，几经挫折，凝结在诗作中的情趣，则由豪雄飘逸演变而为豪旷苍凉；

安史之乱中，他出任永王璘幕僚，以为为国大显身手的时机到了，热血沸腾，诗中的豪旷苍凉之情便又转化为豪雄激越之志。

二度从政失败，被贬夜郎，虽中途遇赦，但已年老体衰，道家思想抬头，愤世嫉俗，诗中豪雄激越的忧国忧民情也就自然转化为豪逸飘洒了。

由豪雄飘逸到豪旷苍凉，到豪雄激越，到豪逸飘洒，可以约略勾勒出李白——这个被誉为“诗仙”的我国最伟大的诗人一生中创作的大量诗词歌赋中忧国忧民情趣的轨迹。

1. 豪雄飘逸的千古绝唱——《将进酒》

李白自幼便心高志远，豪雄自负。

早在出蜀前，他就曾以庄子《逍遥游》中的“大鹏”自比，要“扶摇直上九万里”，“假令风歇时下来，犹能簸却沧溟水”（《上李邕》）。放言“殊调”，倔强而自信。

其后便“仗剑去国”，漫游祖国山川名胜。祖国如花似锦的壮丽山河和“开元之治”的繁华景象，使他素有的忧国忧民情又得以激励和增升。

此时，他的心境是开阔的：明净而坦荡；情绪是昂扬的：意气风发而又充盈自信。他笔下的诗作，自然也是那样清旷神奇而又豪情横溢。

“山随平野尽，江入大荒流。月下飞天镜，云生结海楼。”（《渡荆门送别》）——何等奇丽壮观！

“天门中断楚江开，碧水东流直北回。两岸青山相对出，孤帆一片日边来。”（《望天门山》）——多么飘逸自信！

然而，最能昭示他那“莫谓无心恋清景，已将书剑许明时”的豪情壮志和豪旷情怀的，恐还要数那横绝千古的名唱《将进酒》了。

君不见，黄河之水天上来，奔流到海不复回。君不见，高堂明镜悲白发，朝如青丝暮成雪。人生得意须尽欢，莫使金樽空对月。天生我材必有用，千金散尽还复来。烹羊宰牛且为乐，会须一饮三百杯。岑夫子、丹丘生：将进酒，杯莫停。与君歌一曲，请君为我倾耳听。钟鼓馔玉不足贵，但愿长醉不复醒。古来圣贤皆寂寞，唯有饮者留其名。陈王昔时宴平乐，斗酒十千恣欢谑。主人何为言少钱，径须沽取对君酌。五花马，千金裘，呼儿将出换美酒，与尔同销万古愁。

此系李白初入长安，即唐开元二十三年（735年）作。

其在我国古诗坛上的位置和享有的声誉，世所公认。其喜好者之众，传诵之广，有目共睹。然而，千百年来，人们对它的认识，以及它在人们心中的感情定位，却不尽相同。

有人说，这诗是诗人“在政治上抱负不得施展的苦闷”，是“借酒浇愁”和“劝人及时行乐”之作，有明显的“消极倾向”。

也有人说，这诗主调是豪放，但流露出人生易老、及时行乐的“杂音”，是人类与自然、个人与社会之间的矛盾引发了“诗人人生选择的矛盾”，是“矛盾成就的诗篇”。（参见《文史知识》2003年第12期《〈将

进酒〉：矛盾成就的诗篇》）

可当笔者潜心品味这诗的背景，特别是诗中抒发的豪雄高旷情怀时，对上述评说却难以完全苟同。

据笔者品味所得认为，这是一曲千古难觅的豪雄壮歌，是诗人雄心勃勃的用世、图进、誓展宏图之歌，也是地地道道的豪旷飘逸的忧国忧民杰作。

如前述，诗成于诗人初入长安之际。出蜀前，诗人雄心浩荡，壮志凌云；入长安后，虽遇到过一些磕绊碰撞，但也不会顿变雄心为“消极”，顿化壮志为“苦闷”。

还要特别提到的是，就在此诗出笼的前一年，诗人出游襄阳，曾专门拜访了以举贤称著的荆州刺史韩朝宗。在《与韩荆州书》中，诗人坦言自己“虽长不满七尺，而心雄万夫”，“请日试万言，倚马可待”。望荐图进之心，昭昭可见。哪有半点“消极”、“苦闷”的影子！

同年秋，诗人应太原参军元滨（李好友，今安徽亳县人）邀，从东都（洛阳）经太行北游太原，喜作《太原早秋》：“梦绕边城月，心飞故国楼”，也是豪情横溢的。返回后便与友人岑勋、元旦邱（即诗中岑夫子、丹丘生）置酒松山南麓颍阳山相会，一气呵成了这首千古绝唱：《将进酒》，怎么会有“消极”、“苦闷”之情呢？

细品全诗原文，则更见雄豪旷绝。

诗起笔，两个“君不见”。

“不见”尤“见”。

那么，这“不见”而“见”的又是什么呢？

一是水：黄河之水，从天而降，滚滚滔滔，直至大海，不见回还；

另一是人：高堂老父母（“高堂”，古对父母的尊称。李白《送张秀才从军》诗，有“抱剑辞高堂”句），对明镜为发白而悲，感叹人生易老，青春易逝。早晨还是青丝如缕，傍晚便满头发白如雪了。

两个“不见”，人常能见。按说也无特别新奇处，可细味之，却见蕴含极丰，蕴意无穷。

水——黄河之水。这里显非专指黄河，而是以黄河为代表泛指一切大江大河。水从天而降，直至大海。水，天，流（在广袤大地上奔流），大海，连在一起，一个天旋地转、地动山摇、大江大河奔腾不息、宇宙乾坤幻化无穷的神奇画面便展现在读者面前，令人心潮澎湃。这是宇宙乾坤的缩影，也是整个大自然的永恒态势。宇宙无限，天地无穷，运动永恒，变幻不止，便是这第一个“不见”的深刻思想蕴涵所在。

而人，则更非专指高堂老父母。而是以高堂为代表，泛指宇宙间所有活着的人。全句实是为人生易老、青春速逝、生命暂短、韶华不再而悲。这也是第二个“不见”所揭示出的深刻思想内涵。

两个“不见”并列在一起，一个尖锐的矛盾便又呈现在人们面前，这就是无限和有限、永恒和短暂。无限和永恒，折射出宇宙乾坤的神奇、宏浑、浩瀚和壮丽；而有限和短暂的生命，在这神奇、宏浑、浩瀚和壮丽面前，又显得何其渺小、无奈、可怜和可悲。“悲白发”便是这尖锐矛盾中引发出的慨叹。

不过，两个“不见”也有同一性。这就是两者都在运动中。作为运动过程的时间，又都具有不可反复性，不可重复性。这就要求人们又必须十分珍惜眼前正在经历的时间。珍惜有限和短暂的生命所赋予人的有限的时间，就更显得弥足珍贵、重要和迫切。这也是两个“不见”给予人的最重要的启迪。

古往今来，用流水比喻人生的诗句，不乏先例。《论语》：“子在川上曰：逝者如斯夫！”可谓经典。两个“不见”，似为化上两句而来。但较上两句，却更见雄浑、气势豪迈而意境深远。

古往今来，有几人能吟哦出如此雄豪的诗句，又有多少诗篇能与其媲美呢？

除了杜甫的“岱宗夫如何？齐鲁青未了。造化钟神秀，阴阳割昏晓”（《望岳》）、苏轼的“大江东去，浪淘尽、千古风流人物”（《念奴娇·赤壁怀古》）和刘邦的“大风起兮云飞扬，威加海内兮归故乡”（《大风歌》），以及毛泽东的《沁园春·雪》、《七律·人民解放军占领南京》等诗词中的佳句外，恐不会太多。仅此，就足以说明这诗的非凡魅力，绝非消极颓废之作所能比拟。

然而，接下来的诗，却又颇令人费解了。

“人生得意须尽欢，莫使金樽空对月。”

“得意”、“尽欢”、“金樽对月”什么意思？这不是要人尽情享乐、放荡人生吗？再联系诗中的“悲”、“愁”、“酒”、“饮”、“醉”、“乐”等字词，难怪有人认定这诗是“借酒浇愁”和“劝人及时行乐”之作了，妄以为“消极倾向显见”。

然而当我们透过上述一些字、词表面，潜心体察隐嵌其中的深刻蕴涵时，却又发现，上两句也并非“消极”颓废言，而是承接起笔两个“君不见”更见豪雄的壮语。

“得意”、“尽欢”，和追求享乐并非同义语；相反，“春风得意马蹄疾，一日看尽长安花”（唐·孟郊《登科后》），成功者“得意”之情何其令人振奋！“安得广厦千万间，大庇天下寒士俱欢颜，风雨不动安如山”（杜甫《茅屋为秋风所破歌》），这种以天下人之乐为乐、以他人之欢为欢的“尽欢”境界，又何等崇高、博大而伟岸！“得意”、“尽欢”怎么会都是“消极”的呢！

至于“饮”和“酒”，历来是古人，特别是古文人、古诗人抒怀、兴叹之神奇媒介，是豪旷放达的象征。古诗人很少不善饮的，唐大诗人作品中不涉及酒的更少。“金樽”畅饮并不就是“借酒浇愁”。不能以“醉”和“醒”为标准评价和苛求于古人，更不能以此为尺度判定其作品是“消极”颓靡还是昂扬振奋。

上两句诗，作为诗起笔两个“君不见”的承接，笔者认为，合乎逻辑的理解应是，诗人感叹于宇宙无限、运动永恒、人生易老、韶华不再，勉励自己和友人不要虚度年华，蹉跎岁月，而要珍惜美好时光，春风“得意”，尽兴“尽欢”，努力铸造人生辉煌，“莫使金樽空对月”。

“金樽”，在诗里，既指饮酒，似也有美好人生的隐意；“月”，春华秋月，应指美好时光。“莫使”全句，便是隐言莫要虚度年华，蹉跎岁月。这和诗人当时初入长安时踌躇满志之情是一致的，是何等令人振奋呀！怎么能认定就是颓靡、“消极”之语呢？

再赏下面的诗，便愈见豪雄旷达了。

“天生我材必有用，千金散尽还复来。”

这和诗人此前《与韩荆州书》中抒发的豪旷情怀又何其相似！

诗人坚信自己有经天纬地、“辅弼”济世之才，能够创造美好人生，会有美好未来，即使“千金散尽”，也会“时来运转”。如果说，此前的《与韩荆州书》，他还只是求人举荐，那么现在则显然不是求人了，而是毛遂自荐，要挺身而出了。

果然，不久，他便应诏入京。行前，他无比激动，竟喝道：“仰天大笑出门去，我辈岂是蓬蒿人！”惬意自负之情和上面的豪言壮语恰成鲜明照应。

这里，还需指出的是，这诗题“将进酒”，本是《汉鼓吹铙歌》十八曲之一。但在这诗里，恐还不完全是曲调名，而有其真实寓意。这就是隐示诗人将挺身而出，攀登仕途，跃登“龙门”。

“将进酒，杯莫停”，用现在时尚的话说，便是锐意进取，不断攀登，以便有朝一日能尽展宏图。

由此可见，上诗在某种意义上也可以说是诗人决心为国为民做更大贡献的宣言书。

诗人雄心勃勃，豪情满怀，可当时唐王朝由盛趋衰已见端倪。诗人意识到，他谋求宦达的雄心不一定能变成现实。但这又何妨呢？“钟鼓馔玉不足贵，但愿长醉不愿醒。”名利、富贵如浮云，诗人等闲视之。诗人的最大心愿，就是如同历史上那些才华横溢、功勋显赫的“饮者”一样，留芳名于后世。更见旷达。

“长醉不愿醒”——“寂寞”而“留名”的“饮者”——“圣贤”的象征。

诗人显然是做好了“寂寞”的准备的。他甚至还设想过更严重的遭际。那就是像三国陈思王曹植那样，虽才高志远，仍不免遭兄、侄忌恨，郁郁不得而逝。

“陈王昔时宴平乐，斗酒十千恣欢谑。”

陈王即陈思王曹植。他是曹操的庶子，曹丕庶弟，因才高，被兄、侄忌恨致死，年仅41岁。他的名作《名都赋》，有“归来宴平乐，美酒斗十千”句，讽刺当时京城豪贵之家的纨绔子弟，成天吃喝玩乐，虚度年华，也抒发自己不受重用之怨。诗人赏其人，同情其遭遇，也暗示自己将可能遭到同样悲惨结局。

然尽管如此，诗人仍豪旷不羁，狂饮不止。他愈饮情愈炽，心潮澎湃，终于发出了下面响彻云霄的呼喊：

“五花马，千金裘，呼儿将出换美酒，与尔同销万古愁。”

“五花马”，五色花纹，名贵的马，象征高贵。

“千金裘”，价值千金的高级皮衣，象征富有。

“美酒”，在这里显然不是仅仅杯中物了，而是涤荡、旋转乾坤的英雄豪气。

此时，诗人心中的豪情像是又回到诗起时的狂放激愤中了。他要像“天上来”的“黄河之水”一样，用“美酒”冲决一切堤坝和桎梏（名、利、得失都是堤坝和桎梏），“横扫六合”，旋转乾坤，浩浩荡荡，奔腾而去，“与尔同销万古愁”。

“万古愁”，显然不是小愁、阵愁，更不是个人和家庭进退、祸福之愁，而是举国之愁，万民之愁，普天下之愁。“同销万古愁”，这又是何等崇高、浩荡的精神世界！

从宇宙、自然界和人生的运行规律，到自勉和勉人不要虚度年华、蹉跎岁月，到坚信自己“天生我材必有用”，到视功名、富贵如浮云，到“与尔同销万古愁”，一个以天下、民族为己任、决心铸造人生辉煌的伟岸崇高形象矗立眼前，令人无比景仰。诗中的忧国忧民情趣，始自黄河之水，从天而降，终如长虹贯日，横扫古今。这种高屋建瓴、一气呵成、首尾呼应的构思和技巧，在古诗词写作中亦堪称绝笔。

李白一生旷达，豪情满怀。他的作品始终贯穿着一种风格基调：豪旷飘逸。豪旷，从本质上说，是一种心怀天下、昂扬进取的英雄气概和高尚情愫，它和“消极”、“苦闷”等一类萎靡颓废情愫是水火不相容的。《将进酒》是李白的代表作，是诗人誓展宏图的宣示。如此宏浑巨作，怎能轻易以“消极”二字贬之。种种消极颓靡说显有失偏颇。

自然，这只是诗人要进入和刚进入仕途时胸中豪旷情怀的展示，随着时间的推移和形势的变化，诗人心中的豪情和诗中的情趣，还会有新的变化，呈现出新的特点，这是毫不为奇的。下面将沿着诗人心中和诗中忧国忧民情趣的轨迹做进一步探赏。

2.《蜀道难》：豪旷苍凉的忧国忧民作

李白的政治理想，是“奋其智能，愿为辅弼，使寰宇大定，海县清一”，从而“济苍生”、“安黎民”。他才华横溢，也足以担纲此重任。

然而，随着形势变化，此时，唐王朝由盛转衰已趋严峻。诗人空有雄心壮志而无法变成现实，这又不能不使他感到极度忧愤和压抑。特别是二入长安后，他本以为可以大有作为，未料非但未被重用，还备受排挤和陷压，直至最后被“赐金还乡”，实是被驱出长安。从此，诗人便流落江湖，成为浪迹天涯的游客。

大进大出，大起大落，使诗人对唐王朝的腐败有了更深的认识。苦闷、压抑之余，积蓄在诗人心头更多的是对国家前途的忧虑和对权贵、直至最高统治者的愤怒和怨怼。苦闷、压抑、忧愤、怨怼交织在一起，便又构成了他这时期忧国忧民诗作的主旋律。可这旋律也丝毫未减他那豪旷飘逸的特质和潇洒浪漫的情趣。相反，或寓辛酸经历于艰苦跋涉之旅（《行路难》），或托梦冥游于惊险奇丽的名山中（《梦游天姥吟留别》），或刺讽鞭笞权贵、昏君于神奇幻境（《梁甫吟》），或驰骋畅想于九天云外（《宣州谢眺楼饯别校书叔云》）……他诗中的忧国忧民情更见多姿多彩，只不过更多地表现为豪旷苍凉罢了。

《蜀道难》，便是这样一首豪旷苍凉的杰作。

这也是一首气势磅礴、气度非凡的千古称奇称绝的神奇之歌。

起笔，诗人便以骇人的惊叹，将蜀山之高、之危，蜀道之艰、之险推上了极致，令人不寒而栗。

噫吁嚱！危乎高哉！蜀道之难，难于上青天！

接连五个惊叹虚字（噫、吁、嚱、乎、哉），烘托四个惊险状词（一个“危”，一个“高”，两个“难”），再和“青天”连在一起，所营造出的惊诧氛围令人何其震撼！如此用笔，此前似未见过，此后似也不多见。

接着，诗人便又以无比浩瀚畅想之笔，从古至今，由远及近，从开道到攀登，上下左右，或直描或虚写，或行人或鸟兽，全方位、多角度地向人们展示了蜀山、蜀道的神奇古老和巍峨险峻。那雄奇，那浩渺，又何等令人赞绝！

蚕丛及鱼凫，开国何茫然！尔来四万八千岁，不与秦塞通人烟。

——蜀国蜀地，何其古老！

“蚕丛”、“鱼凫”，蜀神话传说中的开国先王；“四万八千岁”，极言古老。

西当太白有鸟道，可以横绝峨眉巅。地崩山摧壮士死，然后天梯石栈方钩连。

——蜀道开通，何其艰难！

秦、蜀两地，被太白山隔断，本不相通。相传，秦惠王为征服蜀国，用美人计。特地给蜀王送去五美女，让蜀王派人去迎。蜀王派去五壮士。返回时见一大蛇钻进山洞。五壮士便奋力拉住蛇尾往外拖，忽然山崩地裂，将五壮士和美女全埋底下，山中才裂开一条崎岖的路。

神奇传说隐示蜀道开通之艰。

上有六龙回日之高标，下有冲波逆折之回川。黄鹤之飞尚不得过，猿猱欲度愁攀援。

——蜀山蜀道，何其高峻！

“六龙”，相传太阳神乘车，羲和驾六龙而驶之。六龙驾车，还得回车绕道而过，山峰之高，可想而知。

而山下，波涛翻滚，江河蜿蜒。善飞的黄鹤尚无法通过，善攀登的猿猴也愁于攀登。山路之险，岂不更见奇观。

青泥何盘盘，百步九折萦岩峦。扪参历井仰胁息，以手抚膺坐长叹。

——蜀道崎岖，又何其惊险！

“百步九折”，言山路崎岖，盘绕山峰转（“萦岩峦”，即绕峰转）；“扪参历井”，谓山高入天，伸手竟可摸到一路所见星辰。参、井，皆星名，传秦、蜀以两星为分野。

古老，神奇，高峻，崎岖，惊险……蜀道、蜀地、蜀山、蜀水，之高，之奇，之险，可谓尽展无余了。

至此，人们不禁要问，诗人何以要如此详尽、细腻而又极其形象地描绘蜀道、蜀山之难、之险呢？难道仅是为了尽展蜀山蜀地之雄奇风光吗？

有人说，李白自幼生长在蜀地，应为蜀人。蜀人咏蜀地风光，当属常情。

也有人说，意在讽刺。讽刺何人，则众说不一。

笔者揣度诗人写作此诗的时间和背景后认为，诗应成于唐天宝初李白被放逐长安至安史之乱间。在当时情况下，诗人似不会有单纯赏游自然风光的闲情逸致。况诗人当时不在蜀中，而在江淮、京洛一带浪迹天涯。此时他要写景，似也不会不写水，而专写山，写蜀道。此时写山，似有他意。他意何在？细味紧接的六句，似可见诗人的别致用心。

问君西游何时还？畏途巉岩不可攀！但见悲鸟号古木，雄飞雌从绕林间。又闻子规啼夜月，愁空山。

“问君”，君是谁？恐非他人，而是诗人自己。诗中未见第三者。

“西游”的“西”，恐也不是西南川蜀的“西”，而是长安。时诗人在京洛、江淮间漂泊，在长安东，说“西游”符合地理方位。况古长安素有“西京”称。而川蜀虽地处西南，那是诗人老家，诗人回家乡，不会说“西游”，更不会有“何时还”之问。

由上推断，上面第一句显系诗人问自己，是何时离开长安的。这“还”字，似还有离长安回到民间的亲切。不过这“问”恐也非真问，而是设问；而且似又主要不在问，而在下句的答：“畏途巉岩不可攀”。可这答似又未答所问，岂不奇怪？

其实也并不奇怪，这是巧妙而高屋建瓴的回答。既避开了并不重要的具体时间的表述，又一针见血地指明了“西游”长安的惊险，如攀登“畏途巉岩”。这样一来，也就巧妙地将长安之行和攀登蜀山、蜀道连在一起了。长安行和蜀道行，仕途难和蜀道难，融为一体。诗人“暗渡陈仓”之笔，顿见高妙。

“但见”、“又闻”两句，也颇神奇，更见长安之隐。

“悲鸟号古木”，雌雄“绕林间”，既暗示诗人在长安时辛酸凄楚，如可怜“悲鸟”；又隐射当时唐王朝已日落西山，枯枝败叶。这和安史之乱前的形势是吻合的。

“子规”，即杜鹃鸟，暮春啼鸣，其声若“不如归去”。子规啼夜月，空山皆愁，何况人乎！更见诗人在长安时思归之切。

如果说笔者对上面六句诗的理解不是故弄玄虚，牵强附会；那么，诗人前面对蜀山、蜀水、蜀地、蜀道巍峨险峻的描绘和刻画，其深巧用心也就不言而喻了。那就是——

诗人并非纯粹在展示蜀山蜀地风光之奇险，而是用蜀山、蜀水、蜀道、蜀地的神奇险峻模拟当时唐王朝的政治现实和官场、政坛的险恶。藉以说明，在当时形势下，要于国于民有所贡献，有所作为，是难上加难——“难于上青天”的。

“蜀道难”，在诗人笔下，其实也就是“仕途难”，“为官难”，“有所作为难”，“大展宏图难”。

这是他从“遍干诸侯”，“历抵卿相”，寻寻觅觅，均一事无成，特别是二入长安，乘兴而来，败兴而归的切身体验中得出的结论。

这种寓辛酸经历于艰苦攀登之旅的隐匿含蓄手法，也是诗人诗中豪旷飘逸情怀和深沉缥缈情趣在逆境中的展现。

下面的诗便更见含蓄隐晦也更见豪旷苍凉了。

“蜀道之难难于上青天”，又是诗起的那句骇人的惊叹！可接下来却是：

使人听此凋朱颜——人闻山变色，闻道凋朱颜了；

连峰去天不盈尺——高；

枯松倒挂依绝壁——奇；

飞湍瀑流争喧豗——惊；

砯崖转石万壑雷——险。

是山和道的高、奇、惊、险使人“凋朱颜”，恐也是政坛形势险恶使人“凋朱颜”。

其险也如此，嗟尔远道之人胡为乎来哉？

更有甚者：

剑阁峥嵘而崔嵬，一夫当关，万夫莫开。所守或匪亲，化为狼与豺。朝避猛虎，夕避长蛇，磨牙吮血，杀人如麻。

“剑阁”，大剑山与小剑山间，一条30里长的奇险栈道，在今四川剑阁县北。“峥嵘”、“崔嵬”，均挺拔高峻、险陡崎岖貌。张载《剑阁铭》有“一人荷戟，万夫趑趄。形胜之地，匪亲勿居”句。

这里显言蜀山蜀道的军事地理形势更见严峻险要。似也有当时唐王朝外戚专权、独揽朝纲、胡作非为、“杀人如麻”之隐。

正因如此，所以诗人最后发出了更令人惊悸的慨叹：

锦城虽云乐，不如早还家。蜀道之难，难于上青天，侧身西望长咨嗟！

“锦城”，即成都，时为蜀国都城。这里似也有长安之隐。不然似不存在“早还家”问题。诗人家就在川蜀。

“侧身西望”，更见长安的影子。西望长安，还只能“侧身”而望。政坛风云险恶，更见吊胆惊心，看来只能“长咨嗟”了。“咨嗟”，感叹声。

此后，诗人再未进过长安。

3.“清幽燕”、“静胡沙”：诗人豪雄激越的战斗情结

也曾有人说，李白一生“飘逸”，只有“飘逸”，甚至说他“苍生社稷”也“曾不系其心膂”，只知“狂醉于花月之间”。上述豪雄飘逸和豪

旷苍凉诗作，已证明上说纯属妄论；安史之乱中，诗人大量豪雄炽热的战斗篇章，更见“纯飘逸”说之谬误。

安史之乱是我国历史上一次大的动乱，是唐王朝由盛而衰的转折。

安史之乱最大最严重的罪行，是使人民蒙受战火的巨大灾难。“流血深野草，豺狼尽冠缨”（《古风》十九）。诗人目睹这骇人惨状，爱国爱民之心弥激，诗中的忧国忧民情也顿见炽热。

洛阳三月飞胡沙，洛阳城中人怨嗟。天津流水波赤血，白骨相撑如乱麻。

——《扶风豪士歌》

……旌旗缤纷两河道，战鼓惊山欲倾倒。秦人半作燕地囚，胡马翻衔洛阳草。一输一失关下兵，朝降夕叛幽蓟城。巨鳌未斩海水动，鱼龙奔走安得宁……

——《猛虎行》

“飞胡沙”，“人怨嗟”，水“赤血”，骨如“麻”，人民遭受战乱之苦，何其惨烈！可这还不是一次性和短时间的浩劫呀！而是“朝降夕叛”，“翻覆无定止”，“朝过博浪沙，暮入淮阴市”。似此，人民又怎能承受得了呢？

“肠断非为陇头水，泪下不为雍门琴。”诗人如此忧心如焚，显然不为别的，而是因为“秦人半作燕地囚，胡马翻含洛阳草”。可他自己，此时正隐居庐山屏风叠，“有策不敢犯龙鳞”，还要“窜身南国避胡尘”（以上所引均见《猛虎行》），岂不更是忧上生忧，悲上增悲！

恰在此时，永王磷邀他为幕府。诗人以为救国御侮机时到了，便顿扫忧愁哀烦之气，一变而为意气风发、斗志昂扬。就在一次水军宴幕府诸侍御时，他发出了“誓欲清幽燕”的豪言：

宁知草间人，腰下有龙泉。浮云在一决，誓欲清幽燕。

这是《在水军宴赠幕府诸侍御》诗中的后四句。

“草间人”，草野之人。这里是作者自称。

“龙泉”即龙渊，宝剑名。

“浮云”，《论语·述而》有“不义而富且贵，于我如浮云”句，意为不义的富贵者，就像漂浮的彩云一样，不屑一顾。诗人笔下也有“总为浮云能遮日，长安不见使人愁”（《登金陵凤凰台》）句，浮云指权贵小人。这里则是指叛乱者。状他们如空中虚无缥缈的彩云，经不起风吹日砺，很快就会消散。而“浮云”、“一决”，则语出《庄子·说剑》：“上决浮云，下绝世纪。此剑一日，匡诸侯，则天下服矣。”大有横扫叛军如卷席的英雄气概。

诗人放言，我虽草莽间人，但我有龙渊宝剑。面对叛军的嚣张气焰，我要腾云驾雾，与叛军一决浮云，降妖伏魔，涤荡乾坤，还幽燕大地以朗朗清平世界。这是何等豪雄激热之情呀！也是诗人“誓欲清幽燕”的宣言。

然而，在此期间，更能彰显诗人“誓欲清幽燕”的豪旷情怀的，恐又要数《永王东巡歌》（组诗）了。

《永王东巡歌》（组诗）共十一首，其中其二、十一两首，似蕴含更丰，也更富情趣。特分赏如后，先看其二：

三川北虏乱如麻，四海南奔似永嘉。但用东山谢安石，为君谈笑静胡沙。

“三川”，古郡名，治所洛阳。战国时秦庄襄王置。以境内有黄河、洛水、伊水三川而名。这里借指洛阳一带。

“北虏”，安史叛军。

“乱如麻”，极言叛军凶且众。

“似永嘉”。王琦注：晋怀帝永嘉五年，刘曜陷洛阳，百官士庶死者三万余人。中原衣冠之族相率南奔，避乱江左。天宝十四年，安禄山起兵此地，遂破两京，士君子多以家渡江东，与永嘉时事极相似。

国难民艰关头，忧国忧民者当如何作为？诗人不禁想起了东晋的谢安。

谢安，字安石，东晋大将，也曾隐居不仕。秦进攻东晋时，东晋垂危。谢安为挽国家危亡，毅然东山再起，出任要职，亲率大军大战秦符坚于淝水之上，以少胜多，以弱胜强，击败了强秦，挽救了东晋，谱写了我国战争史上的光辉篇章。

诗人要用“东山谢安石”，显是祈盼谢安式人才再出，挽国家危亡于水火。但他是寄希望他人，还是以谢安自比？释者多有不同见解。联系诗人当时情况和后面的“试借君王玉马鞭”（其十一），笔者认为，诗人显是要以谢安为榜样。他不但要像谢安那样，东山再起（出任永王璘幕僚，便是东山再起）；而且要像谢安那样，挽国家危亡于已乱：“谈笑静胡沙”。

“谈笑静胡沙”，五个字，更见豪雄旷达而又意味深长！

“谈笑”，不由得使人想起历史上那众多叱咤风云的儒将。他们大战中那从容不迫、谈笑自如、指挥若定、稳操胜券的风度和气派，曾令多少人倾倒。诗人显然也是在憧憬和向往那潇洒迷人的儒将风度。

“静胡沙”，融叛乱者给国家带来的黄沙滚滚的混浊景象和平叛后将出现的清平世界、朗朗乾坤于一炉，浊、清映衬，益增忧国忧民情趣。

“谈笑静胡沙”还使人想到，诗人不仅具有讴歌横贯古今诗篇的天赋，还具有经天纬地、济世安民的雄才大略，只是过去不被人所认识而英雄无用武之地罢了。难怪初隐岷山时，益州长史苏颋见而异之，曰：“是子天才英特，可比相如。”相如，即战国时赵国名相蔺相如。

《永王东巡歌》之十一，则将诗人“誓欲清幽燕”、“谈笑静胡沙”的豪旷情怀，推上了一个更见豪雄和炽热的境界。

在这诗里，诗人不仅是“誓欲”和“谈笑”了，而是要“借”玉鞭和“坐琼筵”了。说白了，也就是说要军权和指挥权了。请看这更见豪迈的诗句：

试借君王玉马鞭，指挥戎虏坐琼筵。南风一扫胡尘静，西入长安到日边。

“玉马鞭”，即古时君王用以调动和指挥千军万马的玉鞭，高贵威严无比。

要借君王玉马鞭，真是敢想敢说，语出惊人。可对“天子呼来不上船”的诗仙说，也不是说不出、做不到的。

诗人显已感到当时的平叛指挥不力了。他要挺身而出，亲自指挥千军万马了。这和上面“但用东山谢安石”的豪旷情怀也是一致的。只不过他对这马上权力并不稀罕，只是想“试借”一回罢了。

明明是要指挥千军万马，何以说“指挥戎虏”呢？运筹帷幄之中，决战千里之外。真正高明的指挥，不但要善于指挥我军，还有善于调动敌军。“指挥戎虏”，更见全局在胸，用兵若神。再联系下面的“坐琼筵”，更见诗人想象中的那勃勃英姿和神奇天外的儒将气派了。

看！在那高高的云端之上，在那玉宇琼筵之中，一个雄姿勃勃的英俊儒将，不正是在运筹帷幄、调兵遣将、要与叛军“一决浮云”吗？可以想象，他正在导演的也必定是一幕威武雄壮的活剧。

那么，这又是怎样一幕活剧呢？

诸葛亮借东风，助周瑜火烧曹兵百万。诗人要借的显然不是东风，而是南风。因为乱从北来；且南风自古为滋养万物、复苏乾坤的吉祥之风。

诗人决心用南风“一扫胡尘”，迎来的自然还是那个“静”：清平世界，朗朗乾坤。

诗人如此痴心“静胡沙”、“清幽燕”，功成之日，自应有所回报和奖掖了？然而，诗人的志趣却不在功名利禄上。他要像张良、范蠡那样，功成身退，“西入长安到日边”。

李白在安史之乱中出任永王璘幕僚，是他一生中的二度从政。遗憾的是，这二度从政仍以失败告终。可尽管如此，丝毫未减他那炽热的爱国豪情。就在随永王璘败后自丹阳南奔途中，诗人仍慷慨悲歌，激愤疾书：“过江誓流水，志在清中原。拔剑击前柱，悲歌难重论。”（《南奔书怀》）

“清幽燕”，“静胡沙”，“清中原”，诗人始终不忘国家的安定、统一和人民的安宁和幸福。

4.“朝玉京”、“游太清”：诗仙豪逸飘洒的忧国忧民情愫

然而，二度从政的失败，对诗人的打击毕竟是致命性的。况此时诗人年事已高，暮年难能东山再出。加上他从青少年起，即“通诗书，观

百家”，儒、道皆通，尤以道家思想对他影响为深。此时，道家思想抬头，愤世嫉俗，超脱尘外。他心中的豪雄激越情怀便自然而然地转化为豪逸飘洒了。

就在他被贬夜郎、中途遇赦后不久，他和友人游庐山后写的一首《庐山谣寄卢侍御虚舟》的诗，颇能反映出他晚年的这种心境和晚年诗作中这种忧国忧民情趣的韵味。

> 我本楚狂人，凤歌笑孔丘。手持绿玉杖，朝别黄鹤楼。五岳寻仙不辞远，一生好入名山游。庐山秀出南斗傍，屏风九叠云锦张，影落明湖青黛光。金阙前开二峰长，银河倒挂三石梁。香炉瀑布遥相望，迴崖沓嶂凌苍苍。翠影红霞映朝日，鸟飞不到吴天长。登高壮观天地间，大江茫茫去不还。黄云万里动风色，白波九道流雪山。好为庐山谣，兴因庐山发。闲窥石镜清我心，谢公行处苍苔没。早服还丹无世情，琴心三叠道初成。遥见仙人彩云里，手把芙蓉朝玉京。先期汗漫九垓上，愿接卢敖游太清。

和本节开始时赏读的那首千古绝唱《将进酒》相似，这诗也是诗人和友人同游名山后所作。但两诗的情致、韵味却迥然不同。

迥然何处，似有三别：

一是诗导人的起点和出发点不同。

《将》诗起笔推出的是一个天旋地转、奔腾不息、千变万化的磅礴局面。它告诉人们：人生易老，韶华不再。要人们不要虚度年华，“莫使金樽空对月”。而且坚信“天生我材必有用，千金散尽还复来”。起点是锐意进取。

而《庐》诗开头，诗人以“楚狂人”（楚人，即陆接舆）自居，嘲笑孔子迷恋仕途，要人们“手持绿玉杖（传说中仙人的手杖），朝别黄鹤楼”、“五岳寻仙不辞远，一生好为名山游”实是要人超脱尘外。

一个是进，一个要退；一个“出”，一个“隐”。出发点和起点显然不同。

二是诗发人的情怀和寄托有别。

《将》诗主体是对酒当歌，对酒抒怀。酒是诗人豪旷情怀寄托和抒发的主要载体。“人生得意须尽欢，莫使金樽空对月”，“烹羊宰牛且为乐，会须一饮三百杯”，“钟鼓馔玉不足贵，但愿长醉不愿醒”……欢、乐、醉、醒之中，揭示的是一种积极的人生态度，是一种要建功立业、留芳名于后世的雄心和抱负。

而《庐》诗，主要篇幅则是描绘庐山的自然风光，极写庐山的瑰丽奇秀和长江的雄伟壮美。

而在描绘庐山的风光中，诗人又极尽神奇仙幻之笔，说庐山“秀出南斗傍”（南斗，即头宿星）、“锦张”五老峰云侧（《地舆志》：“九叠峰在五老峰云侧”）、影落鄱阳湖泊（“明湖”即鄱阳湖）；还说香炉、双剑“二峰”遥相对应，“银河倒挂”，“翠影”映日，“鸟飞不到”；而俯视山下，则更见长江浩渺，茫茫东流而去，“黄云万里”、白浪滔滔，“九派流雪”（《地舆志》：长江流到浔阳境内，分为九派，是为“九道”）。何其缥缈宏浑！真是神奇的仙境！

诗人还遥想，当年“谢公”（即谢灵运）曾仙游至此。谢公行处苍苔虽没，但“石镜”（《太平寰宇记》：石镜在庐山东悬崖之上）犹存。窥镜清心，尤增情趣。情随兴发，故作此“庐山谣”。

前诗对酒当歌，对酒抒怀，酒发豪情，酒增豪气；后诗则陶醉于神奇仙境，寄情于瑰丽风光。两诗的情怀、情趣寄托也显然不同。

三是诗致人的归宿和落脚点相悖。

一个（《将》诗）是“五花马，千金裘，呼儿将出换美酒，与尔同销万古愁”，是在人间，在地上；

一个（《庐》诗）是“早服还丹无世情，琴心三叠道初成”，要和神仙“先期……九垓上”（“九垓”即九天云外），愿接友人“游太清”（“太清”指仙境），是在天上，在仙境。

天上、地下，人间、仙境，两个世界，两种归宿，何其迥然异样！

上三者，集中到一点，便是，两诗在写作上所表露出的情韵、情致、情趣迥然不同。那么，这是不是说，两诗的基本思想倾向、主要风格特色就完全相悖呢？否。联想诗人写作两诗时的历史背景，细度诗人思想的发展脉络，则见两诗的基本思想倾向、两诗的主要风格特征，还是一脉相承的。它们都是诗人身处逆境时的忧愤之作，且都极具忧国忧民豪气。

《将》诗是诗人遭谗被逐后漫游梁、宋间与友人相会嵩山时作，诗中的豪旷之情无与伦比。

《庐》诗是永王璘失败，诗人被贬遇赦后作，诗中的豪旷情怀也历历在目。起笔以“楚狂人”自居，一个“狂”字，便见诗人豪放不羁之情；庐山的神奇浩渺，更见诗人豪雄飘逸之笔；要和神仙先期“九垓上”，要接友人“游太清”，豪雄狂放之情更见浩渺！

只不过，由于当时诗人在人生道路上所处的境遇不同，心情、心境有别，以及用以抒发豪情的艺术手法多变，两诗在具体的情致、情趣的抒发上，又各有不同或迥然异样罢了。

《将》诗成于诗人初入长安，刚刚进入仕途不久，虽受挫折，但“初生牛犊不怕虎”，勃勃雄心和凌云的壮志凝聚笔端，所迸发出来的忧国忧民情趣必然是昂扬振奋的。如天马行空，神驰奇骋；又如江河奔泻，势不可阻。

而《庐》诗成于诗人历尽波折、濒临绝境而又不见光明的晚年，愤懑之情无所寄托，无处倾泻，一变而为超脱现实，寄情于秀丽奇美的山水之中，寄志于虚无缥缈的九天云外和世外仙境，是和诗人的豪旷情怀相吻合的。故这诗仍不失为豪旷飘逸的忧国忧民作。

正如元帅诗人陈毅《吾读》所云："吾读李太白，喜有浪漫味，大不满现实，遂为神仙醉。"一语见的。

然而，这浪漫并不意味诗人浓烈的忧国忧民情怀有丝毫削减。相反，诗人的心始终和国家、和人民连在一起。直到他去世前一年，他听说天下兵马副元帅李光弼出镇临淮，收复失地，竟不顾年高体衰，前去请缨杀敌。半途病还，次年即死于当涂。忧国忧民的一生，终于饮恨以终。

（二）深沉、深远、深邃

——杜甫诗中沉郁凝重的忧国忧民情

有别于李白的豪旷飘逸，杜甫诗中的忧国忧民情，其显著特点是一个"深"字：深沉、深远、深邃。这和他所处的时代、他一生的经历，以及他全家的凄楚境遇密不可分。

杜甫出身封建官僚家庭，但他所处时代，和李白一样，也正值唐王朝由盛到衰的转折时期。他的一生，大部分时间是在动乱、忧伤和痛苦中度过的。特别是安史之乱后，他和家人曾多次被迫长途奔波，流离辗转，骨肉分离，历尽了人间苦难。

动乱，使他和人民群众、最下层庶民有更多、更广、更密切的接触，对人民群众的苦难有更深、更直接的了解，从而也更加增强了他对人民群众的深厚感情。

动乱和忧伤，也使他对国家的前途和命运备加关切，更能洞察到致国家和人民于悲惨境地的成因，从而引发出更加深邃的思考。

而所有这些，反映在他的诗作中，所表现出来的忧国忧民情，也必然是深沉、深远而深邃的——对祖国对人民无比深沉的爱，对国家前途和命运极度深远的忧，对拯救国家和人民于水深火热之中超常深邃的思。

1. 第一首为民呐喊的悲歌：《兵车行》

杜甫青少年时期，也和李白一样，雄心勃勃，壮志凌云。他要于国于民有大作为而攀登“绝顶”。他那首传颂千古的名篇《望岳》，就是他望泰山而小天下、决心“凌绝顶”的壮歌。

可是，当他来到当时的政治中心长安、真正接触朝政时，困惑了：唐王朝由盛而衰的现实，给他带来的是“欲进不能”。他的雄心抱负根本无法变成现实。

困顿和失意，使他的思想感情更加贴近人民。目睹封建统治者穷兵黩武给人民带来的苦难，诗人悲愤难抑，不由唱出了第一首为人民呼喊的悲歌：《兵车行》。

就在这悲歌中，他以对人民的高度同情心和真挚感情，生动、形象而真切地倾诉了人民群众遭受的苦难，矛头直指穷兵黩武的最高统治者，令人又悲又愤，悲愤交加。

车辚辚，马萧萧。行人弓箭各在腰。耶娘妻子走相送，尘埃不见咸阳桥。牵衣顿足拦道哭，哭声直上干云霄。

诗起，一个硝烟弥漫的将士奔战图和一个爷娘、妻子悲戚送征图便一齐展现在读者面前，令人震惊。

行人（实为奔战的将士）、车、马、弓箭、爷娘、妻子……和战争有关的人和物，几乎都卷了进来。那车轮滚滚、战马萧萧、人行匆匆、哭声震天，以及那由于人的急促脚步和车轮的急促滚动而卷起的漫天尘土，更给人一种大战在即和大战正酣的紧迫感。

可奇怪的是，尘土飞扬如此之巨、之浓、竟连那又高又大的咸阳桥都被淹没看不见了，却能清楚看到那“拦道哭”的人“牵衣顿足”的样子，何也？“拦道哭”人之多可想而知了。而哭声之巨，又“直上干云霄”，多么凄惨之甚啊！诗人渲染悲剧之笔，可谓高超！

可人们仍不免要问，当时正值天宝“盛世”（诗应成于751年，即天宝十年），国人何以会遭受如此巨大的悲呢？悲自和战争有关。下面“道旁过者”的“问”和“行人”、“点头频”的“云”，便见诗人心中之思。

道旁过者问行人，行人但云点头频。或从十五北防河，便至四十西营里。去时里正与裹头，归来头白还戍边。

“道旁过者”，显系诗人自己；“问”，便见诗人心中有思。“行人”、“点头频”，说明“云”非个别，而是众口皆如下言。可见言之确，也见行者奔战之急。

据史载，唐天宝年间，唐明皇为图边功，曾两次错误用兵。一次对吐蕃，另一次对南诏。

吐蕃，即今西藏图伯特族。唐太宗时，曾以文成公主妻蕃王，留下了千古民族团结和民族融合的佳话。其后很长一段时间，唐和吐蕃的关系都十分融洽。可至唐玄宗时，听信权奸言，贸然发动了对吐蕃战争，导致关系恶化。为防吐蕃进犯，曾征召陇右、关中、朔云诸军集结河西一带防御。因其地处长安城北，故曰“北防河”。这里实指唐对吐蕃的错误用兵。

南诏，即今彝族和白族的祖先，以“乌蛮”为主，包括“白蛮”等族。唐和南诏的关系，应该说总的也是和好的。南诏城邑修建大多模拟唐制。但在唐玄宗时，有一段，由于和吐蕃争夺控制权，也错误发动了对南诏的战争，致关系恶化。“西营田”，古时实行屯田制。边防士兵有事即战，无事种田。这里也是代指对南诏的错误用兵。

两次错误用兵，带来怎样的恶果呢？下面的行者“云”便可见一斑。

由于连年征战，需要兵员多，成年兵源不够。年仅十五岁的少年（唐时称中男，见《新安吏》）就得被征戍边。而且一去就是一二十年，直到四十岁还得在那里屯田。去时，因为年龄太小，不会裹头（古时男子留长发，需束发。用头巾包裹），还得里正（唐百户为一里，里长称里正）帮助裹。可归来时，已是两鬓斑白了，可还得回去戍边。真是可怜之极！

不但如此，更甚者，由于战争激烈、残酷，士兵死伤无数，致“边防流血成海水”，而“武皇开边”仍“意未已”，更堪忧虑。

“武皇”，本为汉武帝刘彻。这里借指唐玄宗。唐玄宗图边功，开边不已，致酿成“边庭流血成海水”。最高统治者穷兵黩武，给人民造成的巨大灾难，真是触目惊心。

然而，以上所述也还仅是征途所见和由问而知的边防惨状，远非最高统治者穷兵黩武招致恶果的全部。穷兵黩武的恶果还能殃及何方呢？

随着应征者急促的脚步和凄楚的回答，一个“君不闻”三字起驾，诗人的心和视野，便由征途和边亭飞向了更广阔的天地。一个更令人震惊的画面出现了：

> 君不闻汉家山东二百州，千村万落生荆杞。纵有健妇把锄犁，禾生陇亩无东西。况复秦兵耐苦战，被驱不异犬与鸡。……县官急索租，租税从何出？

“山东”，指华山以东；“二百州”，即华山以东的州郡，史载为217州，此为整数。如此广大地域，千村万落，田园荒芜，荆棘丛生，“禾生陇亩无东西”，这是多么骇人的景况呀！较之起笔时那惊天动地的悲戚送征图，其悲戚的广度和深度，又不知要深广多少倍！而这也都是最高统治者穷兵黩武酿成的恶果呀！

更何况，在当时社会，封建官吏互相勾结，沆瀣一气。统治者穷兵黩武，横征暴敛，人民群众又怎么能承受得了呢？诗人将种种封建毒瘤连在一起鞭笞，更见触及社会问题之深，也更见诗人忧国忧民之甚。

至此，诗对人民群众遭受苦难的倾诉，对唐王朝及其最高统治者穷兵黩武罪恶的揭露和控诉，可谓庶几殆尽了。然而，诗人的心，情尤未了。他想得更多、更远、更深。他甚至想到了由此引发的人们生育观念的改变和那无数长眠于边域的鬼魂，蕴意更见深邃。请看这诗的最后一段：

> 信知生男恶，反是生女好。生女犹得嫁比邻，生男埋没随百草。君不见青海头，古来白骨无人收。新鬼烦冤旧鬼哭，天阴雨湿声啾啾！

重男轻女，千百年遗留下来的生育习俗。在这里，诗人显然不是在赞扬穷兵黩武对封建习俗的冲击，而是在控诉：在女人无法走近战争的社会，穷兵黩武给男人带来的打击是毁灭性的：“生男埋没随百草”。

接着诗人便放眼茫茫边防古战场——青海湖畔，只见那白骨累累，暴陈沙砾；新鬼旧鬼，一齐烦怨哭泣，其声呜咽凄厉；更兼天阴森森，惨雨凄凄，天昏地暗，“风悲日曛”。真是凄惨至极！诗人忧国忧民之心更见哀楚！

自然，诗人并不反对一切战争。就在这诗后不久，诗人在另一首诗中写道：“挽弓当挽强，用箭当用长；射人先射马，擒贼先擒王。杀人亦有限，列国自有疆。苟能制侵陵，岂在多杀伤！”（《前出塞》）可见他是赞成正义战争的，反对的是非正义战争，反对异国异族的侵扰；主张作战的目的不在于多杀伤士兵，而在于卫保国土。诗人忧国忧民心更见深邃。

由亲身经历、亲眼所见的悲戚送征图，到由“问”而知的“边庭流血成海水”，到“君不闻”、“山东二百州”、“千村万落生荆杞”，到“君不见”、“青海头”、“白骨无人收”，诗人对人民群众关切的视野愈来愈宽广，对人民群众苦难之甚愈来愈哀切，对不义之战给国家、社会造成的严重后果认识愈来愈深刻，忧国忧民情自也愈来愈浓烈和激越。《兵车行》，便是诗人深沉、深邃忧国忧民情的见证。

2.《春望》和“三吏三别”

在唐代，给国家和人民带来苦难最深重的动乱，自然要数安史之乱了。

这次动乱，历时长达七年，曾造成“人烟断绝，千里萧条”的惨状。

早在战乱前夕，杜甫在从长安去奉先探亲时，就曾预见会发生动乱，曾发出“浩歌弥激烈”的忧国忧民之叹。遗憾的是，动乱还是发生了。杜甫不胜伤感。

唐玄宗天宝十五年（756 年）七月，安史叛军攻陷长安。肃宗灵武即位，改元至德。杜甫便起程赴灵武，投奔肃宗。未料中途被叛军俘，又被押回长安。因为官职低，未被关押，但不能自由。

诗人困卧长安，目睹长安沦陷后的惨状，身历家人离散、音信隔绝的痛苦，更感国破家亡、山河残碎之哀。忧伤兴发，笔下自更有深沉、深邃的忧国忧民之作。《春望》便是诗人身困长安，集国破、家散、己悲于一炉的忧国忧民作。具体写作时间应为至德二年。

国破山河在，城春草木深。感时花溅泪，恨别鸟惊心。烽火连三月，家书抵万金。白头搔更短，浑欲不胜簪。

题为《春望》，起笔却直呼“国破”，何也？原来在这美好春天，诗人举目北望，但见伤痕累累，满目疮痍，岂非“国破”！亦可见诗人对“国破”之忧。

可“国”和“山河”、“城”和“草木”，应属同义：国破则山河残，城春则草木新。而在这诗里却是“国破山河在，城春草木深”，何以又有二字之变？更有深意在焉。

国虽破，而山河仍在，风景依旧，美好山河笼罩在烽火浓烟中，人民遭受的是涂炭苦，相形衬映，岂非更增“国破”之忧；

春天尽管已来到人间，草木葱茏，自有春色，但时局幽“深”莫测，更见忧心忡忡。

二字之变，深沉而深邃的忧国忧民情便跃然纸上。而在这深忧中，也不无希冀：国可破，而山河永存；时局多变，而时局的更迭不以人的意志为转移。时间、空间又给人以信心和力量，岂不更见忧国忧民情之深邃。诗人炼字，真是别有洞天！

二字之变，情趣横生。然更令人叫绝的，又是诗的下面两句：“感时花溅泪，恨别鸟惊心。”

花能溅泪么？不能。能溅泪的只能是人。但人到伤心处，泪眼看花，花也好像要掉泪一样。花、人同悲，多么感人！

人“恨别”，按说鸟也不会惊心的。只能是人“恨”到了极点，见鸟飞、鸟鸣而惊，更加思念远方的亲人。人、鸟同恨，几多情趣！

无情的花，最不起眼的小动物——鸟，都和人一样，为国为民而忧，诗人在这里营造的是一种多么浓郁的情趣氛围呀！

上两句，诗人显然用的是一种奇妙的移情手法——移情于物：将人的感情移到了自然界的植物（花）和小动物（鸟）身上，赋予花和鸟以有心有泪的感情，变无心为有心，变无情为有情，从而导演出了一曲人物同悲的活剧。诗人言情手法的高妙，也着实值得称道。

说高妙，这诗似还有高超处。这就是将忧国、忧民和忧家、思亲紧紧连在一起，既“感时”又“恨别”，益增忧国忧民情趣。

“烽火连三月，家书抵万金。”国破带来家愁，战乱致家人离散，音信断隔。由于战火连绵，长时间收不到家中音信，怎能不使人有“家书抵万金”之感呢？这脱口而出的五个字，不但将战争给人们带来的诸多不便揭示无余，而且更见诗人思亲心切。国难、家愁、忧国、忧民、思亲，交织在一起，“白头搔更短，浑欲不胜簪”便不足为奇了。

“白头”，即头发斑白，年老的象征。诗人时年45岁，按说不算老，恐也不会满头白发。言“白头”恐和心情有关。“搔更短”，搔，便见发愁模样。“簪”，古人用来插定发髻或连冠于发的一种插针；“不胜簪”，本已斑白的头发越搔越短，自然不须用针插了。极言忧愁过甚。多么形象而别致的比喻！

在杜甫忧国忧民诗中，最为人称颂、影响最深远的，恐又要数组诗“三吏三别”了。

“三吏三别”系杜甫贬华州期间作。此前，杜甫在政治上又一次受到打击，被贬为华州司功参军。从此他便永远离开了长安，离开了宫廷。

离开长安，离开宫廷，诗人便又回到了人民中间，从而得以接触更多的在战乱和阶级压迫下痛苦呻吟的庶民。由此，诗人的创作便又放射出熠熠光彩。“三吏三别”组诗便是他继《羌村》、《北征》后，在现实主义诗歌道路上达到的高峰，从而将唐代诗歌在思想上的成就发展到了顶点。

“三吏三别”记述的是诗人从洛阳到华州一路上的所见所闻，主要表现了官吏抓丁的情景以及由此给人民带来的深重苦难。

抓丁，自和战争相连。可奇怪的是，题中并无“战”字，而分别以“吏”和“别”为题脚，何也？

“吏”，官也，官府是也；“别”，分别、离别、永别之意。

“三吏三别”涉及的战争，是平息叛乱的正义战争。征兵本无可非议。之所以会给人民造成深重灾难，完全是官府、官吏不顾人民死活，凶狠残暴所造成。不够年龄的“中男”（《新安吏》。“中男”是当时对未成人男子的称谓，实为少年）、衰老羸弱的“老妪”（《石壕吏》）、“暮婚晨告别”的“征夫”（《新婚别》）、暮年从军的“垂老”（《垂老别》），以及战败还乡又被征的老兵（《无家别》）等，都被强暴抓丁，官府对人民残忍之甚，可想而知。以“吏”为题脚，三“吏”（新安吏、潼关吏、石壕吏）一貉，矛头直指官府，直指反动统治，一针见血，情理皆宜。诗人用心之精深，一字可见。

而“吏”之为恶，不一而足。致黎民于妻离子散，家破人亡，是其最惨烈的恶果。三“别”（新婚别、垂老别、无家别）传神，尤富情趣。

一“吏”一“别”，一官一民，一因一果，二字之用，诗人深沉、深邃的忧国忧民之心，尽在其中矣。

“三吏三别”组诗中对官吏抓丁残暴无情的揭露和对人民群众凄苦景状的描绘，尤见辛辣凄楚，催人泪下。

> 客行新安道，喧呼闻点兵。借问新安吏：“县小更无丁？”“府帖昨夜下，次选中男行。”“中男绝短小，何以守王城？”肥男有母送，瘦男独伶俜。白水暮东流，青山犹哭声。“莫自使眼枯，收汝泪纵横。眼枯即见骨，天地终无情！……”

上面是《新安吏》诗的主体，记叙诗人路过河南新安县（今河南省洛阳市辖县）所见。

完全不够年龄，甚至连枪高也不够的少年（“中男”），竟被抓丁，莫非“县小更无丁”？否。

“府帖昨夜下，次选中男行”。显然是因为征兵数量过巨，壮年男子都被征一光，官府才又下令，依次征集不够年龄的“中男”。

仅此问答，便见当时形势之严峻和官府征兵之残狠。

原来，当时正值郭子仪等九个节度使所属60万人马溃败邺城（邺城即今河南安阳县），安禄山叛军气焰嚣张，形势十分险恶。统治者为扩充兵力，便在控制的区域内尽量扩征壮丁。而吏役们为了拼凑数额，更任意捕抓，致造成到处妻离子散的惨状。

“肥男有母送，瘦男独伶俜”，本来就身单体薄、孤苦伶仃的少年，却要被送到荒无人烟的遥远边关去拼杀，“守王城”，这是多么令人心酸凄楚呀！难怪“白水暮东流，青山犹哭声”了。

“白水”，“青山”，既是自然景物素描，恐也是隐指被送者和送者。作为自然景物，“白水”、“青山”的“流”和“哭”，象征山山水水都在为“中男”被抓而涕泪纵横。山水同悲，何其哀楚！其中，“白水”似又象征被送者的泪水涟涟，如江水滔滔，滚滚东流而去；而“青山”则隐示送者。行者远去，犹能听到哭声，岂不更见哀伤。诗人精细之笔，亦可谓别致。

然而，这悲伤，这凄楚，又有何用呢？即便哭得“眼枯”、“见骨”，也无济于事。“天地终无情”呀！

“眼枯”、“见骨”，也是极形象而别致的比喻。伤心悲痛之甚，哭的时间之长，可想而知。

“天地终无情”，更见酸楚之甚。天啊，你怎么就这样残酷无情呢？这是多么撼人心肺的呼唤！

《石壕吏》，诗人在陕州陕县（今河南陕县东）石壕村所见，尤令人泣血。

> 暮投石壕村，有吏夜捉人。老翁逾墙走，老妇出门看。吏呼一何怒！妇啼一何苦！听妇前致词：三男邺城戍。一男附书至，二男新战死。存者且偷生，死者长已矣！室中更无人，唯有乳下孙。有孙母未去，出入无完裙。老妪力虽衰，请从吏夜归，急应河阳役，犹得备晨炊。夜久语声绝，如闻泣幽咽。天明登前途，独与老翁别。

无一字故弄玄虚，无一语惊心动魄，完全是口语俗字，平直述来。细味之，却见字字血泪。

“暮投”、“夜捉人”，起笔便给人以幽暗、恐怖感；

“何怒”、“何哭”，接连两个“何”字，更使人有一种平地起祸殃的茫然感。

三男二死，老母“请”征，天底下哪有这样骇人听闻的悲惨事？可诗中之诉，时间、地点、情节，又都真真切切，就连“乳下孙”之母“出入无完裙”这样的细节，也展示得清清楚楚；老妪请征赴“河南役”、“备晨炊”之由，也合情合理，令人信而无疑。诗人叙事之笔，颇得真功。

老母之诉，已令人泣血；老母之去，尤令人气绝。

“夜久语声绝，如闻泣幽咽。”多么漫长而漆黑的夜呀，多少肝肠寸断的话语，可这语声又终于在这漫长夜中断绝了，暗示老母说完话即被吏人带走；而在这漆黑如墨的深夜，唯一能听到的就只有那“出入无完裙”的媳妇的呜呜咽咽的悲泣声。这情景又是何等令人心如刀绞呀！

“天明登前途，独与老翁别。”夜终于过去了，话声、泣声也终于停止了，唯有一个“独”字、一个“别”字，它告诉人们：老妇去矣。无言无语，无声无息。可就在这无言无语中，人们却能想到深潜其中的千言万语；在这无息无声中，更能听到响彻环宇得阵阵惊雷：如此残酷、残忍，人民将何以生？国家又怎能长久？诗人忧国忧民之心愈炽。

寓神奇于平朴，寓惊雷于无声，诗人高超的艺术手法，尤令人折服。

3. 忧民之所忧，喜国之所喜

杜甫爱国忧民情真意切。他把自己完全融入了国家和人民的安危祸福中。国家有难，他忧之胜如己难；他自己遇到意外灾祸，也马上会想到普天下正在遭受同样苦难的黎民。他晚年定居成都后两首脍炙人口的绝唱：《茅屋为秋风所破歌》，《闻官军收河南河北》，便使人能从中领略和饱享到他这方面诗作中所表露出来的那感人至深的忧国忧民情，特分赏于后：

茅屋为秋风所破歌

八月秋高风怒号，卷我屋上三重茅。茅飞渡江洒江郊，高者挂罥长林梢，下者飘转沉塘坳。南村群童欺我老无力，忍能对面为盗贼。公然抱茅入竹去，唇焦口燥呼不得！归来倚杖自叹息。俄顷风定云墨色，秋天漠漠向昏黑。布衾多年冷似铁，娇儿恶卧踏里裂。床头屋漏无干处，雨脚如麻未断绝。自经丧乱少睡眠，长夜沾湿何由彻？安得广厦千万间，大庇天下寒士俱欢颜，风雨不动安如山。呜呼！何时眼前突兀见此屋，吾庐独破受冻死亦足。

茅屋为秋风所破，这是诗人定居成都后发生的一起真实事件。

如前述，诗人出身官宦世家。但至诗人成年时，已家道中落，趋于贫困。兄弟又多，住宅难能裕如。诗人进入社会后，又值唐王朝动乱频仍。诗人频繁颠簸，少有宁静；特别是安史之乱后，诗人流离转徙，疲于奔命，更难有安身歇息之所。直到肃宗上元二年（759年），关内大旱，诗人被饥饿所迫，举家南移。回到成都后，才在友人帮助下，在成都浣花溪边，建一草堂，始有栖身安居之地。未料，一场大风，又打破了安居梦。诗人身居破屋，长夜难眠，忧伤成句，故有上作。

然，秋风破屋，毕竟系个人家事、私事。伟大诗人心胸辽阔，志存高远。纵然悲伤，也不会因个人家事耿耿然不能自拔，更难吟成脍炙人口的旷世佳作。这诗可贵处，就在于由屋破而思“大庇天下俱欢颜”，由“长夜沾湿何由彻”而及“风雨不动安如山”，尽展诗人无与伦比的崇高精神境界，为后世所敬仰。诗的写作方法，有景有情，有实有虚，感情凝重，气压百代，尤令人赞赏。

“风怒号”，诗起三字，顿将秋风萧瑟肃杀之状，一推而出。其风势之猛，风声之大，风速之快，风力之强，尽在其中，令人惊骇。

接着，一个“卷”字，又顿将秋风破屋之快和屋破之惨状和盘托出，更见凄厉。

看，那屋上之“茅”——“三重茅”，在秋风的“怒号”下，是多么脆弱和不堪一击！它们简直像飓风中的柳絮、落叶，一“卷”而去，有的飞到“江郊”，有的高挂“长林梢”，有的沉落“塘坳”，一去不返，多么令人气恼！

然而更气恼的，不光天灾，还有人祸。

“南村群童欺我老无力，忍能对面为盗贼。公然抱茅入竹去，唇焦口燥呼不得！”

童欺老，“公然抱”，“呼不得”，自然只能“归来倚杖自叹息”了，何其悲哀！

诗人何以怒斥群童？不排除另有隐意。如果说“秋风破屋”有当时社会邪恶势力嫉贤妒能之隐；那“群童欺老”，似也有势利小人趁火打劫之暗示。

俗话说，听见风，便是雨。“俄顷风定云墨色，秋天漠漠向昏黑。”真有点“屋漏偏逢连夜雨，船危又遇打头风”的味道，大有灾祸一齐降临之势。这灾祸自然是更让人难以承受的。请看下面这更凄楚的一幕：

“布衾多年冷似铁，娇儿恶卧踏里裂。床头屋漏无干处，雨脚如麻未断绝。”

屋破，天寒，夜冷，而床上的布被又因使用多年，变得又硬又薄，就像铁片一样；再加上小儿睡觉不安稳，翻来覆去，将被里也给踢破了。晚上睡觉，真是备受煎熬。

更糟的是，这雨，就像一根接一根的麻线一样，下个不停，没完没了。

以上便是诗人对秋风破屋惨状的描绘。从天灾（飓风）到人祸（群童公然抢），从风助雨虐，到屋漏，到床上被硬、薄和破，到彻夜难眠，到“雨脚如麻未断绝”，情况一个接一个，惨状愈演愈烈。可以想到，如果没有切身体验，恐难描述得这样细腻和真切感人。可人们仍不免要问，诗人毕竟出身官宦之家，何以竟会潦倒如此？诗的下两句，诗人发自内心的呼唤，似也能使人从中感悟到那致诗人及家人于悲惨困境的社会动因。如果再联系诗尾的五句，还可看到，下两句，其实也是诗人在悲惨困境中感情升华、思想飞跃的两句过渡诗，是两句发人深思、引人激愤的愤语。

“自经丧乱少睡眠，长夜沾湿何由彻！”

“丧乱”？诗人此前家丧何人，不得而知。但这个“乱”字，却使人不由得想到那动乱年月（安史之乱）和在动乱中诗人及其家人的凄楚境遇。时局之乱以及个人和家人的凄楚境遇相连，便使“秋风破屋”这一偶然事件又披上了时代的必然外衣，从而也为诗人后面的兴叹涂上了悲凄的时代颜色。诗人巧妙转换之笔，亦可见高超。

漫漫“长夜”，屋漏床湿，诗人自难成眠。无眠益思。此时，诗人心中的思又当如何呢？

“何由彻”？“彻”，彻底，透彻，这里显指夜尽天明。如此“长夜”，何时才能熬到头，又怎样才能熬到天亮呢？这呼唤，自然是为眼前的无眠而呼，恐更是对悲惨时局忧愤的呼喊。诗人的心，何其憔悴！

然纵观全诗，最能展示诗人崇高品德，又最能令人心胸辽阔、感情升华、襟怀纯粹的，恐还是诗的最后五句：

“安得广厦千万间，大庇天下寒士俱欢颜，风雨不动安如山。呜呼！何时眼前突兀见此屋，吾庐独破受冻死亦足！”

这是怎样的五句诗呢？词豪意切，语朴情深。一个“安得”，一个“何时”，将诗人心中无比崇高、深邃的忧国忧民情推上了神奇浩渺的际空。尤为可贵的是，就在这五句诗里，读者如果细心体味，似还可以从中感悟到隐嵌在诗人心中忧国忧民情的三重境界。这三重境界是：

一曰忧——忧国忧民；

二曰希——希冀国家安定，黎民康乐幸福；

三曰舍——甘为黎民百姓舍身奉献。

屋破后，诗人首先想到的是什么？不是自己，也不是家人如何拥有栖身和安居之屋，而是普天下的“寒士”，要“天下寒士俱欢颜”，诗人忧国忧民之心何其广大！这是第一境界。

“安如山”，那就不仅是住房了，而首先是国家的安定。国安才能民安呀！

至此，诗人的忧国忧民情，便升华到一个新的境界，由“忧”到“希”的境界：希望国家安定，人民康乐幸福。

然而，在当时情况下，要实现此宏愿，谈何容易！他只能寄托在冥冥的幻想中了。

“何时眼前突兀见此屋，吾庐独破受冻死亦足。”有朝一日，一座座崭新的“风雨不动安如山”式的屋子，突然出现在眼前，出现在地平线上，让普天下的“寒士”都能“居者有其屋”，那该多好呀！到那时，即便我住的屋子还像现在这样破，即便我要成天挨冻受苦，甚至哪怕自己要被冻死，我也心甘承受，感到心满意足。这是多么高尚的情操！

至此，诗人心中的忧国忧民情，便又升华到了一个新的境界：由“希”到“舍”的境界，即由希望国家安定、希望黎民康乐幸福，上升到“先天下之忧而忧，后天下之乐而乐”，甘为黎民牺牲奉献的高度——三重境界之巅。

自然，这五句诗的三重境界说，很可能并非诗人的精心构思，而是笔者的感悟。但无疑应是诗人真实感情的流露。一个平平常常的秋风破屋的偶然事件，竟能引发出如此众多的高尚、高雅的精神理念和道德追求，诗人素有的忧国忧民情何其深邃、何其浓烈，也就可想而知了。诗人的崇高伟岸又怎能不令人由衷敬仰呢？

诗人忧国之所忧，喜国之所喜。国家有难，他忧心如焚。当听到有利、有益于国家和人民的喜讯时，则又欣喜有加，常狂欢而不能自已。《闻官军收河南河北》便是一首闻国喜而兴高采烈、不能自已的佳作。

闻官军收河南河北

剑外忽传收蓟北，初闻涕泪满衣裳。却看妻子愁何在，漫卷诗书喜欲狂。白日放歌须纵酒，青春作伴好还乡。即从巴峡穿巫峡，便下襄阳向洛阳。

唐广德元年（763 年），洛阳横水之役，一举收复了洛阳和郑（今郑州市）、汴（今开封市）等州，盘踞在孟（今河南孟县）、相（今河南安阳）、卫（今河南汲县）等州及河北各地的叛军头目纷纷投降，史朝义兵败自缢。至此，长达七年之久、给国家和人民造成巨大灾难的安史之乱便告结束。消息传来，诗人及家人是多么高兴呀！喜出望外，喜极而泣，欣喜若狂，喜归故里。上诗便是上述种种喜悦之情的集中展现。

“剑外忽传收蓟北，初闻涕泪满衣裳。”

“剑外”，即剑门关外。时，诗人流落在四川。

“蓟北”，即今河北北部一带，是叛军的老巢。

一个“忽传”，便将平定安史之乱的特大喜讯推在了读者面前，令人有一种意料不到的惊喜。

明明是特大喜讯，何以又“初闻”而泣呢？而且是“涕泪满衣裳”？喜极而泣，高兴过度了。而悲喜交加，似也有回忆往昔，为在动乱中流离颠簸、备受磨难、终得终止而泣。

上两句是状诗人自己的喜悦情，接下来两句则是状家人喜状。

“却看妻子愁何在，漫卷诗书喜欲狂。”

回头看妻子和儿女，她们是不是还在发愁呢？否。她们正在“漫卷诗书”，收拾行装，准备起程回家哩！你看她们那高兴的样子，简直像要发狂一样。

“愁何在”，说明此前诗人及其家人一直处在忧愁烦恼中，更见动乱给诗人及全家带来苦难之甚。而“喜若狂”，由巨悲到巨喜，欢欣雀跃、喜出望外之情，更见生动、真切和传神。

“白日放歌须纵酒，青春作伴好还乡。”

这两句诗，则是说诗人和家人共同“放歌”、“纵酒”，庆祝平叛胜利的到来，自然也是欢庆他（她）们自己：从此可以不再流浪，可以回到自己那美丽可爱的故乡了。

诗人，河南巩县（今河南省巩义市）人。安史之乱中，被迫举家南逃，历尽艰难。现在终于可以回去了，喜悦之情，自难言表。时值“青春”，青春作伴还乡，自更有一番风韵。

此时，诗人显已陶醉在愉快返乡的旅途中了。看，那归心似箭、船行如飞之情又是何等惬意！

“即从巴峡穿巫峡，便下襄阳向洛阳。”

“巴峡”、“巫峡”，均长江大峡。巴峡当在嘉陵江上游，长江三峡之一处；巫峡，西起四川巫山县大宁河口，东至湖北巴东县官渡口，为长江三峡之一。“襄阳”，今湖北襄阳市；“洛阳”，今河南洛阳市。

四地名，将诗人还乡行程和路线交代得清清楚楚；而一个“即……穿”，一个“便下”，则更将诗人那急切的回乡之情和船行如飞之状，巧妙地融合在一起，更见诗人“闻官军收河南河北”后喜回故乡之悦。

这两句诗还使人不由得想起李白被贬夜郎、中途遇赦、飞舟江陵（南京）时的那首千古绝唱:《早发白帝城》。两诗人当时的境况和心情何其相似：都是在历尽磨难后突然获得充满生机的喜讯，都是沿长江飞流直下，喜回故乡（故都）。谪仙诗高屋建瓴，直抒胸臆，一气呵成，遇赦喜悦之情和船行如飞之状融为一体，那“千里江陵一日还”和“轻舟已过万重山”的豪情逸景令人欣喜不已；而诗圣的上两句，“即……穿”、“便下”和四地名组合成句，在人们脑海里演幻而出的图像，和“千里……一日还”、“轻舟……万重山”的意象，不是也如出一辙吗？两位伟大诗人诗作异曲同工之妙，也着实令人玩味不尽。

还需指出的是，“诗圣”的上两句诗，究是诗人的想象还是诗人全家的行动，是谋划、希冀还是现实？诗中并无明示。恐是合二而一了。诗人巧妙地将想象、行动，谋划、希冀、现实融合在一起，让人分不清究竟是想象还是行动，是谋划、希冀还是现实，而又使诗味、诗韵、诗意更圆浑、更浓郁，也更富缥缈情趣。诗人神笔，岂不更见独到。

（三）爱民、悯民、恤民

——白居易诗中殷殷恻隐的忧国忧民情

白居易和杜甫一样，也是伟大的现实主义者和爱国诗人。

白居易的诗，现存的有三千多首。在唐代诗人中，他的诗作数量最多。其中最有影响，最为世人称道的，也是被他自己称为“讽喻诗”的忧国忧民之作，如《秦中吟》、《新乐府》等。他的这类诗作虽有师承杜甫的墨迹，但较杜的同类诗作，触及的社会问题似更宽广，揭示的社会矛盾更具体，也更贴近在当时历史条件下遭受重重苦难的下层庶民。

他的忧国忧民诗作的一个重要特点就在这个“民”字上：爱民、悯民、恤民。

他对当时社会各类下层劳动人民，从农夫、灾民到桑蚕女工，从“卖炭”、“折臂”老翁到身陷失土、归而被缚的“戎人”，从宫中旷妇到琵琶歌女等，几乎都有同情之作。而且越是苦难深重的下层人民，越在他笔下占有一席之地，且都描绘得细腻丰实，生动感人。他对当时社会诸多现实问题的揭露和解剖，既是对封建统治者暴政纯客观（非自觉）的血泪控诉，也是对身处绝境苦难人民的深切同情和真诚忧戚。他诗中的忧国忧民情就深嵌在这如怨如怒、如泣如诉的恤民、悯民中。

1.《观刈麦》：感人至深的悯农名篇

悯农——诗人笔下朴实无华而又感人至深的爱民情结。请看他早期的名篇《观刈麦》：

田家少闲月，五月人倍忙。夜来南风起，小麦覆陇黄。妇姑荷箪食，童稚携壶浆。相随饷田去，丁壮在南冈。足蒸暑土气，背灼炎天光。力尽不知热，但惜夏日长。复有贫妇人，抱子在其旁。右手秉遗穗，左臂悬敝筐。听其相顾言，闻者为悲伤。家田输税尽，拾此充饥肠。今我何功德，曾不事农桑。吏禄三百石，岁晏有余粮。念此私自愧，尽日不能忘。

刈麦，农村、农家最普通、最平常不过的农事了。

一年一度的农忙季节，司空见惯的农活，能有多少诗情画意呢？可在诗人笔下，既有农夫盛夏辛勤劳作之苦的展示，又有对封建赋税制度残酷无情的鞭笞和揭露(尽管不是自觉的)，还有诗人自己“曾不事农桑”

和“岁宴有余粮”的愧疚和反省，农情尽展，妙趣横生，恰是一幅封建制度下农村、农家、农夫的辛酸悲楚图，令人兴叹不已。诗人恤民、悯农之笔，尤堪回味。

“田家少闲月，五月人倍忙。”

诗起便见农村、农家农忙季节的“忙”。一个“少”，一个“倍”，两个字便将农忙之“忙”和盘托出，而“夜来南风起，小麦覆陇黄”，又将迫不及待地收麦农活展现眼前，推出了一场如火如荼的刈麦战斗。

“妇姑荷箪食，童稚携壶浆。相随饷田去，丁壮在南冈。”

农村中的所有人，包括妇女、儿童，几乎都卷进了这场抢割抢收的战斗。

“足蒸暑土气，背灼炎天光”，一个“蒸”，一个“灼”，更将盛夏劳作之苦尽展无遗。可就这样，他们还“力尽不知热，但惜夏日长”。他们是多么辛劳艰苦、备受煎熬呀！

农夫和农家们，如此不顾死活地刈麦，显然，他们对这场刈麦战斗，是充满希望的。希望是什么？不是别的。唯一的希望，就是在刈完麦、交纳完租税后，剩余下的粮食，能够填饱一家人的肚子，不至于长年缺食挨饿。多么低廉的要求呀！如此低廉要求，按说已够令人辛酸了；可这低廉要求，就能如意以偿吗？农夫们在刈完麦、交完租后，剩余的粮食，就真能果全家之腹吗？回答还会是令人沮丧的。这是令人沮丧的现实问题，更是令人辛酸的涉及根本社会制度的重大理论问题。在一首仅有 130 字的短诗中，能够回答如此严肃、如此尖锐的现实问题和理论问题吗？又怎样回答这既令人沮丧又令人辛酸的问题呢？我们的诗人自有常人难以想到的绝妙功夫。请看下面这八句诗：

“复有贫妇人，抱子在其旁。右手秉遗穗，左臂悬弊筐。听其相顾言，闻者皆悲伤。家田输税尽，拾此充饥肠。”

这是怎样的八句诗呢？刈麦后田野别致小景：贫妇抱子拾穗图——

在刚刚刈完麦的田野里，一个贫弱妇人，抱着或拎着一个不能离开大人的孩子，右手攥着一把刚从地里拾起来的刈麦后遗下的麦穗，左臂挎着一个破竹筐。她显然是要把捡起来的这些麦穗放进筐里带回家去。这时有人问她（也可能是诗人问）：不是刚收割完麦吗，你怎么还这样仔细地捡遗在地里的麦穗呢？妇人答：地里收获的粮食，光交纳租税就差不多完了，哪还有多少剩余粮食呢！只能靠捡这遗在地里的麦穗养活全家呀！多么骇人的回答！

上面这幅抱子拾穗图，如果再和前面农夫们拼命刈麦的刈麦战斗图景连在一起，人们似还可见另一幅奇妙图画——田野畸形反差图：一面是不顾死活的劳动和付出；另一面是食不能果腹的所得，还得靠捡遗在地里的麦穗充饥。多么巨大的反差呀！

“春种一粒粟，秋收万颗子。四海无闲田，农夫犹饿死。”和诗人同时代的诗人李绅的这首《悯农》诗，不正是上面这两幅图画的最好的注脚吗！诗人寓尖锐现实问题和重大理论问题于一画的高超艺术技巧何其别致！

至此，诗人那虔诚激越的悯农心，应该说尽展无遗了。至此，诗人还能心向何方、笔驰何处呢？

面对田野上畸形的图画，耳听着贫妇人辛酸的回答，诗人多情的心受到怦怦撞击，不由将自己摆了进去：

“今我何功德，曾不事农桑。吏禄三百石，岁晏有余粮。念此私自愧，尽日不能忘。”

既反省自己“曾不事农桑”，又反省自己无功受禄，还“岁晏有余粮”，怎能不“私自愧”呢？不但“愧”，而且“尽日不能忘”，可见愧疚之深、之甚。

愧疚，诗人恤农、悯农感情的真实流露；

愧疚，又将诗中浓郁凝重的恤农、悯农情推上了极致。

诗人“卒彰其志”的结尾，更见诗人虔诚的恤农、悯农心。

2. 视野更广阔的忧民、恤民情

非“重赋”，斥“轻肥”，“非宫市”，“戒边功”——诗人笔下视野更广阔、感情更厚重的忧国忧民情。

唐德宗贞元十六年，诗人考取进士，进入仕途。

随着仕途的升迁变换，诗人接触的社会面愈来愈宽广。目睹朝廷腐败和封建制度给劳动人民带来的苦难已遍及社会各个角落，伤痕累累，诗人心中的忧国忧民情也不断升华到新的境界。《秦中吟》、《新乐府》两组诗便是诗人忧国忧民情怀不断升华的产物。

两组诗共60首，涉及方方面面的社会问题，也涉及更多的苦难民众。诗中的忧国忧民情愫，也因问题和对象的不同而异彩纷呈，五色缤纷。下面仅择其中二首聊赏情趣。

《轻肥》，矛头直指统治集团的忧民、悯民作。

意气骄满路，鞍马光照尘。借问何为者，人称是内臣。朱绂皆大夫，紫绶悉将军。夸赴军中宴，走马去如云。樽罍溢九酝，水陆罗八珍。果擘洞庭橘，脍切天池鳞。食饱心自若，酒酣气益振。是岁江南旱，衢州人食人！

白居易擅长用白描和对比手法表现心中的情和思。《秦中吟》中许多篇章都是运用的这种手法。《轻肥》尤见神功。

诗的主要锋芒，直接指向皇帝身边最宠信的宦官和朝中的文武高官——大夫、将军等，实也是指向整个封建统治阶级和封建官僚制度。尽管这指向也是纯客观的，非自觉的。

“意气骄满路，鞍马光照尘。”

诗起便由虚到实营造出了一幅高官赴宴的骄昂威皇图，令人惊叹。不过，这还只是虚写，是一种气氛的渲染和烘托，真正宴会的主角——高官们并未通名报姓出场，也不能肯定他们是去赴宴。

随着一声“借问”，“内臣”（皇帝的近臣，这里指宦官）、大夫、将军这些朝中高官便闪亮登场了。原来他们是去赴“军中宴”。

这里需要指出的是，诗人之所以特别指明是“军中宴”，恐也有其精到用心的。意在说明当时正值国家内忧外患之时。“养兵千日，用在一朝”，军队的职责是卫保国土。可当此严重关头，身负重任的“军中”们，却在大肆操办盛宴，而且“内臣”和文武高官都“夸赴”以为荣，“走马去如云”。上层统治集团腐败之甚，不言可知。

不过，至此，上面所叙，也还是盛宴外围。是高官“赴”宴之隆，并非盛宴本身之盛。盛宴本身呢？诗中的描绘就更令人瞠目了：

“樽罍溢九酝”——酒中精品。九酝，精制的美酒。

“水陆罗八珍”——肴中极味。后世以龙肝、凤髓、豹胎、鲤尾、鸮炙、猩唇、熊掌、酥酪蝉为八珍。

“果擘洞庭橘”——果中稀族。江苏太湖洞庭山的柑橘，是柑橘中的名贵品种，曰“洞庭橘”。

“脍切天池鳞”——水中奇珍。天池、指海；天池鳞即海中珍稀鱼类。

多么精美绝伦的盛宴呀，简直极尽了人间珍馐。

那么，身在其中的高官们，他们享受如此美酒佳肴，他们当时又是怎样的一种心境呢？

“食饱心自若，酒酣气益振。”

他们心中哪有一点国家多灾多难、人民缺食挨饿的影子！完全是一种心安理得、心满意足、心旷神怡的模样，而且在酒足食饱之后，形态也愈见骄横了。真是可气可憎！

至此，一个不顾国家安危、不顾人民死活、穷奢极欲的统治集团的骄奢淫逸形象，便在这“军中宴”中尽展无遗了，不由得令人义愤填膺。

然至此，诗中所叙，也还仅是对盛宴的纯客观素描，并无非盛宴之议。再说，这“军中宴”和外部世界究竟有无联系，有何联系？它在人们心目中又会引起何种反应？上面的诗也无涉及。

然而，我们的诗人毕竟是心胸辽阔的忧国忧民者。他心中固有的忧国忧民情，在这骄奢淫逸的“军中宴”面前，必会引起这样那样的联想，引发出这样那样的思绪。

此时，诗人迅将“军中宴”和当时国家和社会的形势，特别是和黎民百姓正在遭受的巨大苦难相连，脑海里和笔下便顿即出现了一幅更骇人的图画：

“是岁江南旱，衢州人食人！”

“是岁”，即唐元和三年冬至四年三月，也即诗人写作上诗的时间。

据史载，时，“江南大旱”，“饿莩遍野”。时，白氏为朝廷左拾遗，是皇帝身边的谏官。见百姓濒临绝境，曾和翰林学士李绛上疏皇上，请求为百姓减免租税。

“衢州”，今浙江衢县一带。时，这里灾祸奇重，“人食人”实有其事。

一面，美酒佳肴，极尽了人间珍馐；

一面，久旱粮绝，“人食人”。

这是多么巨大的反差呀！罕见的人间悲欢图。

这反差，如神奇“金棒”，必然在人心中搅起阵阵波涛，让人久久不能平静；

这人间悲欢图，又如一柄锋锐利刃，矛头直指封建统治的“心脏”。

“人食人”，仅源于“江南旱”么？否。“军中宴”的高官们，何尝不是在“食人”呢？

造成“人食人”悲剧的根源，归根到底是当时的封建统治和封建制度。

自然如前面《兵车行》等诗词赏析中指出的，在当时，诗人的字典里，是不可能有封建统治和封建官僚制度这种现代语汇的，诗人更不可能有上面逻辑出的那种明确而清醒的认识。但他精心构思的诗作，却使人能明白无误地可以从中引申出上述深刻而尖锐的结论。尽管这结论是鉴赏人在鉴赏中细心品味诗的深刻思想内涵所得。这也告诉我们，在鉴赏古诗词中，尽管不可按照现代人的思维逻辑和语言习惯，硬性拔高几百年、甚至几千年作者和作品思想的深度和高度。但在尊重历史的前提下，认真挖掘诗人和其作品中的深刻思想内涵，用以启迪思维，教育国人，应该说也是完全必要的。否则也就很难达成鉴赏古诗词的目的，更难做到在鉴赏中更好地实现古为今用。

全诗共16句，从开头至结尾，五重叠进（骄满路；赴宴人；军中宴；气益振；人食人），三幅图画（高官“赴”宴图；盛宴图；人间悲欢图），由“赴”到“宴”，再到广阔人间，由浅入深，有虚有实，强烈对比，变幻神奇，诗人巧抒忧国忧民情之笔，令人炫目。结尾，又是寥寥十字，在平静中卷起汹涌波涛，尤增忧国忧民情趣。诗人“卒彰其志”手法，尤令人叫绝。

《卖炭翁》，也是矛头直指封建上层统治的忧国忧民作。

和《轻肥》不同的是，它还是直指最高统治者的窠穴——皇宫，揭露的是皇宫以采购为名、行劫夺之实，即所谓的“宫市”制度的。正如诗题下说的：“苦宫市也”。

据《韩昌黎集·外集》卷七《顺宗实录》等书载，唐德宗时，派宦官外出采购，任意压低价钱。德宗末年发展到经常派出“白望”（使人去宫门外探望有无卖物者）数百人，在东西两市活动，看到有可买的东西时，便以皇帝名义“购买”，付款仅为物值几十分之一。一次，一农夫担柴沿长安街叫卖，宫使见了，便强行要买，只给几尺绢作为柴钱，还逼着农夫挑进宫去，进宫门时还要付“进门钱”，气得农夫把宫使痛打了一顿。这就是唐朝的所谓“宫市”制度。

《卖炭翁》便是从当时的千百次宫市中择取了一次宫市的实际表演场景来揭露“宫市”制度残酷剥削勒索人民的苛政实质的。

诗人之所以选择这一苛政场景直抒胸臆，恐也别具匠心。

诗人身为皇帝身边的谏官，对皇上的荒淫无道自有切身感受，但又不便秉笔直抒。以皇宫之弊，言皇上之恶，庶几裕如得多。“欲见之易谕也”，“欲闻之者深诫也”（均组诗《新乐府》序中语）。通过对宫市酷制的具体解剖和揭露，也更能彰显诗人对遭受苦难的民众的深切同情。

这诗的写作手法尤新颖别致，从头至尾其实就只有一黑一白的两个形象：“伐薪烧炭南山中”的卖炭老翁和从宫中窜出来抢夺财物的“黄衣使者白衫儿”以及他们各自富有特色的表情和动作，再加上一个“千余斤”的“一车炭”换得“半匹红纱一丈绫”的结尾。除此外，再无其他任何情节，也无其他描写和叙述。却将皇宫抢夺百姓财物的恶行演绎得活灵活现，使人既见苛政之苛，又见苛政之谲和苛政之源，真是难能可贵。

请看这诗的原文：

卖炭翁，伐薪烧炭南山中。满面尘灰烟火色，两鬓苍苍十指黑。卖炭得钱何所营？身上衣裳口中食。可怜身上衣正单，心忧炭贱愿天寒。夜来城外一尺雪，晓驾炭车辗冰辙。牛困人饥日已高，市南门外泥中歇。翩翩两骑来是谁？黄衣使者白衫儿。手把文书口称敕，回车叱牛牵向北。一车炭，千余斤，宫使驱将惜不得。半匹红绡一丈绫，系向牛头充炭直。

诗起，一个常年在深山老林中“伐薪烧炭”的卖炭老翁形象便活现在人们眼前，令人顿生怜悯和同情；随着“两骑翩翩”而来的，便是那“手把文书口称敕”的“黄衣使者白衫儿”，又使人频生厌恶和憎恨。

诗对卖炭老翁外貌和内心的刻画非常逼真，对从宫中出来的宫使劫夺财物情形的描绘也十分传神。表现了爱憎分明的情趣。

“满面尘灰烟火色，两鬓苍苍十指黑”，一看就是受苦受难的卖炭老翁的形象，不由得不使人怜从中生。

“可怜身上衣正单，心忧炭贱愿天寒。”本来就是天寒地冻的隆冬，卖炭老翁身上穿的衣服又非常单薄，可他还希望天更冷些，何也？就因为天寒炭可卖个好价钱。为了多挣一点点炭钱，卖炭老翁竟甘冒可能冻坏身体的代价，硬是在本来已下了一尺深雪的大雪夜，架着车在冰雪冻结的道上碾熬，饿得牛困人乏，还只能在城外“泥中歇”，还希望又更冷些。卖炭老翁的心理刻画和卖炭奇苦的描绘何其细腻！

这是一个卖炭老翁的悲苦境况，何尝不是当时所有遭受宫市制度盘剥、勒索的苦难民众的真实写照，其实也是当时整个受盘剥勒索阶层的缩影，只不过诗人当时不一定有这样清醒的理性认知。

“手把文书口称敕，回车叱牛牵向北”。这是对“翩翩”而来的“黄衣使者白衫儿”劫夺财物情景的素描和刻画。一连五个动词，五个受娴体，凝集在两句诗里，动作之快速敏捷可想而知，说明官人劫夺财物何其熟和老道。这是他们长期劫夺百姓财物练就的“功夫”。而这又是遵照朝廷的公文（文书）和皇帝的命令（敕）行事的呀！矛头所指也不言而喻了。

一黑一白的两个形象，将最高统治者的窠穴——皇宫劫夺百姓财物的恶行暴露无遗，然而更具讽刺意味和更能引发人遐思的，还是诗尾的五句诗：

“一车炭，千余斤，宫使驱将惜不得。半匹红绡一丈绫，系向牛头充炭直。”

千余斤的一车炭，只换得“半匹红绡一丈绫”，这是怎样的买卖呢！

不公平？何止不公平！

“宫使驱将惜不得”，这哪里是买卖？完全是劫夺和被劫夺。

真要被劫夺，恐也无话可说了。可明明是劫夺，还要挂上买卖的招牌，披上公平交易的外衣，岂不比劫夺更狠毒，更具欺骗性。

五句诗，表面看似无谴责，其实谴责之意更深。“半匹红绡一丈绫”，系在牛头上表示卖炭所得，这图景不也是对封建统治者和他们推行的宫市制度的绝妙讽刺吗！诗人忧国忧民之心愈见深邃。

和杜甫《石壕吏》的结尾“天明登前途，独与老翁别”相似，这结尾也是寓神奇于平实、寓惊雷于无声中的高超艺术手法的妙用，是诗人“卒彰其志”手法的再现。

3. 情有独钟的悯民情结：悯弱女

悯弱女——白居易诗中情有独钟和更具特色的悯民、恤民情愫。

“为人莫作妇人身，百年苦乐由他人”（《太行路》）。白居易是我国历史上第一个用诗歌为妇女苦难而大声疾呼的人。

“须知妇人苦，从此莫相轻”（《妇人苦》）。他对女性似乎怀有一种特殊的怜悯同情心。

可他也不是对所有女性都一视同仁。对那种“皓腕肥来银钏窄，前呼苍头后呼婢”（《盐商妇》）式地过剥削生活的妇女，他非但不同情，还极其厌恶。

他笔下饱含深情的妇女都是受苦受难的劳动妇女或是长期在痛苦中煎熬，有冤无处诉、有苦无法呻吟的弱女。

《上阳白发人》，记述和描绘的就是上面说的后一类妇女。

据作者诗前自注云：唐“天宝五载以后，杨贵妃专宠，后宫人无复进幸矣。六宫有美色者，辄置别所，上阳是其一也。贞元中尚存焉。”

“上阳”，即当时东都洛阳的皇帝行宫——上阳宫。玄宗时，被掠宫人常幽禁在这里。

《上阳白发人》实是通过一位十六岁被掠进宫、时已六十、被幽闭在上阳宫达四十五年之久的老宫女的悲惨经历，揭露和控诉封建统治者残酷折磨民间女子的罪行、同时也为这类鲜为人知、有苦无处诉、也不敢诉的弱女呐喊。

需要指出的是，在当时皇权如天的社会，暴露皇宫内部非人性黑幕，为怨女呐喊，也是要冒极大风险的。诗人无视最高统治者的淫威，竟从心底发出了“愍怨旷”的呼唤，更见诗人对这类弱女有着非同一般的同情心。

“愍怨旷也”，题下诗人自注。“愍”同“悯”。古时谓成年无夫之女为怨女，成年无妻之男为旷夫。这里“怨旷”并举，实是偏指怨女。

上阳人，红颜闇老白发新。绿衣监使守宫门，一闭上阳多少春。玄宗末岁初选入，入时十六今六十。同时采择百馀人，零落年深残此身。

诗起，便见一如花似玉的民间少女，被幽闭在酷似监狱的皇宫。漫长的岁月，使这位少女美妙青春被暗暗消磨殆尽，由“红”（颜）而“闇”（老）而“白”（发），终于变成了一个鬓发斑白、孤苦伶仃的残老宫妇，形单影只，孤寂苍凉。

“闇”同“暗”，融年岁逐渐变老、暗暗变老和容颜逐渐暗淡、逐渐憔悴于一炉，一字之用，颇具神韵。

“绿”——“绿衣监使”。唐代管理宫阉事务的宦官，为六品或七品下。其官服，唐为绿色或浅绿色，故作“绿”。这“绿”字，和上句的“红”、“白”交相辉映，构成了外观上的三彩景观，自更增美感。

而“多少春”之问和“十六”、“六十”之答以及“残此身”之结，则更将这宫妇被折磨时间之长、致成结局之惨总括一尽，尤见悲怆。

诗人巧用颜色、状词（暗、残）、问答和数字精心构建悲剧起局之笔，亦堪称别致。

那么，这宫妇当初又何以会身陷罗网呢？“忆昔”之后，少女入宫时的悲惨遭遇，便又展现在读者眼前。

忆昔吞悲别亲族，扶入车中不教哭。皆云入内便承恩，脸似芙蓉胸似玉。未容君王得见面，已被杨妃遥侧目。妬令潜配上阳宫，一生遂向空房宿。

“别亲族”、“不教哭”、“皆云……”，少女被诱、被骗、被劫掠之情如见如现；“未……见面”、“被……侧目”，少妇进宫后遭妒嫉、遭排挤、受凌辱之况，尤见真切。

“一生遂向空房宿”，少女终于落得了一辈子独守空房的结局，何其悲惨！

一辈子守空房，凄惨何其多多，自难一一尽述。诗人妙笔，仅择“秋夜”、“春日”而叙，先分后合，更见凄楚。

宿空房，秋夜长，夜长无寐天不明。耿耿残灯背壁影，萧萧暗雨打窗声。

春日迟，日迟独坐天难暮。宫莺百啭愁厌闻，梁燕双栖老休妒。

莺归燕去长悄然，春往秋来不记年。唯向深宫望明月，东西四五百回圆。

秋夜，漫长的夜。漫漫长夜，对幽闭深宫的怨女说，是最难熬的时刻了。

“夜长无寐”，仅此四字，按说便将宫妇独卧空房之苦尽展无遗，可这“无寐”中还有诸多骇人景象：“残灯”，“背壁”，昏昏沉沉，只见“影”，不见人，何等恐怖！可就这样，还要独坐盼天明，可这天又迟迟“不明”，多难熬呀！

这还不算，更有那“萧萧暗雨打窗声”。

“萧萧”，风声，雨声，草木摇落声。《楚辞·九章·蓄英》：“秋风兮萧萧”、《史记·刺客列传》：“风萧萧兮易水寒，壮士一去兮不复还”，均悲楚之象。夜阑人静，暗雨萧萧，点点滴滴打在窗上，落在怨妇心头，那份哀伤凄楚，又怎能让人承受得了？

上是“秋夜”，那“春日”呢？春日又何尝能缓解！

“春日迟”。“迟”，与“速”相对。春天的白日呀，你怎么也过得这样慢呀！一个人独坐到天黑，也是多么不容易呀！

黄莺婉转，本来是优美动听的。可在怨妇耳里，却毫无美感，反而愈听愈愁，厌闻其声。

那梁上的燕子，双眠双栖，是令人艳羡的。可在这宫妇眼里，也根本艳羡不起来。因为宫妇想，我现在已年老色衰，还有什么好艳羡的呢？犯不着去嫉妒了，嫉妒也于事无补了。

“休妒”二字，看似轻松，其实其中蕴含着极大的痛苦和悲伤。它隐示这宫妇年年妒、月月妒，直到老了、用不着妒了才“休妒”，经历了一个由希望到失望到绝望的悲惨过程。

闻莺啼而厌，见燕栖而伤，怨妇之心，刻画得何其纤细！

日愁夜戚，如坐针毡，真是度日如年呀！可这还不是一日两日、一月两月、一年两年，而是数十年如一日、年年月月日日如此呀！其悲楚之甚，也真是叫人难以设想！

“莺归燕去长悄然，春往秋来不记年。”由于长期为忧愁所困，总是那样哀伤寂楚，宫妇的神智也变得麻木了，以致连春去秋来，在宫里究竟度过了多少年月，也记不清了。只知道在宫中望明月，看那月升月落，数那月圆月缺，大概也有四五百回了。

“四五百回圆”，这又是怎样的一种概念呢？一年十二个月，每月月圆一次，四五百回约为四十五年。这和前面说的“入时十六今六十”，大致相符。怨妇用心，可谓精细。

然而，“唯向深宫望明月，东西四五百回圆”，两句诗给予人们的启迪，却又远非“数”月之心细和准确所能已，似还有更深刻的思想内涵：

深宫、明月，相距何其遥远，可望而不可即，可观而不能近，怨妇之怨，永无期矣！

“人有悲欢离合，月有阴晴圆缺。”可这宫中怨妇，只见月圆，不见己“欢”；月圆四五百回，而己“欢”无一日。四十五年只能望月而叹，这人间悲剧，又何其惨烈！怨妇“数”月，本身就是对这人间悲剧的血泪控诉。

至此，诗对宫中怨妇幽闭之苦的倾诉可谓淋漓尽致了。然淋漓尽致也非意尽词穷。诗人悯女情深，更有悯怜妙笔。在尽倾女苦之后，诗人竟又别开生面，以女主人自己口吻，自我嘲笑起来，嘲笑中更见悲伤和凄苦。

今日宫中年最老，大家遥赐尚书号。小头鞋履窄衣裳，青黛点眉眉细长。外人不见见应笑，天宝末年时世妆。

“大家”，古代宫中侍从对帝、后的称号，此处指唐德宗。

“尚书”，即女尚书，宫中女官的名称。

怨女时年六十，已垂垂老矣。垂暮之年，领尚书事，显系虚职。以一辈子独守空房为代价，换得一个毫无实际意义的虚衔，这“买卖”何其惨烈！令人唏嘘。

最高统治者惨无人道，将少女硬拉进宫，四十五年竟不闻不问，老了才赐给一个虚衔，这能抵偿怨女一生的哀怨吗！“皇恩浩荡”，岂不更见虚伪和荒诞。

“小头鞋”，“窄衣裳”，“青黛点眉”，“眉细长”，典型的天宝末年的妆扮。怨女年已六十，过去了近半个世纪，还是原来的装束。外人见了岂不要笑掉大牙。装束中也见悲哀。

可尽管如此，也还是难述怨妇之苦于万一。情极词穷，诗人只好变含蓄为袒露，直呼其苦了。

上阳人，苦最多。少亦苦，老亦苦，少苦老苦两如何。

十六进宫，时年六十，一闭四十五春，“少苦”、“老苦”，囊括尽矣。多少辛酸血泪，尽在这四字之中。究其源，最高统治者荒淫无道所致。

君不见昔时吕向美人赋，又不见今日上阳白发歌。

作者自注：“天宝末，有密采艳色者，当号花鸟使。吕尚献《美人赋》以讽之。”

可遗憾的是，吕尚之讽，并未引起最高统治者的收敛和悔悟，致有“今日上阳宫人白发歌”！诗人巧用史实，在诗的结尾，仅用两个“不见”，就揭示出了事物的本质和悲剧的根源，倍增诗的思想深度、高度和情趣。诗人“卒彰其志”的手法，更见新的妙用。

《上阳白发人》，最高封建统治者残酷摧残宫女的恶行，的确令人发指。然在整个社会中，这类妇女，毕竟是少数。诗人之所以特别关注这类女性，是和他曾在皇帝身边任过要职、目睹最高统治者荒淫无道有关。不过，纵观诗人诗中悯弱女之情，更多地还表现在对大量挣扎在民间底层的苦难妇女的深切同情和深情关切上，而且涉及妇女苦难的方方面面。如《妇人苦》，以被丈夫厌倦的妻子之口，诉说出了封建社会广大妇女的种种辛酸和不幸。《母别子》，概括了旧时许多妇女被压迫、被蹂躏而又被任意抛弃所致成的种种悲剧。他那首千古传诵的著名长诗《琵琶行》，通过一个年老色衰的商妇沦落天涯的悲惨遭遇抒发自己的愤懑之情：“同是天涯沦落人，相逢何必曾相识。”既是暗示他自己当时在政治上遭受的打击和悲惨境遇，有如沦落弃妇；也表明他对从不为人所齿、从不被人关注的风尘弱女具有特殊同情心。“座中泣下谁最多？江州司马青衫湿。”青衫都被自己的泪水阴湿了，伤悲之极可想而知。

（四）气冲斗牛，气壮山河

——民族英雄岳飞、文天祥诗中忠贞报国的忧国忧民情

我国是个多民族团聚融合的国家。我中华民族的历史，是一个疆土不断扩展、各民族不断融合的。历史上的争斗、征战甚至兼并，在某种意义上，实为民族团聚、融合所必需，是在一定历史条件下实现民族团聚、融合的一种方式和手段。各民族有各民族的英雄，各民族的英雄，应该说都是中华民族英雄谱上光跃千古的明星。这是不能用简单的、非历史的观点来评判和决定取舍的。只有用民族融合的观点，历史的观点，包容的观点，才能得出正确的认识，作出正确的评判和抉择。

在我国南宋历史上，就有两位这样的英雄——岳飞、文天祥。他们是南宋历史上顶天立地的民族英雄，同时也是诗人。

作为英雄，他们矢志抗金，力拒和议，终为奸贼所害（岳飞）；“忠肝赤胆”，宁死不屈，大义凛然（文天祥）。其英雄史绩，是可以光照日月，彪炳千秋的。

作为诗人，他们的作品不多，但流传的几篇，却成就颇高，有的情文俱佳，堪称千古绝唱。

民族英雄的特质，决定他们作品的基调也必定是爱国主义的。他们流传下来的为数不多的几首诗词，都是极具强烈爱国情怀的忧国忧民作。只不过他们诗中的忧国忧民情更多地表现为报国效国之行，誓雪国耻、誓复失地之志和凛然舍身、不惜为国捐躯之义。他们诗中的忧国忧民情趣，集中到一点，又是一个“气”字：气冲斗牛，气壮山河。这“气”就是：“怒发冲冠”、誓雪国耻的民族正气；有我无敌、期在必胜的英雄

豪气；视死如归、勇于献身的浩然之气。

岳飞的《满江红·写怀》和文天祥的《过零丁洋》等，便是这种民族正气、英雄豪气、浩然志气激昂洋溢、震撼环宇的光辉篇章。下面就让我们怀着崇敬心情，赏读这些光照日月的诗篇。

1.《满江红》：气壮山河的民族正气歌

怒发冲冠，凭阑处，潇潇雨歇。抬望眼，仰天长啸，壮怀激烈。三十功名尘与土，八千里路云和月。莫等闲、白了少年头，空悲切。

靖康耻，犹未雪；臣子恨，何时灭！驾长车，踏破贺兰山缺。壮志饥餐胡虏肉，笑谈渴饮匈奴血。待从头、收拾旧山河，朝天阙。

这词的写作背景是：北宋绍兴六年（1136年），大举入侵我中原之敌——金军，在以诗人（岳飞）为代表的坚定的抗金力量的强有力打击下，连连败北，大有风卷残云而去之势。可以秦桧为代表的投降派，此时也加紧了投降活动。一时和议之风甚嚣尘上。

时，岳飞再次出师北伐，迅速收复了伊阳（今河南汝阳县）、洛阳、商州和虢州（今河南灵宝、栾川以西，伏牛山以北地段），继而攻陈、蔡地区，祈能一举收复全部失地，将倭寇逐驱出境。但由于投降派破坏，岳飞很快发现自己是孤军深入。既无援兵，又无粮草，不得已只好回师鄂州。壮志未酬，诗人何等愤慨！愤恨交加，便留下了上面这首千古绝唱，谱成了中华民族爱国主义的最强音。

“怒发冲冠”。

如火山爆发，如熔岩喷浆。诗起，一股冲天怒火，便劈空而降。

诗人何以如此愤怒？锋芒所指？下面便是回答：

“凭阑处，潇潇雨歇。”

“潇潇”，风急雨骤貌。“潇潇雨”，既有风狂雨骤意，又有萧肃凄楚情。祖国大好河山，沦于侵略者铁蹄之下，人们陷于水深火热之中，岂不萧肃凄楚！

可“潇潇雨”，何以又“歇”呢？

这个“歇”字，便见投降派的和议之风。投降派用心险恶，妄图扑灭国人抗金斗争的怒火，让国人永远蒙受任人欺凌、任人宰割的痛苦，这不是要“歇”吗！多么可怕而又令人憎恨的“歇”呀！

由“歇”推知，诗起的“怒发冲冠”，是对投降派的。

诗人何以要首先将矛头指向投降派？源于对当时形势的正确分析。因为，在当时情况下，不首先反对投降派，不坚决遏制投降派的投降阴谋，便不能顺利推进全民的抗金斗争，更难将这一斗争进行到底，直至将侵略者驱逐出境。诗人首先将矛头指向投降派，是完全有道理的。也说明诗人确是智勇双全、很有战略眼光的爱国将领。

反对投降派，目的为抗金。接下来三句，便是对侵略者的。

“抬望眼，仰天长啸，壮怀激烈。”

“抬望眼”和“凭阑处”不同。“凭阑”是倚栏沉思：思投降者的丑行和给国家、民族带来的灾难；而“抬望眼”则是举头远望：瞭望中原大地。但见：狼烟滚滚，金人横行无忌，凶残恶狠。故有“长啸”和“壮怀”之举。

“长啸”，是对侵略者“啸”：神州大地，不容践踏！

“壮怀”，歼敌致胜之怀，更是对入侵之敌的。

起笔，“怒发冲冠”；续笔，“仰天长啸”。一“冲”一“啸”，既“冲”

投降派；又“啸”侵略者。仅此，一个以国家、民族为己任、矢志报国、极具民族正气和英雄豪气的光辉形象便巍然矗立在读者面前，令人景仰。诗人抒怀之笔，也立见高超。

然而，诗人的崇高伟岸，又绝非止于对敌人的仇恨和愤怒；决心为国为民做更大贡献的雄心和抱负，才更具爱国志士和民族英雄赤诚报国的伟岸情怀。下面便更见这情怀在对待功名和对待和看待功勋业绩方面的展现。

“三十功名尘与土，八千里路云和月。”

岳飞写这诗时，35 岁，正是建功立业之时。诗人 19 岁投笔从戎，抗辽抗金，屡建奇功，官至节度使（相当总都，统揽数州军事），可谓功成名就。

诗人河南汤阴人，湖北起兵，连战朱砂镇，战斗里程约七八千里。“八千里路”，纵横近万里，何其叱咤风云！

如此显赫业绩，凡夫俗子，自会乐于炫耀。可诗人却以“尘与土”、“云和月”轻描淡写谓之，岂不更见豪雄高雅气度！

“尘与土”，天地间最微小、最不起眼的混合物，“三十功名”与之并列，视功名为尘土，何其旷达！旷达中也隐见诗人要创建更大功名的雄心。

“云和月”。虚无缥缈，变幻莫测；“八千里路”状似穿云追月，岂不既见往昔如烟似云的豪雄飘逸，更见今日不为功累的积极进取精神。

“尘与土”，“云和月”，地下，天上，四种景物，两对喻体，巧妙地织成了一幅催人奋进的励志图，激励着诗人更加昂扬奋发，决心在人生道路上铸造更加璀璨的辉煌。诗人的雄心抱负，更见伟岸。

“莫等闲，白了少年头，空悲切。”

汉乐府《长歌行》：“百川东到海，何时复西归？少壮不努力，老大徒伤悲。”意为河水东流，一去不返，人生韶华不再，莫要蹉跎岁月。

诗人取其意，用在了为国雪耻上，前面是“莫等闲”，后面是“空悲切”，更见神圣、庄重，也更富忧国忧民情趣。

据史载，岳飞 19 岁投笔从戎时，其母姚氏曾令其跪地在他背上刺“精忠报国”四字，成为岳飞一生的座右铭。岳飞的这首《满江红·写怀》，上阕的深刻内涵，如果要概括的话，似也可概括为母刺四字：“精忠报国”——明“精忠报国”之志。

不过需要指出的是，岳飞的一生，也并非全是精忠报国。他也有镇压农民起义的污行。1133 年，因镇压江西农民起义，曾获高宗授予“精忠岳飞”锦旗一面。必须指出，这和岳母所赐四字是有本质区别的。岳母刺字核心是“报国”，而高宗授予的锦旗是忠君，不能相提并论。

报国贵在行动。词下阕便是报国之行。如果也要用岳飞自己的话概括，也可概括为四个字：“还我河山”——抒“还我河山”之情，更见英雄豪气。

“靖康耻，犹未雪；臣子恨，何时灭！”

“靖康耻”，国耻也。靖康二年（1127 年），金兵攻陷汴京（今河南开封），虏宋徽宗、钦宗二帝北去。上即指此事。国耻未雪，诗人时刻萦于心头。

“臣子恨”，也是国恨、民族恨。

诗人以国家安危、存亡、祸福为己任，更见耿耿忠心。

“驾长车，踏破贺兰山缺。”

贺兰山，在宁夏回族自治区西北部。这里泛指时被金人占领的国土。“缺”即山口。

诗人的神圣目标十分明确，就是要收复被金人夺去的全部国土。这也是诗人“精忠报国”的宏愿。可要达此目的，谈何容易！需要付出艰巨的努力，其中最重要的，是要弘扬有我无敌的民族正气和英雄豪气。

“壮志饥餐胡虏肉，笑谈渴饮匈奴血。”

“胡虏”，即匈奴，泛指异族入侵者。

“壮士饥餐”、“笑谈渴饮”。对侵略者的刻骨仇恨，坚定而坚强的战斗意志，一往无前的英雄气概，高度自信的乐观主义精神等克敌制胜的精神法宝，便全都融汇其中。以此制敌，何敌不克！

“待从头，收拾旧山河，朝天阙”、“还我河山”的宏愿定能变成现实。诗人是何等自信呀！“旧山河”，即祖国原有的疆土。

可遗憾的是，这位矢志抗金的民族英雄，后来竟被奸贼秦桧以“莫须有”罪名杀害，他的齐天宏愿终化为泡影。这是最令人悲哀的。

然而，这响彻云霄的民族正气和英雄豪气之歌，以及这歌中托起的岳飞这顶天立地的民族英雄形象，连同他一生的光辉业绩，如同历史丰碑，永远光照寰宇，屹立千秋万代。

2. 文天祥《过零丁洋》和《驿中言别友人》

《过零丁洋》是文天祥战败被捕，被元将张弘范押送北上、过零丁洋时作。

零丁洋，在广东中山县南。

时，诗人为南宋丞相——南宋末代丞相。南宋祥兴元年（1278 年）十月二十六日，诗人率部抗元战败后，在五坡岭（在今广东海丰县北）被元将张弘范俘，随即被强迫随船追击在崖山(在今广东新会县南海中)的帝昺（南宋末代皇帝），过零丁洋。

此时此刻，诗人面临的是怎样的一种境况呢？

一个极严峻而又极痛苦的抉择——人生最重要的抉择：生与死，尖锐地横在诗人面前。是忍辱蒙羞、苟且偷安而生，还是英勇无畏、慷慨就义而死，这是诗人——一个战败被俘的战败国丞相无法回避的问题。

回答自然是困难的。因为它必然会涉及对自己一生的回忆和沉思，会引发对许多情况和许多问题的思考。

《过零丁洋》便是从回忆开始，通过对一系列问题的思考，而后作出的人生抉择。

> 辛苦遭逢起一经，干戈寥落四周星。山河破碎风飘絮，身世浮沉雨打萍。惶恐滩头说惶恐，零丁洋里叹零丁。人生自古谁无死？留取丹心照汗青。

诗人出生于江西庐陵（今江西吉安南）一书香地主家庭。父嗜书好读，对诗人读书学习也抓得很紧，曾特聘名师从严执教。由于家庭的良好教育，加上自身的勤奋聪颖，诗人自幼便以通经博识而闻名遐迩。18岁获庐陵乡试第一名；20岁殿试，又被钦定状元。明经入仕，“辛苦遭逢”，诗人的发迹，完全得于自身的努力。此时回想起来，似也有一种问心无愧的满足。

然而当诗人回忆起自帝㬎祥兴元年（1275年）起兵“勤王”以来的抗元斗争时，又不由得感慨系之，悲从中生。

据《宋史》载，时，“朝廷征天下兵”，但像文天祥这样高举义旗为国捐躯者“寥寥无几”。“干戈寥落”，显有“寥寥无几”之隐，暗嵌对苟且偷生者愤。

可何以又“四周星”呢？

诗人从起兵至被俘，刚好四年。四年中，抗元斗争时起时伏，时高时低，稀稀落落，冷冷清清，始终进展不顺。究其原因，则是投降派从中干扰破坏所致。“四周星”，似暗示四年抗元冷清稀落，有如辰星寥落。

隐嵌对投降派的愤怒和谴责。

不过，“周星”应为岁星。岁星 12 年在天空循环一周，故又以周星指 12 年。四周星应为 48 年。

4 年，48 年，两个相似而又悬殊的时间概念放在一起，何也？恐也非随心所欲；而是诗人的精细用心。极言抗元斗争的艰难和曲折：4 年竟有 48 年之久。诗人当时的心境，也可想而知。

抗元斗争如此艰难曲折，国家和个人的境况，也就不言而喻了。

“山河破碎风飘絮，身世浮沉雨打萍。”

祖国的大好山河，沦为侵略者乐土，如今已是支离破碎、国不堪国了；祖国的前途命运，恰如风中柳絮，随风飘零，随时都有覆灭的危险。而诗人自己呢？在这风雨飘摇的岁月，身世沉浮，不能自主，也宛如汪洋中的浮萍，频遭风雨摧残，随时都有被淹没的可能。

这里还需指出的是，上两句对仗极工的诗，不仅形象地再现了南宋政权当时的险恶形势和诗人当时的凄楚处境，而且生动地展现了诗人和当时的祖国——南宋政权同命运之悲，并为后面的诗埋下了必然的伏笔。

“山河破碎”和“身世沉浮”并列，便见诗人和南宋政权命运休戚相关；“风飘絮”、“雨打萍”，无情风雨中两个最经不起风吹雨打的细小之物（柳絮、浮萍）连在一起，岂不更见同命运之悲。诗人时为南宋丞相，对南宋怀有特殊感情，完全可以理解。应视为赤子对自己祖国的感情。

下面的诗更见惊心动魄。

“惶恐滩头说惶恐，零丁洋里叹零丁。”

“惶恐滩”，河滩名，在江西万安县，水流湍急，为赣江十八滩之一。

宋端宗景炎三年（1278年），诗人率部在江西空阬兵败，曾经惶恐滩撤往福建。当时前横大海，后有追兵，过江时那种惶恐不安的心情令人颤栗。诗人将两个“惶恐”植于一句，一实一虚，更见惶恐之至。

可“惶恐”又算得什么呢？现在就不仅是惶恐的问题了，而是被敌军所俘，成了俘虏了。成了俘虏，离开了祖国，离开了人民，只身被押在零丁洋敌人的战船上，怎能不更感孤苦伶仃之至。两个“零丁”，更见凄楚之甚。

先是两个“惶恐”，接着又是两个“零丁”，两句较前两句对仗更工、语音更切、情韵更浓的诗联，简直将诗人当时的悲楚心境描绘得再充沛、再真切不过了。

然而，这又算得了什么？摆在诗人面前的现实是，如果不投降，不甘心情愿地听从敌军驱使，前途肯定就只有一个：死。这是毋庸置疑的。

死又当如何？死，就能屈膝投降么？诗人素有的爱国情怀和崇高品格，决定他不会在死亡面前怯弱和畏缩，而只能焕发出更昂扬的斗志，展现出更令人景仰的民族正气和英雄豪气。请看下面两句更见雄豪而光照日月的诗：

“人生自古谁无死，留取丹心照汗青。”

人生在世，自古至今，谁能不死呢？仅此前一句，便将一个对死毫无畏惧、极具旷达情怀的勇士形象推在了读者面前，令人肃然起敬！

它告诉人们：死，对每个活着的人说，不可避免；死，并不可怕。

它更是对敌人的宣战：死吓不倒爱国志士；死，又奈我何。

需要特别指出的是，上面的豪言，还不是在风平浪静，在生命安稳无虞情况下发出的，而是在战败被俘、身陷囹圄、随时都可能惨遭杀戮、面临死的威胁的严重关头发出的，这就不能不更令人由衷敬佩。

再联系下一句，诗人的崇高伟岸便更令人高山景仰了。

“留取丹心”，这“留取”二字，便别有深意。它又告诉我们，生命和灵魂，躯体和思想，是可以分开的。生命可以被消灭，躯体可以被摧毁，而精神、思想、品德却可以“取”出来，“留”下去，让它万古流芳、万世永存。人们常说，精神不死，大概就是这道理。

那么，诗人要“留取”的“丹心”，又是一颗什么样的“心”呢？联系诗人一生的经历，似也不难看出，诗人要“留取”的丹心，显然不是什么别的“心”，而是一颗忠于南宋、也是忠于他自己祖国和民族的耿耿忠心，是一颗大义凛然、宁死不屈、无私无畏的耀眼红心。诗人显然是要在行将就戮、离开人世前，将这颗“心”从生命的躯壳里“取”出来，让它“留”在人间，永远光照青史，光耀环宇。何其伟岸！

“汗青”即青史。古时在竹简上书写，先以火炙竹青令汗，取其易书，亦可免虫蛀，谓之“汗青”，亦指史册。

其实又何止在即将离开人世前，就在诗人被捕的第一时刻起，就有个“留取”的问题。这“留取”便是考验、检验——考验和检验一个人是否真正具有为国为民的赤胆忠心和是否真正具有民族正气和英雄豪气。诗人以钢铁般的坚定意志和无与伦比的坦荡情怀，对两个“是否”作出了最令人景仰的回答，显示出他和岳飞一样，也是一个顶天立地的民族英雄。

就在他过零丁洋后不久，元将张弘范又逼他招降海上坚持抗元的南宋将领张世杰。文即出上诗示之，张看到上两句，知强迫无望，乃罢。亦可见上诗的震撼魅力。

次年，诗人被元军押送北上，途经金陵（今南京市）。在驿中，诗人还填了一首别友人的词：《念奴娇·驿中言别友人》。这词和《过零丁洋》一样，也极具民族正气、英雄豪气和忧国忧民情。

水天空阔，恨东风，不惜世间英物。蜀鸟吴花残照里，忍见荒城颓壁！铜雀春情，金人秋泪，此恨凭谁雪！堂堂剑气，斗牛空认奇杰。

那信江海余生，南行万里，属扁舟齐发。正为鸥盟留醉眼，细看涛生云灭。睨柱吞嬴，回旗走懿，千古冲冠发。伴人无寐，秦淮应是孤月。

这词从头至尾典语入诗，且用典别巧。古今相交辉映，倍增情趣。

“水天空阔，恨东风，不惜世间英物。”

诗起便见诗人赤诚爱国的民族正气。

南宋灭亡，水天一色，“空阔”无垠了。诗人无限感慨。可何以“恨东风”呢？

杜牧《赤壁》：“东风不与周郎便，铜雀春深锁二乔。”

一种观点认为，三国时，明显处于弱势的吴国，之所以能打败强曹，完全得于天助。东风骤起，火烧赤壁，致曹兵八十三万毁于弹指间，“樯橹灰飞烟灭。”

诗人显是信奉这论说的。他进而推论认为，南宋之所以灭亡，也主要是因为没有天助。冥冥上苍既没有像三国赤壁战时那样，骤降大风，火烧元营；更没有慷慨赐予像周瑜那样的“世间英物”，能够指挥千军万马，以少胜多，力挽狂澜于将倒。“恨东风”实是恨上苍。

这种虚无缥杳的“恨”自然是荒谬的。但这“恨”的后面隐藏的那故国情深，却也依稀可见。而且其中似还包含有诗人的某种自责和自贬。贬责自己不是周瑜那样的“世间英物”，不能力挽南宋的灭亡。这种自责自贬之情在后面诗中也有展现。

接着，诗人便极尽浓情之笔，极抒亡国之悲。

“蜀鸟吴花残照里，忍见荒城颓壁！”

“蜀鸟”，即杜鹃鸟，“杜鹃泣血”。

“吴花”，吴宫之花。“吴宫花草埋幽径”（李白《登金陵凤凰台》）。

夕阳残照，悲鸟哀鸣，落花飘零，野草殁径，一派荒芜残破景象。亡国之悲，何其浓烈！

还有更悲：

“铜雀春情，金人秋泪，此恨凭谁雪！”

“铜雀春深锁二乔”。杜诗以虚拟之笔暗隐孙权的侥幸成功；这里则是以杜诗中虚拟之惨况暗喻宋室灭亡后、嫔妃皆入元宫的奇耻大辱，是以“假”悲喻真悲。

而“金人秋泪”，则是以三国时魏明帝（曹睿）派人从长安运走汉武帝铸造的捧露盘仙人铜像时百官潸然泪下的真实史实，隐喻南宋亡国后物是人非之悲，是以往悲喻今悲。

八言两典，一真一假，一“春”一“秋”，一“情”一“泪”，诗人借典言悲之笔，可谓婀娜多姿。

如此奇耻大辱，谁人能“雪”呢？

诗人已身陷囹圄，显已无能为力了。可在驿中见到友人“堂堂”正气，刀光剑影，气冲斗牛，更为自己未能完成光复大业、辜负了友人的信任而倍感羞愧。愧恨交加，诗人不由得向友人坦陈心扉：“斗牛空认奇杰”了。

“斗牛”，二十八宿中斗宿和牛宿，亦作“牛斗”。王勃《滕王阁序》：“龙光射牛斗之墟。”牛斗之墟，指两宿的分野，即今浙江、江苏、安徽、江西诸省地区。这里则是借指南宋政权和南宋国家。而“奇杰”则是指他自己。“空认奇杰”，显言自己辜负了国家和友人的信任，被国家和友人们“空认”为“奇杰”了。愧疚、自责、自贬之情又见。但愧疚中似也有激友人再战之隐。

友人者谁？何以会在驿中相见？不得而知。但可断定，必是和诗人一样，同为忠贞爱国之士。也有人考，系原礼部侍郎邓剑。此人后为文抗元军幕。文被捕，自会益增愤慨之情，专去驿中等望，也未可知。“堂堂剑气”之“剑”，似也有其名之隐。

诗人心潮起伏难平，此时又不由得想起一段往事——第一次出使元营被拘、后又脱险南归之事。

那是宋德祐二年（1276 年），京城（即临安，今杭州）被元军围困。宋恭帝命文出使元营议和，未料被拘。随即被押至京口（今江苏镇江）。中途，文趁元兵疏监，落荒而逃。历尽艰险，绕道海上，方得南归。后拜右丞相。

“那信江海余生，南行万里，属扁舟齐发。”便是指上述往事。“万里”极言遥远。非实数。

回忆往事，诗人不由得更是心潮起伏，心绪难平。

“正为鸥盟留醉眼，细看涛生云灭。”

诗人寻思，当时之所以不避艰险，历尽千辛万苦，南逃归宋，就是为了留得余生在，好与盟友们一同抗元复宋呀！没想到，风云变幻如此迅猛，形势发展到如此险恶，以致国家亡破，自己又身陷敌营。早知如此，那时还不如干脆留在元营、坚持和敌人斗争呢？诗人心思，何其纤细！

“鸥盟”，即与海鸥结盟，这里指抗元盟友。

“醉眼”，犹醉生，指余生。

“涛生云灭”，喻抗元斗争风云变幻，形势险恶。

国破家亡，身陷囹圄，是不是就只能忍气吞声、甘心为奴呢？不。诗人身处逆境，但堂堂正气不减。正气在胸，自有更神奇妙想。又是八言两典，典中更见民族正气和英雄豪气。

“睨柱吞嬴，回旗走懿，千古冲冠发。”

“睨柱吞嬴”，出自《史记·廉颇蔺相如列传》：蔺奉命捧璧出使秦国，心计秦王无意以城换宝璧，“因持璧却立倚柱，怒发上冲冠……持其璧睨柱，欲以击柱。秦王恐其破璧，乃辞谢。”这就是历史上著名的“完璧归赵”故事。

“回旗走懿”，则见于《三国志·蜀志·诸葛亮传》裴松之注引《汉晋春秋》：诸葛亮死，“杨仪等整军而出。百姓奔告宣王（司马懿，字仲达，晋建国初称宣王，后追封宣帝），宣王追焉。姜维令仪反旌鸣鼓，若将向宣王者。宣王乃退。不敢逼。于是仪结陈而去，入谷，然后发丧。宣王之退也，百姓为之谚曰：‘死诸葛，走生仲达。’”——死诸葛竟吓退司马懿浩荡大军，何等英雄豪气！

上两典也是婀娜多姿。一文（蔺，战国时赵国丞相）一武（诸葛，三国时蜀国军师），一生一死，一彰正气（不辱使命，还璧归赵），一展豪气（“死诸葛，走生仲达”），诗人誓雪国耻的豪情壮志，尽在其中矣。“千古冲冠发”，“千古”二字，更见浩然正气。

“伴人无寐，秦淮应是孤月。”

秦淮河畔，诗人彻夜无眠。此时此刻，唯一陪伴诗人的，就只有浩瀚夜空中一轮“孤月”。“孤月”孤人。此时此刻，诗人又在思想什么呢？那情思，那心绪，又何其浩渺！浩渺中更见诗人心中那满腔忧国忧民情之悠扬、激越和深邃。

3. 浩然正气之总汇：《正气歌》

文天祥和文天祥诗中的浩然之气，概述最完备、最周详的，莫过于《正气歌》了。

这是一首尽展中华民族传统美德的正气之歌，是浩然正气之总汇。

天地有正气，杂然赋流形。下则为河岳，上则为日星。于人曰浩然，沛乎塞苍冥。皇路当清夷，含和吐明庭。时穷节乃见，一一垂丹青。在齐太史简，在晋董狐笔。在秦张良椎，在汉苏武节。为严将军头，为嵇侍中血。为张睢阳齿，为颜常山舌。或为辽东帽，清操厉冰雪。或为出师表，鬼神泣壮烈。或为渡江楫，慷慨吞胡羯。或为击贼笏，逆竖头破裂。是气所磅礴，凛烈万古存。当其贯日月，生死安足论。地维赖以立，天柱赖以尊。三纲实系命，道义为之根。嗟予遘阳九，隶也实不力。楚囚缨其冠，传车送穷北。鼎镬甘如饴，求之不可得。阴房阒鬼火，春院闭天黑。牛骥同一皂，鸡栖凤凰食。一朝蒙雾露，分作沟中瘠。如此再寒暑，百疠自辟易。嗟哉沮洳场，为我安乐国。岂有他缪巧，阴阳不能贼。顾此耿耿在，仰视浮云白。悠悠我心悲，苍天曷有极。哲人日已远，典型在夙昔。风檐展书读，古道照颜色。

上诗是诗人被俘后，被押送元都燕京（今北京），囚于土室中所作。

诗前有序，叙诗人所囚土室之况："室广八尺，深可四寻，单扉低小，白间短窄，污下而幽暗。当此夏日，诸气萃然。"

诗人绘声绘色地描绘了室中"诸气"。将其概括为"七气"，曰"水气"、"土气"、"日气"、"火气"、"米气"、"人气"、"秽气"。实则是形形色色的腐恶之气。诗人对种种腐恶气憎恨之甚，叠述中可见。

诗人说，"叠是数气，当之者鲜不为厉"，而他以"孱弱"之躯"俯仰其间"，"于兹二年矣"，之所以"阴阳不能贼"，"殆有养致然"。"安知所养何哉？"他说就是孟子所说的"浩然之气"。孟子曰："我善养吾

浩然之气。”(《孟子·公孙丑》)

诗人愤言:“彼气有七,吾气有一,以一致七,吾何患焉。”

诗人断言:此“浩然者”,“乃天地之正气也”,故“作《正气歌》一首”。

仅此序言,即可见诗人心中蕴含之正气何其浩荡!

诗起则更见磅礴。

“天地有正气,杂然赋流形,下则为河岳,上则为日星,于人曰浩然,沛乎塞苍冥。”

当公孙丑问孟子:“何谓浩然之气?”孟子答:“其为气也,至大至刚,以直养而无害,则塞乎天地之间。”(《孟子·公孙丑》)

文诗显源于孟子于,但较孟子所言似更见宏浑。

诗人告诉我们,在茫茫宇宙间,有一股硕大无比的人间正气,它赋予万事万物以纷繁多样的形态。天底下的山岳河川,天空中的日月星辰,都是它的化身;而凝结在人身上,则是至强至刚、充塞环宇的浩然之气。

诗人进而论证,这种浩然之气,在政治清明的盛世,则是含蓄而和谐地吐露于朝堂之上,往往不易被人觉察;只有在国难危急之时,才能显露出忠贞之士的崇高气节,而载诸史册,流传于后世。

需要指出的是,诗人对于“正气”的阐述,尽管有明显的唯心色彩,但在面临生死抉择的严重关头,竟能将正气——人的气节提到至高无上地步,这本身就是一种正气凛然的大无畏英雄气概,是最令人景仰的。

接着诗人便如数家珍般地将我国自春秋战国以来的种种“时穷节乃见”的典型史实连连倾出,有如“大珠小珠落玉盘”。

“太史简”——“太史”,史官。“简”,古时用来写字的竹板。《左传·襄公二十五年》:春秋时齐国大夫崔抒杀死国君齐庄公,太史便实录其事:“崔抒弑其君”(古时臣杀君、子杀父曰弑)。崔怒，杀之。太史的两个弟弟仍如实录，又均被杀;三弟仍照录不误，崔无法，只好听任实录。

“董狐笔”——董狐，也是史官。春秋时晋国的史官。《左传·宣公二年》:晋灵公欲杀大夫赵盾，赵穿得知，弑灵公。赵盾身为大夫，不作处置，董狐也直录其事。

“张良椎”——张良祖上五代为韩国相。韩被秦灭后，他一心为韩报仇。得一大力士，持120斤重的大铁锤，在博浪沙(在今河南新乡县南)伏击秦始皇，未果。便隐姓埋名，待楚汉争霸时，辅佐刘邦消灭项羽，建立了汉朝。见《史记·留候世家》。

“苏武节”——汉武帝时，苏武为中郎将。奉命出使匈奴。匈奴头领要他投降，苏不从，便被流放到北海(今俄罗斯西伯利亚贝加尔湖)牧羊。苏武坚贞不屈。一天到晚拿着汉朝的符节牧羊。历尽艰苦，历时19年，发须皆白而归。见《汉书·李广苏建传》。

“将军头”——严将军，即严颜。三国时，刘璋令严守巴郡(辖今四川巴县以东至垫江、忠县一带地区)。严被张飞俘，不降。曰:“我州但有断头将军，无降将军也。”张飞感其威武不屈之志，便将其放了。见《三国志·蜀志·张飞传》。

“侍中血”——嵇康之子，嵇绍，晋惠帝时为侍中(官名)。《晋书·嵇绍传》:晋惠帝永兴元年(304年)，皇室内讧。王师败绩于汤阴(今河南汤阳县)，嵇以身护帝，血溅帝衣而死。后，从人要为惠帝清洗衣服，帝弗许，曰:“此嵇中血，勿去!”

“睢阳齿”——张睢阳，即张巡。安史之乱时，张守睢阳城(在今河南商丘县南)，“每与贼战，大呼誓师，眦(上下眼睑接合处)裂血流，齿牙皆碎。”城破，拒不降。敌将问何以每战皆目裂齿碎，答曰:“吾欲气吞逆贼，恨力不遂耳”。敌将视其齿，存者不过三数。见《旧唐书·张巡传》。

“常山舌”——颜常山，即严杲卿。安禄山曾保荐颜做常山太守（故治在今河北正定县南）。安作乱，他起兵讨伐。后城破被俘，仍当面大骂安禄山，被钩断舌头，仍不屈，被杀。见《旧唐书·严杲卿传》。

“辽东帽”——东汉末年，管宁有高节，是在野名士。平日常载一白帽。避乱辽东（今辽宁省东南部），随者甚众，致集居成邑。在他的影响下，居地民风淳和，争斗诉讼事少，故有“清操励冰雪”说。见《三国志·魏志·管宁传》。

《出师表》——刘备死后，刘禅即位。诸葛亮殚精竭虑，一心辅佐刘禅。建兴五年、六年（227、228 年），两次出兵伐魏。行前上疏后主，恳陈国是，世称前后“出师表”。表中至诚至切之言，忠肝义胆之语，尤其是“鞠躬尽瘁，死而后已”之誓，凛然与日月齐光。

“渡江楫”——《晋书·祖逖传》：东晋元帝时，祖逖带兵北伐，“渡江，中流楫水而誓，曰：‘祖逖不能清中原而复济者，有如大江！’辞色壮烈，众皆慨叹。”“慷慨吞胡羯”，羯，我国古代北方少数民族，“五胡”之一。祖逖北伐，败后主石勒。石，羯人，故云。

“击贼笏”——笏，古时大臣上朝时手捧之板，上可记事。据《旧唐书·段秀实传》载：唐德宗时，朱泚谋反，司农卿段秀实假与其谋，趁和朱议事时，突用象笏猛击朱头，并唾面大骂，当即为朱杀害。“逆坚”，即叛乱贼子，指朱泚。

大量“时穷节乃见”的典型史实连连倾出，会给人以怎样的启迪呢？诗人显是要告诉人们：

在我国漫长的历史进程中，始终有一种至强至刚、至纯至圣的东西在神奇驰荡，在滚滚运行。它旋转宇宙，涤荡乾坤。它是什么？不是别的。就是存乎天地间的浩然之气。而其精髓，便是那热爱祖国、坚贞不屈、英勇无畏、大公无私等中华民族的传统美德。自然，其中也有对君主的愚忠。那不过是特定历史条件下的产物，而且往往和忠贞爱国连在一起，是作为爱国的象征而存在。

“是气所磅礴，凛冽万古存。当其贯日月，生死安足论！”

在诗人眼里，这浩然之气是何其庄严、肃穆、神圣呀！

“磅礴”，广大无边貌；“凛冽”，严寒可敬畏貌。如此刚强之气，当其激昂澎湃直冲日月时，人的生、死又算得什么呢？更何况：

“地维赖以立，天柱赖以尊。三纲实系命，道义为之根。”

天和地都得靠这正气来支撑，才能存在，才有尊严！三纲五常、社会道义等，更得靠这正气来维系，并以它为根本。多么神奇呀！

然而，此时此刻，南宋毕竟已濒临灭亡，而诗人自己又身陷敌营，怎能不痛心疾首！

“嗟予遘阳九，隶也实不力。”

“遘”，遭致；“阳九”，即“百六阳九”，古时迷信说是千百年一次的灾难年头。

诗人感叹，自己遇上了这千百年一次的坏年头，可又无力挽救国家的亡破，致出现这样的情况，变成了俘虏，真是可叹可悲！

“楚囚缨其冠，传车送穷北。”

“楚囚”，语出《左传》：“晋候观于军府，见钟仪，问之曰：‘南冠而絷者谁也？’有司对曰：‘郑人所献楚囚也’”，后遂以楚囚泛指囚犯。这里显然是诗人借谓自己被囚。“缨其冠”，则是暗示自己仍要戴着南国帽，不能忘了自己的祖国。“穷北”，指将要被押送到僻远的北方。

然而，对已陷敌营、身为亡俘的囚徒说，最严峻的考验莫过于对待酷刑、对待狱中恶劣环境以及非人待遇的态度和表现了。浩然之气在狱中，又当如何呢？诗人以常人无法想象的意志和坚强，以旷古难觅的狱中经历，谱出了狱中浩然之气的凯歌，堪称人间奇迹。

下面便是这奇迹般的凯歌。

“鼎镬甘如饴，求之不可得。”——酷刑面前的凯歌。

“鼎镬”，古烹煮器皿，即大锅。将犯人放在锅里煮，是古时最残酷的刑罚之一。这里泛指酷刑。

“饴”，糖浆，有“甘之如饴”成语。

诗人视酷刑如糖浆，竟言“求之不可得”，何等英雄豪气！

诗人对待狱中的恶劣环境和非人待遇的态度，尤见英雄豪气。

“阴房阒鬼火，春院闭天黑。牛骥同一皂，鸡栖凤凰食。一朝蒙雾露，分作沟中瘠。”

“阒”，寂静无声；“闭”，关闭。

常年被关闭在漆黑阴暗的土室里，不见天日，只见死寂的鬼火。这环境何其恶劣！

牛和骥（良马）同在一个槽里共食，凤凰住在鸡窝里，贤愚良莠不分，这待遇又何其令人沮丧！

更惨的是，一旦为风露所侵，患病而亡，便会被弃阴沟中，何其恐怖！

这哪是人的生活，完全是非人待遇！可诗人就在这极其惨恶的环境中，熬过了两年，不但没染上病，反而“百沴自辟易。”——各种恶毒邪气都惊退远去了（“沴”：因气不和而生的灾害；“辟易”：惊退）。岂不奇怪！更奇的是，“嗟哉沮洳场，为我安乐国”——那低暗潮湿、令人望而生畏的土室，倒成了诗人的“安乐国”了，简直令人难以置信！

——恶劣环境和非人待遇面前的凯歌。

诗人故作神秘地问自己：难道是我真有什么奇术妙法吗？何以竟“阴阳不能贼”呢？

“缪巧”，智谋，机巧；“阴阳”，本义为日光背向，这里指寒暑冷热致成的病菌；“贼”，加害。

“顾此耿耿在，仰视浮云白。”诗人自豪地自答。

“顾此”，即顾念正气；“耿耿”，光明貌；“浮云”，语出《论语·述而》：“不义而富且贵，于我如浮云。”

诗人显是说，就是因为我经常想着那浩然正气的缘故呀！由于这正气总是光明浩荡地长存于我心中，使我能视不义的富贵如浮云，始终保持高洁的情操。“浮云白”，这个“白”字，则更见情操的高洁。诗人的回答，更见堂堂正气。

——浩然之气更见雄豪的凯歌。

然而，此时诗人毕竟还在狱中，而且随着朝代更迭，诗人想再脱狱而出，恐也是难上加难了。这又不能不引发诗人心中的巨大悲哀。

“悠悠我心悲，苍天曷有极。”

诗人心中如苍天般绵长的忧思，何时是个头呢？恐怕也很难有头了。但诗人并不懊悔。他心中自有坚强的精神支柱。

“哲人日已远，典刑在夙昔。风檐展书读，古道照颜色。”

“哲人”，即贤明杰出之人，这里指前面列举的那些古人；“典型”，榜样；“夙昔”，从前，过去。

前面列举的那些贤哲杰出的古人虽然日益远去，但他们那光辉的榜样，那崇高的道德操守，却永远铭刻青史，光耀人间。当人们在临风廊檐下展读史册时，古代那高雅纯粹的传统美德，不是时时刻刻都在照耀着我们的容颜和行动吗！诗人恪守浩然正气之心，何其坚定！

（五）慷慨激越，忧愤悲怆
——辛弃疾、陆游诗中壮志未酬的忧国忧民情

南宋，是我国历史上最惨痛的时期之一。北宋灭亡，中原大片国土沦为金人统治，人民过着悲惨屈辱的生活，而南宋朝廷却偏安一隅，以牺牲国家和人民利益为代价，换取少数统治者暂时的欢乐。辛弃疾、陆游便都是在这样的时代背景下生活和成长的。

辛弃疾自幼关心国事，以气节自负。22岁时曾聚集二千多人参加抗金起义，表现了惊人的勇敢。归南宋后，曾多次上书朝廷，陈谋策划，却长期不被当权者重视。后虽被委以官职，也是“呼而来，麾而去”，屡遭嫉恨。他不但胸怀将相之才，且文贯朝野，被认为是一个“大声鞺鞳，小声铿鍧，横绝六合、扫空万古”（刘克庄语）的爱国词人。他继承的是苏轼的豪放词风，但强烈的爱国热情、豪爽的英雄本色、充沛的创作才力和多样的艺术风格，又使他开拓了比苏轼更广阔、更激越的社会现实和词的新境界，从而获得了辉煌的艺术成就。他的爱国词，豪迈、激越，极富忧国忧民情趣。

1. 不同凡响的忧国忧民心

辛氏的忧国忧民情，首先表现在他那以英雄自诩或以英雄诩人，要挽狂澜于既倒，热切渴望恢复祖国大好河山的豪情壮志上：

“要挽银河仙浪，西北洗胡沙。”（《水调歌头》）

“道男儿到死心如铁。看试手，补天裂。”（《贺新郎》）

“袖里珍奇光五色，他年要补天西北。”（《满江红》）

……

面对残破危亡的祖国山河，这种慷慨激越的呼唤和呐喊，令人

振奋!

需要指出的是，词人的这种强炽的爱国爱民情，还不仅表现在慷慨激越上。他的许多爱国词作，在昂扬炽热中，还可见他那独特的深沉思考和救亡挽危的真知灼见，以及那身处逆境、仍一心谋国，誓挽狂澜于将倒的不遗余力的爱国爱民心。这就更难能可贵了。请看一首他为人祝寿的词:《水龙吟・甲辰岁寿韩南涧尚书》

渡江天马南来，几人真是经纶手？长安父老，新亭风景，可怜依旧。夷甫诸人，神州沉陆，几曾回首！算平戎万里，功名本是，真儒事，公知否。

况有文章山斗，对桐阴、满庭清昼。当年堕地，而今试看，风云奔走。绿野风烟，平泉草木，东山歌酒。待他年整顿，乾坤事了，为先生寿。

审题便知，这个被祝寿的人叫韩南涧。

韩南涧，即韩元吉，字无咎，许昌(今河南许昌县，一说开封雍邱)人。宋孝宗时，官至吏部尚书。相当于今日主管人事、组织方面的部长。他文武兼具，有人称他“政事文学为一代冠冕”(黄昇《花庵词选》《南涧诗余》)。政治上，他力主恢复中原，但反对轻举妄动。不过，此时他已赋闲致仕，寓居信州（今江西上饶)。时年67岁。

词人何以要专门赋词为他祝寿?

原来此前三年，即宋孝宗淳熙八年（1181年)，词人也被劾落职，退居上饶之带湖。二人政见相同，且素怀仰慕心，过从甚密。

时，距“隆兴和议”签订23年。“隆兴和议”系1164年南宋与金续订的合约，议定宋金为侄叔之国，实仍为授降协议。

时，南宋朝廷“文恬武嬉”，全不以国事为念。词人目睹种种亡国前兆，忧心尤炽。适逢韩元吉67寿辰，诗人惴度，以韩之才，恕可挽国家危亡于水火，便想动员韩出山，故填此寿词申祝。似也有希冀再出之望。只不过身处逆境，不便明言罢了。

祝寿词，按惯例，应是歌功颂德、祈福祈寿之作。该词重在励志，激人奋起，不落窠臼，颇具砺功。先是将我国历史上唯一两个受异族侵凌而南逃偏安的朝代巧妙地糅和在一起，慨古讽今，洞明时势和责任，醒其心志；继而直言寿者的身世和家风，晓其国难当头之时，理应挺身奋出，“风云奔走”；后又一连推出了三个我国历史上功勋显赫的名相和名将，荡其胸怀，寿其“整屯乾坤”。一洞（洞明时势和责任）、二晓（晓其理应奋出）、三“寿”（“寿”其“整屯乾坤”），令寿者重振昔日雄风，张扬东山复出之志。

令人遗憾的是，寿者复出事，并未成为现实。几年后，南宋政权也宣告灭亡。历史车轮不以人的意志为转移。但留下来的这首旷古难觅的寿词绝唱，仍不失为豪旷激越的忧国忧民杰作。尤其是词人，为挽国家覆亡，竟不顾自己正在贬中的逆境，挖空心思，巧借祝寿之机，婉言陈词，力推有望能挽国家危亡于将倒的寿者出山。这种不同凡响的忧国忧民情，更见忧国忧民心之深邃。

下面不妨逐句逐段地赏读这词的原文。

“渡江天马南来，几人真是经纶手？”

如高空坠石，诗起，一个跨马渡江、仓皇出逃的政权垂危局面，展现在读者面前，令人叹惋。这便是我国历史上南逃偏安的南宋政权。

可南逃偏安，何以有“天马”说？原来词人借用了东晋“五马渡江”的典故。

据《晋书·元帝记》载：西晋亡，晋元帝司马睿偕西阳、汝南、南屯、彭城四王南渡，在建康（即今南京市）建立了东晋王朝，自己做了皇帝。时童谣云："五马浮渡江，一马化为龙。"

"五马渡江"，也是南逃偏安。

这是我国历史上两个唯一受异族侵凌而南逃偏安的朝代。词人巧将两个国情世局都极相似的朝代连在一起，借东晋隐南宋，显最能勾起人们对南宋时局的关切，也有助于人们洞察南宋时局的关键和拯救南宋危亡的要害。词人用典，是颇具匠心的。

词下句，"几人真是经纶手?"便见南宋危局的关键和要害所在。

"经纶"，理丝曰经，织丝成缕曰纶。"经纶手"，本为理丝织缕能手，这里是引申义，特指那些为国运筹帷幄、治国安邦的英杰。

"几人"，隐见对南宋朝廷那般苟安求和的君主和高官们不屑一顾的轻蔑和鄙视。愤言他们不是治国安邦的经纶之才，而是昏庸误国的政客和懦夫。而这也正是南宋危局的要害和关键所在。隐在其中的豪情，似也有三国曹孟德"煮酒论英雄"的他赞和自诩："今天下英雄，唯使君与操耳。"为后面的"整顿乾坤"张目。

"几人"之说，何以见证呢？接下来六句，慷慨激昂的慨古讽今，便既见古今时局之悲，又见清谈误国者之责。还是东晋故事：

"长安父老，新亭风景，可怜依旧！夷甫诸人，神州沉陆，几曾回首！"

六句三典，两借两叹。

三典，两见于《晋书·桓温传》，一见于《世说新语·语言篇》。

两借两叹，一借归京父老颙望王师收复之情和东晋士大夫们痛洒新亭之泪，慨叹南宋今日偏安之局"可怜依旧"；二借东晋桓温北伐过淮泗登平寻楼眺望中原时，怒斥西晋大臣王衍等人之言，转斥南宋高官清谈误国，致"神州沉陆"，不堪回首。

《晋书·桓温传》:“温至灞上(即咸阳),(符)健以五千人深沟自固,居人皆安堵复业,持牛酒迎温于路者十八九,耆老咸泣曰:‘不图今日复见官军!’”——中原百姓企盼王师收复之情何其殷切!

《世说新语·语言篇》:“过江诸人,每至美日,辄相邀新亭(故址在今南京市西,吴筑,东晋时为朝士游宴之所),藉卉饮宴。周侯(顗)中坐而叹,曰:‘风景不殊,正自有山河之异!’皆相视流泪。唯王丞相(导)愀然变色,曰:‘当共戮王室,克复神州。何至作楚囚相对?’”——东晋士大夫克复神州之泪何其凄楚!

今日之南宋,何尝不是如此!

——“可怜依旧”之叹!

又,《晋书·桓温传》:“桓温北伐,过淮泗,与诸寮属登平乘楼,眺瞩中原,慨然曰:‘遂使神州陆沉,百年丘墟,王夷甫诸人不得不任其责。’”——桓温对王衍等人的指责又何其尖锐!

王衍,字夷甫。西晋大臣,曾任宰相。据史载此人喜谈庄老,所论义理,随时更改,时人称为“口中雌黄”。征战中,他当重任,专谋自保。永嘉五年(311年),为石勒所俘,劝勒称帝,以图苟活,为勒所杀。

桓温对王衍之责可谓一语见的。南宋高官,和王衍们何其相似!都是清谈误国,致“神州沉陆”。

——“几曾回首”之叹!

一个“可怜依旧”,一个“几曾回首”,叹出了“真儒”者的责任。

“算平戎万里,功名本是,真儒事,公知否?”

“算”,计算,谋划,亦即运筹帷幄。

“戎”,我国古代对少数民族的泛称,这里指金人。

运筹帷幄,远征欧陆,平戎万里,为国建功立业,那才是读圣贤书的真儒者应尽的责任呀！这道理，先生是否知晓、是否明白呢？

多么精辟而振聋发聩的立论和问语！在当时以儒家思想为正统的社会这无疑是最具震撼力和最能发人奋进的。然尽管如此，要激人奋起，似还欠火候，还需有更具人性化、个性化的论述。词下片便见这种和寿者身世、家风、才学、品德相连，融园情、励志、申祝、希冀于一炉、更具人性化、个性化，也更见别致的寿辞。

“况有文章山斗”。前面这个“况”字，便见寿者的儒者身份，隐嵌儒者之责。

“文章山斗”。见《新唐书·韩愈传》：“自愈之后，其言大行，学者仰之如泰山北斗云。”寿者“政事文学为一代冠冕”，故有韩愈之比。

“对桐阴、满庭清昼”。北宋仁宗时尚书左丞韩亿，“历知永城、洋州、相州，颇有治声，”、“以太子少傅致仕”，“居京师，庭有桐树”，世称“桐庭韩家”。寿者为韩亿五世孙，著有《桐荫旧话》，记其家世旧事。上系赞其家世有前代贤相遗风，勉其应效前贤而奋起。

“当年堕地”，说寿者一生下来就不同凡响，似有阿谀嫌；但励其在国难当头时“风云奔走”，也正是寿辞的深意所在。

更有深意的是，紧接褒句，词人还一连推出了三位我国历史上功名显赫的名将和名相：唐裴度，李德裕，和东晋谢安。无疑会对寿者产生更大的鞭策、激励和鼓舞作用。

“绿野风烟”——唐裴度，唐代屈指可数的名相。曾多次统兵平叛，为大唐一统创建殊勋。后因宦官专权，辞官退居；73 岁又出任太原尹、河东节度使。再退后，治第东都集贤里。里居岑缭幽胜，绿野仙风，号“绿野堂”。

“平泉草木”——唐李德裕，字文饶，赵郡（今河北赵县）人。曾佐武宗讨平擅自摄政泽潞节度使的刘稹，建树殊勋。牛、李党争中多次被贬，始终坚贞不屈。“平泉”，唐宰相外加的衔称。“草木有本心，何愁美人折”（张九龄《感遇》十二首之五），“草木”二字，更见坚贞不屈之志。

“东山歌酒”——谢安复出的情怀。谢，字安石，河南太康人。历史上著名的以少胜多的淝水之战的统帅。后辞官隐居会稽东山，复出后又做了大官。“东山再起”，便是他复出的典故。

名相名将的显赫功勋、气节、风骨、情怀，特别是东山再起之行、之志，像嘹亮号角，催人激进。“而今试看，风云奔走”，寿者难却其情矣。

然至此，词仍未直言寿者出山，也未见贺寿之辞。直到结尾，水到渠成，才言及寿事。不过，还是有条件的。这条件是：

“待他年整顿，乾坤事了，为先生寿。”

“乾坤事了，为先生寿”，“乾坤”事未了呢？似乎就不存在“为先生寿”了。“匈奴未灭，何以家为？”至此，诗人借寿申祝之情，已近于完美了。然而，整顿乾坤事，仍悬而未了。

“整顿乾坤”，贵在整顿。谁来整顿？自然不能靠南宋那般苟安求和、苟延残喘的君主和高官了，而只能靠寿者这种足当治国安邦重任的英杰。请寿者出山，在不言中。词人巧激寿者奋起之笔，更见高超。

“整顿乾坤事了”，也说明词人当时对挽救国家危亡还是充满希望的。可南宋后来还是亡了。这首寿词，也只能是挽歌绝唱了。

2. 壮志未酬的忧愤：《摸鱼儿》

辛弃疾心高气豪，文武兼备，确是一位难得的经天纬地人才。可当时的南宋朝廷对他并不重用。不但不重用，还令其闲居达二十年之久。这就不能不使他感到巨大的痛苦和忧伤。痛苦和忧伤，反映在创作上，便是壮志未酬的忧愤。他的许多词作，蕴嵌其中有股悻悻不平的忧愤之气。只不过有的词作缠绵柔婉，“色貌如花”，不细品，很难察其阳刚之骨。下面这首尤富独特神韵。

摸鱼儿

淳熙己亥，自湖北漕移湖南，同官王正之置酒小山亭，为赋。

更能消、几番风雨，匆匆春又归去。惜春长怕花开早，何况落红无数。春且住，见说到、天涯芳草无归路。怨春不语。算只有殷勤、画檐蛛网，尽日惹飞絮。长门事，准拟佳期又误。蛾眉曾有人妒。千金纵买相如赋，脉脉此情谁诉？君莫舞。君不见、玉环飞燕皆尘土！闲愁最苦。休去倚危栏，斜阳正在，烟柳断肠处。

从题后作者自述可知，此诗当作于1197年。

时，辛氏年40，是他被迫退居的前二年。

辛归南宋，是为抗金，收复国土。未料，归后非但宏愿未酬，还屡遭忌恨。一再被权奸排陷，直到两年后被迫闲居。

时，词人正被朝廷从荆湖北路转运使任上，转调至荆湖南路续任转运使。转运使，又称漕司，主要掌管军需粮饷漕运。这对身具雄才大略的词人说，已非重用。而南路又较北路距前线更远，其战略地位也不如北路重要。如此变用，说明朝廷对词人的信任又减，也见朝廷抗金决心愈益动摇，不愿让抗战派抬头。此种情况，使词人益增忧愤。可身在罗网，身处逆境，又不便发作。种种复杂心情交织在一起，便在同官王正之置酒小山亭为其送别时，写出了上面这首“肝肠似火，色貌如花”（夏承寿语）、缠绵含婉、蕴意深厚的佳作。如暮春蜘蛛，殷勤织网，一心要将美好春天挽留，可又无能、无力将春天留住；又如孤舟嫠妇，独倚危栏，遥望南天，哀愤交加，无限辛酸凄楚。

还需指出的是，此词之佳，不仅在感情宣泄上融悲戚忧愤等诸多感情于一炉；在表现手法上，还集比兴、拟人、移情、用典等诸多技巧于一诗，并将春怨、宫怨、闺怨等悲愁意境聚焦于词的上下阕，组成了一幅绝妙的暮春忧愤图，令人玩味不尽。

上阕，以“春”道情。“春意阑珊”，“惜春”，“留春”，“怨春”，委婉崎岖，扑朔迷离；下片，借“长门事”典，抒心中之愤。“美人迟暮”，由“怨”而“恨”而“退”，层层叠进，愈见情深。“春意阑珊”，“美人迟暮”，情深意切，奇趣无穷。

“更能消、几番风雨，匆匆春又归去。”

哪能再经得起几番风雨的摧残呀？这美好的春天，在无情风雨的摧残下，眼看又要匆匆归去了。多么可悲！

所谓“春归”，时序的“春”是喻体，实是以春代国，以春言人。南宋政权濒临灭亡，岂不春要“归”去；词人自己，几经摧残后又遇到新的麻烦、新的打击，也如春要“归”去一样。词人巧用含蓄之笔，益增忧伤情趣。

尤其值得注意的是，“更能消”三字起头，一下便将悲愤情提高了八度。说明是悲上生悲，愤上增愤，是“几番风雨”后的“风雨”。这种从抬高门槛和提高起点入手的抒情手法，更能激增忧伤氛围的浓度。

可接下来又骤降八度：

“惜春长怕花开早，何况落红无数。”

因为珍惜美好春天，就总怕花开得太早；因为花开得早，凋零也会早，何况在无情风雨的摧残下，现在已是花瓣凋零满地了。这恐是词人当时心情和心境的写照。“落红”，也是隐指词人自己。

一个高八度，一个低八度，将词人惜春、伤国、自惜之情刻画得何等细腻，多么精巧的构思！

“春且住，见说到、天涯芳草无归路。”

惜春而留情，在情理中。也说明词人当时对国家（南宋政权）是否会灭亡还存有某种幻想，所以要千方百计挽留。“芳草无归路”，似也是隐指词人自己。词人祖籍山东，历城人。出生时，山东已为金兵所占。词人 21 岁时参加抗金义军，不久即归南宋。南宋灭亡，岂不是“无归路”了吗？自然也有国人无归之隐。

可“春”能挽留住么？“春不语”。算来算去，就只有那雕梁画栋屋檐下的蜘蛛，终日里在不停地结网，沾惹那漫天飞舞的花絮，像是在殷勤地挽留春天。可这就能将春天挽留住吗？显然不能。这又不能不使人怨恨丛生。“怨”春之情缠绵含婉，看来也只能消失在那茫茫的“不语”中了。

蜘蛛，在这里似也是隐指词人自己。是他在殷勤“结网”，想挽救这垂危的祖国呀！

“春”，“落红”，“芳草”，蜘“蛛”，组成了一幅多么生动别致的忧国、忧己、救亡图！

如果说，词上阕主要是抒词人忧危国之情，那么，词下阕则是词人抒己之愤了。

“长门事”，典出汉。

汉武帝时，陈皇后因遭谗被贬出长门宫，整日以泪洗面。后听说司马相如文才出众，便以百两黄金为礼，请作释冤之文。相如因作《长门赋》。武帝读后，尽释前嫌，重宠皇后。汉乐府“相和歌”《长门怨》（又名《阿娇怨》）即咏此事。

词人引此典入词，是要告诉时人，他所以会蒙难受冤，也因为“蛾眉曾有人妒”。

“蛾眉”，美女代称。这里恐隐指当时朝中工于制谗、陷害忠良的主和投降派权贵。因为他们恰似皇帝身边“掩袖工谗，狐媚偏能惑主”的美女。

可何以“佳期又误”呢？恐还是国危之误。国将灭亡，“佳期”难“佳”，岂能不误！故词下句云：“千金纵买相如赋，脉脉此情谁诉？”

“脉脉”，绵长深厚貌。如此绵长深厚的亡国情，又能向谁和向何处去诉呢？美人迟暮，更著悲哀！

怨极生恨。此时，词人心中，自然会泛起对那些工于制谗的“蛾眉”、亦即主和的投降派们的极大愤怒和憎恨。词人恼怒地指斥他们说，你们不要高兴的太早了。你们不是看见了吗？当年杨玉环、赵飞燕何等高昂荣宠，后来不都是下场悲惨，而今化为尘土了吗？言后意，你们也是长久不了的。

“君莫舞”。这个“君”，也是指工于制谗的“蛾眉”们；“舞”，兴高采烈的样子。“玉环、飞燕”，即杨玉环、赵飞燕，均貌美善妒。

“闲愁最苦。”

“闲愁”，此前见于贺铸《青玉案》：“试问闲愁都几许？”李清照《一剪梅》，也有“一种相思，两处闲愁”句。都是咏男女别离相思之愁的。这里用在了国事上，似有身处逆境、不能为国担纲重任的悠闲散淡之愁，恐更有一心许国，而报国无门、壮志难酬、英雄无用武之地之愤。而后者对一心报国的志士来说，是最痛苦的。

“休去倚危栏，斜阳正在、烟柳断肠处。”

词人为抗金复国而归南宋。几年的残酷现实，使词人深刻意识到，南宋已病入膏肓、无可救药了。他彻底心灰意冷了。终于极其痛苦地给自己定下了最后归宿的决心：南宋将亡，不要再倚这“危栏”了。可去哪里呢？“天涯芳草无归路”。那就只有回到那广袤辽阔的大自然中去了。在那夕阳西下的烟柳迷漫处，看着南宋的灭亡，去肝肠寸断吧！绝望之情，旷达而终。

果然，第二年，他被迫退居。

3.《京口北固亭怀古》——辛氏愈老愈雄的见证

辛氏退居后，闲居信州（今江西上饶市）。他的信州之居，长达20年，仅此也可见南宋朝廷的腐败和对杰出人才的摧残之甚。

这期间，词人创作过许多忧国忧民方面的词。赏读这些词作，更使人强烈感到，他那誓复国土之情，一以贯之；他那壮志难酬、悲愤难遏的忧国忧民心愈老愈炽。

> 醉里挑灯看剑，梦回吹角连营。……了却君王天下事，赢得生前身后名，可怜白发生！……（〔破阵子〕《为陈同甫赋壮语以寄》）

醉里、梦里都是逐金复国的事。一心要完成统一大业，名垂青史；可遗憾的是，自己已头白年老了，难当重任——壮志未酬的苦闷。

> 追往事，叹今吾。春风不染白髭须。却将万字平戎策，换得东家种树书。（〔鹧鸪天〕《有客慨然谈功名，因追念少年时事，戏作》）

忆昔叹今，尽管岁月并未催人老，可一纸忧国忧民的万字平戎策，却换来了退居田野、向东家学种庄稼的悲惨结局——愤懑更见。

据史载，辛归南宋后，曾多次上书，陈平定外族侵犯之策，其详尽者为《御戎十论》，还有《九议》等。遗憾的是，平戎策，不但未被采纳，反而落得了令其退居田野、只能向老农学种庄稼的下场，真是令人无奈。上词后两句即言此事。

这里需要指出的是，上两词均为词人晚年作。晚年自和“老”相连。可在上两词中，词人对“老”的表述却不尽相同。前词，“可怜白发生”，是说自己已年老了，难以担纲“了却君王天下事”的重任，有一种悲凉忧戚感；而后词，“春风不染白髭须”，似又不以“老”为悲。之所以退居田野，完全是因为被朝廷所弃，才未“老”闲居。也有种凄凉无奈感。

其实，词人对“老”，并无忧戚悲凉之绪。他报国心切，从不服老，而且愈老愈雄，赤心如铁。20年后，果然又被起任用，知镇江知府。其时，他已年高六十有五，仍树老心雄，斗志弥坚。

其时，北方蒙古族崛起，金国后方受到威胁。在主战派力促下，朝廷感到，形势确有利于战，便决定筹组抗战。

对于朝廷的抗战决心，词人无疑是竭诚拥护的。但也不无忧虑。词人心中最大的忧虑，恐还是担心朝中无堪当重任的雄才大略者，不能在国家危亡关头挽狂澜于将倒。面对即将开始的北伐，词人回忆往昔，更感到认真准备对于夺取战争胜利至关重要，觉得有必要提醒朝中当权者，务必谨慎小心，精心谋划和备战，防止重蹈以往失败的覆辙。他也有心请求担纲抗金重任，但从朝廷一贯对他“视同庶出”的态度看，他断定这次北伐，也不会重用他这个“外来户”；况如今年事已高，更难被破格任用。可又总觉得，今日之南宋，能当大任者鲜，关键时刻，破格用之也未可知。“舍我其谁”之负，又促使他想再试探试探朝廷的态度。

此时此刻，词人便是怀着上述种种复杂心情登上北固亭的。

登临瞭望，万里江山尽收眼底。情随景发，词人心中上述种种复杂思绪便像潮水一样愈滚愈激。潮水激昂浩荡，凝聚笔端，便汇成了下面这首千古登临绝唱：《永遇乐·京口北固亭怀古》。这绝唱，其实也是一首豪情似火、志坚如钢的请战书。

千古江山，英雄无觅、孙仲谋处。舞榭歌台，风流总被、雨打风吹去。斜阳草树，寻常巷陌，人道寄奴曾住。想当年，金戈铁马，气吞万里如虎。

元嘉草草，封狼居胥，赢得仓皇北顾。四十三年，望中犹记、烽火扬州路。可堪回首，佛狸祠下，一片神鸦社鼓。凭谁问：廉颇老矣，尚能饭否？

北固亭，坐落在镇江城北之北固山上，又名北顾亭。

北固山，三面临江，形势险要，故称“北固”。南宋建炎四年（1130年），韩世忠曾截击金兀术于此。

词人身在镇江，此时登临，自非纯游山观景，而是别有心意。

词人登临眺望，最先映入眼帘的是什么？不是山，不是水，不是花草树木，也不是眼前的纯地理形胜，而是“千古江山”。

“千古”是什么？千秋万代。显指绵长、纷繁、古老而永恒的历史；“江山”，是广袤而美丽的国土。绵长、纷繁、古老而永恒的历史和广袤而美丽的国土相连，词人当时心中所思所想，恐也不言自明了。原来他是在寻觅能够主宰和保卫江山的英雄呀！

可如今这样的英雄又在哪里呢？

“英雄无觅”。历史的，现实的，这样的英雄都不见了。可令人难以忘怀的是，三国时吴国的建立者孙权，就曾在这里——京口、建业（今南京）一带，指挥千军万马，打败了来自北方的入侵者曹操，保住了东吴基业；其后又在这里（建业）建立了吴国政权，与魏、蜀形成了“三分天下”的鼎足之势。孙仲谋，即孙权。

可更令人遗憾的是，如今这样的英雄不但人不见了，就连这英雄当年导演威武雄壮活剧的歌台舞榭、风流余韵，也“雨打风吹去”，变得无影无踪了。多么令人叹惋！

这里，词人显是用孙权的雄才大略和丰功伟绩隐射当时南宋的最高统治者，指斥其昏聩无能，不能领导国人完成抗金复国大业。同时也是暗示当时的南宋朝野，一派祥和景象，没有一点抗金复国的战斗气息。

主宰江山，卫保国土，不但要有雄才大略的明君和统帅，还要有智勇双全的战将。接着，词人便又将视线转到了那“斜阳草树”间和“寻常巷陌”处，推出了镇江历史上另一位叱咤风云的英雄人物——刘裕。

刘裕，字德舆，小字“寄奴”，祖为彭城（今江苏徐州）人，后迁居京口（镇江）。

刘裕也曾从镇江起兵，一举平定了桓玄叛乱，旋即出兵灭南燕，收巴蜀，又出兵关中，灭后秦，推翻了东晋，做了皇帝。

可在这词里，词人并未说他当皇帝后如何治理国家，卫保国土，而是追忆他当年“金戈铁马，气吞万里如虎”，也是另有深意的。联系词尾，词人以廉颇自比，不排除似有借刘自荐意。词人一生之经历，也证明词人确有非凡统兵才能。

大凡登临作，都离不开写景。或借景抒情，以景言情，情随景发；或融情景于一炉，景情交织。这词却不同，不见言景。在极目“千古江山”后，竟接连推出了两个历史英雄人物，岂不奇怪。其实，这也正是词人登临的本意所在。两个历史人物，一个雄才大略的国君，一个叱咤风云的虎将，将词人登临时所思、所感浓缩尽展。词人在民族危亡关头痴心忧国、寄希望于明君和英雄虎将之情便一览无余。

然而，在当时，朝廷毕竟已决定抗战，词人作为通晓文韬武略的战将，对战争全局也不会没有更多的思虑和关注。

此时，他又突然想起一件往事。

那是宋元嘉二十七年（450 年），宋文帝派王玄漠出征北伐。因想效仿汉霍去病“封狼居胥”（登山祭天而还），“草草”出征，结果大败而归。

词人之所以突然想起此事，还由于另一件往事。

原来43年前，南宋也有个惨痛的“符离之败”。

时，宋孝宗派大将张浚率师北伐。张力主抗金，也由于失于准备，致造成“十三万众一夕大溃”，“死者不可胜计”。由此进而招致主降派阴谋得逞，“孝宗从此不敢言恢复事”。

可就在这之前，词人聚众抗金失败，率师归宋，实指望共同抗金，也因此而化为泡影。词人对此痛心疾首，曾对友人说，“中国之兵不战自溃者，盖自……符离之役始。”感触之深，非同一般。

两件往事，使词人对朝廷即将开始的北伐，不无忧虑。出以公心，他要提醒当权者以史为鉴。用“元嘉”事，既能避免给当时的统治者以敏感的刺激，又能起到以史醒上的作用。词人的用心可谓良苦。

北固亭上，风景多多。词人极目远眺，心胸也更见寥廓，此时，词人又不由得想起43年前聚众起义抗金的情景。那是多么令人振奋呀！

“43年，望中犹记、烽火扬州路。”

可眼前的景况呢？又多么令人沮丧！

看，在那南京附近的瓜步山上，为异族头领建造的“佛狸祠”下，不还是香烟缭绕、祭祀兴隆，“一片神鸦社鼓”吗！中原大片国土，至今仍沦陷在侵略者铁蹄下；抗金爱国志士光复国土的宏愿始终未能变成现实，这又是多么令人可诅咒、可悲哀的现状呀！

“佛狸”，后魏太武帝拓跋焘的小名。他曾领兵南侵。“佛狸祠”便是他南侵时的行宫改建的，在南京附近的瓜步山上。“神鸦社鼓”，祭祀兴隆貌。

面对此情此景，词人又怎能不更加义愤填膺呢？然而，此时他已年近古稀，确已老矣。“老”，就能坐视国家、民族危亡而不顾吗？否。此时，词人脑海里又浮现出另一个英雄偶像——老年英雄偶像，他就是赵国名将廉颇。

廉颇也曾被罢官，但罢官后仍念念不忘国事。年迈时，赵王拟再起用他，但不知其身体状况如何，便派人前去探望。廉颇得知，便在使者面前，一顿吃了一斗米，十斤肉，吃完，又披甲上马，舞枪弄刀，表现余勇可贾。

词人显然要以廉颇为榜样，决心承担抗金重任，可又不知道朝廷是否会重用，便故作试探，特在词中说，廉颇(实指词人自己）确已老矣，可又有谁来问他“尚能饭否”？其意显是想得到朝廷的关顾和任用，更见词人老当益壮、决心为国战斗到底的雄心。

词开头，两个历史英雄人物，开元创业，横刀立马，叱咤风云；结尾，又一个老年英雄，雄心不减，余勇可贾。三个英雄贯串首尾，将词人树老心雄，决心再战疆场、誓复国土之志表现得淋漓尽致。中间两件往事，更见词人高瞻远瞩、不同凡响的忧国忧民心。

杨慎《词品》评此词云：“辛词当以京口北固亭怀古《永遇乐》为第一。”此说不无道理。用历史人物、历史事件隐衬现实、启迪今人，融古今于一炉，毫无雕砌痕迹，确有独到处。时值国破势危之秋，怀古慨今，却不见哀戚之情；壮志未酬，年高气衰，不以为悲，反而愈雄，诗中别具情韵的忧国忧民情趣尤令人赞绝。

4. 陆游和他的晚年忧国忧民作：《诉衷情》

陆游较辛弃疾早出生十五年，晚去世三年。

他经历了比辛弃疾更长的南宋社会动乱。

他自身的经历也比辛弃疾曲折复杂得多。早年有过不幸婚姻，致酿成人间悲剧。24 岁时赴杭应试，又因名列秦桧孙之前而被除名，直到秦桧死后才被录用。进入仕途后，又因敢于直言和力主抗金而遭贬谪，曾四次被黜还乡。直到 85 岁抱憾而终。

陆游父亲陆宰，是一位极具爱国思想的知识分子。其母唐氏，虽有过拆散其和表妹婚姻的恶行，但对陆游的读书、求学、上进，始终要求很严，抓得很紧。

家庭的良好教育，时代的怒涛和曲折复杂的经历，铸就了诗人钢铁般的忧国忧民品格。这品格激烈迸发，便转化为无比旺盛的创作热情，又使他成为我国历史上一位才华横溢的卓越爱国诗人。

他是我国古文学史上作品特别丰富的一位诗人。

据统计，他的诗约有 9300 多首，还不包括散佚的和经他自己删除淘汰的。

而在这巨量诗作中，也始终贯穿着一条主线——爱国主义。

他诗中表现出的那种炽热的爱国情怀，那种无与伦比的深切忧虑，那种为多难的祖国发自内心呐喊的一贯到底的精神，不仅同时代诗人中没有一个能与他相比拟，就是在中国文学史上也不多见。

由于他诗中“言恢复者十之五六”（清·赵翼语），因而一而再再而三地受到投降派的厌恶和打击。但不管受到多少打击，他“恢复神州”的爱国信念始终坚定不移。为国雪耻、抗金御侮始终是他放声高歌和着力表现的思想主题。

坚定、炽热而又永不衰竭的爱国报国情，使他唱出了那时代的最强音。那矢志“经略中原”、“气吞残虏”的豪情，发自心底的呼喊，如黄钟大吕，响彻云霄，强烈地震撼着人们的心。

他感情始终是那样挚诚，信念始终是那样坚贞：

“楚虽三户能亡秦，岂有堂堂中国空无人。”（《金错刀行》）

“遗民忍死望恢复”，“岂有逆胡传子孙”。(《关山月》)

他斗志始终是那么高昂，精神始终是那样振奋：

“逆胡未灭心未平，孤剑床头铿有声”。(《三月十七日夜醉中作》)

深秋，草木摇落，气象萧瑟，人多以为不宜征战，他却认为是打垮敌人、恢复失地的好季节，要迫不及待地尽展“擒胡兴”：

“人言悲秋难为情，我喜枕上闻秋声。快鹰下韝爪嘴健，壮士抚剑精神生。我亦奋迅起衰病，唾手便有擒胡兴；弦开雁落诗亦成，笔力未饶弓力劲。”(《秋声》)

只要一想到抗胡御侮，就精神顿振，斗志骤增，衰病不医而愈。一跃而起，要旗开得胜。多么高昂的战斗情结！

自然，在当时社会和当时情况下，诗人这“一片丹心”，无法也不可能化为现实。他和辛弃疾一样，在精神上、思想上，感到巨大压力和苦闷，也是必然的。特别是随着形势的发展，投降派对他的打击和迫害愈来愈狠毒；他心中的愤懑之情也愈来愈炽热。反映在创作上，此时他的诗作如同辛氏的作品一样：在激情中透现忧伤，在愤怒中隐露苍凉，极富壮志未酬的忧国忧民情趣。这种忧愤情，在他晚年作品中，尤见激越和浓烈。

《诉衷情》，诗人晚年罢归山阴时的这首佳作，可从中领略其风采。

当年万里觅封侯，匹马戍梁州。关河梦断何处，尘暗旧貂裘。胡未灭，鬓先秋，泪空流。此生谁料，心在天山，身老沧州。

诗人少怀大志。但由于受投降派的忌恨和排挤，直到45岁才真正进入仕途，也还是当了个协助长官处理日常政务的小官：夔州（今四川奉节县）通判。任期届满后，应川陕宣抚使王炎之邀，为王幕中襄理军务。“襄”，也是助理意，就是帮助王炎处理有关军中事务。

这官虽无显赫。但当时却颇遂陆游心愿，因为能使他直接接触战事，为卫国戍边、中兴宋室效力。

看，他当时是何等意气风发、斗志昂扬呀！铁马秋风、雄豪飞纵，驰骋在南郑（今陕西汉中）国防前线，大有戍边勇士的英雄气概。

诗人很看重他的这段经历。《诉衷情》起，便是回忆这段经历。但不是一般回忆，而是雄笔突起，一上来就以历史上班超“投笔从戎”自况，极抒当年为国戍边的豪情，颇富英雄豪气。

“当年万里觅封侯，匹马戍梁州。”

《后汉书·班超传》：班超“为人有大志……尝辍业投笔叹曰：‘大丈夫无他志略，犹当效傅介子、张骞立功异域，以取封侯，岂能久事笔研间乎？”

班超后在西域立了大功，封定远侯。词人以班超自况，可见志气非同一般。而“万里觅”和“匹马戍”，一个“万里”，一个“匹马”，对比衬映，雄豪自见；“觅”和“戍”，恐更有深刻内涵。

“万里觅”，诗人当时报国心切和进入仕途之艰难，如见如现。

“匹马戍”，恐不是一般戍守。

陆游在南郑时，曾向王炎陈进取之策：“经略中原，必自长安始；取长安，必自陇右始。当积粟练兵，有战攻，无则守。”他还在《平戎策》中力主建立一个可制金人于死命的军事根据地，进而收复中原，实现宋室中兴。联系词下句的“关河梦”，不难看出，这个“戍”字，显还包括他中兴宋室的雄图大略。遗憾的是，这雄图大略也始终未能获得当权者青睐。

雄心壮志不能变为现实，这又怎能不令诗人哀叹“关河梦断何处？尘暗旧貂裘”呢？

“关河”，即关塞、河防，指边防地；“貂裘”，貂鼠皮袍。边关气候寒冷，故冬天需用貂裘御寒。词人回忆南郑生活的诗：《三月十七日夜醉中作》，有“去年射虎南山秋，夜归急雪满貂裘”句；《忆昔》中还有“挺剑刺乳虎，血溅貂裘殷”句，可见貂裘系实指，并非如有些注者释，是《战国策》中苏秦到秦游说的“黑貂裘弊”典故。

上四句，概括起来，其实也就是四个字：壮志未酬。这便是词的基本思想内涵所在。

然而，词人的悲楚又非仅是壮志“未”酬，词下面还有更令人心酸的凄楚：

“胡未灭，鬓先秋，泪空流。”

一个“未”，一个“先”，一个“空”，三个字又有多少辛酸凄楚呀！

“胡未灭”，国耻未雪；“鬓先秋”，两鬓先如秋霜。国耻未雪，而自己已两鬓如霜，年老而衰，显然是壮志“难”酬了，岂不“泪空流”吗！

不过，“难”酬不等于不酬，更不等于不想酬。诗人年虽老，但忧国忧民之心未减。

这时，他虽已被黜回乡，可心仍在边疆，无时无刻不在惦挂着逐金灭胡的事，只不过事与愿违，将老死于家乡的山野间罢了。

“心在天山”，天山在新疆境内，这里是指词人晚年所居的绍兴镜湖边的三山。

“身老沧州”，沧州，水边之地，隐者所居。

从壮志“未”酬到壮志“难”酬，到壮志“心”酬，贯穿于词始终的，是一种多么绵密而崇高的忧国忧民情愫呀——词人矢志不渝的忧国忧民情愫。

“铁马冰河入梦来”和“但悲不见九州同”

他罢归山阴时的名作:《十月四日风雨大作》,更见豪雄炽热的爱国情怀。

> 僵卧孤村不自哀,尚思为国戍轮台。夜阑卧听风吹雨,铁马冰河入梦来。

时年,诗人 67 岁,确已垂老。

年近古稀,心力不支,“僵卧孤村”,是真实写照。

可何以又“不自哀”呢?自另有精神支撑。“尚思为国戍轮台”,恐就是这“不自哀”的支撑——坚强而崇高的精神支柱。

试想,祖国的大好河山,仍陷于异族侵略者铁蹄之下,人民惨遭涂炭之苦,作为赤诚的爱国者,又怎能总是哀伤不已、甘心屈辱余年呢?“不自哀”显是诗人痴心报国、不甘心因年老体衰而哀、决心再为国效力心情的反映。

不但“不自哀”,他还要重振当年豪气,重上战场,“为国戍轮台”,这又是一种何其昂扬的爱国情怀和战斗意志呀!

“轮台”,古地名,在今新疆轮台东南。本为仑头国(一作轮台国),汉武帝时为李广所灭,后并于龟兹。“戍轮台”,意即戍边。如前诗言,诗人曾在川陕宣抚使王炎幕中襄理军务。其间常纵马驰骋南郑国防前线。“尚思”,意为想重上战场为国戍边。

以上为诗前两句思想内涵的赏读。两句诗作为诗人“僵卧孤村”时情怀和情志的展示,已见崇高伟岸。这里还需着重指出的是,这诗题为《十月四日风雨大作》。上两句诗如果作为风雨夜感情的抒展,那诗人心中的情和志,便更见崇高和伟岸了。我们不妨走进这风雨大作之夜:

国家、民族危亡关头,风雨大作之夜,一位心地憔悴的老人,独自

“僵卧”在“孤村”，耳听着风吹雨打撞击万物的嘈杂声，此时此刻，他在思想什么呢？不是想自己眼前如何艰难，不为自己年迈体衰而哀，也不是思虑下一步如何安度余生。而是想国家还陷于异族侵略者的铁蹄之下，人民还在遭受涂炭之苦；想自己抗金复国的宏愿未能变成现实，还想重振当年豪气，重上战场，“为国戍轮台”。这又是一种何其崇高的精神境界呀！何其令人敬仰！

令人敬仰的恐还非止于此。下面还有风雨夜更精彩的一幕：

夜深了，夜阑人静。突然风雨更狂更骤。雷鸣电闪，震地动天。诗人不能成眠了。于是便仰卧床头，潜心聆听那急风催雨伴着雷电、万物相互碰撞的声音，听着听着，不知不觉便神情恍惚起来。咦！那不是战马在怒吼嘶鸣，在势不可挡地冲向敌阵吗！嗯！这是勇士们在冰河上拼死厮杀、誓夺歼敌全胜哩！更奇的是，不知怎的，听着听着，自己也好像动了起来，像又回到了当年南郑戍边的战场上，跨着矫健的战马，在冰天雪地里，和战友们一同戍边杀敌，多么心旷神怡！

“夜澜卧听风吹雨，铁马冰河入梦来。”便是这精彩一幕的写照。

“铁马冰河”，自然是梦境。但这梦境又何尝不是诗人无比浓炽的爱国情怀的实际展示。诗人报国心切，壮志未酬，年老体衰，仍念念不忘为国效命沙场。苦于机会的不可得，竟化痴为梦：在梦中骑着战马，和战友们一起，英勇地在冰河上和敌人厮杀。有人统计，陆氏记梦作多达百余首，其内容又多是写梦中出征收复中原的，更见其顽强的复国斗志一以贯之。

夜阑人静，疾风骤雨，铁马冰河，几组极具浓郁诗情画意和征战气味的词，和梦连在一起，组成的诗联，所展现出的爱国豪情，不但较前面的“不自哀”、“尚思……戍轮台”中传递出的感情更浓、更炽，而且意境超幽，尤富情趣。诗人巧织浓情之笔，更见高妙。

四句诗，两句，直抒胸臆，臆中有景，景中有画；两句，亦真亦幻，如梦如见。如此忧国忧民情趣，在众多忧国忧民诗作中，堪称奇葩。

陆游85岁去世。在他即将离开人世前，还曾奋笔疾书，留下了一首绝笔诗:《示儿》。像是遗言，实是诗人一生赤诚爱国情怀的最后展示，尤见诗人至死不渝、死后也不忘收复国土的爱国情愫。

死去元知万事空，但悲不见九州同。王师北定中原日，家祭无忘告乃翁。

为能更好和更真切地领悟诗人当时的思想感情，我们不妨将这首七言古诗顺其思路翻译成白话：

我马上就要离开人世了。

人死了，万事皆空。

弥留之际，我什么想头都没有了，唯有一事让我放心不下，那就是祖国的残破山河至今尚未统一，被金人占领的失地尚未恢复，“不见九州同”呀！（“九州”，即全中国。古时中国划分为九州。）

但是，“岂有逆胡传子孙”，侵略者注定是要失败的。我们的祖国总有一天会统一。等到王师收复了失地、祖国完全统一那天，你们家祭时，可千万不要忘了把这个喜讯告诉我呀（“乃翁”，即你们父亲）！也好让我圆了这个复国梦。

这是怎样的一首绝笔诗？怎样的几句遗言？又是怎样的一种弥留之际的感情呢？

马上要离开人世了。一般人遗嘱多是死后事的安排，对儿孙立身处世事的叮嘱，或是对遗产的处理等，而他却是，别的心事都没有，唯一想的就是失地尚未收复，祖国尚未统一。他不甘心！世上还有比这更痴心爱国的吗！恐难能过之。诗人坚信祖国必定统一的钢铁信念也令人感动。

现代著名爱国诗人朱自清评诗云：“这里他（指陆游）爱国热忱的理想化，这理想便是我们现在说的“国家至上”的信念的雏形。……过去的诗人里，也许只有他才配得为爱国诗人。”（《爱国者》）

自然，这诗是诗人真实感情的流露，不完全是“写”出来的。但作为诗，极抒死者临终前对祖国的眷恋之情，特别是叮嘱家人在他死后要把收复失地的喜讯告诉他，这种独特的构思和意境，也堪称忧国忧民诗作中的极品。

二、男女情

天地阴阳，人分男女。男欢女爱，本性使然。情，究其端，乃男女欢爱情。人，因之而生生不息；美，因之而楚楚动人；历史，因之而绵绵不绝；人类文明，因之而波澜壮阔，灿烂辉煌。

我国有文字记载以来，第一部诗歌总集《诗经》，男女情爱方面的诗歌占很大比重。首篇《关雎》，歌唱的便是男女欢爱。历朝历代，抒写男婚女嫁、男女情爱方面的诗词歌赋，在各类诗歌中，数量也是占相当比例的。歌唱男欢女爱的喜悦，歌唱缠绵悱恻的情思，歌唱坚贞不渝的爱情，始终是诗歌常咏常新的主题，是永恒而不衰竭的旋律。

而在那浩如星河的情爱诗歌中，感人肺腑、光照日月的精品佳作，也比比皆是。那如甘如饴般的情愫，那如日如月般的坚贞，那如泣如诉般的哀楚，淋漓尽致，足以感天地而泣鬼神。男女婚爱情，古韵情趣之极致。

（一）相　悦

——古韵婚爱情趣之源端

《诗经》究竟是一部怎样的书？

孔子曰："《诗》三百，一言以蔽之，曰思无邪。"这是几千年来对我国这部有文字记载以来第一部诗歌总集的主流定性。千百年来，人们对这部著作的认识也基本上是沿用的这种定性。

可在我国漫长的封建社会，究竟什么是邪、什么是不邪呢？"君君、臣臣、父父、子子"、"经夫妇，成孝敬，厚人伦，美教化"等封建道德和封建礼教，自然是"无邪"了；而男女间的情爱、性爱，男女间的绯闻趣事，尽管人人窃而喜之，悦而好之，却属于离经叛道、不能登大雅之堂的邪欲。"《诗》三百，曰无邪"，显然是说，《诗经》的主要思想倾向或主要篇章的思想倾向，是前者而非后者。这大概也是在"诗"的后面特别加一"经"字、并将它作为"五经"之首的重要原因。

然而，当我们摒弃一切陈旧观念和结论，完全忠实于原作，细心品味其中的丰富内涵时，却发现，事实并不完全如孔圣人和儒家经典们说的那样。

读过《诗经》的人都知道，《诗经》有三部分：《风》、《雅》、《颂》。其中篇数最多、也最重要，堪称《诗经》精华部分的是《风》。《风》，又称《国风》，有15国风。这15国，都是西周至春秋中叶时的诸侯国。《风》中收集的作品，其实大都是陕西、山西、河南、山东、湖北等地当时的民间歌谣，是当时各诸侯国风土人情，包括人民群众的生产、生活、交往、爱情、娱乐和思想感情等的艺术再现。这些作品中，尽管有些确有其深刻社会内容，反映了当时社会的政治思想和政治斗争，对人具有政治、思想和社会道德方面的启迪。但它们不会也不可能和当时的政治、政治斗争联系那么紧密，更不可能和后来逐渐形成的儒家思想体系完全相匹配。完全相匹配是后来儒家经典们为迎合其所处时代统治阶级的需要而精心编纂的结果。这种精心的编纂，自然也包括对原作内涵的某种蓄意的曲解和篡改。"无邪"说，恐是孔圣人基于当时的某种考虑和需要，而从总体上，对这部诗歌总集作出的既符合儒家思想体系，又有利于统治阶级统治需要的定性和结论。这定性和结论，无疑是有失偏颇的。

值得特别提出的是，在那些来自民间、反映民间风土人情和群众生产、生活、情趣的众多篇章中，表现男女情爱方面的作品又占很大比重。那纯朴率真的男欢女爱，那古朴坦诚的爱情表白，那曲折风趣的浪漫情致，有如一曲曲幽美旋律，在《国风》的许多篇章，几乎笼罩和涵盖了男女情爱的方方面面，包括求偶、择婿、欢聚、幽会、追而不可得、可望而不可及，以及思夫远出、弃妇忧愤等，莫不表现得淋漓尽致。这些优美篇章，开创了诗歌表现男女情爱的先河，是古诗词中讴歌男女爱情的源端。

还需指出的是，这些涵盖男女情爱方方面面的篇章，不仅在内容和题材方面开创了诗歌表现男女情爱的先河，还和《诗经》其他篇章一道，在艺术创作和表现手法方面，为诗歌的兴起和繁荣发展开拓了道路。诗歌创作的现实主义和浪漫主义，“赋、兴、比”手法，以及语言的朴素优美，音节的自然和谐等，在上言篇章中已见其雏形。尤令人赞赏的是，在下面赏读的诗作中，我们还可看到更生动别致的艺术构思：每首诗不是一幅或几幅写生画，便是一支或数支浪漫曲，再不然就是一幕或多幕情感剧，如歌，如曲，如画，如剧，令人赏心悦目，心旷神怡，美不胜收。

下面赏读的是几首有代表性的男女情爱作。

1.《关雎》：男欢女爱的经典作

《关雎》，选自《周南》，《诗经》首篇，也是我国历代表现男女婚爱情的首篇。

作为爱情诗歌开篇作，这诗不但将青年男子追求妙龄少女那种“寤寐求之”、“辗转反侧”的情态刻画得细腻入微；而且揭示了男女婚爱由发生、发展到圆满结合的一般规律，堪称表现男女婚爱情的经典作。

关关雎鸠，在河之洲。窈窕淑女，君子好逑。
参差荇菜，左右流之。窈窕淑女，寤寐求之。
求之不得，寤寐思服。悠哉悠哉。辗转反侧。
参差荇菜，左右采之。窈窕淑女，琴瑟友之。
参差荇菜，左右芼之。窈窕淑女。钟鼓乐之。

显然，这是一曲青年男子追求美丽少女的情歌。五章，细味之，恰如四幕男求偶活剧（二、三章为一幕），幕幕充盈浓浓情趣。

首章序幕，情趣最浓。

“关关雎鸠，在河之洲。窈窕淑女，君子好逑。”

幕起，河中陆地，一群雌雄雎鸠，双双对对，唧唧啾啾，在尽情地嬉戏欢鸣。它们是多么兴高采烈啊！

这象征什么？

象征男女间相互喜悦、相互爱慕和欢聚；也象征人类和谐、美满和幸福。

雎鸠，水禽，又名王雎，“生有定偶而不相乱，常并游而不相狎。”

就在河的对岸，一英俊的青年男子，在全神贯注地目睹上面一幕的动人情景，双耳聆听着雎鸠的欢鸣，不由得情从中生。

他突然想起一妙龄少女。这少女美丽而贤淑（窈窕：美好貌；淑：好、善）。他寻思，这少女不正是自己最好的配偶（好逑即好配偶）吗？便想和她结为夫妻。

于是，接连三幕精彩、别致而又饶有风趣的求爱活剧便在河的对岸展开来。这三幕，应为男求偶“三步曲”。

话剧首幕，应为男求偶第一部曲：“求”——“寤寐求之”。

这女子常在河边采集一种叫荇菜的黄色水草（嫩叶可食）。少女采摘荇菜的姿势非常优美。她忽左忽右，忽前忽后，灵巧地采摘择取。那窈窕的身影，就如同在水里漂流荡漾一样。青年男子看在眼里，想在心里，愈思情愈炽，便决心向她求爱。

终于有一天，男子鼓起了勇气，大胆地向少女表白了。可没想到，竟遭到了少女拒绝。青年男子碰了钉子，非常难过。

怎样才能赢得少女的芳心呢？青年男子日夜冥思苦想。总想着能有个好办法，能让少女心悦诚服地答应他的“求”。因为思念心切，夜里躺在床上，就总是翻来翻去睡不着觉。“悠哉悠哉，辗转反侧”，多么漫长的夜呀！——青年男子追求美丽少女彻夜难眠之情刻画得何等真切！

活剧第二幕，应为男求偶第二部曲，“友”——“琴瑟友之”。

办法终于想出来了。

青年男子不知从哪里得知，这少女非常喜爱音乐。于是便找来琴瑟，在少女采摘荇菜旁，兴致勃勃地弹奏起来。而且让音乐的曲调、拍节和少女采摘荇菜时左右摆动的优美身姿相吻合。

果然，少女高兴了。愿意和青年男子接近了。他（她）们互相交谈着，亲热着，终于敞开了心扉，互倾爱慕之情。爱情的火焰终于熊熊燃烧起来，而且愈燃愈炽。

第三部曲，亦即活剧的最后一幕，进入高潮：“乐”——“钟鼓乐之”。

随着爱情火焰不断升高，青年男子和少女的心终于连到了一起。他（她）们决定结为永远的夫妻。

亲朋们得知，都为他(她）们高兴。于是纷纷前来祝贺。撞钟击鼓，表示庆祝。按现在的程序，这大概就是举行结婚典礼了。

“寤寐求之”，“琴瑟友之”，“钟鼓乐之”，这很可能是上古时代男子求偶或男女喜结良缘的正式婚姻大体要经历的过程。尽管那时婚姻并无严格规范。如今，青年男女自由恋爱，自由结婚，似也还离不开上述过程。只不过随着时代的进步，“求”、“友”、“乐”的方式和内容有所变化，有所发展和不尽相同罢了。《雎鸠》揭示了男女婚娶的一般规律，对后世不无影响。

尤应提及的是，该诗的写作，还开创了诗歌歌唱男女情爱“乐而不淫”的先河，为后世爱情诗歌树立了高雅、净洁的榜样。

孔圣人对此诗也曾有过颇为经典的评说。他说：“《雎鸠》乐而不淫，哀而不伤。”哀在哪里，伤在何处？似难理喻。但“乐而不淫”，却颇贴切。男女婚爱，乐是正道，淫则为人所不齿。表现男女爱情的诗，尤贵乐而不淫。乐则情趣横生，令人心花怒放；淫则令人掩目，情趣锐减。《雎鸠》“乐而不淫”，令人百读不厌。

2.《桃夭》、《摽有梅》：少女美艳和求偶心切之歌

《雎鸠》，青年男子向美丽少女求爱的情歌；《桃夭》、《摽有梅》等，则是赞誉少女美貌和表现少女求偶心切的乐曲，也都真挚而动人。

桃　夭

桃之夭夭，灼灼其华，之子于归，宜其室家。
桃之夭夭，有蕡其实，之子于归，宜其家室。
桃之夭夭，其叶蓁蓁，之子于归，宜其室人。

桃花艳丽，婀娜多姿。

古往今来，人们总爱用桃花比喻美人和形容女子容颜的俏丽以及体态的窈窕、轻盈。

“面如桃花”、“艳若桃花”——人们艳赞美女的口头禅。

“人面桃花”——将美人和桃花融为一体，相映成趣，曾演绎出古人见花思人的浪漫佳话。

“桃花运”，则更将桃花等同女人，将男子将要或已经获得女子的青睐，说成是走“桃花运”。桃花，美人，简直成了不可分的统一体。

然而，在诗词歌赋中，用桃花比喻美女、美人，又始自《诗经》的这首《桃夭》。正如诗评家姚际恒在《诗经通话》评此诗时所说：“桃花色鲜艳，故以喻女子，开拓千古词赋咏美人之祖。”

《桃夭》不但开启了千古诗词用桃花艳赞美女的先河。尤可贵的，诗中以桃喻女，还颇周至。三章三说，其华（花），其实，其叶，均以女子“于归”（旧时称女子出嫁曰归，后因以为“于归”）后“宜其室家”（“家室”、“室家”，均指男女婚后有夫有妇组成的家庭）而分辟章咏，体现了古时以男子为中心对女子的评价标准，故这诗其实也是一首祝贺女子出嫁的诗。

花“灼灼”：美艳靓丽，象征女子貌美喜人，自会令男子怦怦心动而倾倒；

“实”蕡蕡：果实硕大而丰满，象征女子婚后生育有望，日后必会子嗣兴旺，更令男子繁衍后代的心理需求得到满足；

“叶蓁蓁”：“蓁蓁”，草木繁茂貌。枝繁叶茂，象征夫妻和睦，家宅兴盛。男子兴家立业之志尤可望变成现实，益增男子欢欣愉悦之情。

花美，实硕，叶茂，“桃之夭夭”，名副其实。

“夭夭”，《辞海》：“形容茂盛而艳丽”。如此美女，怎能不令男子垂涎三尺而志在必得呢？

桃色迷人，难怪后人将桃和色也连在了一起，谓美色为桃色，甚至连男子爱美好色方面的逸闻趣事，也统称之为“桃色新闻”。

《摽有梅》，表现女子求偶心切之歌，尤见感真情挚。

摽有梅，其实七兮。求我庶士，迨其吉兮！
摽有梅，其实三兮。求我庶士，迨其今兮！
摽有梅，倾筐塈之。求我庶士，迨其谓兮！

春去夏来，美丽的江南，正是梅子成熟季节。

“梅”谐“媒”。梅子成熟，象征女子发育成熟，可以婚配，急需有媒人从中作伐。

“摽”，落意。梅子成熟而落，更见女子性征成熟，急需婚嫁。故古人多用“摽梅”比喻女子已到结婚年龄，婚嫁迫在眉睫。

唐人郑世翼有诗云：“新妆应摽梅”（《看新婚》）。

上诗便是叙述女子自己以梅为媒，随着发育愈来愈成熟，情感要求愈来愈急切，以至迫不及待的求婚、求配之情。

诗也是三章。三章均以梅求配。“摽梅”有多有少，求“士”有先有后，“迨”期愈来愈急。其实也是三阕生动别致、愈见急切的求婚、求配曲——女求男配。

首曲，求。

“摽有梅”——梅子成熟从梅树上落下来了。

这在一般人眼里，很可能不会在意。可在情窦初开的少女眼里，却会引发出情感世界的许多联想，诸如爱情、婚姻、配偶等。

诗中的少女，显已早泛感情波澜。所以当看到梅子熟落时，便立刻想到自己的婚配之事。她可能心中已有意中人。这意中人便是诗中三次提到的“庶士”。

“庶士”，即古之庶常、庶吉士。大抵相当介乎庶民和官吏间的练习办事人员。《书·立政》中有庶常吉士语。

少女看到梅熟落，便想着和他婚配。于是便从落梅中，精心挑选了七枚大而饱满的梅子，满怀深情地送给“庶士”。她要用这梅子做“媒”，说合“庶士”，择吉日娶她为妻。多么巧妙的“求”呀！

至于何以偏挑选七个梅子？笔者认为，极可能因为“七”在数字中是个吉数，恐也有七夕牛郎织女鹊桥相会之隐。毕竟诗是文学作品，不必完全拘泥于实数。

续曲，催。

不知是“庶士”收到梅子后没有下定和少女完婚的决心，还是有什么别的考虑，以至于没有马上给少女回复。

少女显然等不及了，于是又挑了一些梅子给“庶士”送去，其意显是催他快下决心，快娶她为妻。

少女这次究竟又送去多少梅子，诗中说是三个，恐也非实数。“三”在数字中也是个吉数，而且有多数的象意。

“迨其今兮”，这个“今”字，恐也不完全是指今天，是当前、当今、尽快之意。少女的“催”也是很巧妙的。

三曲，逼。

二送梅子，“庶士”仍未回答。少女显然急不可耐了。于是，干脆将整筐梅子送给“庶士”。不过，这次她不是催他完婚，而是逼他回答：究竟是否同意和她完婚和如何了结他（她）们间的婚事？

“迨其谓之”。“谓”，告称意。少女要“庶士”说清楚：对她的求究竟持何态度？有何打算？从这也可推断，少女和“庶士”之间，似乎早有某种契约和关系。

从“其实七兮”到“其实三兮”到“顷筐塈之”，从“迨其吉兮”到“迨其今兮”到“迨其谓兮”，从求到催到逼，少女急切求婚、求配之情，了然若揭矣。

少女何以如此心急？《诗集传》云，此诗是写“南国被文王之化，女子以贞洁自守。惧其嫁不及时，而存强暴之辱”。是说恐属意断，似不可取。少女春情萌动，自多急切之举。

3.《木瓜》、《静女》：少男少女隐秘幽会的迷人乐曲

《诗经》中表现男欢女爱的诗歌林林总总。其中，尤令少男少女心花怒放的，又莫过于那悄悄密密、藏藏躲躲、嬉笑挑逗、奇趣横生的幽会之歌了。

《木瓜》，叙青年男女幽会园林、互赠示爱之事，虽情节简单，然亦颇富幽趣。

> 投我以木瓜，报之以琼琚。匪报也，永以为好也。
> 投我以木桃，报之以琼瑶。匪报也，永以为好也。
> 投我以木李，报之以琼玖。匪报也，永以为好也。

上诗选自《卫风》。

诗的主要情节，就是三投三报，再加上每次“投”、“报”后一句相同的表白：“匪报也，永以为好也。”

三投，显是青年男子在“投”，所投之物均系瓜果，但有木瓜、木桃、木李之分。瓜、桃、李，均为有情之物。

三报，则为少女“报”。“报”物均为美玉，或酷似美玉的石，但也

有琼琚（玉佩）、琼瑶（美玉的一种，一说为似玉之美石）、琼玖（酷似美玉的浅黑色石）之别。

玉，温润、纤洁而有光泽，尚为女性所喜爱。人们也常用以比喻女子容颜之艳丽，是美女的象征。“报”之以玉，足见少女情深。

三投三报，“投”、“报”之物，不但男女有别，而且次次有变，青年男女幽会时种种嬉戏挑逗之情和种种微妙心扉，已跃然诗上；而每次“投”和“报”后接连三句完全相同的表白，则更见男女幽会时信誓旦旦和情意绵绵。

“匪报也，永以为好也。”

“匪”通“非”。“匪报也”，即言不是要回报。要什么？而是要永远、永世相好。

这是谁在表白？是青年男子还是少女？细品便知，不是“独唱”，而是“合唱”。

青年男子说：“我不是要你回报呀，而是要和你永结百年之好。”

少女则说：“我也不是在回报呀！也是要和你永结同心啊！”

甜言蜜语，信誓旦旦，多么迷人！

从以上也可看到，上面这首情节并不复杂的诗，其实也是一首有分有合、先分后合、恋情浓郁的男女三重唱。这种巧妙构思，在古代诗歌中常见不鲜。用来表现男欢女爱情，也最富情趣不过了。上诗还很可能是这种抒情手法的开端。

《静女》，表现男女幽会时那种搔首踟蹰、躲躲藏藏、密密悄悄地情态，尤富浪漫情趣。

静女其姝，俟我于城隅。爱而不见，搔首踟蹰。

静女其娈，贻我彤管。彤管有炜，说怿女美。

自牧归荑，洵美且异。匪女之为美，美人之贻。

这诗选自《邶风》，也是三章。

三章三情节，实是少男少女幽会中三个小镜头，可在作者笔下，也都一个个演绎成极富浪漫情趣的小乐章——三小乐章。

一曰藏——“爱而不见”。

“静女其姝，俟我于城隅。”

“静”，通靖，善；“姝”，美好，貌。显然这是一个文静而貌美的少女。

“俟”，等待。“城隅”，即城角。

这对少男少女，显然是事先约好要在城角僻静处会面的。可男子如期前来赴约了，却不见女子的面。

莫非是少女违约了？不。其实少女来得更早。只是她故意躲了起来。“爱而不见”，少女羞涩之情和隐秘、挑逗心扉，跃然纸上。“爱”通“薆”，隐藏意。

男子见不着少女的面，急得又是抓头，又是搔耳，站也不是，坐也不是，浑身就像长了毛一样，不知如何是好。

“搔耳踟蹰”。“踟蹰”，犹豫、欲前不前貌。处于热恋中的少年见不到心上人的种种复杂感情，唯妙唯肖。

二曰赠——因物美人。

“静女其娈，贻我彤管。”

“娈”，也是美好貌；“贻”，赠送；“彤管”，即红色的小管。

美丽的少女送给少年一根红色的小管，这小管十分精美，光彩炫耀（“炜”，红而有光貌）。少年非常喜欢，总是在欣赏着这小管。

看着看着，少年不由得便将小管和美丽的少女连在了一起，越发觉得少女和小管一样，都美艳无比。

“说怿女美”。少年看着小管，也更加喜欢和思念美丽的少女，因物美人。“说”同“悦”；“怿”，欢喜；“女”同“汝”，这里指彤管，也指所爱的少女。

三曰遗——因人美物。

“自牧归荑，洵美且异。”

少女从野外回来，顺便带回来一根初生的茅草（“荑”，初生的茅草），遗留在和少年的幽会处。

这是根很平常的茅草，可在少年眼里，却也觉得它和一般茅草不一样，精美无比。

“匪女之为美，美人之贻”、“匪”同“非”；“女”同“汝”，这里指荑草。

其实并非荑草精美无比，而是因为它是心上人遗留的啊！因人美物，少年对少女之爱更见深挚。

“爱而不见，搔首踟蹰”；因爱而赠，见物思人；“爱屋及乌”，因人美物。三小镜头演绎成的三小乐章，将少男少女天真纯朴的男欢女爱情刻画得何等迷人！《诗经》抒情之笔，贵在纯真！

不过，也曾有人考，此诗并非写少男少女的爱情，而是卫宣公丧伦娶了儿媳后在城头与新欢相见，一个“爱而不见”，一个“搔首踟蹰”（见清方玉润《诗经原始》）。果如是，那岂不是老灰耙和“耙灰”的猎物间见不得人的肮脏游戏了。那也太煞风景了。可从这诗的后两章看，上考证似又不靠谱。卫宣公儿媳，系皇室贵妇，收藏珍宝多矣，怎么会只拿根小“彤管”送给老公公，老公公还那么喜欢？更不可能专门到野外去拣一根初生的茅草回来，故意遗留在幽会处。上两情事显系民间青年男女所为。故这诗不妨仍以美好赏之。

4.《蒹葭》：思而不得、追而不可及的单相思情结

在男欢女爱中，欢欣喜悦固是情的主旋律，但也有不尽和谐、不尽如意的心烦意恼之音。一方爱慕有加，热情如火；而另一方却十分冷漠，不为所动。这种单相思情结，便是一种令一方烦恼不安的不和谐音符。这在《诗经》爱情诗歌中亦多有所见。《蒹葭》便是这种令人烦恼的浪漫情歌。

蒹葭苍苍，白露为霜。所谓伊人，在水一方。
溯洄从之，道阻且长；溯游从之，宛在水中央。
蒹葭凄凄，白露未晞。所谓伊人，在水之湄。
溯洄从之，道阻且跻；溯游从之，宛在水中坻。
蒹葭采采，白露未已。所谓伊人，在水之涘。
溯洄从之，道阻且右；溯游从之，宛在水中沚。

诗选自《秦风》，也是三章。三章三觅意中人，三觅三不得——追而不得。

一觅意中人——一见不得。

“蒹葭苍苍，白露为霜。”

“蒹葭”即芦苇。“蒹”，没长穗的芦苇；“葭”，初生的芦苇。“苍苍”，茂盛貌。

时属深秋。河边的芦苇，长得郁郁葱葱。可叶上的露水已凝结为霜，说明气候已趋寒冷。

就在这寒冷的早晨，一青年男子很早就来到了河边。他在河边来回徘徊。他在寻觅什么？原来是在寻觅他心目中向往已久的意中人。他是

多么想娶她为妻呀!

“所谓伊人，在水一方。”“伊人”便是那心爱的人。青年男子明明看见这意中人就在河对岸，于是便逆水流（“溯”，逆水流方向走；“洄”，水流迂回而曲折）去找，没想到，“道阻且长”——这道路实在太难走，而且漫长，很难过去；于是只好掉转个方向，顺水流去找。可奇怪的，意中人此时仿佛又到了水中央（“宛”，好像，仿佛可见貌）。显然，青年男子未能和心上人谋上面，真是遗憾!

然而，青年男子并不灰心。他决心再去寻找。

二觅意中人——再见不得。

“蒹葭凄凄，白露未晞。”

“凄凄”，一作“萋萋”，也是草长茂盛貌；“晞”，晒干。

这时，芦苇上的白霜已不见了，但露水尚未晒干。显然太阳已出来了，但未及中午。

青年男子透过芦苇，向河对岸望去，突然又看见意中人。原来她就站在水草接壤处（“湄”即水草交接处）。青年男子又逆水去找，又未料，“道阻且跻”——道路不但崎岖险阻，而且要攀登一个高坡，更难行走（“跻”：登，升。尤言爬高坡）。只好又顺水去找，可更奇怪的是，意中人仿佛又离开了水草交接处，站在了水中的陆地上（“坻”，水中小块的陆地）。

显然，青年男子仍未和意中人谋面。可这男子还是不肯罢休，他决心继续寻找。

三觅意中人——三见不得。

“蒹葭采采，白露未已。”

“采采”，也是茂盛生长貌。

茂盛的芦苇，此时，叶上的露水仍未退尽。青年男子老远望去，又见意中人原来就在水边（“涘”即水边）。于是又立即逆水流去找，“道阻且右”——道路弯弯曲曲，简直没完没了（“右”即弯曲），更难到达。无奈，又顺水流去找，更奇怪的是，意中人不知怎的，又仿佛回到了水中的陆地上（“沚”同“坻”，均水中小块陆地）。青年男子还是未能和意中人谋面。

三觅三见三不得，多么令人沮丧！

这里，还需指出的是，“三”在数字中代表多数，三觅三见三不得，似也有反复、多次寻觅，每次都能隐约见到意中人，而最终却不得和意中人亲近意。可这又是怎样的一种“寻觅”呢？

青年男子忽上忽下，忽前忽后，忽左忽右，忽逆水忽顺水——上下折腾，前后奔波，左右蹿跳，真是苦不堪言。何况不是“道阻而长”，就是“道阻且跻”，再不然就是“道阻且右”。

而那青年女子呢？青年男子明明看见她立在对岸，立在水草接址处，站在水边；可逆水流去找，根本无法过去；顺水去找，这女子又不在原来的地方。一会儿像立在“水中央”，一会儿又仿佛到了水中的陆地上。恍恍惚惚，虚无缥缈，扑朔迷离。

这哪里是在寻意中人！简直是在玩一场水月镜花、竹影仙风的游戏！可望而不可及，可远观而不可亲近，可求而不可得，多么令人奥沮而神魂驰荡！男欢女爱竟演绎出如此浪漫文字，作者的精巧用心和神奇之笔，亦堪称道。

也有人据这诗系“秦风”，而秦地在今陕西境内，那里曾是西汉王朝统治中心所在地，1961年，考古专家们曾在昆明池遗址发现西汉遗物牵牛、织女石像，而且两石像当时又隔昆明池相对等历史事实，推断《蒹葭》表现的是牛郎、织女的传说。果如是，当会更能引发人们对美好爱情的神思和向往。但牛郎、织女一年一度总还能鹊桥相会于天河，而《蒹葭》中的“伊人”，却只能得见于“宛在”，而不能亲近，岂不更见烦忧。

还需指出的是，《蒹葭》这诗，在“诗三百”中，不但情思别出，而且情韵独胜。在那苍苍青色、肃肃霜露、莹莹秋水中，那望之宛然、即之也远的彼岸伊人，以及由隔绝而生的无限企慕，构成了诗篇素练明爽的格调和竹影仙风的神韵，令人如痴如醉。诗的遣词用字工夫，尤堪称道。同是形容芦苇生长茂盛，有“苍苍”、“凄凄”、“采采”之异；同是言白露，有“为霜”、“未晞”、“未已”之别；同是说意中人在水边，有“水一方”、“水之湄”、“水之涘”之变；同是叙道路艰阻，又有“阻而长”、“阻且跻”和“阻且右”之谓；同是“宛在”后，还有“水中央”、“水中坻”、“水中沚”之分，大同而小异，变幻多姿，引人入胜。如此涂墨，更见精细。

5.《野有死麕》：最贵乐在健康、雅逸、不淫间

青年男女在一起，调情、挑逗、寻欢作乐，甚至亲昵好合之事，都会发生，毫不奇怪。可贵的是，《诗经》中表现这类题材的作品，无论用词、成句，抑或诗的意境，也都赋予了它们以健康、雅逸、“乐而不淫”的情趣，带给人的是喜而不俗的美的享受。

《野有死麕》，一青年猎手和一纯情少女野合交欢的情歌，虽近似直白，却使人毫无低俗感。相反，那少女如花似玉的俊美躯体和浓浓春意，那吉士巧妙而动情的“诱”，那健康而愉悦的亲昵，那含情脉脉、妙趣横生的话语，莫不令人心旷神怡，获得美的享受。

野有死麕，白茅包之。有女怀春，吉士诱之。
林有朴樕，野有死麕。白茅纯束，有女如玉。
舒而脱脱兮，无感我帨兮，无使尨也吠。

诗出《召南》，也是三章，但不是三情事，也不是三乐曲，而是一幅迷人图画——青年男女隐秘交欢图。

“野有死麇，白茅包之。”

据古籍记载，上古求偶，先行纳采之礼，必以鹿或鹿皮为贽。

“麇”即麋鹿。角似鹿非鹿，头似马非马，身似驴非驴，蹄似牛非牛，故又称“四不象”。性温多情。

“白茅”即茅草，多年生草木，古祭祀用为藉席。

白茅裹鹿，“取其洁也”。少女“怀春”。“吉士”（健壮的男子，或曰伟男，这里为青年猎手）以白茅裹鹿为贽而“诱之”，显是合乎当时习俗的。

“怀春”，朱熹注：“当春而有怀也。”诗中的这位少女，显已发育成熟。当此阳春三月，少男少女郊外踏青，自会益增春情荡漾之情，益发求婚求配之思。“吉士诱之”，显得其时矣。

“怀春”的少女显是接纳了“吉士”的“诱”。她愿意和他相亲相爱，同享爱情的甜蜜。于是，一幕更精彩的活剧便在野外密林中展开了。

那是一片密密的小树林（“朴樕”小木，“林有朴樕”，即小树林）。“吉士”和少女情趣浓浓地钻进了密林深处，尽情地嬉戏挑逗。逗着逗着，似乎就脱了衣服。少女那洁白如玉的裸体令“吉士”神魂颠倒。但“吉士”还是很有礼貌地用白茅将少女的玉体团团包住（“纯束”即团束，团团束包意）。“吉士”和少女就在这密林中尽情欢合。

“舒而脱脱兮，无感我帨兮，无使尨也吠。”

“吉士”和少女心情是舒坦的，动作是轻盈的。但纯情的少女还是心存疑虑。她悄秘地对“吉士”说，动作要轻些，再轻些，千万不要把我那佩巾（“帨”即佩巾）弄脏了，更不要把那村边的长毛狗（“尨”即狗，后谓狮毛狗为“尨”）惊吠了，免得让别人发觉和知道。

心许，胆怯，羞涩，有推有就，若辞若迎，似惊似喜，含情脉脉，种种复杂微妙之情，全都融汇其中矣。生动、逼真、传神。纯朴率真的男欢女爱情，更见纯朴率真。

（二）情　爱

——古韵婚爱情趣之底韵

性，人之本、爱之基。男欢女爱，归根到底，又源于男女间的性爱和情欲。

同性相斥，异性相吸；情欲似火，欲火如焚。欲念丛生，则情趣自见。古往今来，情爱诗中种种情趣和韵味，莫不始于此。

1.《湘君》、《湘夫人》：两性相吸、痴情如火的男女二重唱

屈原的《九歌》，除《国殇》外，均祭神之作。一神一篇，结尾一篇。唯独水神是两篇：《湘君》、《湘夫人》。

两篇其实也只有一个情节，那就是情人践约(一方）而不见情人(另一方)，进而引发出的种种情思和缠绵情事。只不过这诗中的情人，不是现实世界的普通青年男女，而是冥冥苍宇中一对神秘情侣——男女水神。说是水神，可时间、地点、情节又都历历在目，酷似真人。

有人说，两水神之一，湘君的原型是屈原自己，而湘夫人（另一水神）是楚怀王的爱妃郑袖。屈原，楚王同姓贵族，博学多才，“明于治乱，娴于辞令”，深得楚王器重，官左徒三闾大夫。其貌也甚伟，好奇装异服，是地道的美男子。而郑袖，更是楚国冠压群芳的美女，绝世佳人。郎才女貌，自易引发相互爱慕之思。二人暗恋情深，有时便相邀野郊，隐秘相会。据说怀王也曾有所觉察，严加防范（后来屈原被放逐，

政见相左外，恐也与此有关）。屈原思郑心切，无计可施，便托男女水神之口，隐抒心中之思和想入非非的浪漫之情。

也有人说，湘君和湘夫人原本是舜帝的两个宠妃娥皇和女英。她们在战国时代转型成了一对神祇夫妻，主管着楚国境内最大的河流之一——湘水。民间祭祀仪式的核心，就是由民众扮演这对夫妻。人神之间互相表达深切的爱慕，以寄托民间男女的私密之情。屈原只不过是用手中的笔，按照民间的传统，巧妙地唱出了自己的爱情心扉。

远古历史，难有确凿史料为考究基础，神话传说不能替代历史的真实，文学作品尤忌对号入座，故上两说也只能作为有心考证者的遐思和畅想，而不能作为赏读的依据。

两诗的确切认知，应是诗人以男女水神之口，歌唱人间男女两性赤诚之恋——相吸之甚，相爱之痴，相思之苦，相聚之甜。

那蜿蜒委屈的情愫聚焦（聚情于约而不见之时），那如怨如诉的爱情表白，那将见未见、若即若离的恋人身影，加上那有分有合、先分后合的动人歌唱，无异告诉人们：两性之爱，神圣无比。神且如此，人岂能外。

请看这两曲别具韵味的男女痴情“二重唱”，《湘君》——湘夫人思恋情人商君之歌。

君不行兮夷犹，蹇谁留兮中洲？美要眇兮宜修，沛吾乘兮桂舟。令沅湘兮无波，使江水兮安流。望夫君兮未来，吹参差兮谁思！

驾飞龙兮北征，邅吾道兮洞庭。薜荔柏兮蕙绸，荪桡兮兰旌。望涔阳兮极浦，横大江兮扬灵。扬灵兮未极，女婵媛兮为余太息。横流涕兮潺湲，隐思君兮陫恻。

桂棹兮兰枻，斫冰兮积雪。采薜荔兮水中，搴芙蓉兮木末。心不同兮媒劳，恩不甚兮轻绝！石濑兮浅浅，飞龙兮翩翩。交不忠兮怨长，期不信兮告余以不闲。

朝骋骛兮江皋，夕弭节兮北渚。鸟次兮屋上，水周兮堂下。捐余玦兮江中，遗余佩兮醴浦，采芳洲兮杜若，将以遗兮下女。时不可兮再得，聊逍遥兮容与！

从诗字里行间中推测可知，两水神住处，极可能是：一居湘水上游，九嶷山上；一居湘江之尾，涔阳极浦。

九嶷山，即苍梧山，在湖南宁远县南，传为舜葬处。湘江发源于广西灵川县东，入湖南即九嶷山座落处。

涔阳，湖南临澧一带有涔阳浦，在湘水入洞庭湖处，故曰尾。浦，水口；极浦，即远浦，这里指涔阳水流入长江的水口。

两水神何时相识相知（同是水神，也可能不存在相识相知问题），此前如何相亲相爱，以及如何赤诚相约等，诗中均未提及，不得而知。但从诗字里行间推测中也可知，两水神大概约好是要在北渚会面的。渚，水中小洲；北渚，即江北岸附近的小洲。按地图推断，此处又极可能是在洞庭以南的长沙、衡阳间。

路远迢迢（湘江全长近两千里），千山万水，少男少女（神亦人），相约中途相会，二水神相知之深，相爱之甚，相恋之痴，可见一斑。

然，事也有出人预料时。

当湘夫人不顾汹涌波涛、长途辗转前来赴约时，却不见湘君的面。

情人赴约不见情人，这对热恋中的少女来说，是多么令人伤楚的事呀！何况还是长途赴约的少女。

《湘君》便是通过抒发少女对心上人痴情之爱的。选择这敏感时刻，已见诗人独具慧眼；极细腻之笔，尽展少女种种隐秘微妙心扉，更见诗人的纤巧用心。

“君不行兮夷犹，蹇谁留兮中洲?”

你为什么不来呀，你还犹豫什么（“夷犹”即犹疑），莫不是有谁将你留在了水中的沙洲上?

青年女子在感情上特有的敏感和怀疑心理，一起笔便以反问的怨恨口吻流露出来，令人倍感真切。

——怀疑：约而不见时的怀疑。

何止怀疑，还有委屈。

“美要眇兮宜修，沛吾乘兮桂舟。令沅湘兮无波，使江水兮安流。望夫君兮未来，吹参差兮谁思!”

“要眇”，美好貌，一作要妙。

湘夫人说，为了我们这次会面，我精心打扮，修饰得可谓美丽要妙了。我还特地乘着用香桂木做的船急急而来，并下令沅江、湘水“无波”、“安流”。我是多么盼望能和你见面呀，可你终于未来。你不来，我吹奏这优美的音乐，又能寄托对谁的思念之情呢？岂不白费了心思!

——委曲：约而不见后的委曲。

“参差”，本意为长短不齐，这里指笙或排箫一类的长短管组成的吹奏乐器。

湘夫人盼湘君未来，便吹奏音乐以寄情思。由此也可见，湘夫人对湘君未来践约，虽有埋怨和怀疑，也感到委屈，但心中还是割舍不下对湘君的绵绵情思。她对湘君的爱是深沉而深厚的。

——怀疑、委曲中仍不乏深情的爱。

于是，她决心亲自前去寻觅和迎迓：

“驾飞龙兮北征，邅吾道兮洞庭。薜荔柏兮蕙绸，荪桡兮兰旌。望涔阳兮极浦，横大江兮扬灵。”

湘夫人先是以“飞龙”（一作飞快的龙船）驾车向北疾驶，接着又转道洞庭（“邅”即转；洞庭，即湖南洞庭湖），尔后便乘着用薜荔、蕙、荪和兰（均香草）装饰的船只，横渡灵光浩渺的大江，向着湘君来的方向——“涔阳”、“极浦”进发了。

然而，“涔阳”、“极浦”实在太远了。要寻觅湘君谈何容易！湘夫人尽管扬着灵光疾速行进，也还是未能到达。更不要说能见到湘君的面了。

这时，同行的女伴都为她叹息。面对浩渺长江，湘夫人心潮起伏，思湘君之情愈炽。想着想着，不由得流下了伤心的热泪。“潺湲”，泪流貌。

——悲伤：寻觅不得而伤心悲楚。

悲生怨，怨生恨。此时，湘夫人又怨恨什么呢？她想得更多，也怨恨更深了。

“桂棹兮兰枻，斫冰兮积雪。采薜荔兮水中，搴芙蓉兮木末。心不同兮媒劳，恩不甚兮轻绝！石濑兮浅浅，飞龙兮翩翩。交不忠兮怨长，期不信兮告余以不闲。”

她先是埋怨自己。她寻思，事情何以如此不顺，很可能是自己的心思用错了地方：美好的船桨和船板（“棹”，船桨；“枻”，船旁板），却用来斫冰行雪（“斫”，砍击）；薜荔本是山草，却偏向水中采；芙蓉是水中花（莲花），却又向树上摘。岂能不事与愿违！

继而又埋怨和湘君的交往：彼此心不相同，即使有媒人也是徒劳；相互间恩情不重，自然会轻易断绝。

进而又埋怨对方的不忠和不守信用。她埋怨湘君就像石滩上的流水（水流石上叫濑）浅浅（急速貌）流去一样，驾“飞龙”飞到别处去了。

“翩翩”，飞的样子。

她甚至还设想出一旦和对方见面时，对方会编出怎样冠冕堂皇的藉口来敷衍和搪塞。“告余以不闲”，形象而风趣地摹拟出了男子负约后可能敷衍出的搪塞的藉口，多富生活情趣！

——怨恨：各种各样的怨和恨。

湘夫人上述种种埋怨自然不是事实，但痴情少女约而不见情人时，那海阔天空的遐想和神思，亦可见诗人联想之细腻和真切。

尽管如此，可湘夫人还是不肯舍湘君而去。她决心继续等待。

于是她干脆住下来，早出江边巡觅（“朝”，即早晨；骋骛：奔驰），晚宿北渚之上。

“鸟次兮屋上，水周兮堂下。”

“次”，宿；“周”，环流。

湘夫人是多么渴望湘君能像飞鸟归巢和江水回流那样突然来到她身边……

——等待和祈盼：痴情如铁般的等待和祈盼。

怀疑，委曲，悲伤，怨恨，等待和祈盼……约而不见瞬间，翻滚着多少纷繁复杂的爱情呀！诗人尽展痴情少女微妙心扉之笔，何其纤细！

湘君后来究竟是何时来到湘夫人身边和湘夫人相会的，诗未作交代，但诗的结尾却告诉我们：两水神的爱情是美满而幸福的，是一个团圆的结局。只不过这美好结局在诗中是以合唱形式出现的，下篇一并赏读，《湘夫人》——湘君痴情湘夫人之歌。

帝子降兮北渚，目眇眇兮愁予。袅袅兮秋风，洞庭波兮木叶下。登白薠兮骋望，与佳期兮夕张。鸟何萃兮苹中，罾何为兮木上。

沅有茝兮澧有兰，思公子兮未敢言。荒忽兮远望，观流水兮潺湲。

麋何食兮庭中？蛟何为兮水裔？朝驰余马兮江皋，夕济兮西澨。闻佳人兮召予，将腾驾兮偕逝。筑室兮水中，葺之兮荷盖。

荪壁兮紫坛，播芳椒兮成堂；桂栋兮兰橑，辛夷楣兮药房；罔薜荔兮为帷，擗蕙櫋兮既张；白玉兮为镇，疏石兰兮为芳；芷葺兮荷屋，缭之兮杜衡。

合百草兮实庭，建芳馨兮庑门。九嶷缤兮并迎，灵之来兮如云。

捐余袂兮江中，遗余褋兮澧浦。搴汀洲兮杜若，将以遗兮远者；时不可兮骤得，聊逍遥兮容与！

也不知究竟是什么原因湘君未能如期赴约，可他到来时，不见湘夫人面（湘夫人寻他去了），所表露出的忧愁怨恨情，较湘夫人来时未见到他的面还要浓烈得多。

“帝子降兮北渚，目眇眇兮愁予。”

“帝子”：天帝的女儿。湘君视湘夫人为天帝女儿，足见湘夫人在他心目中的位置。这很可能也是有人说湘夫人是舜帝女儿和是楚怀王宠妃郑袖的缘由。

您说好是要降临北渚的呀！怎么我望眼欲穿（渺渺，望眼欲穿貌），还见不到您的影子呢？真叫我愁肠百结呀！

——抬头不见之愁。

抬头不见便愁，接下来自会满目惆怅：

“袅袅兮秋风，洞庭波兮木叶下。”

“袅袅”，微风吹拂貌，这里状秋风不绝。

秋风萧瑟，洞庭波涌，木落潇潇下。愁风、愁水、愁叶，怎能不徒增悲伤之情！

——触景生情之悲。

“登白薠兮骋望，与佳期兮夕张。”

“白薠”，水草，秋生长，似莎草。“夕张”，夜幕张开，谓夜幕将临。

放眼远望，但见一片白薠茫茫。眼看夜幕就要降临了，可仍不见湘夫人的到来，“佳期”难“佳”，岂不更增惆怅！

——“佳期”难“佳”之怅。

“鸟何萃兮苹中，罾何为兮木上。”

“萃”，草丛生貌，引申为聚集；“苹”，水生植物，其叶漂浮水面；“罾”，渔网。

鸟在陆地上才能找到食物呀，为何要落在浮萍上；渔网也只有撒到水里才能捕到鱼，又为何挂在树上？湘君显然是神情恍惚、视感模糊了，更见忧伤之甚。

——神情恍惚之忧。

愁增思，可思也能频增忧愁怨恨情。此时，湘君又想起什么呢？他不由得想起往日和湘夫人的交往。那是怎样的一种交往呀？彼此就像沅江的“茝”和澧水的“兰”一样（“茝”和“兰”均香草，清香，高洁。“茝”即白芷），都怀有诚挚而美好的感情。可遗憾的是，自己对湘夫人痴情的爱却一直未敢向湘夫人表白，以致现在回想起来，懊悔不已。“思公子兮未敢言”，古代女子也可称公子。

“荒忽兮远望，观流水兮潺湲。”现在则只能恍惚地睁着双眼望着那茫茫的远方，面对眼前的潺潺流水涕泪纵横了。湘君的心多么凄楚！

——悔“未敢言”之楚。

抬头不见之愁，触景生情之悲，“佳期”难“佳”之怅，神情恍惚之忧，悔“未敢言”之楚，连连五发，湘君未见到湘夫人之愁可谓尽展无余。诗人渲染惆怅之笔，尤见别致。

“不见”之愁愈炽，“求见”之心便愈切。诗接下来便是急切“求见”之形。

“麋何食兮庭中？蛟何为兮水裔？”

“麋”，鹿类野兽；“蛟”，龙类水兽。“裔”，边缘。

麋鹿应该到野外去寻找食物，怎么现在却在庭中？蛟龙应该到深水中遨游，怎么现在竟待在水边？

湘君显然已感到在北渚坐等不是办法，决心变消极坐等为主动寻觅。于是便又立即“朝驰余马兮江皋，夕济兮西澨”。他是多么渴望能尽快见到湘夫人呀！

“澨”，水边；“西澨”即水西畔。

那么，此时此刻，湘夫人又在何处呢？从上篇（《湘君》）中可知，湘夫人此时其实也在北渚附近。只不过她是早出晚归，一心寻觅、等待湘君的到来，竟与湘君失之交臂、不得相见罢了。

不过，她（他）们既已来到北渚，便总会相见的。就像滚滚滔滔的江水一样，滚来滚去，涌来涌去，总会涌到一起。男女水神爱情之火，定会在江水中更见炽热地熊熊燃烧。

可她（他）们究竟何时相见和怎样相见，相见后又怎样相亲相爱，诗中并无实情描述。可接下来，一个“闻”，一个“召”；一个“腾驾”，一个“偕逝”，便将约而不见，千愁万怨、寻觅无着，涕泪涟涟的一对恋人，捆绑到了一起，推出了一个比一般相亲相爱还要激越得多，也更见神奇浪漫的喜庆层面——水上婚庆图。诗人巧园喜梦之笔，尤见奇绝！

“闻佳人兮召予，将腾驾兮偕逝。”

“佳人”，显指湘夫人。“偕逝”，即一同飞去。

他（她）们要“腾驾”何处？“偕逝”何方？请看这水上奇观：

“筑室兮水中，葺之兮荷盖。荪壁兮紫坛，播芳椒兮成堂……”

他（她）们都是水神，自然要筑室水中。为了快捷、迅速，也为美观，他（她）们就地取材，以荷叶为葺（用草覆盖房顶曰“葺”，这里指用荷叶盖房顶）。然而这毕竟是他（她）们的“爱之窝”呀，为使这“爱巢”更温馨，他（她）们还精心设计，巧作装饰：

用荪草（香草）饰墙，用紫贝（海蛤壳）铺庭院（“坛”，土筑高台，这里指庭院台阶），用花椒和泥建厅堂，用桂木做栋，用木兰做橑（“橑”，屋檐上的木头），用辛夷做楣（“楣”，门上横木），用白芷装点洞房。

室内四周则用薜荔编织了帷帐，辟蕙草为櫋（“櫋”，屋檐板，也有说是今室内隔扇，屏风一类），用白玉做席镇（古人屋内铺席而坐，用玉石压席，曰镇），旁边还摆放石兰香草，使室内清新芳香。

荷叶覆盖的屋顶也点缀白芷，并用杜衡（香草）缠绕缚束。庭院还摆满各种花草，让花草散发的芬芳洋溢廊下门前（“庑”，堂下周围的屋）。

多么精美绝伦的“爱之窝”呀！这何尝不是人间青年男女婚娶时建造、装饰新房的写照。

两水神还设想，他（她）们成婚那天，九嶷山诸神会纷纷前来祝贺，四方的众多神灵也会如云彩般纷纷前来贺喜，那热闹非凡的场面，尤令人喜悦不禁。

至此，一对幸福恋人的美满婚姻终于在浩渺的大江中变成了理想中的现实。他（她）们是多么兴高采烈呀！听，那心旷神怡的水中男女合唱：

“捐余袂兮江中，遗余褋兮澧浦。搴汀洲兮杜若，将以遗兮远者；时不可兮骤得，聊逍遥兮容与！”

这是合唱——男女二重唱；也是诗的结尾——两诗的共同结尾。合唱因男女有别而大同小异，结尾因团圆美满而至善至美。

为庆祝美好日子的到来，男女水神均将自己和对方心爱之物投入水中，作为定情的见证；而从水中和水边采摘奇异的香草，带回去送给身边的侍女和远方亲友。

他（她）们十分珍惜这眼前的美好时光。他（她）们要尽情地、无拘无束地享受这美好而甜蜜的生活。

“聊逍遥兮容与”，多么浪漫而飘逸的情趣！

《湘君》、《湘夫人》是继《诗经》后用浪漫主义手法表现男女性爱情趣的典范。

2. 爱情的萌动和炽热与诗人敏锐的艺术捕捉力

爱情、婚姻，一般说，先有爱情，后又婚姻（强迫包办除外）。而爱情的萌动和炽热，又隐秘微妙。或起于少男少女情窦初开、喜异求配之时；或萌于男大当婚、女大当嫁的春情荡漾之际；或发于妙龄男女频繁往来，你言我语，心随情动的瞬间；或动于大千世界，万事万物引发联想和茫茫的触景生情之中……敏锐的诗人，只有细心地、善于捕捉天下男女间那种本能的异性相吸、惯于相互慕悦、乐于相亲相爱的隐秘微妙心扉，巧妙构思，方能别有情趣地吟哦出那巧具匠心、饶有兴味的性爱和情爱佳作。

写情圣手李清照以女人的特有敏感和敏锐的情感捕捉力，创作出许多以男女性爱、情爱为题材的优秀诗歌。她早期的那首《点绛唇》（蹴罢秋千），生动而真实地刻画出了一个天真纯情少女（也可能就是她自己）初次萌动的爱情，就是一篇性爱、情爱萌生的佳作，令人玩味不尽。

蹴罢秋千，起来慵整纤纤手。露浓花瘦，薄汗轻衣透。

见有人来，袜刬金钗溜。和羞走，倚门回首，却把青梅嗅。

“蹴罢秋千”。

起笔便将一个天真活泼的纯情少女推在读者面前。这少女此前显是在荡秋千。

秋千已荡“罢”，少女荡秋千时的情态自难得见。但可以想象，她当时的心情是十分愉悦的。

她罗衣轻扬，就像燕子一样在空中飘来飘去，荡来荡去，何其惬意！

此时，她已感疲乏。下了秋千，便慵懒地活动活动她那双有些发麻然而又是细嫩而柔美的手。

《古诗十九首》中有“娥娥红粉妆，纤纤出素手”句。“纤纤手”显状少女手的纤细之美。

然而，仅是手恐还不足以状少女之美，更难引发对少女春情荡漾的联想。

“露浓花瘦”，有说是写景，隐示少女荡秋千的时间（春晨）和地点（花圃）。不排除有此隐义。但细味之，更主要的恐还是写人，进一步状少女之美貌和窈窕。

李白《清平调》有两处便是用“露”状贵妃美的。

“云想衣裳花想容，春风拂槛露华浓”、“露华浓”便是状贵妃之貌如浓浓露珠，华美无比。

“一枝红杏露凝香，云雨巫山枉断肠。”“露凝香”也是状贵妃美如晶莹剔透的露珠，凝结着花的芳香。

“露浓”二字显有李诗《清平调》的墨痕。

至于“花瘦”，则是暗指少女身材之窈窕。

如果说“露浓花瘦”还不足以引起对少女春情荡漾的联想，那下一句“薄汗轻衣透”，便定会引人神思缥杳了。

荡秋千出点汗是可能的，但不会是大汗，而只能是“薄汗”。“轻衣”，少女穿着一目了然。“薄汗”、“轻衣”连在一起，后面再着一“透”字，少女春情荡漾之情岂不昭然如见了。

上片，词人着力描绘少女荡秋千之态、之形，极展少女之美，更主要的恐还是情——春情、青春情，为下片爱情之萌动张目。

下片起笔便是，“见有人来”。什么人？词未明言。可接下来的“袜刬金钗溜”，说明来人不是一般“客人”。不然怎么连鞋也顾不上穿，金钗堕地也顾不上捡，就穿着袜急忙回避呢？而且是“和羞走”。

更奇怪的是，既然回避，怎么刚进门又不走了呢，反而“倚门回首”？

“倚门”，似有点“犹抱琵琶半遮面”的味道；而“回首”，则更使人想起宋诗人辛弃疾《青玉案·元夕》中的一句词：“众里寻他千百度，蓦然回首，那人却在，灯火阑珊处。”莫不来人是她梦寐以求的白马王子？

“却把青梅嗅”，一切的一切，全都明白了。原来少女心中的爱情种子已经萌芽。她正在寻找意中人哩！

“却把青梅嗅”，这个“嗅”字，用得实在传神。少女毕竟年龄太小了，爱情的种子才刚萌芽，还不能堂而皇之公然表露，而只能藏在隐秘的心扉。“嗅”，少女羞涩初动之情，惟妙惟肖。

“青梅”，最早见于李白《长干行》：“郎骑竹马来，绕床弄青梅。”后常以“青梅竹马”比喻少年儿女天真无邪、亲昵嬉戏，也是男女爱情萌动的前奏。

上诗便是一支优美别致的爱情萌动曲。

然而，爱情之火常常又是按捺不住的。它总会熊熊燃烧起来。情窦已开的青年男女，即便不相识，偶有接触，有时也会萌动爱情的欲火；如果此间还有某种可以相通的过节或说道，那爱情之火便会愈燃愈盛，以致发展到主动出击，委婉示爱，自媒自许……

请看唐诗人崔颢的两首《长干曲》

其　一

君家何处住？妾住在横塘。停船暂借问，或恐是同乡。

其　二

家临九江水，来去九江侧。同是长干人，生小不相识。

长干，古金陵里巷名，故址在今南京南。

《舆地纪胜》：“建康（南京）南五里有山冈，其间平地，民庶杂居，有大长干小长干。”

由于地理关系，长干人多以操舟捕捞为生，后发展为从事采购运。至唐，长干商人已颇负盛名。

李白《长干行》诗，便是以商妇自白口吻，极抒商妇对外出经商、久出未归的丈夫极度思念之情的。是夫妻别离情。

崔颢上面这两首《长干曲》，则是叙一船家少女（其实也是商女），在外地偶遇同乡青年男子（恐也是商人），主动停船借问，互示爱慕之意的。她（他）们不是夫妻，也不是恋人。而是素不相识，突然相遇，便互示爱意，少男少女爱情萌动初起时何其勇敢、大胆和无所顾忌，可想而知。

两首《长干曲》，一问一答。问，系少女问无疑。答，似有微歧。有说是少女自答，也有说前两句是青年男子答，后两句才是少女答。笔者另有拙见，权留后述。

先说“其一”：少女之问。

背景显是在外地，而且是茫茫江渚之上，还可能是少女正在行船中，突遇一同在行船的青年男子。也不知这少女是哪根神经突然起兴，竟主动张口问青年男子：你家住在哪里？没等男子回答，少女紧接着又自我介绍说，我家就在横塘。

横塘，据《六朝事迹》：“吴大帝时，自江西沿淮筑堤，是谓横塘。”在今南京西南。

还没等男子说话，少女又主动“停船”，和男子拉呱起来。她对男子说，说不定我们还是同乡哩！越说越亲热。显然，直到这时，这少女还不知道自己和男子是同乡。

人生地疏的外地，茫茫江渚之上，一个形单影只的青春少女，竟主动开口问一个素不相识的男青年家住何处，还迫不及待地介绍自家住址，主动停船和素不相识的男子拉呱。这在现在，也不无唐突；在当时社会，岂不叫人感到意外！是一种什么力量，使少女如此勇敢呢？除了商女的开朗、泼辣和缓解只身外地孤单寂寞的需要外，恐只有一种解释了，那就是青年男女间那种本能的、自发的、不由自主的性爱和爱恋之情的力量了。诗人只用几句极平常的问话，便将这种人性之本的力量揭示无余，诗人遣言达意之功，可谓高超。

这是“其一”；诗“其二”，更见高超。

“家临九江水，来去九江侧。”

这是少女自答还是青年男子的答语？笔者细揣其中韵味，认为，应是青年男女共同的答语。不但是共同答语，恐还是诗人描述青年男女亲昵对答时的语音。三者合而为一。

少女对青年男子说，我家就在九江畔呀！所以我经常往来于九江之侧。

男青年也对少女说，我家也在九江畔哟，故我也经常穿梭在九江之上。

“九江”，旧说有九条支流，在今江西九江附近，均流入长江。这里指九江以下的长江下游一带。

诗人巧叙男女亲昵之语，连连两个“九江”，更见情如江水悠悠。

“同是长干人，生小不相识。”尤见情意深长。

同是长干人，过去不相识，大有相见恨晚之憾，相互爱慕之情不言自见。

相见恨晚，来日方长。自媒自许之意也油然而出。

“生小”，儿时、童年之谓。李白《长干行》有“同居长干里，两小无嫌猜”句，这里似也有李诗的墨痕，只不过“生小不相识”罢了。何等意味深长！

如果说，崔颢的两首《长干曲》，表现少女急切求爱、求配之情还不够炽热和袒露，那么唐另一位诗人韦庄的《思帝乡》，传达出的少女追求爱情和幸福的心情，便更见急切、热烈和大胆了。请看这首词：

春日游，杏花吹满头。陌上谁家年少、足风流？妾拟将身嫁与、一生休。纵被无情弃，不能羞。

“春日游，杏花吹满头。”

春天到了，少女游春，春情荡漾。诗起，便将一个春情勃发的场景推在了读者面前，令人愉悦。

可春至人间，繁花似锦，诗人何以独说“杏花吹满头”呢？

“春物相妒杏最娇”。杏为情种，素有“风流树”之称。“杏花吹满头”，更见少女春情无限。诗人选花，是很有讲究的。

可更奇怪的是，少女的心思似不全在观景上。你看，她那如流星般的眼睛，东张西望，左顾右盼，上下求索，转动得多快呀！

她在搜寻什么？

咦！那是谁家少年郎？那么风流倜傥，神采奕奕，气度飞扬。——不知何时，少女的双眼竟落在了远处的陌上，而且是陌上的少年郎身上。

自然，这少年郎，少女并不认识。可少年那翩翩飞扬的神采和风度，却使她格外上心，入目难忘。“谁家”，似也有暗示陌上少年有多个，而她却注目于“足风流”者，有选择意。

这少女何以无心观景而有心观人呢？“无心”，“有心”，使人不难揣度出少女隐秘心扉中的秘密，那就是——

少女成熟了。少女隐秘心扉中爱情的种子不但已经萌芽，而且在剧烈骚动了。她在寻觅意中人。而且很可能，少女游春，就是为物色意中人。

当眼前的这个偶像和她臆想中的偶像骤然碰撞时，少女的心便不由自主地为之一亮，顿时放射耀眼的霞光。

此时此刻，少女的心如果用闪电来形容，似也不为过。

闪电般的心瞬息万变。顿时，少女便将自己的一生——一生的寄托和幸福与少年连在了一起，几经变幻，终于演变成为一生中最重要的抉择：

“妾拟将身嫁与、一生休。”

在那“父母之命”、“媒妁之言”至高无上的社会，这是何其勇敢的抉择呀！

少女显然也知道，她的这一抉择万一有误，是要付出一生的代价的。然而，爱情的力量，又使她义无反顾。她决心冒最大风险，承担最大牺牲：

“纵被无情弃，不能羞。”

在当时男子多薄义的社会风气下，少女显然作了最坏的打算的。爱情的欲火在少女心中燃烧到了无以复加的地步——性爱的爆发力。

从“春日游”到“花满头”，到年少“足风流”，到身嫁“一生休”，到被弃“不能羞”，一连五级阶梯，层层推情叠进，将少女急切求偶之心推到了极致，诗人巧抒少女痴情求爱之笔，亦堪称精细入微。

3. 艳情诗——表现男女性爱别具情趣的载体

性爱和情欲，作为人性之本的一种欲念，无论古今中外，在现实生活中，除了性征未熟的儿童、行将就木的老人，以及生命垂危者外，恐是无人不有、无人不好的。青年人有青年人的性爱和情欲，壮年、老年人也有壮年和老年的情爱和性欲；平民百姓有平民百姓的情和爱，达官贵人直至最高统治者，也有他们的爱和欲。性爱和情欲可以源于婚姻或落脚于婚姻，和婚姻紧密相连；也可剥离婚姻而独立存在，如婚外恋、青楼情等。

在古诗词大海中，上述种种类型和种种情况下的性爱和情欲，都有生动、别致而传神的表现；种种情况下的性爱和情欲，在诗人笔下，又有不同的特色和情趣。

艳情诗，或曰艳体诗，就是一种别有情趣、别具韵味的表现男女情爱的诗体。它的主要特点就在这个“艳”字上：艳事、艳情、艳景、艳人，直至语言、用词也都是“艳”的——华丽的辞藻构成生动优美的形象，传递出真挚的感情。唐诗人李商隐的《无题》诗，堪称这类诗作的代表。请看下面这首：

昨夜星辰昨夜风，画楼西畔桂堂东。身无彩凤双飞翼，心有灵犀一点通。隔座送钩春酒暖，分曹射覆蜡灯红。嗟余听鼓应官去，走马兰台类转蓬。

李商隐，字义山，号玉溪生，怀州河内（今河南沁阳）人。一生怀才不遇，多在党争夹缝中做些幕僚一类的工作。上诗便是他在时为河阳节度使（治所在今河南孟县内）的王茂元家为王治所书记时作。据赵层瑗《山满楼唐诗七律笺注》云：“此义山在王茂元家窃窥其闺人而为之”。

“闺人”，实为家妓。古时，富贵人家多喜爱从民间物色一些有特长的年轻美貌女子，至家中从事歌舞等娱乐性服务，是为家妓。诗中之妓姓杨，艺名萼绿华，时年20，“青衣，颜色绝整”。

其实，早在王茂元为岭南节度使（治所：广州）时，诗人便曾慕名前往，与该妓有过较密切接触，这是第二次。说是“窃窥”，恐是不便明言，故作淡浅说，实有更密切接触。该诗实为二首，上为前首，后面还有首七绝。这七绝中便可见其更亲昵之情，顺录于后：

“闻道阊门萼绿华，昔年相望抵天涯。岂知一夜秦楼客，偷看吴王苑内花。”

阊门，即王茂元府。

天涯，岭南确有“海角天涯”去处，在海南三亚。

这诗前两句说明，诗人确曾去岭南与杨女会晤，足见对该女爱慕之甚。后两句，“秦楼客”，显系诗人自己；而“吴王苑内花”，则是状萼绿华美如西施。秦楼“一夜”，情趣多多，岂是“偷看”所能敷衍。这还是第一次，第二次故人旧梦，当更非“窃窥”二字所能涵括。“窃窥”说，恐是赵氏变上录七绝诗中诗人自己说的“偷看”而来。

细品《无题》(其一）可见，这是一曲更见优美香艳的男女“一夜情”歌。

“昨夜星辰昨夜风，画楼西畔桂堂东。”

时：“昨夜”。这是追忆，泛指往夕。非今之昨。

地：“画楼西畔桂堂东”，即画楼、桂堂间。

景：“星辰”寥落，星光闪烁；和“风”拂煦，景色宜人。恐又非仅言景，而有幽会情。隐隐约约，忽明忽暗；和煦温馨，舒适宜人。幽中景也。

时、地、景，不见情，情尤炽。诗人巧言情事，何其高超！难怪有评者云。这两句最是难得。

接下来，按说应是幽中事了。可奇怪的是，却又不见幽中景，而是别后情——诗又情笔别荡了。

“身无彩凤双飞翼，心有灵犀一点通。”

“彩凤双飞”，象征美好爱情；可“彩凤双飞”无“翼”，又暗示美好爱情不能变成现实。隐言此前两人远隔千里，不能经常相聚。何其沮丧！

值得庆幸的是，虽无“翼”，但有“心”。就像灵异的犀牛角一样，中有一线，息息相通，彼此念念不忘，致有今日之聚。这又是何等令人欣喜呀！

恨形体相隔，喜心息相通，多么矛盾而又复杂的心情！久别相聚的情人，突然见面后那种又喜又恨、喜怨交加的心情，刻画的何等真切！

还需指出的是，“彩凤双飞”比喻美好爱情，虽系常见，但彩凤无“翼”说，使人频增对美好事物缺失的遗憾，在此前诗文中，似未见有人用过。而“心有灵犀一点通”，则完全是诗人的巧妙构思和独创。灵异的犀牛角，自古以来便被视为神奇之物；角中央一条白线贯通，尤富神异色彩。诗人攫其灵异，将其与“彩凤双飞”并列，组成了优美绝伦的诗联，传递无“翼”有“心”的真实感情，不但使诗倍增香艳和美感，而且为后世有情人留下了心灵感应的佳句。诗人巧出奇思、力缕丽句之功，尤堪称道。

忽而奇笔别荡，忽而又妙语回归。接下来诗人的笔又回到了“昨夜”：

“隔座送钩春酒暖，分曹射覆蜡灯红。”

“隔座送钩”，“分曹射覆”，皆古时游戏。

“送钩”，传为汉武帝钩弋夫人，少时两手蜷曲，武帝亲为掰开，得一玉钩。此后便有送钩的游戏：藏钩于手中，让对方猜。

“射覆”，于覆器下，置诸物，令暗射之。

这对青年男女当时是否真的在玩这种游戏，还是这游戏暗示或隐含有什么其他隐秘情事，不得而知。重要的是两游戏中所营造出的幽会气氛也是情趣浓浓的。

至于“春酒暖”、“蜡灯红”，酒暖灯红，春情荡漾，其乐融融，更是别有一番情韵。

始以时、地、景烘托幽会氛围，继以优美形象浓织往昔情思，进而婉抒幽会中饶有风趣的隐秘情事，至此，“一夜情”亦可谓情满兴尽了。然而，诗人仍情尤未了。

他毕竟公务在身，漏尽鼓鸣，还得“走马兰台”，“应官”而去。

“兰台”，汉宫内藏图书处，后世称御史台为兰台。唐高宗时改秘书省为兰台。这里暗指诗人在王茂元处任书记职。

“嗟余”，“应官”，“类转蓬”（言为官类如风吹蓬草而转），诗人是多么不愿离去呀！但又不得不离去。依依惜别之情，更见诗人和杨女情爱之笃。

又有记载，王茂元后以女儿妻诗人，疑为此女萼绿华。

玉溪生还有首题为《为有》的七言绝句，也是首艳情诗。短短四句，将闺中缠绵、温馨、柔密之情展露得生动淋漓，尤富男女性爱情趣。

为有云屏无限娇，凤城寒尽怕春宵。无端嫁得金龟婿，辜负香衾事早朝。

诗中抒发的感情，究竟是诗人自己的切身体验还是他人的感受，不得而知。姑且当成当时在朝为官年轻士大夫们的一种典型的心态反映吧！

“无限娇”，起笔三字便令人遐思翩翩。

“金屋藏娇”。“娇”指女娇娃无疑。可前面这“无限”二字是副词。副词只能修饰动词和形容词，怎能修饰名词呢？哪有“无限”人之说的？

原来，在这里，诗人显是极尽了汉语语法可以千变万化的魔质，先将名词“娇”幻化为状词，再将它和“无限”结合在一起，组成了一个新的、内涵更丰的名词：“无限娇”，从而赋予了“娇”以风情万种、浪漫无限的风采。诗人巧创新词之笔，亦堪称独到。

“娇”，本是美丽而迷人的。美丽、迷人“无限”，那又是怎样的一种风情呢？

温柔、妩媚、风骚；“美娇娃”，“尤物”，“情种”；杨贵妃，赵飞燕，西施……恐怕人们怎么想也不为过了。

在那神秘兮兮的“云屏”后面，有这样一个“美娇娃”缠在身边，那身在其中的男人，又怎能不神魄驰荡，以致“凤城寒尽怕春宵”呢？

“凤城”，即丹凤城，指京师。

寒未尽，“怕”春宵，寒之过；寒尽“怕”春宵，那除了“娇”的魅力外，恐也就很难有别的解释了。

“春宵苦短”。一个“怕”字，将青年男子那种恋香偎玉、如漆如胶、如醉如迷之情映衬得淋漓殆尽，令人依稀如见。

这是“为有”（“无限娇”）引出的“怕”呀，一种特殊的、微妙而又令人神往的“怕”。

如果说，上面这诗中有一个中心字眼的话，那就是这个“怕”字。它是前面“为有”之果，却是后面“无端”之因。因为“怕”，才有后面的“无端”风波起，爱极“怨”中生。诗的后两句，传递出的感情，集中到一点上，又是一个“怨”字。

“无端嫁得金龟婿，辜负香衾事早朝。”

“无端”犹言“好没来由”，是故作反说的后悔之语。其实也就是“怨”。“怕”是爱；在感情问题上，“怨”往往更是爱。

刚才还是男子的“怕”，这里忽然又变成女子的“怨”了。诗人巧妙变幻之笔，更见高超。

“金龟婿”，据《旧唐书·舆服志》载：“天授元年，改内外所佩鱼，并作龟，三品以上龟袋用金饰。”此处显指其夫系三品以上的官。

能够嫁给一个三品以上的官为妻，那是多么荣耀的事呀！可这女子还说“无端”，要“悔”而“怨”，何也？原因就是丈夫要“辜负香衾事早朝”，不能和她“同倚香罗无尽时”。这和王昌龄《闺怨》中“悔教夫婿觅封侯”以及白居易《长恨歌》中“从此君王不早朝”等句中所传达的感情也有相似处，都是缠绵悱恻的闺中情。只不过《长恨歌》中说的是君王和妃子。

全诗寥寥四句，由“为有”（“无限娇”）到“怕春宵”，到“无端”，到“辜负”。一句喜（“为有”），一句“怕”（“怕春宵”），一句“怨”（“无端”），一句憾（“辜负”）。四种感情，蜿蜒叠进。始自男子的喜和“怕”，转至女子的怨和恨，结成男女共同的爱和恋，感情水乳交融，男女缠绵悱恻，真是绝妙之极。此种缠绵蜿曲、情韵多变的抒情手法，也深得表现男女性爱情趣的真谛，难怪后人对此诗也赞不绝口。

（三）相　　思

——古韵婚爱情趣之迷人乐章

在讴歌男女婚爱情的古诗词中，最令人神魂驰荡、情思缥杳，最能牵人心扉的，恐又要数那绵绵无绝的情思了。

“思”谐丝，丝丝不断，不绝如缕。情思奇妙，千情百结，断难穷述。

“春去秋复来，相思几时歇”（李白《姑苏十韵·望夫山》）、“忆君心似西江水，日夜东流无歇时”（唐·鱼玄机《江陵秋望有寄》）、“从来夸有龙泉剑，试割相思得断无”（唐·张氏《寄夫》）——无断，无歇，无绝，男女情思首具的奇妙情结；

“长相思，摧心肝”（李白《长相思》）、“一生一代一双人，争教两处销魂。相思相望不相亲，天为谁春”（清·纳兰性德《画堂春》）——“摧心肝”，“两处销魂”，男女情思具有的奇妙情结；

“不知魂已断，空有梦相随”（韦庄《苏幕遮》）、“情知梦无益，非梦见何期”（唐·元稹《江陵三梦》）——如梦如幻，如痴如醉，神情恍惚，扑朔迷离，男女情思再具的奇妙情结；

“相思如明月，可望不可攀”（李白《自梁园见敬亭山……》）、“相思无日夜，浩荡若流波”（李白《寄远》）、“相思长相思，相思无限极”（唐·陆羽《长相思》）、“相恨不如潮有信，相思始觉海非深”（白居易《浪淘沙词》）——“如明月……不可攀”，“无日夜……若流波”，“无限极”、比海深，等等，都是男女情思的奇妙情结。

男女情爱作，从广义上说，莫不有绵绵情思的星火闪耀于其中。男女情思，千古婚爱情趣神奇而迷人的乐章。

1. 李白《忆秦娥》：堪冠男女情思迷人乐章之首

思，想也。男女情思，男女赤诚相爱，思绪绵绵之谓。

男女相爱，无别而思，当属情痴。有别而思，则是常情。远别、久别，则思愈炽，愈甚，是以情思之作，又多伤别、怀远之作。伤别则情依依，怀远则思切切。

古诗词中，伤别、怀远的名篇、佳作，不胜枚举。李白的一曲46字小令：《忆秦娥》，被后人誉为“百代词曲之祖”，就其伤别、怀远情韵之悠扬、深沉、高远说，亦堪冠男女情思佳作之首。

> 箫声咽，秦娥梦断秦楼月。秦楼月，年年柳色，灞陵伤别。
>
> 乐游原上清秋节，咸阳古道音尘绝。音尘绝，西风残照，汉家陵阙。

历来评此词，皆以后两句：“西风残照，汉家陵阙”为最佳。

诚然，寥寥八字，雄浑怆越，蕴含极丰，千古难觅。

然潜心品读，人们又不难发现，全词的每一句，甚至每个字，莫不含英咀华，蕴涵厚重，且用笔奇巧，不愧词祖说。起笔三字："箫声咽"和紧接的"秦娥梦断秦楼月"，超越时空，情连今古，尤富情趣。

相传，春秋时有个叫萧史的青年，善吹箫，作凤鸣。秦穆公以其女弄玉妻之，并为筑凤台，供二人居住。夫妻恩爱有加，昼夜吹箫鸣凤，果然感凤来集，二人遂乘凤而去。

多么美妙而令人驰荡的爱情故事！

词从"箫声"起，显是要用这美好故事勾起人们对美好爱情和美好婚姻的向往，使人沉浸于美好的希冀之中。可紧接的一个"咽"字，又给这"美好"涂上了灰暗的阴影，埋下了凄凉的伏笔，不由得令人悲从中生。

区区三字，何以有此感情巨变？诗人巧弄时空之笔，将远古之音，植入当时当地之情，古今融而为一了。

这是一个万籁俱寂的中秋月夜。

一缕幽幽咽咽的箫声，在夜空中悠扬回荡。高楼上，一个独眠独宿的闺中少妇，突然从睡梦中惊醒。睁眼一看，哟！天空月明如洗，四周空旷无人，不由得情思翩翩……

"秦娥梦断秦楼月。"

"秦娥"者，秦氏女娥也。这里显系诗中女主人。"秦娥"之居，自为"秦楼"。

汉乐府民歌《陌上桑》："日出东南隅，照我秦氏楼。秦氏有好女，自名为罗敷。"

"秦"谐"情"。"秦娥"、"秦楼"连在一起，自有《陌上桑》情韵。"秦娥"、"秦楼"，也是"情"娥、"情"楼呀！——人、楼同情，古今同情。

"梦断"，当时闺妇所作何梦，诗中未见明言。但这个"断"字却又告诉我们，梦醒显系外物之惊。外物者何？自然是"箫声咽"了。箫咽断梦，少妇梦中之思，似也隐然可见了。极可能和离家日久的丈夫有关。

这少妇当时极可能在寻思：

古之秦娥（弄玉），与萧史结为夫妻，志同道合，昼夜吹箫鸣凤，终于双双共飞而去，何等美满幸福！

今之秦娥，有夫不归，长年形单影只，独卧高楼，何其凄楚！

“断”字钩沉，凄凉自见。

“秦楼月”，这个“月”字，尤富情韵。

李白《把酒问月》：“人攀明月不可得，月行却与人相随。”

宋人·张先《菩萨蛮》：“明月却多情，随人处处行。”

皎洁的月，多情的月。秦楼、秦娥和明月相连，岂不更增缥缈情思，也更见少妇思夫心切。

“秦楼月”，朗照高楼，也最易引发少妇对往昔的回忆。此时，她不由得又想起当年送别夫婿时的情景：

那是在春天，杨柳青青，景色宜人。可就在这美好时光，丈夫要离家远去。她忍痛送别，一直将丈夫送到灞陵，才不得不分手作别。当年依依惜别之情，至今还历历在目。柳色年年依旧，可送别人却不见回还，这又是何等悲酸凄楚呀！

少妇之夫为何远行，又为何久出不归？诗中仍未明言，也不好武断。但知灞陵在古咸阳北，附近有灞桥，是唐人由京城通往西北经商、从军必经之地。又名销魂桥。因唐人折柳送别，至此黯然。诗成于天宝乱后。诗人心系国事，心忧黎民。据此推断，“灞陵伤别”，又很可能和战事有关。

月夜箫声断梦，秦楼对月怀夫，灞陵折柳送别，三幅痴情写生画，结成一幅神奇绝妙的少妇思夫图，令人遐思而神往。然而，诗人笔下的诗，就仅系某个别夫日久、思夫心切的闺中少妇的月夜情思素描吗？细味全诗，恐又远非此止。

词上片，“秦娥”、“秦楼”，恐非特指某娥某楼，而有其更广阔的“情”的空间；“灞陵伤别”，恐更非仅是某妻灞陵别夫，似还蕴含有更严峻的社会现实。这广阔的“情”的空间和严峻的社会现实在词下片便更见庄严、肃穆了。

“乐游原上清秋节，咸阳古道音尘绝。”

乐游原，古地名，故址在今陕西西安城南、大雁塔东北。唐时，此为京城士女节日游赏胜地。

清秋节即中秋佳节。

中秋节，国人合家团圆之时，也是士人、墨客登临揽胜、吟咏兴怀的最佳时日。可眼前的乐游原上，仍是一派清冷景象。再纵目西望，咦！那直通异域的咸阳古道，往昔那车马络绎、迎宾送客、人来人往不断的繁华景象也不见了，代之的是一派萧条凄寂。

何以会出现上述情况？显和当时唐王朝战乱频仍有关。诗成于安史之乱前期、中期还是后期，似难确考（因有人怀疑此诗非李白作），但以上情况的出现，已可见唐王朝正趋向衰落。

当年“灞陵伤别”的“秦娥”们，她们是多么盼望当年送别的亲人能够顺利归来团聚呀，可“咸阳古道音尘绝”，这个“绝”字，如雷霆万钧，宣告了美妙幻想的破灭。“秦娥”们伤心凄楚悲痛欲绝，是不言而喻的。

一个乐游原上的清冷节日，一条咸阳古道的萧条景状，既唱出了时代不堪回首的繁华悲歌，又宣告了众多“秦娥”们幻想的破灭。至此，“秦娥”们个人的悲便和国家、民族、社稷的兴衰紧密相连，难解难分了，个人的悲欢离合情，也由此而上升为国家民族情、社稷时代情。诗人巧妙转换、提升诗中人的感情的艺术手法，何其高超！

此时，已是夕阳西下的黄昏时分，秋风萧瑟。

诗人就立在这西风残照中，极目远望。他望见了什么呢？什么也看不清了。苍茫中，就只见那长安周围，那历代帝王耀武扬威之地，高高低低，莽莽苍苍，尽是古帝王的坟墓——当年威风凛凛、声名显赫的帝王，如今不是都长眠地下、变得无声无息了吗！诗人无限感慨：

“西风残照，汉家陵阙。”

这究竟是怎样的一种感慨呢？

有释者据“西风”、“残照”和“陵阙”（坟墓）之表面意象，认为上两句皆悲凄惋叹，是纯悲悯语。恐为皮相之见。

“西风”、“残照”，在诗人笔下，确多悲愁衬景。“西风愁起绿波间”（南唐·李璟《浣溪沙》）、“昨夜西风凋碧树，独上高楼，望尽天涯路”（宋·晏殊《鹊踏枝》）、“野蔓有情萦战骨，残阳何意照空城”（金·元好问《岐阳》）等，其中的“西风”、“残照”（“残阳”犹“残照”）确皆悲、愁、哀景。

但又不尽然。

宋·辛弃疾：“西风塞马空肥”（《木兰花慢·席上呈张仲固师兴元》），中的“西风”意象，便既有悲，又有“愤”：愤英雄无用武之地。

宋·柳永《八声甘州》：“渐霜风凄紧，关河冷落，残照当楼”，中的“残照”，似也不完全是悲，还有心胸寥廓的“壮”。

毛泽东也曾填过一首《忆秦娥》的词，是写娄山关艰苦战斗的。首句“西风烈”，尽展娄山关战斗激烈之状，似无凄楚感；尾句“残阳如血”，隐衬红军战士为革命流血牺牲的英勇壮举，更非哀凄意象。

可见，“西风”、“残照”，并非悲凄专利。

至于“汉家陵阙”，似内涵更丰。

“汉家”？其实何止“汉家”！秦汉以逮隋唐，莫不建都于此(古长安，即今陕西西安)。在此登基的皇帝数以百计。他们的皇陵，也多建于此。如此众多的皇陵呈现眼前，荒冢累累，又最能告诉人们什么呢？

朝代的兴亡，山河的更迭，时代的变迁，是不以人的意志为转移的。这就是历史——人类几千年的文明史。

而在“西风残照”中，目睹这人间奇景，心中又会泛起怎样的波澜、生发出怎样的豪迈呢？

历史车轮滚滚向前，时代潮流无可阻挡。这就是宇宙乾坤永恒的雄姿和靓影。应该说这就是“西风残照，汉家陵阙”八个字的主要思想内涵所在。

至此，诗中情显又由国家民族情转换成宇宙乾坤情，诗人巧妙转换、提升人的感情的手法，岂不更见高超。

自然，“西风残照”下的汉家“陵阙”，也不无凄楚。唐王朝由盛而衰的现状，也俨如“西风残照”下的皇陵，看似威武堂皇，实则“威”而不“武”、“堂”而不“皇”了。不久也将变成一座实实在在的“陵阙”和一抔掩盖在“陵阙”下面的黄土！

寥寥八字，集宏浑、崇伟、悲凄于一炉，蕴意如此丰盈厚重，岂非千古难觅！

还需指出的是，该词之所以被后世誉为“百代词典之祖”，除上赏外，似还有诸多引人入胜处。“箫声咽”，“秦楼月”，“音尘绝”，融古今、悲欢、离合于三句中，音情俱佳，意韵俱浓，自会益增情思飘杳；“秦娥梦断秦楼月”，“乐游原上清秋节”，“咸阳古道音尘绝”，不但集人（秦娥）、楼、月、地（乐游原上）、节（清秋节）、道（咸阳古道）等于三复句，且每句皆成“二律背反”：秦娥多情，但梦断高楼；游乐之原，却是清冷佳节；行人古道，竟音尘皆绝。豪旷、婉丽、崇高之情贯穿全词首尾，且情跨春秋、秦汉、隋唐长达1400多年的沧桑巨变，句句声沉彻响，字字掷地如金，尤为奇绝。

四十六字小令，独冠词史，可谓文学的一大奇迹。

2. 几首饶有风趣的男女情思佳作

分别是痛苦的。伤别和怀远，无疑都是对人精神的折磨和煎熬。然而，男女久别的情思，有时又是浪漫而销魂的，有时甚至还伴有某种甜蜜和希冀。下面几首五言古诗，似颇具这种隐秘而复杂的情趣。

还是李白的一首诗：《春思》。

燕草如碧丝，秦桑低绿枝。当君怀归日，是妾断肠时。春风不相识，何事入罗帏？

西秦北燕，地理不同，春来的早晚自然也不会相同。当北方燕地野外的草还刚萌芽抽丝时，秦地的桑树已是嫩叶沃若、绿枝低垂了。

然而，春毕竟来到了人间。

春到人间，万物生机勃发，欣欣向荣。人的美满、幸福，夫妻团聚，又何尝不是“春”的象征。

诗的头两句：“燕草如碧丝，秦桑低绿枝”，实也是用自然界的春景引发和隐示闺中少妇切切怀春之情。题为《春思》，实是闺人怀春。

也有人说，这诗系寓言作，是借女子之口，抒诗人心中之情。以女子的贞洁，比喻自己的正直。联系诗人写这诗时的背景（此诗应为诗人初入长安时作），上说不无道理。这里权以闺怨诗赏之。

时，诗人身在长安。长安，秦地。诗中设置的意境显系思念身在北地之人——远在燕地的丈夫。

时，朝廷为防止突厥进犯，在北方边境加强防御。诗中的丈夫很可能是在燕地戍边。

明明是妻子思夫心切，可有趣的是，接下来两句，却不见妻子先夫之思，而是“当君怀归日，是妾断肠时”。这意思是说，当丈夫急于回来和她团聚时，也正是她肝肠寸断的时候。其实意思是一样的，仍是妻子思夫心切，只不过换了个说法而已。可恰恰是这并不起眼的变化，却引发出了神奇效果：

一是少妇不在丈夫身边，何以竟知道丈夫会和她一样，同时思念对方呢？岂不更见妻子对丈夫知之弥深，思之弥切；

二是先有少妇之思，才有对丈夫“怀归”之知，才有妾的“断肠”之时。情从彼岸飞去，再从彼岸飞来，又向彼岸飞去，来来去去，一波三折，更见邈邈情深。

诗人神奇之笔，就在这细微变换中。

然而，在这五言古诗中，最使人感到情浓意密和妙趣横生的，还是后两句：

“春风不相识，何事入罗帏？”

夫妻相爱，自会使人想到床笫之欢。少妇情思翩翩，夜不能寐。

时值春夜，和风熙熙。风，吹进了罗帏，吹到了少妇身上。风惹情思，少妇的心更难平静了。她不由得想入非非：春风呀！你又不是我丈夫，我们也并不相识，你为何要钻进来搅动我平静的心呢……下面意思没有明言，读者自会想到。少妇一定在想：此时此刻，如果丈夫就在身边，那该多好呀！

风入罗帏，按说是再寻常不过的自然现象了，一般人不会在意。可诗人独具慧眼，信手拈来，让其成句入诗，不但将丈夫久出未归的闺中少妇的隐秘心扉凸现无遗，而且从另一面折射出了少妇爱情的坚贞，不为外面的引诱所动。诗人独具慧眼的敏锐捕捉力和高超的艺术技巧，不能不令人折服。

唐人权德舆的五言绝句:《玉台体》，也颇富闺人思夫的隐秘情趣。

昨夜裙带解，今朝蟢子飞。铅华不可弃，莫是藁砧归。

妇女裙带自解，相传为夫妇好合之兆。

蟢子如蜘蛛，即蠨蛸。嬉喜同音。蟢子飞，民间也多以为有喜乐之瑞。

喜兆连连，预料夫将归来，虽有迷信嫌，但妻子那种亟盼夫婿归来之情和隐秘心扉，却也活龙活现。

显然，这是一个久闷空房的闺中少妇。思夫心切如焚，偶见端倪，便据为喜兆，差强自慰;又如乡中痴女，久别郎君，日思夜梦，无以化解，偶见异兆，便信以为真。

“女为悦己者容。”少妇笃信喜兆，以为丈夫真会归来，便立刻精心打扮，以便丈夫归来时能赢得丈夫的欢心。

“铅华不可弃。”

“铅华”，即妇女用以修饰打扮的香粉。

“不可弃”，既隐示少妇在丈夫外出期间心灰意冷、疏于打扮，以致将妆饰打扮用的铅粉弃置一边，很少使用;也暗示少妇现在到处寻觅，急于在丈夫回来前打扮一新。

少妇一面打扮，还一面频频向屋外张望，看丈夫是否真的回来了。

“莫是藁砧归”?少妇欣喜、激动之情，更是活龙活现。

“藁砧”，捣衣石，古时妇人称其夫之转折隐语。

这里也需指出的是，这诗的情节、背景及其所摄取的时间段，既非少妇日思夜梦、苦思久别未归丈夫的平时，又非夫婿突然归来或如诗中设置的已有预兆而实际未归之后（诗中的丈夫后来是否归来，诗中无显示，不得而知），而是在已有预兆而未见结果的短暂瞬间。这时刻按说也不足以引起剧烈的感情波澜。可在诗里，却引发出了一连串的感情微波：两“喜”兆后，少妇马上想到丈夫归来；继而又立时想到妆饰打扮，想到“铅华不可弃”，到处寻寻觅觅；还一边打扮一边向外面张望，看丈夫是否已经归来。两个虚无缥缈的预兆，竟引发出这许多含情脉脉之举，诗人巧借民间趣说巧织男女情思之功，亦堪称别致。

唐人金昌绪的五言绝句《春怨》，似更具独特风韵和情趣。

打起黄莺儿，莫教枝上啼。啼时惊妾梦，不得到辽西。

题为《春怨》，可从头至尾，不见“怨”字；不但不见“怨”字，连“怨”的近义词也不见，岂不奇怪！

更奇怪的是，不说“怨”人，偏又“怨”鸟，非要把鸟打走不可；还有，明明是闺人思夫之作，不说盼夫归来，却又在诗中隐嵌希望在梦中与夫君会面之意，唯恐鸟鸣惊梦，“不得到辽西”。岂不更令人纳闷。

然而，当我们潜心品味诗中的深刻内涵时，便发现，上述种种疑云也正是诗人高超艺术手法的展现。

“打起黄莺儿，莫教枝上啼。”——诗从鸟起，便见别致。

黄莺，美丽而令人喜爱的小黄鸟。黄莺啼鸣，其声悠扬悦耳。闺中少妇，为何不教她“枝上啼”，非要将她“打起”（赶走）呢？诗的第三句便是回答：“啼时惊妾梦”。

可黄莺啼时，已是黎明。“黎明即起”，应是梦醒之时。这位闺中少妇，又何以如此珍惜晓梦呢？诗的第四句又是回答：“不得到辽西”——

原来少妇是想做个去辽西的梦，唯恐黄莺啼鸣，晓梦惊醒，到不了辽西。

诗就只有上面四句。四句实是两问两答。那么这诗的内涵是否就止于上面的两问两答呢？显然不是。

“山外青山楼外楼”，更有风光在后头。上诗可贵处，其深刻思想内涵，主要还不在四句中，而在四句外。

沿着诗人思想跳动的脉搏，读者不难发现，隐嵌在上两问两答后，还有更深沉的“问”和“答”。这就是：

其一，这闺中少妇为何要做个去辽西的梦？诗字里行间不见回答，但回答是显而易见的。

原来，辽西——今我国东北辽河以西一带，唐时为东胡契丹活动地区。为防契丹进犯，时朝廷在此设有重要防御机关，并有重兵把守。少妇之夫显是在那里执行戍边任务。少妇想做个去辽西的梦，也显是想在梦中和夫婿会面，以致要将啼鸣惊梦的黄莺打走。少妇思夫之切，“打”黄莺中可见。

其二，可人们还不禁要问，少妇思夫如此心切，又为何不亲自去辽西或干脆让丈夫回来团聚呢，而只想在梦中和夫婿见面？这问题诗的字里行间更不见有正面回答，而只能靠读者自己去分析和解答了。只要联系诗人作此诗时的社会历史背景，这答案也是不难找出的。

据考，诗当成于唐天宝至大历年间。如前述，时，唐王朝已日趋衰落，战乱频仍。边境，和少数民族的争斗此起彼伏。应征戍边，在当时，对黎民百姓是最令人恐怖和痛苦的事。因为一旦被征，便归期无定，生死难卜。几年，十几年，几十年，以致亡命边陲、骨暴沙砾，也常见不鲜。加上道路遥远，交通隔阻，在当时情况下，妻子要亲临边防，和夫婿相聚，谈何容易；盼丈归来，更是痴心妄想。能在梦中和丈夫会面，也是求之不得的幸事了。多么严酷的社会现实呀！而这也正是上诗要揭示的深刻历史主题。只不过这深刻主题不见于诗的字里行间表面，而是隐在诗后罢了。

四句诗的背后，隐嵌的是一幕多么令人心酸的人间悲剧呀！

情在诗中，意在诗外。诗人巧弄鸟鸣之曲，巧织男女情思之笔，也真是绝妙。

诗人，余杭（今浙江杭州市西）人。《全唐诗》中仅存诗一首，即上诗。

3. 风花雪月总关情

男女情思，男女内心世界感情的宣泄和交汇，本质是一种心理活动。但它和外部世界，特别是和周围的景物、景貌又有着千丝万缕的联系。是一种极易受到外部世界（景物、景貌）感染，又能使外部世界因为人的感情变化而涂上某种色彩，增加某种情趣，反过来又作用于人的感情的主观心理活动。

风花雪月总关情。表现男女情爱的许多古诗词，山水雨露，风花雪月，蜂鸟蝉蝶……许多自然景物之所以成为起兴、抒发、烘托和寄托人的感情的引体和载体，就因为这些景物、景貌最能引发和传递男女间相思、相爱、相亲、相恋的感情，有着相互辉映、相得益彰的神奇效果和力量。

上面赏读的李白《忆秦娥》和几首五言短诗，莫不给人以此种感受；下面几首词也是众多用自然景物、景貌起兴、抒发和烘托男女情思的名篇。

白居易两首《长相思》，总共只有 72 字，却集江（洲）、水、山、月、云、雨等诸多自然景观于一炉，将男女情思表现得淋漓尽致，真挚感人。

汴水流，泗水流，流到瓜洲古渡头，吴山点点愁。思悠悠，恨悠悠，恨到归时方始休，月明人倚楼。

深画眉，浅画眉。蝉鬓鬅鬙云满衣，阳台行雨回。巫山高，巫山低。暮雨萧萧郎不归，空房独守时。

两词均闺人思夫作。不同的是，前者是少妇月夜倚楼而思，而后者则思在暮雨潇潇的傍晚。明月和暮雨，均易惹情思之时、之景，历来是诗人兴怀、抒叹的妙境。

“汴水流，泗水流，流到瓜洲古渡头。”

古汴水，即索河，源于河南，东流徐州，入泗水，与运河通，经扬州南瓜洲渡流入长江。

瓜洲渡，在江苏邗江县南，大运河入长江的入口处。“潮落夜江斜月里，两三星火是瓜洲。”（张祐《题金陵渡》）瓜洲与镇江市隔江斜对，向为长江南北水运交通要冲。

闺人月夜倚楼，何以先从水起？

倚楼所思之人——闺人丈夫，当时很可能是沿水路至吴地（长江中下游一带）经商。诗从水起，自富实感；但更令人神往的，恐还是江水悠悠，最能映衬出少妇心随流水追夫而去的绵绵情思。

水、山相连，由水及山，情思尤炽。

“吴山点点愁。”

吴山，恐非实指，而是泛指吴地之山，是少妇丈夫经商之处。吴山秀美如画。可在这诗里，吴山的秀美不见了，见到的竟是“点点愁”。

伤痕点点，泪痕点点，人愁才有“点点”之状。山何以会“点点愁”

呢？这不禁使人又想起北宋文学家欧阳修的名句：“泪眼问花花不语，乱红飞过秋千去。”（《蝶恋花》）按说花和山一样，都是没有感情的，不存在“不语”和“愁”的问题。感情只能来源于人。“泪眼问花”，始知“花不语”；愁眼看山，才见满山遍野“点点愁”呀！——山“愁”源于人愁。

少妇独守空帏，度日如年，怎能不愁肠百结！移愁于山，更见诗人抒情手法高超。

“思悠悠，恨悠悠。”

上阕，从水到山，引出愁；这里又转到了思和恨。思和恨，更见愁。可世上什么事都有个头呀，那恩爱夫妻的离愁别恨，又什么时候是个头呢？

“恨到归时方始休。”只有夫妻团聚，这愁才能画上句号呀！多么质朴而又意味深长的回答。诗人的质朴，将少妇的心思揭示得再明白不过了，也更见真挚。

暗夜沉沉，月明皎洁，闺中少妇，独倚小楼，心驰天外，望眼欲穿，情思翩翩，无止无休……

“月明人倚楼。”

五字结尾，将少妇思夫之情凝结在一幅简洁而又幽深的画面上，令人遐思无尽。

山、水、月，贯穿全诗首尾，烘托出一幅感人心肺的少妇思夫图，诗人借景圆情之笔，亦堪称奇绝。

月夜，男女情思频发易起之时；“暮雨潇潇”的傍晚，男女情思往往更具绵密暮色。上面后一首词便见这种更绵更密的凄楚情。

词人对“暮雨潇潇”可谓情有独钟。他曾写过一首《听弹湘妃怨》的诗，其中就有“暮雨潇潇郎不归”句。据他自己写的诗注云，这诗句还是引用的杭州名妓吴二娘江南新词中的原句。词人另一首诗中有两句可印证上说。这两句是："吴娘暮雨潇潇曲，自别江南久不闻。"(《寄音协律》)。

上词尤可贵处，"暮雨潇潇"作为贯穿全词的景观基调，在感情宣泄上，上下阕又有明显区别。上阕实是写少妇在"暮雨潇潇"的傍晚回忆往昔的一段情事，是喜；下阕则是在"暮雨潇潇"中对比往昔引发出的凄楚之情，是悲。一昔一今，一喜一悲，将少妇"暮雨潇潇"下的情思渲染得无以复加，令人心碎。

"深画眉，浅画眉。"

画眉，夫妻生活中的浪漫情事。

汉"张敞为妻画眉"，后世传为笑柄。

唐诗人朱庆余《近试上张籍水部》中两句："妆罢低声问夫婿：'画眉深浅入时无?"抛开讽喻隐意不说，仅从字面讲，也不失为一首极尽新婚夫妻旖旎风光的好诗。

上两句，究是少妇为讨丈夫欢心自己画眉还是丈夫为她画眉，难为定说；但联系下句，则可断定，这是少妇和丈夫更亲密情事的开始。接下来，便是这荡人心扉的情事：

"蝉鬓鬅鬙云满衣，阳台行雨回。"

蝉鬓，古妇女一种发式，望之缥缈如蝉翼，故名。鬅鬙，发乱貌。头发散乱，身上的衣服像彩云般飘舞。这显然是男女亲密欢爱的镜头。

至于"阳台行雨"，则更令人神往了。

宋玉《高唐赋序》："昔者文王尝游高唐，怠而昼寝。梦见一妇人，曰：'妾巫山之女也，为高唐之客。闻君游高唐，愿荐枕席。'王因幸之。去而辞曰：妾在巫山之阳，高丘之阴，旦为朝云，暮为行雨，朝朝暮暮，阳台之下。"后因称男女欢合处为"阳台"，男女欢爱之事为"阳台行雨"。

“阳台行雨回”，这个“回”字更见少妇对往昔的这段美好情事的无限向往。

然而，现实情况却今非昔比。丈夫久出不归，而且还不知道什么时候能回来。少妇怎能不心急如焚呢？

巫山呀，巫山呀！你是播种爱情的神奇去处。你高高低低，神秘莫测。你怎么就不能让我郎君回来和我团聚呢？这“暮雨潇潇”的傍晚，按说正是夫妻恩爱、两情和悦的最佳时分，可眼前却是“暮雨潇潇郎不归”，致使我“空房独守”，苦受这孤寂的煎熬，岂不更令人悲楚！

“空房独守时”，这个“时”字，也颇神奇。它不但将“空房独守”的“时”和“暮雨潇潇”的“时”连在一起，频增感情涟漪；而且和上面的“回”字相照应，让“空房独守”的“时”和“阳台行雨”的“时”形成强烈对比，在鲜明反差中更增感情的激奋。

三个“时”相互映衬，频增少妇情思之切。诗人巧借时空圆情之笔，亦堪谓奇功。

在用自然景物、景貌巧抒男女情思方面，女词人李清照，思路似更宽广，手法也更娴熟，更细腻多变。

她不仅善于从总体上和细节上，用景物、景貌营造浓郁的情思氛围；还能以女性特有的敏感和视角，构筑美妙动人的情思画面，将男女情推向极致。

她那首《蝶恋花》，便颇能给人以这方面的艺术享受。

暖雨晴风初破冻，柳眼梅腮，已觉春心动。酒意诗情谁与共？泪融残粉花钿重。乍试夹衫金缕缝，山枕斜欹，枕损钗头凤。独抱浓愁无好梦，夜阑犹剪灯花弄。

《蝶恋花》，一作《离情》，又作《春怀》，显是闺思作。

时，词人丈夫赵明诚出仕远行。词人独居济南家中，思夫心切，故有上作。故这词也是词人自己闺中情思的委婉曲折流露。词的原料是婉约词家惯用的良辰美景和离愁别苦，但经作者一番浓缩醇化，却酿出了诸多新意。奇句迭出，让人过目难忘。

词的意境，大抵是初春时分闺中少妇从早到晚一天的情思。词起便将春到人间之景，巧妙变幻，进而转化为闺妇怀春之情。

“暖雨晴风初破冻”。典型的初春景象：雨是暖雨，风是和风。“晴风”即和风。冰雪融化，气候舒适宜人。

意味尤见深长的是第二句：“柳眼梅腮”。是写景还是写人？既是写景，也是写人。二者融而为一。

“泄露春光是柳条”（杜甫诗）——柳是报春的使者；

“一朵忽先变，百花皆后春。”（宋·陈亮《梅花》）——梅是迎春的勇士。

柳和梅，是春到人间的最好见证。

而在女人脸上，最敏感的部位，最能传递春的讯息的，又莫过于眼和腮了。用柳和梅冠饰“眼”和“腮”，昭示“已觉春心动”，也是再贴切、传神不过了。

“杨柳枝，芳菲节。所恨年年赠离别。”（宋·柳氏《杨柳枝》）——柳眼多情，情在远方；

“折梅逢驿使，寄与陇头人。”（晋·陆凯《赠范晔诗》）——梅腮有意，意在惜别。

“柳眼梅腮”，也隐示闺妇怀春，是在思念远方之人。这人是谁？自然是女词人的丈夫赵明诚了。四字之用，闺情全出，实在高妙！

少妇春心荡漾，何以排解？丈夫不在身边，看来只有独自把酒吟诗了。——女词人特有的抒发和寄托情思的方式。

可“酒意诗情谁与共?”词人更感到一种“对影成三人”的悲哀。

伤悲至极，不禁潸然泪下。泪水在脸上流淌，拌合着脸上的脂粉，流在脖颈戴的花钿上，致使花钿也变得重了。

“泪融残粉花钿重。”

花钿，即用金翠珠宝等制作的花朵形的首饰。首饰沾上泪水变得重了，这是多么细腻入微的感知呀！如果不是女人自己，又怎能体察得到、描写得出呢?

“花钿重”，还使人想起白居易《长恨歌》中杨贵妃死时的情景：“花钿委地无人收，翠翘金雀玉搔头。君王掩面救不得，回看血泪相和流。”更增辛酸凄楚的联想。

以上，词上片，似为清晨和白日之思，已见闺情切切；词下片，应为黄昏和寅夜情，更见闺思如焚。

“乍试夹衫金缕缝，山枕斜欹，枕损钗头凤。”

“夹衫金缕缝”，精美的紧身打扮，显是少妇春情荡漾的装束。可如此美丽佻人的打扮，却无人见赏，岂不更著悲哀。

无聊之极，女主人只好懒散地随便斜靠在两眼能看到室外远处高山的床枕上，因为不经意，致将头上精美的头饰也给损坏了。

“山枕斜欹”，自然也有睡意。丈夫不在身边，能在睡眠中做个和他团圆的梦，也算是个安慰呀。可“浓愁”、“独抱”，又怎会有“好梦”呢?

“独抱浓愁无好梦”。女主人公心灰意冷了。

其实，何止“无好梦”，“浓愁”盘踞心头，能否成眠也会大有问题。“无好梦”恐也是难眠和不眠的变语。

“好梦”不成，只好另寻他“梦”。

夜深了。夜阑人静，灯光闪烁，灯花怒放。

“灯花何太喜，酒绿正相亲。”（杜甫《独酌成诗》）灯花，自古传为喜事的象征。思妇情炽，好梦难觅，戏弄灯花，也不失为百无聊赖中一种仍存某种幻想和希冀的精神寄托。

“夜阑犹剪灯花弄。”

痴情少妇苦思丈夫彻夜无眠之情在神奇变幻的灯花中得到慰藉。然而，“酒意诗情谁与共”，夜阑又能有谁共剪灯花烛呢？岂不更著凄寂的悲哀！

清著名词评家陈廷焯云：“宋闺秀词以易安为冠”（《白雨斋词话》）。上词蕴藉而不绮靡，妍婉而不纤巧，流畅而不浅易，怨抑而不颓唐，可谓恰到好处。

4. 最痴牵情彼岸声

在表现男女情思的古诗词佳作中，还有更能令人缠绵悱恻、梦绕魂牵、如痴如迷的感人之笔。这就是对写手法，即“对写法”，也叫“倒情法”。

“对写法”，其主要特点和基本表现手法是，或整篇，或一段，或多句，或一句，不说或少说自己如何思念对方，而说对方如何怀念自己；不言或少言我方、此地怀彼之情，而言彼方、彼地思我、怀我之意，从而在“情”的两端架起一座绵密、畅通的桥梁，让“情”在这桥上，跨越千山万水，双向互动，滚滚流淌。

这种写作方法，用清人蒲起龙的话说，就是：“心已神驰到彼，诗从对面飞来。”其实，还不仅是“诗从对面飞来”，有时还飞来又飞去，来来往往，川流不息，煞是喜人。

这种“飞越情”，“彼岸情”，在所有怀人诗作中，均有感人肺腑之功。在男女情思篇中，则更富撼人心扉的魅力。

早在我国第一部诗歌总集《诗经》中，此种言情手法即多有所见。《周南·卷耳》、《魏风·等陟岵》等，便是“诗从对面飞来”的杰作。

南朝徐陵的《关山月》：“关山三五月，客子忆秦川。思妇高楼上，当窗应未眠。”是典型的对写手法。

在诗法臻于极致的唐以后，这种抒情手法则成为诗人自觉而圆熟的写作技巧。杜甫的五律《月夜》，堪称对写法代表作。特赏读如后：

今夜鄜州月，闺中只独看。遥怜小儿女，未解忆长安。香雾云鬟湿，清辉玉臂寒。何时倚虚幌，双照泪痕干。

757年7月，杜甫从芦子关（故址在今陕西志丹县北与靖边县交界处）前往灵武（今宁夏中卫及其以北地区），准备投奔刚刚即位的唐肃宗。行至中途，被安禄山叛军所俘，被送到沦陷后的长安。上诗即为诗人身陷长安时中秋赏月作。

时，杜妻和小儿女均在鄜州（今陕西富县）。鄜州，长安，相距近千里。诗人独困长安，思妻子之甚，可想而知，况又时值中秋。

夜，月明如洗，诗人独自赏月，心系千里外，感情缠绵激越，非同一般。

“今夜鄜州月，闺中只独看。”诗起便见新奇。

谁都知道，月是绕地球运行的天体。天上只有一轮明月。“此夜一轮满，清光何处无。”月亮是不存在地区之别的。可这首句却是“今夜鄜州月”，何也？

原来在诗人眼里，月亮，不光是绕地球运转的行星，还是“苍茫云海间”神奇的“有情”和“多情”之物。

在茫茫宇宙中，多情的月亮，不但是有情人绵绵无尽情思的载体；

而且还是能够寄托、抒发和宣泄感情的天体。它既能在朗照乾坤中将有情人绵绵无尽的情思带到那日思夜梦的远方；还能将远方的山、远方的水、远方的人、远方的梦带回到自己的眼底和身边。而远方的山、远方的水、远方的一切，一旦和月融合在一起，那月也就自然而然地涂上了地理的色彩，而成为远方的象征。是以在诗人笔下，有“长安月”、“扬州月”、“天山月”、“故乡月”等等。诗人的想象力何其丰富！

伟大诗人当时身在长安。“长安月”举头可见，可诗人对头顶的“长安月”似并无特别兴致，而对千里外的“鄜州月”分外关切。原因在于千里外的鄜州有他日思夜梦的妻子，还有那可爱的小儿女。不说思念，更见思念。仅“鄜州月”三字，便将丈夫对妻子、儿女深切思念之情全盘托出。其构思之妙，岂不新鲜。

然而更妙的还在后头。

诗人独困长安，中秋思亲心切，纯属常情，毫不奇怪。可诗中之“思”，又颇别致。不见丈夫对妻子、儿女如何冥思苦想，却见妻子对丈夫的一往情深。

“闺中只独看”。“闺中”即言妻子：“只独看”，也就是说，此时此刻，妻子如同诗人一样，也在独自赏月。赏月必有思。那么，此时此刻，妻子又在思念谁呢？诗未明说，可接下来两句，却为读者亮出了一幅动人图画：

“遥怜小儿女，未解忆长安。”

妈妈出神地望着天上的明月，神情恍惚……

站在她身旁的小儿女，看见妈妈若有所思的样子，迷惑不解……

小儿女当时是否真的问妈妈什么话了，妈妈又是怎样回答的，诗中仍未明言，不好杜撰。但画面却明白无误地告诉小儿女：妈妈是在看长安的月，思念在长安的爸爸呀！

自然，这情景是诗人自己设想出来的。并非亲眼所见。可远在千里外，竟有如此细腻、逼真的设想，岂不更见诗人思念妻子、儿女之甚！

伟大诗人的笔，真是神奇妙绝。有时一两句平常的诗，一个简单的情节，就蕴含着或可演化出一幅动人图画；而此情节和彼情节一旦相连，有时还会演幻出更神奇的多彩图景。

上面四句诗，其实不是一个镜头，一幅图画；而是两个镜头，两幅图画：

一幅，丈夫在长安望月，思念在鄜州的妻子和儿女；

另一幅，妻子在鄜州望月，思念在长安的丈夫。

两个画面放在一起，又是怎样的一种情景呢？一幅更神奇的图画出现了：

天上，“两个”皎洁的明月——“鄜州月”和“长安月”，实是一轮明月的两道清光，朗照两地；

地下，相距千里的两地——长安和鄜州，皎洁明月下分别立着男女两个大人——诗人和妻子，还有站在妻子身旁的小儿女。

夜，静悄悄。此时此刻，诗人和妻子都在独自赏月——中秋月。可他(她）们都无心赏所在地上空的月，而是在深情地寻觅对方上空的月，一心思念着那月下的对方。

于是，一个更神奇感人的图景便又在读者和人们头脑中展开了：

在那浩瀚无垠的夜空，在那晶莹剔透的明月下，顿时出现一座跨越千山万水的“情桥”。就在这“情桥”上，夫妻相亲、相爱、相思之情，就像织布的梭子和对流的江水一样，来回穿梭，滚滚流动，绵绵无尽。这是多么感人呀！夫妻相别之悲，相思之苦，相亲之甜，就全在这感人肺腑的诗句之中。诗人新奇的煽情之笔，更见独到。

然而，诗人月夜之情仍未此止。

随着月的浩渺，他益增情思：

“香雾云鬟湿，清辉玉臂寒。”

诗人仍未讲自己如何思念妻子、儿女，而是继续想象妻子月夜思己之情，也更见诗人思妻子之甚。

夜深了，妻子仍毫无睡意。

她一直站在月光下，深情地凝视远方。因为站立太久，雾、露落在身上，沾湿了她的鬓鬟，加上清凉的月光，照射在她那裸露的双臂上，她倍觉寒冷。可她仍情思切切，不能自已。多么真挚而又浓烈的感情呀！可这又何尝不是诗人——丈夫自己深情的写照呢？说的是对方，其实也是说自己。情在彼岸，也在此岸。交织情最炽。

不过，感情再挚也有终止时，诗情再浓也需了结。月夜情极，如何终结呢？诗人不愧为诗中圣手。他自有常人难以想象到的高超之笔。

“何时倚虚幌，双照泪痕干。”

“虚幌”，薄而透明的帷帘——夫妻同床共枕的神秘帐幕。

诗人简直像高明的魔术师。一个“何时”，迅即将一对相隔千里、日思夜梦的恩爱夫妻，团聚在明月“双照”的温馨“虚幌”之中，而且相互动情地诉说，只有这样，我们因离别带来的忧伤而常常流下的眼泪才会停止，脸上的泪痕才会干呀！多么深沉而又充满希冀的祈望！如此结尾，也真是别有情趣。

“心已神驰到彼，诗从对面飞来。”《月夜》可谓通篇都是对写手法。明明自己思妻心切，却处处从妻儿处写起；明明自己一往情深，却将妻子思己之情叙说得活龙活现；明明和妻子相距千里之遥，却设想出一个“双照泪痕干”的团圆结局。真是无笔不极其巧，无笔不见其曲。

“无笔不曲”，清人施补华《岘佣说诗》中的这四个字，用来概括对写手法之妙，也是最恰当不过了。可就在“曲”中，更见款款情深。这也正是对写手法的魅力所在和迷人之处。

（四）坚　贞

——古韵婚爱情趣之高山流水

男女情爱，贵在坚贞。

古老神州，重情崇节，对男女性爱的坚贞和纯洁，视之尤重。

“在天愿作比翼鸟，在地愿为连理枝”（白居易《长恨歌》）、“春蚕到死丝方尽，蜡烛成灰泪始干”（李商隐《无题》）、“得成比目何辞死，愿作鸳鸯不羡仙”（卢照邻《长安古意》）……千百年来，这些刻骨铭心的誓言和佳句，曾激励多少人为纯洁美好爱情而痴心追求，坚贞不屈，直至殉情殉节。焦仲卿和刘兰芝，唐玄宗和杨玉环，梁山伯和祝英台，崔莺莺和张君瑞，陆游和唐婉儿……无论历史上实有其人、其事，抑或纯系民间故事传说，也无论主人公是帝王宫妃，抑或一般官吏、文人，还是平民百姓，无不以其对爱情的忠贞和至死不渝的感情而为后世所钦赞和传诵。

古诗词中爱情坚贞之歌，高亢而嘹亮。那如盘如石般的爱情誓言和情爱史实，那如泣如诉般的感情心扉和辛酸凄楚，那如日如月般的崇高心境和纯洁心灵，在那铿锵顿挫的古韵旋律中流淌。如“阳春白雪”，沁人心肺；又如“高山流水”，荡气回肠。徜徉其中，不由得不令人灵魂驰荡。

1. 山盟海誓痴心情

汉乐府民歌，《饶歌》第十六曲《上邪》，女子自述对男子坚贞不渝的爱情，令人由衷感动。

上邪！我欲与君相知，长命无绝衰。山无陵，江水为竭，冬雷震震，夏雨雪，天地合，乃敢与君绝！

这诗前面还有首诗：《饶歌》第十二《有所思》，是写女子择婿时对情人的思念。

诗中的女子一心爱着一男子，可后来听说这男子“有他心”，便想和他断绝。后来又想到她（他）们相爱时那种惊鸡动犬、兄嫂皆知的情况，觉得很难一刀两断。左思右想，彻夜无眠，还是下不了决心。天快亮了，她只好寄心于天日，让天日照亮她的心，抉择取舍。

《上邪》这诗，则是女子经过深思熟虑后定下的决心，所以这诗中只有一个斩钉截铁如誓言般的爱情表白。

“上邪”，犹言天啊！“上”即天。这女子显然像是要对天盟誓。

“我欲与君相知，长命无绝衰。”

“相知”，即互相知心，也即要长久相好意。

我要与你相亲相爱到永远呀！我们的爱情之火要长久地熊熊燃烧，永远不让它衰绝。女子直言不讳。

那么，这决心究竟有多大、意志又有多坚定呢？

女子没有直说。可是却接连推出了五种自然界和宇宙间根本不可能出现的景象和奇观作反衬，岂不更见女子对心上人爱之深和对爱情的忠贞。

这五种景象和奇观是：

高山夷为平地；

所有江河完全枯竭；

隆冬腊月，雷声隆隆；

酷暑盛夏，骤降暴雪；

天地合而为一。

女子对心上人说，除非出现上述情况，她是不会断绝对心上人的爱的。多么矢志如钢的誓言和决心！

如前所述，这决心还是在深思熟虑后作出的抉择，这就更见爱情的坚贞了。

与上诗有异曲同工之妙的是唐五代《敦煌曲子词》《菩萨蛮》。《菩萨蛮》反映的是唐五代时下层庶民誓死相恋的坚强不屈精神，也颇富当时风土人情特色。

枕前发尽千般愿，要休且待青山烂。水面上秤锤浮，直待黄河彻底枯。白日参辰现，北斗回南面。休即未能休，且待三更见日头。

兴起于唐五代的敦煌曲子词，是我国诗坛上一种特殊载体——词的前身。

曲子词的兴起与当时城市经济繁荣以及当时音乐(燕乐）发达有关。在当时的大城市里，许多专门靠演唱为生的歌妓乐工们，他们演唱的歌词常常取自民间俚曲或一些作家写的绝句诗。为了配合音乐的节拍，他们又常常将这些俚曲和绝句改编、创作成长短参差错落的歌词。敦煌曲子词便这样先从民间诞生了。它们中除极少部分是文人作品外，绝大部分都是来自民间的歌唱。上面这首《菩萨蛮》便是一首民间流传的情歌。

由于城市商业经济的繁荣和城市文化生活的活跃，也给当时的社会风气带来了某些负面影响。曾一度，在一些男人中，喜新厌旧，薄情寡义，朝秦暮楚，几乎成为一种社会时尚。“痴心女子负心汉”，就是对当时这种不良社会风气的嘲讽。敦煌曲子词中的许多词都有鞭笞这种不良风气的墨痕。《菩萨蛮》便是鞭挞这不良社会风气的佳作。词起笔便开门见山提及“休”的话题，而且是女子用一种斩钉截铁的口吻发出的对男子可能负心的警告和绝语。

“枕前发尽千般愿，要休且待青山烂。”

显然这是一位已婚女性。她在和丈夫同床共枕时，在芙蓉帐里、在鸳鸯枕上，说过许许多多恩恩爱爱、情长意深的话。针对当时的社会风气，相互间也有过许许多多誓言和许诺。

“发……愿”即发誓，唐时俗语，至今江南一带仍流行此口语。“发”而至于“尽”，“愿”有“千般”之多，也足见当时这对夫妻感情之激。可尽管这样，这女子还是放心不下。她想来想去，便干脆对丈夫说：

丈夫啊！不管我们在床前枕上许了多少愿，发了多少誓，现在我就一句话，你要“休”我，那是万万不行的，除非等到“青山烂”。

多么斩钉截铁的话语！多么坚强而坚定的意志和决心！——女子发自心底的绝语。

“休”：封建社会称丈夫离弃妻子叫休。

两句诗实是全诗的纲，也是这女子决心和意志的总展示。下面的诗则是对决心的强化和加固。

总的展示喻体是山。巍巍“青山”最能展现女子决心的分量和重量。接下来的喻体是水。水轻柔飘荡，似也有隐示负心男子轻浮飘佻意。但水上“秤锤”和河“枯”见“底”，又更见女子意志的坚定。

“水面上秤锤浮，直待黄河彻底枯。”

秤锤，实实落落的，绝不会浮在水面，而只能沉到水底。除非黄河“彻底枯”。也暗示男子不要三心二意，要实心相爱。这是平民百姓、下等庶民最朴实、最贴近生活的比喻。

下面则是用日月星辰作比。

"白日参辰现，北斗回南面。休即未能休，且待三更见日头。"

"参商二星，其出殁不相见"(《幼学琼林》)，自然不会白日同现；"三更见日头"，更是不可能的事。"三更，"指夜间12时左右，约半夜。

"青山烂"、"秤锤浮"、"黄河彻底枯"、白日同时见到参星和辰星、北斗向南转、半夜出太阳，接连六种根本不可能变成现实的自然景观，比喻美满婚姻"休"的不可能，极言爱情的坚贞，也真是再有力、再形象、再生动不过了。这和前面《上邪》中用"山无陵"、"江水……竭"、"冬雷震震"、"夏雨雪"、"天地合"五种根本不可能变成现实的奇观比，又何其相似！都是宇宙和自然界不可能变成现实的景况，是永恒之物的非永恒假想。两诗广泛运用这些现实中根本不可能出现和变成现实的假象，比喻爱情之火不能熄灭，从反面衬托出爱情的坚贞，这种"想要……除非……"和将可能性置于不可能中的绝对式的海誓山盟，较之那种泛泛的爱情表白和誓言，似更富情趣和更有力度。

不过，上两词也有不同点，前者是女子的直白——直接对天盟誓；而后者则是针对当时的不良社会风气——男子多负心，而对"休"的问题海誓山盟的。后者似更富爱情坚贞的针对性。

前词，前后两个"绝"字，将五种奇观一齐化为"与君相知"(相亲相爱)，美好结局自见；

而后词，前后三个"休"字，连同六种根本不可能出现的假象，一同化为乌有，前后两个"且待"后面，响起的必然是一片更加和睦、和谐、温馨的乐章。爱情坚贞之花愈见鲜艳。

2. 表现爱情专贞诗作之奇葩：《陌上桑》

爱情的坚贞洋溢在男女间刻骨铭心的海誓山盟中，更耀现在夫妻那专贞不二、痴心相爱、至死不渝的感情生活和行动中。

在封建社会，爱情的坚贞和专一、纯洁和排他，几乎是同义语。在今天，从一而终固不可取；但朝三暮四，朝秦暮楚，喜新厌旧，见异思迁，轻佻、轻浮、花心等，应该说和爱情坚贞也不相容。

古诗词中，讴歌爱情坚贞的诗歌五彩缤纷。汉乐府民歌《陌上桑》，叙一美丽少女严拒太守纠缠，无论故事情节的喜剧色彩，抑或表现手法的新颖别致，还是语言、对话的传神、到位，都堪称爱情诗歌中之奇葩。尤引人入胜的是，这诗如《诗经》中某些男女情爱作，还富戏剧基因和特质。说是诗，也是剧。诗、剧融而为一，更见形象生动，令人吟趣频增。估赏之。

日出东南隅，照我秦氏楼。秦氏有好女，自名为罗敷。罗敷喜蚕桑，采桑城南隅。青丝为笼系，桂枝为笼钩。头上倭堕髻，耳中明月珠。缃绮为下裙，紫绮为上襦。行者见罗敷，下担捋髭须。少年见罗敷，脱帽著帩头。耕者忘其犁，锄者忘其锄。来归相怨怒，但坐观罗敷。(一解)

使君从南来，五马立踟蹰。使君遣吏往，问是谁家姝？“秦氏有好女，自名为罗敷。”、“罗敷年几何？”、“二十尚不足，十五颇有余。”使君谢罗敷：“宁可共载不？”罗敷前致词：“使君一何愚！使君自有妇，罗敷自有夫。”(二解)

“东方千余骑，夫婿居上头。何用识夫婿？白马从骊驹；青丝系马尾，黄金络马头；腰中鹿卢剑，可值千万余。十五府小史，二十朝大夫，三十侍中郎，四十专城居。为人洁白晰，鬑鬑颇有须。盈盈公府步，冉冉府中趋。坐中数千人，皆言夫婿殊。”(三解)

诗注“三解”，“三解”即三章。

细品三章，便见三幕精美、别致、风趣的小活剧，组成了一幕讴歌爱情坚贞的纯情喜剧，令人啧啧称赞。

三幕小活剧是：

首先，“状美”——状少女罗敷之美。状中似又有三镜头，或曰美女三展图。

一展美女出阁图。

“日出东南隅，照我秦氏楼。秦氏有好女，自名为罗敷。”

旭日东升，光照楼阁，金光万道。就在这洒满金光之阁的彩帘中，一美貌绝伦少女，徐徐脱颖而出，这便是秦氏好女罗敷。不由得令人怦怦心动。

罗敷，崔豹《古今注》说是赵国邯郸人。这里也可能是美丽而坚贞女子的代称。《孔雀东南飞》中也有“东家有贤女，自名为罗敷”记载。“自名”，一作“本名”。

爱美之心，人皆有之。美女多诱，坚贞尤难。美女出阁，便赋予了爱情坚贞以神奇魅力。

二展罗敷陌上采桑图。那描绘，那刻画，更是纤细入微。

“青丝为笼系”，何其精致！“系”，系篮子的络绳。

“桂枝为笼钩”，何其香洁！“钩”，篮子的提柄。

“头上倭堕髻”，多么时髦！“倭堕髻”，东汉后期流行的一种时髦的妇女发式，发髻歪在一边，像要倒的样子，又叫堕马髻。

“耳中明月珠”，多么高贵！“明月珠”，一种宝珠，史载出于古西域大秦。这句诗是说罗敷带的耳环是明月珠镶饰的。

“缃绮为下裙”，多么素雅！“缃”，杏黄色；“绮”，有文彩的丝织品。

“紫绮为上襦”，多么大方！“襦”，短衣、短袄。

从手中提的采桑篮子，到头上的发式，到耳环的镶饰，到身上的穿着，几乎都描绘一尽，将一个罗敷衬托得美艳无比。

然至此，罗敷的美，也还是诗人笔下的外在美，并非众人心中美。而真正的美应流淌在人心中。下面便见这流淌在人心中的美女之美。

三展过往行人眼中美女图。

“行者见罗敷，下担捋髭须。少年见罗敷，脱帽著帩头。耕者忘其犁，锄者忘其锄。来归相怨怒，但坐观罗敷。”

“行者”：过路人；“捋髭须”，用手指顺着摸嘴边和下巴上的胡子。两句显言过路行人被罗敷的美所吸引，以致放下肩上的担子，用手摸着嘴边和下巴上的胡子在出神欣赏罗敷的美。

“著”，戴；“帩头”，包头发的纱布，古时男子先用头巾束头，再加冠。这里是说少年见了罗敷，不禁脱下帽子重整头发，艳羡不已。

“耕者”，“锄者”，均田地里耕作劳动的人们。两句是说他们为罗敷的美所吸引，竟忘了劳动和耕作。

“来归”两句则是说，因为贪看罗敷的美耽误了各自的事，回家后竟和妻子相互埋怨。

这文字也真是妙极了。它不但将过路人、青少年和正在罗敷采桑地劳作的农夫们见到罗敷后各自富有特色的表情、举止、形态等，描绘得唯妙唯肖，而且推想出他们回家后可能引发出的风流趣事：抱怨妻子不如罗敷漂亮，竟惹得妻子“醋”意大发，雷霆大怒，真是有趣之极，也足见诗人敏锐而细腻的想象力和艺术捕捉力。

还值得一提的是，上八句，无一句说罗敷怎么美，而且根本不见“美”字，却将罗敷的美烘托得令人神魂驰荡，不能自已，岂非状美神笔！

其次，“拒缠”——罗敷严拒太守纠缠。拒中见坚贞。

“使君从南来，五马立踟蹰。”

“使君”，太守的称呼；“五马”，太守所乘的车马。古时诸侯乘车套五马，太守为一地长官，故用五马。

“踟蹰”，踌躇、徘徊不前貌。

使君见色心动，于是演出了一曲纠缠闹剧。先是“遣吏往”，“问是谁家姝?”、“姝”，美丽，此处指美丽姑娘。继而亲自问：“罗敷年几何?”最后干脆明言：“宁可共载不?”公然要罗敷与他同车而去，颇有厚颜无耻味道。

少女严拒也颇得体，先礼后兵。

先是一一答其所问，可当太守提出要载她同去时，便严词指责：“使君一何愚”，并理直气壮地对使君说：“使君自有妇，罗敷自有夫”。

“有妇”，“有夫”，虽只有四字，却一针见血地击中了使君鲁莽的要害，是少女爱情坚贞最富理性也最具坚定性的集中表现。

最后，“赞夫”——罗敷盛赞夫婿之骄，更见少女爱情之坚贞。

“东方千余骑，夫婿居上头”——夫婿居千人之上，何其显赫！“居上头”，即居上位，意为担任长官。

“何用识夫婿？白马从骊驹；青丝系马尾，黄金络马头；腰中鹿卢剑，可值千万余。”——坐骑、佩戴高贵无比，足见威武！

“白马”，夫婿乘坐的白马；“骊驹”，随从骑的跟在后面的黑马驹。“鹿卢剑”，一种柄用辘轳形状的玉镶饰的佩剑。

“十五府小史，二十朝大夫，三十侍中郎，四十专城居。”——官运亨通，何等英姿飒爽！

“府小吏”，太守官署小官；“朝大夫”，朝廷上的大夫。汉有太中大夫、中大夫、谏大夫等官职。“侍中郎”，汉代侍中是一种原官之外特加的荣衔，有此荣衔者可出入宫廷。“专城居”，居官于专城，即出任一地为太守。

“为人洁白晰，鬑鬑颇有须。盈盈公府步，冉冉府中趋。”——风度翩翩，更见人品出众！

“洁白晰”，皮肤洁白；“鬑鬑”，胡须稀疏貌；“盈盈”，美好仪态貌，这里形容步履稳重；“冉冉”，大官走路一步一摆的神气。

如此尽善尽美，自会赢得众口称赞。

“坐中数千人，皆言夫婿殊。”、“殊”，不同，特出。“夫婿殊”，既是数千人之口碑，恐更是少女对自己丈夫发自内心的赞誉。

“状美”，“拒缠”，“赞夫”，三优美动人的小活剧连在一起，一曲讴歌爱情坚贞的纯情喜剧，便在众多角色（罗敷、使君、夫婿及众多从者）的参演下，在幕幕皆有主（主角）有从（配角）、有出（亮相）有进、有来有往，全剧还有夸（夸美）、有拒（拒绝）、有赞（赞夫）的精彩表演中，生动真切地展现在人们面前，不由得不令人称奇叫绝。不知名诗人非凡的艺术天才和神奇工夫，岂不更令人折服。

《陌上桑》，完美的爱情坚贞绝唱！

3. 千古“磐石”之歌：《孔雀东南飞》

然而在讴歌男女爱情坚贞的古诗词中，最令人震撼、令人久久哀叹而难以平静的，恐又要数那刻骨铭心、足以感天地、泣鬼神的长篇爱情史诗：《孔雀东南飞》和《长恨歌》了。《长恨歌》，本卷将另章赏读，这里先赏《孔》诗。

《孔雀东南飞》又作《焦仲卿妻》，记叙的是汉末庐江（今安徽怀宁县）小吏焦仲卿和其妻刘兰芝的爱情悲剧故事。

庐江小吏无特殊史绩，刘兰芝也是普通女性。在我国漫长的封建社会，类似爱情悲剧恐绝非仅有。他们的悲剧故事所以能流传至今，以致家喻户晓，恐得益于《孔》这首长篇叙事诗。

这是现存的古乐府民歌中最长的叙事诗。通过叙述焦仲卿和刘兰芝这对恩爱夫妻婚后被无情拆散，最终导致双双自杀的悲惨经历，深情地讴歌了爱情至高无上的坚贞和为纯洁爱情而至死不渝的斗争精神，是一曲悲天悯人的千古“磐石”之歌。

全诗共350余句，1765字，碍于篇幅，这里略作节录于后：

孔雀东南飞，五里一徘徊。“十三能织素，十四学裁衣。十五弹箜篌，十六诵诗书。十七为君妇，心中常苦悲。君既为府吏，守节情不移。贱妾留空房，相见常日稀。鸡鸣入机织，夜夜不得息。三日断五匹，大人故嫌迟。非为织作迟，君家妇难为！妾不堪驱使，徒留无所施。便可白公姥，及时相遣归。”府吏得闻之，堂上启阿母：“儿已薄禄相，幸复得此妇。结发同枕席，黄泉共为友。共事二三年，始尔未为久。女行无偏斜，何意致不厚。”阿母谓府吏：“何乃太区区！此妇无礼节，举动自专由。吾意久怀忿，汝岂得自由！……”

府吏长跪告：“伏唯启阿母。今若遣此妇，终老不复取！”阿母得闻之，槌床便大怒：“小子无所畏，何敢助妇语！吾已失恩义，会不相从许！”

……举言谓新妇，哽咽不能语：“我自不驱卿，逼迫有阿母。卿但暂还家，吾今且报府。不久当归还，还必相迎取。以此下心意，慎勿违吾语。”……

出门登车去，涕落百余行。……下马入车中，低头共耳语：“誓不相隔卿，且暂还家去。吾今且赴府，不久当还归。誓天不相负！”新妇谓府吏：“感君区区怀！君既若见录，不久望君来。君当作磐石，妾当作蒲苇。蒲苇纫如丝，磐石无转移。我有亲父兄，性行暴如雷。恐不任我意，逆以煎我怀。举手长劳劳，二情同依依。

……还家十余日，县令遣媒来。云有第三郎，窈窕世无双。年始十八九，便言多令才。阿母谓阿女："汝可去应之。"阿女含泪答："兰芝初还时，府吏见丁宁，结誓不别离。今日违情义，恐此事非奇。自可断来信，徐徐更谓之。……"

……媒人去数日，寻遣丞请还，说"有兰家女，承籍有宦官。"云"有第五郎，娇逸未有婚。遣丞为媒人，主簿通语言。"直说："太守家，有此令郎君，既欲结大义，故遣来贵门。"阿母谢媒人……阿兄得闻之，怅然心中烦。举言谓阿妹："作计何不量！先嫁得府吏，后嫁得郎君。否泰如天地，足以荣汝身。不嫁义郎体，其往欲何云？"兰芝仰头答："理实如兄言。谢家事夫婿，中道还兄门。处分适兄意，那得自任专！……"

……阿母谓阿女："适得府君书，明日来迎汝。何不作衣裳？莫令事不举！"阿女默无声，手巾掩口啼，泪落便如泻。……晻晻日欲暝，愁思出门啼。

府吏闻此变，因求假暂归。未至二三里，摧藏马悲哀。新妇识马声，蹑履相逢迎。怅然遥相望，知是故人来。举手拍马鞍，嗟叹使心伤："自君别我后，人事不可量。果不如先愿，又非君所详。我有亲父母，逼迫兼弟兄。以我应他人，君还何所望！"府吏谓新妇："贺卿得高迁！磐石方且厚，可以卒千年；蒲苇一时纫，便作旦夕间。卿当日胜贵，吾独向黄泉！"新妇谓府吏："何意出此言！同是被逼迫，君尔妾亦然。黄泉下相见，勿违今日言！"执手分道去，各各还家门。生人作死别，恨恨那可论？念与世间辞，千万不复全！……

其日牛马嘶，新妇入青庐。奄奄黄昏后，寂寂人定初。我命绝今日，魂去尸长留！揽裙脱丝履，举身赴清池。府吏闻此事，心知长别离。徘徊庭树下，自挂东南枝。

两家求合葬，合葬华山傍。东西植松柏，左右种梧桐。枝枝相覆盖，叶叶相交通。中有双飞鸟，自名为鸳鸯。仰头相向鸣，夜夜达五更。行人驻足听，寡妇起彷徨。多谢后世人，戒之慎勿忘。

男女婚爱，甜蜜而美好。爱情的纯洁和坚贞，令人景仰。

然而，在很多时候，很多情况下，爱情的坚贞却不是轻而易举能够获得，更不是风平浪静中能够自然到来。而是往往要伴随着疾风骤雨、伴随着惊涛骇浪，要经过艰苦、艰巨的斗争，甚至要付出生命的代价才能换取。即便付出生命，也不见得能在现实生活中圆成正果《孔雀东南飞》——焦仲卿和刘兰芝的爱情悲剧故事就很能说明这问题和这情况。

走进这悲天悯人的悲剧中，我们可以清楚看到，贯穿其中的一条主线，是爱情的坚贞和封建礼教间的殊死搏斗。诗中爱情坚贞的化身无疑是刘兰芝和焦仲卿；而代表封建礼教和封建制度的，则是“阿母”和刘兰芝母、兄、县丞、太守、媒人等社会势力以及重权势、轻人性、攀高枝、图荣贵等社会意识形态。两者的斗争是你死我活的，不可调和。最后以刘、焦的双死而告终，这在当时社会现实下也是完全符合逻辑的结局。

应该感谢那位（恐不是一位，而是多位）不知名的作家，是他们用那朴实无华而又神奇高妙的笔，为我们把这个有真实背景的故事演绎得如此环环紧扣，有血有肉，生动感人，以致使我们不由得不和诗中的主人公同悲同憾，从中受到教育和洗礼，并获得高雅的艺术享受。

诗的结构，开头两句，比兴起兴；主体是愈来愈激越而结局愈来愈悲壮的两个回合的斗争，感人肺腑；结尾则是用虚实结合的浪漫手法讴歌爱情的坚贞，更见人心、人情之所向。

“孔雀东南飞，五里一徘徊。”

诗起便见奇丽而哀楚：

一只美丽多情的孔雀，在浩渺长空，孤孤单单、郁郁寡欢地向东南方向飞去。

它是多么不愿离开呀！可又不得不飞去。于是飞飞停停，“五里一徘徊”，一派依依难舍、凄凄惨惨的样子。

这不禁使人要问：这孔雀象征什么？她为何这样孤单寂寞？又为何要向东南方向飞去？

通读全诗，恍然大悟：原来这孔雀就是诗中女主人公刘兰芝的化身。她本来有个情投意合的如意郎君焦仲卿，“棒打鸳鸯”，人为的被拆散，只好孤自飞去。“东南飞”，和后面丈夫“自挂东南枝”相呼应，隐示死后也要和丈夫团聚不分离。

仅此神奇起兴，便将一个对爱情无比坚贞、然而又极具悲惨命运的美女形象推到了读者面前，令人顿生怜悯同情心。用孔雀东南飞起兴，还将全诗的悲剧氛围推上了无限浩渺的际空，让这人间悲剧在广阔天地里飘扬，驰荡，令人频生纷繁联想。怜悯，同情，纷繁联想，演绎出骇人心肺的悲情乐章。

诗的主体——两个回合的斗争，围绕爱情坚贞和封建礼教、封建势力的殊死搏斗，环环紧扣，又各具特色，细腻而生动，曲折而感人。

第一个回合，从历述女主人公13至17岁的经历及婚后的遭遇开始，再现男主人公和阿母的一场面对面的斗争以及女主人公的悲伤离去，颇富“棒打鸳鸯”特色。

历述女主人公经历表明，我们的女主人公是贤惠而有教养的，后来出现的矛盾和曲折，完全是阿母不能相容所致；新婚夫妇也是情投意合、恩爱有加的，妻子所以要离去，也完全是封建礼教逼迫所造成。

诗中描述儿子对母亲的斗争可谓真切得体：勇敢、坚定而又不失儿子身份。

当丈夫得知妻子因不堪驱使请归时，迅即上堂“启阿母”，旗帜鲜明地表示，要和妻子“黄泉共为友”，并诘问“阿母”：“女行无偏斜，何意致不厚？”这在当时社会，是何等勇敢的壮举！这勇敢，初现出男主人公对爱情的坚贞，也说明爱情坚贞又往往是男女双方的。

自然，“阿母”不会听任儿子的“忤逆”之举，她指责新妇“无礼节”、“专自由”，勒令“遣去慎莫留”。未料儿子的回答竟是：“今若遣此妇，终老不复取！”何等斩钉截铁！难怪“阿母”要“槌床便大怒”了。

以上便是第一个回合的斗争。儿子和“阿母”的几句对答，将一个爱情坚贞的男主人公形象展现在读者面前，令人肃然起敬。

第一个回合的斗争自然不会取得理想的结果，阿女只好悻悻离去。

离去不是斗争的熄灭和终结，而是斗争形式和场合的转换，更是对男女爱情坚贞意志的考验。

丈夫“哽咽”地对妻子说，不是我要赶你走，是“阿母”逼迫太紧。“卿但暂还家”，“不久当归还”，还对天盟誓：“誓天不相负”。妻子相信了。她叮嘱丈夫：“君当作磐石，妾当作蒲苇。蒲苇纫如丝，磐石无转移。”

“磐石”、“蒲苇”，多形象的比喻，也是爱情坚贞的确切表述。焦、刘后来的行动证明此说并非形容。

新妇回到娘家，果然更强的高压和更严峻的考验接踵而至。一场更激越的斗争——第二个回合的斗争便又在诗人笔下愈来愈白热化地展开。

如果说，第一个回合的斗争，斗争的场所和空间，还只局限在男主人公家；斗争是以儿子对母亲的诘问、儿子的鲜明态度和新妇的离去为主要方式和暂时结局，那么这第二个回合的斗争，无论是斗争的场合和空间、斗争涉及的人员和对象、斗争的手段和方式，特别是斗争的结局等，都较第一个回合的斗争，要广阔得多、复杂得多、炽热得多。斗争的场合，由男主人家转到了女主人公家，进而扩展到达官贵人家、官府等广阔的社会空间；斗争涉及的人员和对象，包括新妇娘家的母和兄，县丞、太守、媒人等官府和社会人士，以及种种封建社会意识形态等，都作为对立面，卷进了这场悲天悯人的斗争中。

值得指出的是，诗人在描述这回合斗争时，也以平实而细腻之笔，对斗争的演进过程，对不同对象的言行、举止，都作了极其生动而具体的描绘，有声有色，有情有景，由浅入深，由缓到激，由婉言到沉默到惊雷，直到男女双双殉情而去。诗人再现悲剧场景之笔，也着实令人赞服。

“入门上家堂，进退无颜仪”，“阿母大拊掌：‘不图子自归’”。新妇不迎自归，在当时社会，是何等奇耻大辱呀！女主人公忍屈负辱，何其哀楚！

更未料，“还家十余日”，县令“遣媒来”，云“有第三郎，窈窕世无双。”阿母谓阿女，“汝可去应之！”。可少妇仍毫不动心，而是婉言相拒。少妇对原夫的爱和对爱情的坚贞，岂非显然可见。

然而，压力远非此止。

更未料，“媒人去数日”，更大的官——太守又遣县丞至，云“有第五郎，娇逸未有婚”，“既欲结大义，故遣来贵门。”

“阿母谢媒人……”（“谢”，此处意同“辞”，即阿母想辞退媒人），可“阿兄得闻之”，却“怅然心中烦”。“举言谓阿妹：‘作计何不量！先嫁得府吏，后嫁得郎君，否泰如天地，足以荣汝身。不嫁义郎体，其往欲何云?’”——显然，更大的压力横在了少妇面前。

这压力，有来自官府的威严和权势，有“长兄如父”的封建习俗和封建礼教，更有攀高枝、图荣贵等社会意识形态。

面对如此重压，少妇怎能承受得了？她只好“仰头答”：“处分适兄意，那得自任专”。可当阿母告其“明日来迎汝”时，便“默无声”了，而是“手巾掩口啼，泪落便如泻”。多么悲哀凄楚！

“默无声”——“于无声处听惊雷”，也是爆发更大风暴的前兆。

果然，更严峻的时刻到了。

“府吏闻此变，因求假暂归。”

当府吏得知妇“许他人”时，如五雷轰顶。先是反言相讥：“贺卿得高迁”；接着便用妻子临别时嘱他之语相激：“磐石方且厚，可以卒千年，蒲苇一时纫，便作旦夕间。”还愤然表示：“卿当日胜贵，吾独向黄泉。”

自然这是激语，却也是男主人公爱情坚贞感情的真实表白！它说明妻子的“磐石”、“蒲苇”嘱已在丈夫头脑里生根。丈夫要实践这“磐石”的誓言。

本来就忠贞不二的妻子，见丈夫如此坚决，自会更加志坚如钢。便斩钉截铁地说：“黄泉下相见，勿违今日言”。说罢，二人便“生人作死别”，执手分道而去。

果然，不久，一“举身赴清池”（女），一“自挂东南枝”（男），男女双双便都以自己的生命将爱情的坚贞推上了顶峰。诗人用高超的艺术手法，谱写出了嘹亮的爱情坚贞之歌。

夫妻双双以“死”殉节，无疑是抗争的失败。然而又何尝不是爱情坚贞的胜利。

“合葬”，说明男女主人公的爱情得到了社会和双方家人的认可，从而圆了他（她）们生前想圆而未圆之梦。

“植松柏”，“种梧桐”，“双飞鸟”，名“鸳鸯”，则是后人对爱情坚贞的祝愿和讴歌，象征爱情的无限美好和永恒。

而“多谢后世人，戒之慎勿忘”，则更是对后人的规勉和警示。

用模拟、象征、想象和希冀中的美好结局圆爱情坚贞团圆之梦，也是诗人精心设计和巧妙运用的一种合乎人心、人情的浪漫主义艺术手法。这种手法不但能益增作品的艺术感染力，而且迎合了国人乐于团圆结局的情趣，也不失为表现爱情坚贞的一种喜见乐闻的艺术构思。

《孔雀东南飞》，悲声切切，涕泪涟涟，惊涛叠进，撼人心扉，不愧为悲天悯人而又惊世骇俗的千古“磐石”之歌。

三、乡亲情

（一）乡土情

祖国是什么？是巍巍的高山，滔滔的江河，广袤的平原，寥廓的旷域。而生我养我的家园，哺我育我的故里，供我生息繁衍的热土，就在这“巍巍”、“滔滔”、“广袤”、寥廓中。每一个爱祖国、爱民族、爱我们这个古老神州的华夏赤子，莫不爱他们美好的家园，爱他赖以生存的这方故土。乡土情就是这样一种和祖国、民族紧密相连，高尚、高雅而又极具泥土气息，感情极其醇和、朴实、几乎人皆共有的恋根情结。

古诗人，特别是那些伟大、杰出诗人，他们中又多豪旷飘逸之士，喜游名山大川。辞乡别土，浪迹天涯，是他们陶冶心灵、寻获感知、享受人生的惯常行止；离乡背井，远游图进，也有他们执着的追求；国难时艰之秋，漂泊流离，更是身不由己。

久客他乡，必会引发游子眷恋乡土之情；漂泊流离，尤易浓织骚人墨客怀乡、思亲梦。是以古诗人常乡土情炽，古诗词中更多思乡、怀归作。尤当春花秋月之时，登高望远之际，诗人心中那绵密的乡土情思，常如地泉裂缝，迸然喷射而出。而这类诗作，也往往最能牵动人的恋乡心扉和思亲情愫，乐为人吟诵而广为流传。李白的《静夜思》等旷古名篇，便是这种极具浓郁乡土情愫的绝世佳作。认真赏读这类佳作，对于培植国人不忘本、不忘根、爱亲友、爱家园以及爱国家、爱民族的高尚道德情操都大有裨益，值得重视。

1. 李白的《静夜思》和杜甫的《登岳阳楼》

在浩瀚的古诗词大海中，在国人中流传最广、吟诵人最多，甚至连三岁儿童都能背诵如流的，莫过于李白的五言绝句《静夜思》了。

床前明月光，疑是地上霜。举头望明月，低头思故乡。

《静夜思》，一作《夜思》。顾题思义，乃夜深夜静之思。思谁？思乡。乡土情炽，典型的乡愁经典作。

诗人当时何以乡土情炽？似和诗人当时处境有关。

据考，该诗应是诗人二入长安被“赐金还乡”后、只身漫游时作。“赐金还乡”，实是被驱出长安。这是诗人在长安供奉翰林被权奸、权贵排压挤陷所致。诗人胸怀旷达，自不会寝食难安，但也不无愤懑和凄楚。诗中的“霜”字便可隐见其楚。久客他乡，自会益增绵密思乡情。诗人夜深夜静而思，完全可以理解。

问题是，游子思乡作，古诗词中屡见不鲜。而这诗又只有完全如口语、甚至简直如说大实话的四句诗，表面看，似无新奇构思，也无华丽、别出辞藻，何以会有本节上面说的那种显赫魅力：国人妇孺皆能诵？细味便知，这诗确有诸多不同凡响的神奇处。

“床前明月光，疑是地上霜”。

诗从“床”起，便见新奇。

谁都知道，床，是供人睡卧的用具。古往今来，除远古架树为巢、现今仅有的几个航天英雄航天期间日夜遨游太空，以及少数长期在野外的工作者外，莫不睡卧在地上，在室内，在房间。诗从“床”起，便晓诗人当时是在羁旅途中，是在夜间，在睡眠中。可这“床”后面却是“明月光”，月在天空，岂不顿将读者的视线，由地上引到了天上，由室内引到了室外，将地上和天上、室内和室外连在了一起，构成了一幅远方游子羁旅天涯的美丽图画，诗人用笔，岂不立见新奇！

接句一个“疑”字，似更见神奇。“疑”怀疑，疑云。说明这远方游子当时不但在睡眠中，还可能是在梦中。突然梦醒，睁眼一看，床前一片白茫茫。懵懂间便“疑”为地上霜了。游子当时那神情恍惚、难辨霜月的情形岂不尽展无遗！同时也告诉人们，诗人（游子）当时睡得并不安稳。

诗人何以睡不安稳，诗中未明言，但后面这个“霜”字，却又隐示读者，诗人只身羁旅，有一种无可名状的孤寂感，又使人不由得会想到诗人当时的处境。

霜，白色。梁简文帝萧纲有诗云：“夜月似秋霜”（《玄圃纳凉》）。诗人自己也有诗：“玲珑望秋月”（《玉阶怨》）。“地上霜”，显又告诉人们，时属深秋。深秋凉夜，诗人孤身羁旅，岂不更令人凄楚！以“霜”言“月”，似也有神奇意境。

月夜，秋夜，皆易惹情思之时。月夜，秋霜，一齐笼罩远方游子心头。远方游子当时心情、心绪之激越，可想而知。月夜，秋夜，皆静夜。夜静思浓。“静夜思”，诗题也自然脱颖而出了。

“床”，“疑”，“霜”，三个字；一个月夜，一个秋夜（两个夜）。将游子静夜之思，渲染得何其到位呀！诗人妙笔何其卓越！

然，这游子的静夜之思，又究思飞何处，情驰何方呢？上两句似尚未见其真。“真”在后两句中。

“举头望明月，低头思故乡。”

多么平实而简朴的两个头部动作：“举头”和“低头”；两个头部动作的行为表征：“望”和“思”；以及两种行为表征落实的两个实体：“明月”和“故乡”组成的两句诗呀！如系实景，那应是：室内的远方游子(诗人)。此时已睡意全消了。于是他干脆翻身而起，走到窗前，推开窗门，抬头一看，又只见，一轮明月（还是前面“床前明月光”那明月），高高挂起在天空，明净而皎洁。“明月出天山，苍茫云海间。”诗人无限感慨。接着，便低下头，思想起那可爱的故乡来……

两句诗的表层情节，确最简单不过了。可如果细味蕴藏其中的内涵，却又可见无比丰腴、无限广阔的意境和空间。

这远方游子，此时他举头望月，究在望什么？难道仅是在欣赏明月的皎洁吗？显然不会。此时他被逐长安后浪迹天涯，断不会有此闲情逸兴。而“低头思故乡”，故乡是个大概念。故乡的山，故乡的水，故乡有最亲的亲人，父母、妻子、儿女等。此时他又在思念谁、思念什么呢？诗未明言，恐也难有定说。再说，诗人乃胸怀“定寰宇”、“济苍生”、“安黎民”的大志者。此时他“低头思”，恐也不会仅为儿女情长而思吧，可那又是怎样的思呢？尤值得思忖。

诗是文学作品，贵含蓄，喜包容，重意境。过真过实，则难有别致风彩。有实有虚，亦真亦幻，方臻佳作。

月，明月，皎洁明月，在普通百姓眼里，是神奇的天体；在诗人笔下，则是抒怀和传情的尤物。李白一千多首诗中，三百多首涉月，莫不为借月抒怀作。这诗的后两句，何尝不是在对月抒怀，借月传情。望，仰望，瞭望，向远处望，似也有寻觅意。“此夜一轮满，清光何处无”，诗人此时举头望，又何尝不是在仰望故乡的月，寻觅月下的故乡。诗人此后还写过一首怀友的诗：《闻王昌龄左迁龙标遥有此寄》，后两句是，“我寄愁心与明月，随风直到夜郎西”。诗人此时望月，是否也有寄愁心与明月，随风直达故乡情，恐也不能排除。

至于“低头思故乡”，联及诗人自身情况推测，恐有更深沉的思绪。缅怀故乡哺育成长之恩，思知恩图报之策，恐也不无可能。至于故乡具体所指，诗无明示，却给读者留下了更广阔的空间，让人去漫天遐思，也不失为思故乡的旷荡之笔。反正故乡的一切都包括在其中了。

“举头”、“低头”两句诗，竟能引发读者如此丰腴而又合情合理的联想，引发出浓浓的、又不失为高雅的乡情和乡绪，诗的神奇魅力，岂不也不言而喻。

四句诗连在一起，将久客他乡的远方游子思亲、思乡之情，演绎得何其充沛、何其激越、何其真切入微呀！可这充沛、激越、入微，就都浓缩在只有20字，而且又只有羁旅人月夜梦醒时恍惚所见（“疑是地上霜”）和其后的一“举”一“低”的两个很小、很平常的头部动作中，诗人构思之奇之巧，岂不更令人咀嚼回味无尽，难怪千百年来人们百读而不厌！不厌在神奇中。

细味《静夜思》，似还有诸多神奇处。

时为月夜，月夜之思，自多“静”思。可奇怪的是，这思中之景，又远非“静”止。有动有静，有明有暗，有真有“疑”，有梦有醒。身姿，有卧有起；形情，时望时思；视线，忽高忽低；思绪，亦近亦远。真是活龙活现，恰似一幅秋夜游子动态思乡图。

诗从平易出，平易中却有婀娜多姿；情顺自然流，自然中更见思情叠进；纯乎天籁音，音中可察悬念丛生；毫无雕砌痕，痕隐精巧构思中。诗人巧弄“平”、“自”术，巧织秋夜游子思乡图，更见情真意切，美轮美奂。如上种种，恐都是《静夜思》这诗在传诵、吟咏方面之所以能冠压群芳、更领风骚的原因。

乡愁，自古至今，从未是诗人兴怀抒情长盛不衰的主题。李白这首《静夜思》，可谓是经典中之经典。

《静》得爱好和吟诵者独厚，绝非偶然。

《静夜思》，游子夜静思乡作，妙在静思。

而杜甫的《登岳阳楼》，登高望远，心胸寥廓，亦颇具思乡情趣。

昔闻洞庭水，今上岳阳楼。吴楚东南坼，乾坤日夜浮。亲朋无一字，老病有孤舟。戎马关山北，凭轩涕泗流。

这是诗人晚年漂泊荆湘时作。

诗人一生潦倒，坎坷颠簸。他辗转漂泊的足迹，几乎遍及当时的半个中国。晚年仍流离于江陵、公安、岳（岳阳）衡（衡阳）一带，不得而归。此时诗人的心情也可想而知。但伟大诗人又有伟大诗人的胸怀，常人往往难以揣度。

就在将要离开人世的前两年，诗人竟抱病登上了被李白誉为“楼观岳阳尽”的湖南岳阳楼，真是别具胸襟。

“昔闻洞庭水，今上岳阳楼。”说明此前诗人并未来过这里。这是他有生以来第一次也是最后一次登岳阳楼。

极目烟波浩渺的“八百里洞庭”，此时诗人又是怎样的一种心境呢？

“吴楚东南坼，乾坤日夜浮。”

这是诗人对眼前景色的素描，也是诗人当时心境的写照。

东南吴楚两国的辽阔陆地，都被浩瀚湖水分割开来（坼，分裂意。此处意为吴楚自此湖分界。其实，洞庭湖四周皆楚地。此为夸大形容，不能拘泥于地理），那日月在湖水中时出时没，连天地也像是浮在水面一样，日夜和湖水一同荡漾。

这是多么雄伟壮丽的奇观呀！不由得使人想起曹操《观沧海》中两句名诗：“日月之行，若出其中。星汉灿烂，若出其里。”天地日月，宇宙乾坤，全都融入了浩瀚汪洋中，汇成了一个整体。这又何其令人心旷神怡！

值得指出的是，古往今来，描写洞庭景色的诗文难以胜数。但除上面提到的李白的“楼观岳阳尽，川迴洞庭开”和孟浩然的“气蒸云梦泽，波撼岳阳城”外，能与杜诗上两句媲美的，恐也为数不多。就连以文名楼的范仲淹的那篇《岳阳楼记》，后人极赞的也主要是“先天下之忧而忧，后天下之乐而乐”中所昭示的崇高精神境界。至于岳阳胜景，就连作者自己也不得不承认：“前人之述备矣”。自然，也有说上两句过而失真的。那是从地理层面说的，不能作为评判诗歌文学作品优劣的唯一标准。

显然，诗人当时已完全陶醉在巴陵胜景中了。诗人当时心胸之雄豪澎湃也可想而知。诗人晚年竟有如此雄豪气度，也真难能可贵。

然而，人的思想又是不断变化的。伟大诗人也不例外。而且由于某种原因，有时瞬间，感情的潮水还可能从一个极端滚到另一个极端：变豪旷为忧戚，由喜变悲。

面对浩瀚无垠的巴陵胜状，诗人心潮起伏，不由得又想起自己眼前的境况：年老多病，晚年仍漂泊流离；只身羁旅，独卧孤舟；更兼时势仍艰，亲朋骨肉离散，天各一方，音信全无。

“亲朋无一字，老病有孤舟”，寥寥十个平朴得不能再平朴的汉字，将诗人当时的心情和处境描绘得再清楚不过了，也更见诗人极度虔诚的思乡情结。

然而，伟大诗人又毕竟不是心胸狭窄的凡夫俗子，不会只沉沦在个人的悲戚忧伤之中。

伟大诗人深知国、乡、家和个人之间的关系。对个人、家庭的艰难困境感受愈深，对国家面临的形势和命运也必然会愈关切。

“戎马关山北，凭轩涕泗流。”

“戎马关山北”，意为北方战乱未平；“涕泗”即眼泪和鼻涕。

诗人没有为个人和家庭的悲楚境遇而泣，却为国家仍在遭受异族侵略而泪洒高楼。

诗人的这种崇高精神境界在他的许多诗作中都有展现。这种将思亲、怀乡、伤旅和忧国忧民紧密连在一起的乡土情结，应该说，是一种更见高雅的乡土情愫。

2. 两位山西诗人的恋乡情结

初唐诗人王绩和盛唐诗人王维都是山西籍贯的杰出诗人。山西人素有浓郁恋乡情结。

两位诗人的两首怀乡诗：《在京思故园见乡人问》和《君自故乡来》，虽字句多寡不同，抒情手法各异，但都是见乡人而问乡情的兴怀之作，情真意切，有异曲同工之妙。

> 旅泊多年岁，老去不知回。忽逢门前客，道发故乡来。敛眉俱握手，破涕共衔悲。殷勤访朋旧，屈曲问童孩。衰宗多弟侄，若个赏池台？旧园今在否？新树也应栽。柳行疏密布？茅斋宽窄裁？经移何处竹？别种几株梅？渠当无绝水？石计总生苔？院果谁先熟？林花哪后开？羁心只欲问，为报不须猜。行当驱下泽，去剪故园莱。

这是王绩的五言古诗《在京思故园见乡人问》。

王绩，绛州龙门即今山西河津县人。隋末任秘书省正字、六合县丞，因嗜酒被劾。唐初曾待诏门下省。门下，唐官署六省之一，与中书省同掌机要，共议国政。所谓待诏，就是等待执行分配之任务。按王绩自己的说法是“才高位下，免责而已，天子不知，公卿不识，四十五十，而无闻焉”（《自撰墓志》）。

自恃“才高”，而身居“位下”，王绩自不会心情舒畅，后遂弃官归隐。上诗据考即为诗人待诏时作，颇有弃官归隐前的心情和意境。

“旅泊多年岁，老去不知回。”

漂泊流离，久客他乡，年老思归，人之常情。可诗人却说“不知回”，何也？正话反说，故作麻木，思归之心尤见。

细品“不知”二字，还使人想到陶渊明《归去来辞》的开头一段：“归去来兮，田园将芜胡不归。既自以心为形役，奚惆怅而独悲！悟已往之不谏，知来者之可追；实迷途其未远，觉今是而昨非。”自劝、自责、自悔之情，“不知”二字中兼而具之。诗人对陶氏情有独钟，他的许多诗都有陶氏诗词的墨痕。这诗首尾均有《归去来辞》意境。

接下来便是诗人见乡人问乡情之形情。

“敛眉俱握手，破涕共衔杯。殷勤访朋旧，屈曲问童孩。”

“敛眉”、“握手”，见乡人惯常之举，隐见亲热；“破涕”、“衔悲”，则说明心中可能有辛酸凄楚事。究为何事而悲？诗中未说，极可能和诗人“待诏”期间家中出现过某种不幸有关，不然不会“共”衔悲。

“殷勤”、“屈曲”，将诗人对亲朋和晚辈无微不至的关爱之情描绘得非常到位。

至于对家园故里情况的“问”，则更见细腻入微了。从旧园还在不在、新树应不应该栽、柳行是密还是疏、茅斋是宽还是窄，到从何处移来的竹、又种了几株梅、水渠的水是有还是无、渠边的石是否生了苔，直至院里的果树哪颗果先熟、园中的花哪株最后开……一切的一切，几乎是无所不问。

繁琐？絮叨？猛一听似有赘感。然而，恰是在这“繁琐”、“絮叨”中，却更见诗人对家乡的一切无不关切和惦念，更见思乡情挚。

尽管如此，可诗人还说：“羁心只欲问，为报不须猜。”游子思乡之情，何其诚挚！

结尾两句：“行当驱下泽，去剪故园莱。”使人又想起《归去来辞》中的“田园将芜胡不归”。浓浓的思乡情，落在了一个“归”字上。

和王绩的《在京思故园见乡人问》的纤细情怀相左，王维的《君自故乡来》，极为含蓄，只有四句五言诗，却更见思乡情痴，也更富乡土情趣。

君自故乡来，应知故乡事。来日绮牕前，寒梅著花未？

没有客套，没有铺垫，开门见山，起笔便是两句直白：“君自故乡来，应知故乡事。”

从口气看，来人应是和诗人(诗中的主人公）及其家人关系密切者，也可能是他的晚辈或常去他家的亲朋故旧，不然，问话不会那么直截了当，且不容置疑。

这两句诗也告诉人们，诗人虽远离故土，淹留他乡，却非常关心“故乡事”。见故乡来人，张口就问，急切之情，溢于言表。

但，故乡是个大概念。故乡的山，故乡的水，故乡的花草树木，家宅，父母、妻室、儿女，亲朋故旧，等等，几乎都包含在其中。那么，诗人最关心的又是什么呢？诗的前两句未涉及，后两句诗却为我们的飘渺遐思插上了远方游子无限乡情的翅膀。

“来日绮牕前，寒梅著花未。”

“来日”，出发前来之日。“牕”，窗户。“绮牕”，华美或是有花纹的丝织品做窗帘的窗户。

如此豪华讲究的窗户，那会是什么人的居室和住宅呢？而且窗前还有株情趣高雅的“寒梅”。显然是高贵人家的宅院，而且极可能是高贵人家男女主人公的卧室。

王维原籍山西祁县，后随父迁蒲州（今山西永济），遂为河东人。开元进士，官至尚书右丞。尚书右丞是在皇帝身边掌管文书奏章一类的事的官。朝廷近臣的家宅自非一般平民住宅所能比。那华美居室则可能是诗人自己的家宅，而且极可能是他在家时和爱妻共居的内室。

由上可见，主人公关心的“故乡事”，首先似还是他自家的事，尤其是不在身边的妻室儿女。那是他最惦念和最不能忘怀的。这完全合乎情理。

至于“寒梅著花未”，恐还更有深意。

“寒”，自有传递季节严寒意，而“寒梅”展现在人们面前的，恐就不只是季节、气候和单纯的梅花的概念了，它更多的是傲霜斗雪、顽强坚贞和冰肌玉骨等崇高品格的象征。

诗人问“寒梅”，如果只是问“绮牕”前那梅树是否开花了，固能昭示诗人那浓郁缠绵的乡土情结；但仅此，笔者仍冒昧认为，这诗的“含金量”恐会大大降低，不会像现在这样脍炙人口。笔者认为，这诗之所以千古传诵而不朽，其深刻的思想内涵，其魅力所在，就在这“寒梅”问上。而“寒梅”之问，恐主要又不在树上，而在人上。明是问花，实是问人；看似怀梅，实则怀人。

以花代人，用梅传情，既是国人传统言情、传情方式，也是众多诗人移情手法的惯用。

古诗词中，用梅喻妻室家人的常有所见。“梅妻鹤子”，诗坛爱梅成癖的传说故事；苏轼的《西江月·梅》，借梅写亡妾朝云：“梅格人品两奇绝”。

王诗中“寒梅”之问，自首先是对家人和妻室的思念和关切。但问“著花未”，似又不仅局限在对家人、家事的问候上，还可能包括更多的乡情、乡讯、乡事和乡韵。

“折花逢驿使，寄与陇头人。江南无所有，聊寄一枝春”（南北朝·陆凯《赠范晔诗》）。

“忽如一夜清香发，散作乾坤万里春”（元·王冕《自梅》）。

梅是春的使者，是报春花。诗人身在朝上，在皇帝身边，心怀广野，对故乡尤涓涓情深。他问“寒梅著花未”，恐也是在问：春天是否已来到故乡，来到人间？春到人间，故乡的一切是否充满生机？这蕴意厚重的问语，折射出了一个高居庙堂之上的朝廷官员，仍不忘辽阔广域、仍关心旷野黎民的高尚情怀，是难能可贵的。这较之前面王绩的那首《在京思故园见乡人问》，从朋旧到孩童，到弟侄，到旧园，到树柳，到茅斋，到花果……无所不问来，似更含蓄，更深沉，更能引人遐思，发人深省，也更富乡土情趣。两诗均系怀乡佳作，而后者似更胜一筹。

“思归若汾水，无日不悠悠。”

对月思乡，闻笛怀乡，登楼望乡；游子思乡，征夫怀乡，久客梦乡；触景生情而思，见故乡来人而问，甚至无端倏然而忆……在古乡土情诗中，思乡、恋乡情结，简直如浓云密雾，笼罩在羁旅日久的诗人、游子心头，几乎是无景不荡其怀，无物不系其心，无情不牵其忆。而这情、这思、这怀、这忆，凝结到一点上，又离不开一个“归”字：思归、盼归、梦归。

“悲歌可以当泣，远望可以当归”(汉乐府古辞《悲歌行》)——当归；

“但今归有日，不敢恨长沙”(唐·宋之问《度大庾岭》)——盼归；

“不忍登高临远，望故乡渺邈，归思难收”(宋·柳永《八声甘州》)——思归；

“归梦如春水，悠悠绕故乡”(唐·刘昚虚《句》)——梦归；

“客似秋叶飞，飘飖不言归”(李白《拟古十二首》)——不言归；

“故园柳色催南客，春水桃花待北归”(唐·刘长卿《时平后春日思归》)——待归；

“孤客一身千里外，未知归日是何年”(唐·崔涂《望韩公堆》)——不知何年能归；

“天涯岂是无归意，争奈归期未可期”(宋·晏几道《鹧鸪云》)——未可期归；

“青山无限好，犹道不如归”(宋·晁补之《临江仙》)——无限好，不如归。真是归思切切，归情似海。

而在这切切“归”声中，年末岁首，佳节忌日，则往往归思尤挚，归情尤浓。唐诗人刘长卿《新年作》，集佳节之思、岁老之哀、谪贬之苦于一诗，其归思之甚，尤令人凄楚。

乡心新岁切，天畔独潸然；老至居人下，春归在客先。岭猿同旦暮，江柳共风烟；已似长沙傅，从今又几年？

时值新年佳节，一个远在天涯的游子，在独自潸然泪下。

“男儿有泪不轻弹，只因未到伤心处”。这个无归客何以如此伤心，以致“天畔独潸然”？

伤心源于“乡心”——思乡、思亲、思归是也。而这种“乡心”，每逢佳节庆日，自会愈浓愈炽，何况还是“老至居人下”呢？

“老至”，诗人当时已年高古稀，可谓垂垂老矣；

“居人下”，诗人当时被贬潘州南巴尉，处处受制于人。是说更见凄苦。

一个“乡心”，一个“新岁”，一个“天畔”，一个“老至”，再加上一个“居人下”——心、时、地、人、境（处境）——五情融于一处，又会给人以怎样的感受呢？

“春归在客先”。

春，先和“归”相连，象征“归”如春天般温暖；

春，又和“客”相分，一先一后，隐衬春至人未至之悲。

多么奇特的感受呀！不禁使人想到，自然界的春天已来到人间，万物生机勃勃，欣欣向荣，处处和煦温暖；而无归老人仍流落异地他乡，茕茕孑立，形影相吊，岂不仍和处在严冬季节一样，何等凄凉悲楚！诗人巧构奇思，真是别致！

诗对主人公无归景况的描绘尤见形象、生动。

“岭猿同旦暮，江柳共风烟。”

人同猿共旦暮，孤凄之甚，可想而知；

形如江柳，弱不禁风，飘飘欲坠。无归人年迈体衰之状，更见传神。

正因如此，结尾两句更为凄惨的哀叹，也就不足为奇了。

“已似长沙傅，从今又几年？”

“长沙傅”即贾谊，时称贾生。

“贾生才调更无伦”。汉文帝时，他一年即由博士升为大中大夫（秦汉时中央要职之一）。也因为才高，屡遭忌恨，后被贬为长沙太傅。三年后又为梁怀王太傅。怀王坠马而死，贾自伤为傅无状，哭泣岁余而逝。

诗人才似贾生，唐至德中曾官至鄂岳观察史，后也因遭人诬陷，被贬为潘州南巴尉。此诗即在南巴时作。诗人自况贾生，更说明诗中的无归人即诗人自己，该诗系诗人自况作。

远居谪地，老病无归，又值新岁，种种凄楚之情集于一身，“从今又几年”之叹在所必然了。果不久，诗人在迁睦州（辖今浙江桐庐、建德、淳安等地）、再迁随州（今湖北北部）后抱病而终，更“似长沙傅”矣！

在绵绵切切的“归”声诗中，悲戚忧伤固是常情，但也不无豪旷高昂之作。特别是伟大杰出诗人的一些思乡怀归作，意境高远，心胸辽阔，高亢之情弥激。

《江汉》，伟大诗人杜甫晚年作（应为《登岳阳楼》后作），于辛酸中见豪旷，于凄楚中见振奋，雄豪凝重，气满乾坤。就其思乡怀归情致言，亦堪称情趣昂扬的思乡佳作。

江汉思归客，乾坤一腐儒。片云天共远，永夜月同孤。落日心犹壮，秋风病欲苏。古来存老马，不必取长途。

首联实为全诗之总，也是全诗之纲，是旷古难觅的佳句。

“江汉思归客”。笔起便将“江汉”和“思归”连在一起。一个远方游子久羁江旅、天涯漂泊、思归心切之情，便真切地展现在读者面前，令人凄楚。再和“客”相连，赋予其以人的属性，江汉思归情便更见浓烈浩渺了。

这是诗人自我生涯的真实写照：一生漂泊，半世流浪，俨然天涯沦落人。

那么，伟大诗人的形象就仅是这样凄惨潦倒吗？不。诗的下一句，“乾坤一腐儒”，诗人在自谦自贬中，又可见其豪雄飘逸和崇高伟岸。

“腐儒”，顾名思义，应为迂腐之士。用俗话说，便是不识时务的书呆子。如此用语，显见诗人对自己的谦贬。可前面冠以“乾坤”二字，便化腐朽为神奇。“乾坤”，天地、宇宙的同义语。心怀天下，志满乾坤，吞吐宇宙，如此忧国忧民之士，岂非神奇、崇高者乎！后面将更见这“乾坤”、“腐儒”之踪影。

下面诗中的四句，实是起笔两句的承接和分述。

“片云天共远，永夜月同孤”，承“江汉思归客”，将无归人天涯漂泊、孤寂凄楚之状刻画得历历在目，令人凄惋；而“落日心犹壮，秋风病欲苏”，承“乾坤一腐儒”，又将一个心怀天下、志满乾坤的老者的暮年壮志抒发得形情兼具，令人崇敬而振奋。

四句诗的精巧构思，尤新颖别致，变幻多姿。

“片云”，喻只身漂泊，已见形象生动；又展以“天共远”，漂泊之广、之远、之无影无踪，更见缥缈。

“月同孤”，非月孤，而是人孤。人在月下，月见人孤而“同”，岂不益增孤寂之甚。“永夜”之孤，凄凉尤甚。

“天共远”，“月同孤”，天、月、人同悲，思归人之凄楚，可谓登峰造极；可下联，状“乾坤”、“腐儒”，似更有妙笔。

“落日”喻暮年“老病”，颇有“气息奄奄，人命危浅，朝不保夕”意境；而“心犹壮”，意气风发，斗志昂扬。前后映照，自见诗人晚年雄心未减。

“秋风”萧瑟，悲哉为气；而“病欲苏”，却又一扫哀秋之气，大有跃跃欲试、誓展雄心抱负之情。

问题是，诗人“老病”、“孤舟”、“气息奄奄”，何以竟眼见“落日”不言“落”、身在“秋”中不觉“秋”，反而“心犹壮”、“病欲苏”呢？原来时值战乱频仍之秋。诗人思乡心切，更忧国难，自会感情愈浓愈炽。就在此前，他抱病登岳阳楼时，便有“戎马关山北，凭轩涕泪流”之叹，忧国忧民心弥激。“心犹壮”、“病欲苏”，则愈见跃跃欲试的报国之行。“乾坤”、“腐儒”似也在其中得到了形象的展现。

然而，诗人毕竟已年迈体衰。长途跋涉、冲锋陷阵，已力不从心。可诗人仍不甘气馁。他想起春秋时“老马识途”的故事，自觉仍能有所作为，于是便又发出了更令人振奋的壮语：

“古来存老马，不必取长途。”

据《韩非子·说林》，春秋时，管仲随齐桓公伐孤竹，春往冬返，迷途失路。管仲放老马领路，终得顺利回归。

诗人以“老马”自比，决心尽其心志，为国效力，更见“乾坤”、“腐儒”的心。

“儿童相见不相识，笑问客从何处来。”

归，是令人神往的。思归不得则令人沮丧。那么，一旦归能成行或已变成现实时，那游子的思乡之情是否就会终结呢？否。久客他乡的游子，他们心中蕴藏的乡土情结往往是细腻而复杂的。即便已登上归途，甚或已回到故里，他们心中蕴藏的浓浓乡土情，有时也不会立时熄灭，有时还会长久地在心中徐徐流淌。

请看下面两首回乡诗。先赏唐·宋之问《渡汉江》：

岭外音书断，经冬复历春。近乡情更怯，不敢问来人。

上诗实是诗人自己在回乡途中写的一首怀乡诗。身在还乡途中，却见乡情愈炽。

“岭外音书断，经冬复历春。”

“岭外”，即五岭以外，又称岭南、岭表。

此地崇山峻岭，连绵不绝。因其荒芜僻远，古时常被朝廷作为刺配、流放罪臣、逆贼之地。唐睿宗时，诗人曾被放逐钦州（今广西钦州）。钦州即属岭外地区。

其时，这里道路交通极其崎岖险阻，与内地音讯难通。一个“绝”字，便将道路的艰难险阻和诗人企盼乡音之切隐展无遗。

诗人被放逐钦州的具体时间难以确考，但从他在放逐期间写的两首诗（《途中寒食》、《题大庾岭北驿》）中，可以推知，他在岭外至少度过了两春一冬。“经冬复历春”，正好印证了这种时间估算。

一个被放逐荒域僻远——过去被称为蛮越之地的贬官，长达两年时间得不到家乡一点讯息，其悲戚思念之情不言而喻。然而，现在主人公已登上归程，而且已渡汉江，离家日近（诗人系汾州即今山西汾阳人），悲戚、思念之情总应有所缓解了。可奇怪的是，诗后两句传递出的乡情，却丝毫未减，反而愈浓。

“近乡情更怯，不敢问来人。”

“怯”，即胆怯，也就是害怕的意思。离家日近，应高兴才对，何以竟“情更怯”呢？此时此刻，诗人究竟怕什么？恐不会是别的担心的事了。唯一的就是怕家中会有什么意外和变故。因为离家日久，家中情况全然无知；何况自己又身在贬中。万一家中有重大不幸，将何以应对呢？以致见到来人也不敢轻易打听，唯恐有坏消息传到耳里。多么细腻的心理素描呀！从中也可看出，“情更怯”实是“情更切”——更加牵挂家乡和家中的亲人。

一个“情更怯”，一个“不敢问”，将一个离家日久、家中情况茫然无知的被逐游子返乡途中的微妙心扉刻画得再真切、再细腻不过了，诗人精于心理描绘之功，亦堪称高妙。

这诗的作者，也有的版本署名李频。笔者考李频身世，似无贬钦州之难，而只有擢侍御史和迁建州刺史记载。李氏系寿昌即今浙江建德人。从钦州返建德，似也无须绕道湘鄂，北渡汉江。而宋之问，唐睿宗时确曾配徙钦州，且家在汾州，回家非渡汉江不可，故从后说，权以宋作赏之。

近乡情更怯，那么回到家乡了呢？请看另一首更脍炙人口的佳作：贺知章的《回乡偶书》：

少小离家老大回，乡音无改鬓毛衰。儿童相见不相识，笑问客从何处来？

如李白《静夜思》等名篇，这诗的四句也皆朴实无华口语，无丝毫雕琢痕。可就在这平实中，一幅饶有风趣的游子返乡图，活灵活现地展现在读者面前，令人玩赏不尽。透过这别有情趣的画面，更使人强烈感到，一股浓浓的久客伤老和落叶归根的乡土情愫，在汩汩地沁人心肺。

四句诗其实只有一个情节，就是久客伤老而归，“儿童相见不相识，笑问客从何处来”。但细心品味，却见句句有深意。其构思之妙，尤令人赞绝。

首句，“少小离家老大回”。“少小”、“老大”，均指年岁无疑，恐还有隐意。

汉乐府《长歌行》后两句：“少壮不努力，老大徒伤悲”，劝人要珍惜年华，莫要蹉跎岁月。诗人是武则天时进士，官至太子宾客、秘书监，自不存在蹉跎岁月问题。但此时他已辞官获准。他回乡已是无官还乡。用“老大回”区别于“衣锦还乡”，似更和诗人当时的情况、当时的心境以及弃官返乡的气氛相吻合，且使这诗从开起便涂上一层久客伤老的感情颜色，令人无限伤感。

接句，“乡音无改鬓毛衰”。

“音”，声音，也是心声。“乡音无改”，固指离家日久，故乡语音未变；恐也是暗指乡情未变，乡心犹存。“落叶归根”，故晚年有辞官还乡之举。

“鬓毛衰”，（衰 cuī），形容鬓发斑白、衰落，象征年迈体衰。

一个音——乡音，乡心；一个形——衰、老之形。对比映衬，更见老归之哀。

其实上两句都是用的对比手法。“少小”和“老大”对比；音和形对比。两个对比，按说，已尽展主人公久客伤老之情，可仍难发读者和人们心中久客伤老之甚。仅上两句，这诗似也难圆千古脍炙人口之梦。

诗的重心和最能引人情思缥缈的是后两句：“儿童相见不相识，笑问客从何处来？”

诗人突然回到家乡，亲朋故旧，邻里乡绅，前来探望问候的肯定不会是少数。谈话中自也会有诸多新闻、旧事、逸闻、趣事。可奇怪的是，诗人对上述种种，似并无特别兴致，致在诗中毫无显示。相反，对乡里儿童的一句不经意的“笑问”（“客从何处来”），却格外萦回心头，格外上心、在意，以致竟将其作为诗的主体，浓墨重抹，妙笔趣抒，岂不诧异！其实，并无奇怪。恰恰说明，诗人具有很高的艺术修养。是诗人敏锐的艺术捕捉力和高超艺术手法的展现。

大千世界，客观景物和客观现象，何其丰富多彩！有些景物和现象，表面看似平淡无奇，一般人也不会在意。可其中也常常蕴藏有丰富内涵，能够引发出深刻的物理、事理和哲理，能给人以这样那样的启迪。敏感的诗人，具有较常人敏锐的观察力和接受力。当这种景象和现象进入眼帘时，便立刻会泛出耀眼的光彩，感悟其中的非凡意义，并很快能将其捕捉住，使其成句入诗。这便是我们常说的那种有很高艺术修养的诗人不同于常人的艺术目光。而善于将那些不为人注意，又最能表现诗的主题，最有风趣，又最能引人入胜的典型情节，巧妙入诗，精心构筑撩人心弦的诗情画面，又是诗人善于化平淡为神奇、化腐朽为神奇、化无趣为有趣高超艺术手法的所在。

上诗，诗人从回乡刚到乡时的短暂瞬间接触众多乡人的频繁问话和对语中，精心择取了一个最不为人在意的见面和问话情节，通过“不识”和“笑问”两个画面，组句成诗，不仅将主人公久客伤老之情推上了极致，而且还使人不感到过于悲伤和压抑，而是在笑声中接受了这凄楚的现实，让人浮想联翩，意味深长而又余音不绝，岂不绝妙之极。这恐也是这诗所以千古传诵而不朽的重要原因，是特别值得咀嚼回味的。

（二）亲友情

1. 慈母心和手足情

天底下最令人崇敬的称谓，莫过于父母了。

“哀哀父母，生我劬劳”（《诗经·小雅·蓼莪》，下两句同）。

“无父何怙？无母何恃？”

“父兮生我，母兮鞠我！拊我畜我，长我育我。顾我复我，出入腹我”。

古今中外，无论达官伟人，抑或凡夫俗子，只要通人性、晓人伦的，莫不以孝敬父母为荣，而以忤逆不孝为耻。尤其是对母亲，其孝敬之诚，往往非其他感情能比。

古今中外，讴歌慈母崇高贤善的文学作品比比皆是。可令人费解的是，表现这类题材的古诗词佳作，却并不多见。不知是不是笔者孤陋寡闻之误。在为数不多的讴歌慈母崇高情怀和母子情深的诗作中，唐诗人孟郊的《游子吟》(迎母溧上作)，可谓是情真意切的上乘之作。

慈母手中线，游子身上衣。临行密密缝，意恐迟迟归。谁言寸草心，报得三春晖？

孟郊，字东野，湖州东康（今浙江德清）人。家贫，壮年屡试不第，46岁时始中进士，50岁时方出任溧阳（今江苏溧阳）尉。大器晚成，诗人对家庭、对父母培育抚养之恩，自较常人有更多更深的感受。诗人为官后，思图恪尽孝道，回报母恩，是完全合乎人伦之情的。上诗题下有诗人自注：“迎母溧上作”，更见诗为报母恩而作。诗当作于溧阳任上。

可母恩母爱，浩荡多多，吟诵讴歌，又当从何着手？诗人自有独特而别致的视角。他既未概括母恩母爱大量事实放声讴歌于笔端，又未从众多感人情事中择其典型者细心刻画以抒怀，而是在母爱的汪洋大海中摘取一朵常见不鲜却又不太为人所注意的感情浪花——母亲在儿子远行前精心为儿子赶制御寒衣这样一件普通得再普通不过的小事，极尽细腻描绘和赤婉抒情之笔，竟将母亲对儿子博大深沉的爱以及儿子对母亲无限感恩之情，表现得淋漓尽致。诗人用常出奇之笔，也颇令人赞赏。

“慈母手中线，游子身上衣。”诗起便推出了两个活生生的人物形象：慈母和游子。从而为全诗铺垫形成了一个双向互动的氛围，能频增诗中双爱交织的情趣。接着，一感人画面便出现了：

一老眼昏花的母亲，右手撮着一根细细的针，针头上穿着一根长长的线，左手拿着一款崭新的布。只见她全神贯注、然而又熟练地舞动着右手撮着的针和线，一针一线地缝在左手的布上。慢慢地，这针，这线，这布，便变成了一件完整的衣服。原来这就是游子身上的衣呀！

目睹慈母成衣的过程，又会在人们思想上引发怎样的联想呢？

细细的针，长长的线，意味什么？意味着母亲那纤细而绵长的心。这布变成的衣呢？那自然是儿子身上的保暖、御寒之物了。

针、线、布、衣连在一起，显是告诉人们：母亲是在用她那颗纤细而绵长的心，在为远行儿子增加抵御风寒的温暖、以确保儿子的身心健康。多么可敬可爱的慈母心！儿子看在眼里，记在心里，自会益增对母亲的爱和对母亲的感恩之心。

然而慈母的心恐还非此止，她还有更多更深的思绪。

儿子马上就要出发远行了。此时此刻，母亲更担心的又是什么呢？不仅是儿子的温寒饱暖，更是儿子的迟迟不归和不能归。那将是最令慈母心如刀绞的。于是她缝呀，缝呀，一针又一针，一线又一线，密密地缝。母亲的心，显是要把自己的这颗爱子心都缝在衣服里，好让这衣服在为儿子御寒的同时，能更多地感受到家的温暖。不管走到哪里，哪怕是走到天涯海角，也时刻不会忘这温馨的家，能够尽早回来，不要“迟迟归”呀！

“密密缝”，“迟迟归”，将母亲对儿子的深情刻画得再细腻不过了。

母亲如此慈爱情深，那么，作为儿子，又有何感想、会作何反应呢？

显然，儿子也是深明大义的。他对慈母的爱，看在眼里，记在心里。总觉得无论怎样回报，也不能报答慈母那如日似月般的浩荡洪恩于万一。可他又实在找不出更准确、更恰当的语言来表达自己对母亲的深切的爱和极度虔诚的崇敬之情了。情急时，便不由得从心底爆发出了两句看似反问、实则是情更挚、语更切的愤语：

“谁言寸草心，报得三春晖？”

“寸草心”，心如寸草，极言儿子报母恩之力如细草般微弱纤小，不足挂齿；

“三春晖”，比喻慈母抚育之恩如春日般和煦温暖，浩瀚无垠。

两个比喻，用“谁言……报得……”串起，巨大反差中折射出的是一个远方游子知恩图报诚挚而浩繁的心。“迎母溧上”便是这浩繁孝心的行动。

“密密缝”、“迟迟归”，慈母涓涓情深的爱子图；“寸草心”、“三春晖”，其实也是一幅画——儿子知恩图报的反差写生画。两幅画组合在一起，一幅更感人的图画便又完美地展现在人眼前，这便是母慈子孝的人间真情图。诗人巧抒母爱，启迪孝行，张扬和谐，其用心和意境，何其深远！

还值得指出的是，《游子吟》这诗，共六句，其实也只有一个情节：“密密缝”；一句问语：“谁言……”。两者间，再无任何过渡语言和文字，却将母慈子孝这样一个最普通、也最为人称道的人间亲情演绎得足以催人泪下，真是难能可贵！

“诗从肺腑出，出辄愁肺腑”。苏轼《读孟郊诗》的两句，在这诗里得到了印证。而“密密缝”、“迟迟归”、“寸草心”、“三春晖”，四组两对复词，让人过目不忘，又不能不使人折服诗人那独到的遣词炼字功夫。

“天下无不是的父母，世间最难得者兄弟。”（清·程允升《幼学琼林·兄弟》）兄弟如手足。手足情，在我们这个古老国度里，也是一种仅次于父母的同根同脉的至亲情。

“常棣之华，鄂不韡韡。凡今之人，莫如兄弟。”（《诗经·小雅·常棣》）历史上流传下来许多手足情深的感人故事。值得特别一提的是，一些伟大杰出诗人，在这方面也表现出了高尚情操。他们从内心发出的那种“把酒看花想诸弟，杜陵寒食草青青”（唐·韦应物《寒食寄京师诸弟》）的同胞情怀，不仅有很强的亲情感染力，而且有深刻的思想内涵和感情浸彻力。

王维的《九月九日忆山东兄弟》，便是一首极具胞波情怀的思亲佳作。诗句明白如话，感情意味深长，尤富亲情哲理。

独在异乡为异客，每逢佳节倍思亲。遥知兄弟登高处，遍插茱萸少一人。

诗原注：“时年十七”，说明诗系诗人早期作品。

本章前节提到，诗人原籍山西祁县，少时随父移蒲州（今山西永济），遂为河东人。兄弟五人，诗人居长。为谋取功名，诗人15岁时即外出游学，图求进取。如前述，诗人后来官至尚书右丞，在皇帝身边掌管文书奏章事。但作此诗时却是初入长安。在长安尚未立稳脚跟。而诗人的四个弟弟当时都在山西老家蒲州。独客他乡，孤凄寂寞，思亲心切，在情理中。况又值佳节重阳，登高怀远，思亲尤切，更属必然。古蒲州位于华山以东，故诗题谓“忆山东兄弟”。非今山东省。

“独在异乡为异客”。

首句一个“独”字，两个“异”字，顿使人产生一种无可名状的孤凄感。久客之孤，佳节之凄，意境全出。这和本卷前节赏读的刘长卿《新年作》首句：“乡心新岁切”传递出的感情也有相似处，不过此句似更形象，更真切，更能引爆思乡、思亲情。

然尽管如此，这首句也还仅是就诗人当时的处境言，并未明言佳节思亲之甚。言佳节思亲甚的是下句："每逢佳节倍思亲"。可这句也未言眼前正在过的重阳节如何思亲，而是"每逢"。"每逢"非"某逢"，"佳节"，更非专指重阳节。可这诗作于诗人正在过的重阳节之时，自也包括重阳节在其中了。而且就诗人诗中要表露的感情说，似又主要指眼前正在过的重阳节。只不过诗人高屋建瓴，藏情于面，不是就时言时罢了。至于"倍思亲"，前面这个"倍"字，则又将远行游子这种思亲情推上了极致。

一句并无华丽辞藻的七言诗，潜心品读，既见诗人平日无时无刻的思亲、思乡情，又见诗人在所有节日里和正在过的重阳节更见浓郁的思亲、思乡情愫，诗人寓复杂感情于简朴哲语的抒情手法，岂不也见高超！

还需指出的是，这句平朴无华的七言诗，千百年来，人们总是挂在嘴边，每每脱口而出。特别是每当佳节来临时，人们怀念亲友，往往自觉不自觉地就想起这句诗，默默吟咏这句诗；人们还总爱用这句诗寄托对远方亲人的深切怀念之情；远方游子们则更是常爱用这句诗来表达和抒发自己对久别亲人的深情思恋。足见这句诗的非凡魅力。

诗人最先吟咏出这人人心中有、而已往笔下无且极具感情哲理的佳句，应该说也是对人类感情表达语言方面的一大贡献，这恐也是这诗之所以千古传诵不朽的重要原因。

诗具体抒发忆山东兄弟情怀的是后两句："遥知兄弟登高处，遍插茱萸少一人。"两句尤富胞波情趣。

重九登高，古之习俗，本义原为避祸。据《续斋谐记》载："汝南桓景随费长房学，长房谓曰：'九月九日汝家当有灾厄，急宜去，令家人各做绣囊盛茱萸以系臂，登高，饮菊花酒，此祸可消。'景如言，夕还，见鸡犬牛羊一时暴死。"重九登高即始于此。后发展为文人登高远足。茱萸，落叶乔木，茎可入药。插茱萸，饮菊花酒，均为避邪。

有意思的是，在这诗里，诗人并未说自己在这节日里如何登高思亲，怀念诸弟，甚至也不知他这一天是否真的在登高。可一个“遥知”，便见，诗人仿佛长上了翅膀，一下便从长安飞回了山西老家，飞到了诸弟身边。而且仿佛他亲眼看见四个弟弟在一同登高，“遍插茱萸”。

更有趣的是，也不知是谁忽然发现，在登高的兄弟中，少了“一人”。这“一人”是谁？无疑是诗人自己。

刚说诗人仿佛飞到了诸弟身边，看见诸弟在“遍插茱萸”；忽又说少了“一人”——不见了诗人自己。同一情节的诗联里，竟出现两种完全不同的感观意象，岂不矛盾？其实不然，这也正是诗人高超艺术手法的展现：将“想”（“遥知”）和“见”（诸弟眼中“少一人”）统一在一起，使得诗有隐有现，有真有幻，扑朔迷离，令人目眩。而在“想”、“见”、真、幻中，凸显的又是诗人对诸弟的深切怀念之情。“想”、“见”、真、幻，无一不是诗人对诸弟极度思念而形成的感觉和幻觉。

这里还需特别提到的是，“少一人”三字，看似再平白不过了，可细品却见蕴含极丰。手足情深之笃，独客异乡之凄，思念诸弟之切，尽隐其中。

家有四弟，“少一人”，诗人兄弟五人无疑。五人年年一同登高远足，同饮菊花酒，足见手足情深，亲密无间。偶有分离，便有“少一人”之叹，岂不更见情笃，此其一。

其二，遍插茱萸“少一人”。一人何处？“独在异乡为异客”。时值佳节，独自异客他乡，岂能不倍增伤感！

其三，遍插茱萸“少一人”，应是诸弟为长兄不在而悲。可诗为诗人怀念诸弟作。不说自己思念诸弟心切，却说诸弟如何思念自己，岂不更见诗人思亲之甚。不说思念，更见思念；不言悲伤，更箸悲伤。

“少一人”之说，语平意丰，隐而弥彰，堪称诗坛少见的绝笔。

全诗四语，前两句情发长安（诗人时在地），心驰蒲州（诗人老家、诸弟正在地）；后两句意在蒲州，情达长安，却更见长安情笃。长安，蒲州，相距数百里。而在诗中，架起这无形情桥的，又只有“遥知”二字。“遥知”，既有迢迢遥想之情，更有息息相知之意。相知相思，岂不更见手足情深。二字之用，也恰到好处。

杜甫《月夜忆舍弟》，将思亲和国难、家忧紧密联系在一起，手足情深，尤见真挚。

戍鼓断人行，秋边一雁声。露从今夜白，月是故乡明。有弟皆分散，无家问死生。寄书长不达，况乃未休兵。

这是759年秋、关内大旱时、诗人举家南迁，在秦州（甘肃天水）一带滞留时作。

时，安史之乱尚未平定。诗人的两个弟弟，一在河南，一在山东，全家不得团圆。诗人流离颠沛，上思国难，下忧家园，更念二弟，心情沉重，故有上作。

时属秋夜，明月皎洁。诗人思弟心切，不由得泛起阵阵“忆”漪。

“戍鼓断人行”——闻戍鼓而忆。

“戍鼓”，古战时城楼上戍夜之鼓，击鼓后人们便不能再在街上行走。闻戍鼓，自然会想起因战乱而离散的舍弟，倍增思念之情。

“秋边一雁声”——闻雁声而忆。

雁，候鸟，每年春分后飞往北方，秋分后又飞回南方。一声知秋，雁南归矣，人何时能够团聚，自会更发遐思。

“露从今夜白”——见露白而忆。

“露白”即“白露”，二十四节气之一。《月令72候集解》：“八月节……

阴气渐重，露凝而白也。”这时我国大部分地区天气渐凉。岁寒思亲，在情理中。

“月是故乡明”——望明月而忆。

故乡的月，最能牵动离人心扉。

一连四句，两闻两见，句句不离“忆”，句句深嵌月夜思弟之情。诗从“忆”起，开门见山，直抒胸臆，可谓妙笔。

尤其是上面后两句：“露从今夜白，月是故乡明”，更见妙绝。两句直白，不过是今夜露白、故乡月明，是叙时状景语；诗人妙笔，变谓语为主语，中加一“从”字、一“是”字，顿化平凡为神奇。不但益增亲情、乡情之甚，而且隐见时局之艰，流离之苦，回乡团聚愿望之切。这种颠倒用语、变而出新的修辞技巧，是诗人长期实践“为人性癖耽佳句，语不惊人死不休”修辞理念创造出的许多遣词成句方法的一种，值得很好学习和借鉴。

月夜忆舍弟，至此，应该说已情至意尽了。手足情，至此，还能所向何方呢？然而，伟大诗人的心，又决定他不会只关心自己的两个弟弟。由舍弟之思还必然会引发出更广、更多、更深的思绪。由舍弟而全家而更多的家，以至对整个国家面临形势和前途命运的深切忧虑，便是诗人当时思想发展所必然会引申出的思想走向和发展脉络。而这也正是后四句诗的深刻思想蕴含所在。

“有弟皆分散”。这个弟恐不仅是舍弟，而是泛指普天下的兄弟。战乱致兄弟不能团聚，骨肉分离，岂非“有弟皆分散”乎！

“无家问死生”。这个“家”恐也不仅是诗人自己的家，而是众多遭受战乱摧残的“家”。战乱令众多家庭妻离子散，生死不明，岂非有家变成了“无家”，还怎能问家人的生死呢？

“寄书长不达”，战乱不但致家人离散，骨肉分离，而且音信断绝，消息全无，这是更令人凄楚的。诗人此前写的《春望》诗中，就有“烽火连三月，家书抵万金”句，可见战时人们对家中音信关注之甚。

上三句，实是将战乱给广大劳苦百姓带来的苦难用百姓自己的切身体验和感受概括一尽了，令人频增辛酸悲楚情。

自然，诗人并不是反对一切战争。这诗谴责的战乱是当时——唐王朝时给国家和人民带来深重灾难的安史动乱。令人遗憾的是，直到诗人写这诗时，动乱还在继续。其时，叛军史思明部队正从范阳（今北京）南下，陷汴州（今河南开封），西进洛阳。

“况乃未休兵”。诗人为这场动乱还将继续给百姓带来巨大苦难而忧戚，但也隐示这场战乱持续的时间不会太长。两年后安史之乱果平定。

白居易《自河南经乱关内阻饥兄弟离散各在一处因望月有感聊书所怀寄上浮梁（今江西浮梁县）大兄于潜（今浙江于潜县）七兄乌江（今安徽宿县，应为和县——笔者注）十五兄兼示符离（今安徽宿县）及下邽（今陕西渭南县）弟妹》，也是一首乱世怀念诸兄弟妹的动情之作。全诗白描，无雕砌痕迹，词语平实而含义深挚，“一气贯注，八句如一句”（蘅塘退士评语），读之如提壶倒浆，一倾而出。

时难年荒世业空，弟兄羁旅各西东。
田园寥落干戈后，骨肉流离道路中。
吊影分为千里雁，辞根散作九秋蓬。
共看明月应垂泪，一夜乡心五处同。

诗当作于唐德宗贞元十五年（799 年）秋。

时，诗人因“僭越言事”，被贬江州司马（原为东宫赞善大夫）。

时，内地河南宣武节度使董晋死，部下率兵叛乱。接着北方彰武节度使吴少诚又叛，加上关内大旱，百姓饥荒频仍。诗人独贬江州（今重庆市），而诸兄弟妹都分散在内地五处：浮梁（今江西景德镇市北浮梁）、于潜（今浙江西部）、乌江（今安徽和县）、符离（今安徽宿县东北）、下邽（今陕西渭南东北）。连同诗人贬地，他们兄弟妹分布地应为六处。诗人与兄弟妹相距最远的于潜约 2300 余公里，最近的下邽也有 1300 余公里。关山阻隔，音信不通，诗人思念诸兄弟妹之甚，可想而知。诗便是在上述情况下作。

“时难年荒世业空”。“难”、“荒”、“空”，三悲字连在一起，顿将诗人作此诗时时局之艰、岁月之惨、百业凋零之甚描绘一尽，令人唉叹不已。唉叹之余，也见诗人对当时朝廷腐败之愤和对自己被贬之怨。

可令人略感诧异的是，接下来，诗中却不再见国难时艰和朝政腐败的续景，也不见诗人被贬后的辛酸凄楚情，而是另一幅别样图画：“弟兄羁旅各西东”。何也？显是要告诉人们，国难时艰是致骨肉分离的直接原因。也更见诗人对诸兄弟妹处境忧虑之甚。“各西东”，纯口语，用来代言骨肉分离，不但形象、生动，而且语意恰切：东西南北，天各一方。

诗中四句：“田园寥落干戈后，骨肉流离道路中。吊影分为千里雁，辞根散作九秋蓬”，其实是“各西东”的具体表述。缩言之，又可概括为四组悲词，即：家破（“田园寥落”）、人亡（骨肉分离）、影孤（形单影只）、踪无（飘浮无定）。可在诗人笔下，却精彩多多。四句两联。前联，“家”、“人”相连，倒装成趣；后联，“影”、“踪”相通，妙喻生花。

“田园寥落”，凸显在“干戈”之后，战乱给众多家园带来的毁灭惨况如见如现；

“骨肉流离”，彰显在“道路”之中，更见亡命天涯之苦。

李密《陈情表》有“茕茕孑立，形影相吊”句。“吊影分为千里雁”，既有雁行有序、象征兄弟情深、不可分离之情，更有独飞千里、“茕茕孑立，形影相吊”之楚。

而“辞根散作九秋蓬”，则更有情同小草（蓬，草名，茎高尺余，叶如柳，开小白花）、秋枯根拔、风卷而去、香飘无踪之悲。

“千里雁”，“九秋蓬”，用“千里”饰“雁”，用“九秋”饰“蓬”，在茫茫时空中尽展手足情，新颖而别致的比喻尤令人震撼。

然而，通读全诗，尤令人动情、动容、感慨之至的，也还是诗的后两句：“共看明月应垂泪，一夜乡心五处同。”

国难时艰，骨肉流离，天各一方，在当时情况下，诗人当然知道，兄弟团聚，难如登天。看来只能继续天各一方了。

此时，夜已深沉，皓月当空。

“此夜一轮满，清光何处无”（晏殊）。

“唯江上之清风，与山间之明月，耳得之而为声，目遇之而成色”（苏轼《前赤壁赋》）。

月，是最不受地理条件限制、人人皆能共享，又最能寄托对远方亲人缥缈情思的天外之物。“千里共婵娟”，恐也是诗人当时唯一能得到满足的心愿了。

诗人寻思，此时此刻，分散在内地的五兄弟妹，也一定会和自己一样，站立各自羁旅的门前，在一同望月垂泪、思念远方的兄弟和那可爱的故乡，希望都能回去团聚呀！

“垂泪”显是愿望难以实现之泪。

“一夜乡心五处同”，这个“同”则是五个兄弟妹和诗人的心相同，那自然是六处的六颗心了。

在万籁俱静的月夜，在相距数百里乃至数千里的六处，六兄弟妹在同一时间，一同对月垂泪，思亲怀乡，这是一幅多么动人的亲情图画呀——古老神州最感人的棠棣图！

2. 两位伟大诗人的深情厚谊

古诗词中，讴歌友情、友谊的诗作可谓汗牛充栋。佳句佳作也不胜枚举。

文人相轻，文人无行，这是旧时社会一些人对某些思想品味低下的文人的贬语，绝非整个文人队伍的定评，更非对真正文人和文人队伍思想道德素质的准确概述。

真正的文人和文人队伍，其思想道德素养是高尚而高雅的。他们胸怀辽阔，最讲信义而又最重感情。特别是在友情方面，许多诗人不但表现出了高尚情操，而且为后人留下了许多光彩照人的佳句，如——

“海内存知己，天涯若比邻”（唐·王勃《杜少府之任蜀州》），“青山一道同云雨，明月何曾是两乡”（唐·王昌龄《长歌行》），“肝胆一古剑，波涛两浮萍”（唐·韩愈《答张彻》），“推心置腹，开诚布公”（唐·张九龄《新贤第一章》）等，便是他们在“友情”这个最富高雅情趣问题上思想感情的真实流露。古今许多友情佳话，也多出现在他们中间。

我国历史上两位最伟大的爱国诗人——李白和杜甫，他们一生中用诚挚的心结成的友谊，以及他们在相互交往留下的诗作中所表现出来的那种纯真无邪的感情，堪称千古友情佳话之最。

两位伟大诗人的出生地，一在唐安西都护府所属的碎叶，即今吉尔吉斯共和国境内；一是河南巩县。相距数千里。李白五岁时随父迁居绵州（今四川江油），离河南的杜甫也有千余里。

他们少时根本未见过面。第一次见面是唐天宝三年，即 744 年，地点是洛阳。两人同游开封、商丘等地后即分开。第二年又在山东兖州见过一面，此后再未会面。

令人称道的是，两位伟大诗人一见面，便立即产生了深厚感情，直到去世，两位伟大诗人之间的友谊始终绵绵无绝。

特别是杜甫，一生中似乎总是在深情地怀念着李白这个“飘逸不群”的诗友。尤当李白落难之时，怀念之情愈炽。

唐安史之乱中，李白因永王璘事受牵，被流放夜郎（今贵州桐梓县境）。时，杜甫正在秦州（今甘肃秦安北），闻讯倍感忧愤，随即赋诗《天末怀李白》：“应共冤魂语，投诗赠汨罗”。惜其与屈原同冤。可就在这时，李白中途遇赦。而杜甫当时不知，仍忧心如焚。当听到李白途中可能堕水而去时，则更是悲痛欲绝。忧思成梦，遂留下了下面两首感人肺腑的千古绝唱：《梦李白》二首。

其　一

死别已吞声，生别常恻恻。
江南瘴疠地，逐客无消息。
故人入我梦，明我长相忆。
恐非平生魂，路远不可测。
魂来枫林青，魂返关塞黑。
君今在罗网，何以有羽翼？
落月满屋梁，犹疑照颜色。
水深波浪阔，无使蛟龙得！

其　二

浮云终日行，游子久不至。
三夜频梦君，情亲见君意。

告归常局促，苦道："来不易。
江湖多风波，舟楫恐失坠。"
出门搔白首，若负平生志。
冠盖满京华，斯人独憔悴！
孰云"网恢恢"，将老身反累。
千秋万岁名，寂寞身后事！

通读两诗，一个对友人——和自己一样的另一位伟大诗人——无比深情的"爱"和极度虔诚的"敬"的高大形象展现在眼前，令人崇敬。

尤值得崇敬的是，上面说的这"爱"和"敬"还是通过"梦"来传递的，这又不能不更给人一种特别虔诚的神秘诚挚感。何况还是做梦连连。而有"梦"必有醒，梦梦醒醒，益增情趣。两诗均起为梦因，中为梦景，后为梦醒和醒后情，醒——梦——醒，织成绝妙文字。但在具体内容上，又各有侧重。前篇，凸显的是梦中人处境之艰危和对梦中人生命安全的关切，显见梦人对梦中人爱之深；后篇，则主要是嗟叹梦中人的落难和失意，为梦中人鸣不平，表现诗人对梦中人相知之深和梦中人的崇高伟岸。各有侧重的"梦"，折射出两位最伟大诗人的心心相印。细品两诗，尤给人以独特的艺术享受。

"死别已吞声，生别常恻恻"。诗起便见阴风骤起，吹来一片悲怆之气，令人不寒而栗。这是"梦"的凄楚。

可"梦"未至，却先有"别"，"生别"之前还有"死别"。何也？盖"梦"从"别"起，而"死别"又是"别"中之最令人凄楚者。

可又奇怪的是，在这诗里，诗人并未以"死别"为最，而是说"死别已吞声"，"生别常恻恻"。这意思显是说，人死了，不能复活，生者只能"吞声"忍痛。而"生别"则不然。它会长久地折磨人，使人"恻恻"

难忍。这也无疑是说，在某种时候，某种情况下，“生别”又是最令人悲痛的。何以会有此感觉？原因在于：诗人的挚友李白和诗人正在“生别”之中。将“生别”提到比“死别”更令人难以忍受的地步，便更见诗人对好友急切思念之甚。这也是一种提高起点的抒情手法。

好友被逐，已是“恻恻”难忍；尤令人揪心的，好友流放之地，又是蛮荒僻远、恶疾盛行的“江南瘴疠地”，而且被放逐后一直消息全无，自会更令挚友心焦如焚。

日有所思，夜有所梦。“故人入我梦，明我长相忆”，诗人梦乃“长相忆”所致，多么直截了当！

如果说上面六句是醒时情，那么接下来六句便是梦中景了。

说是梦中景，可在具体表述上却又不似梦中通常会有的那种纯粹的虚无缥缈、恍惚迷离，而是句句有真情实况和合理情节为依据。

“恐非平生魂，路远不可测。”友人途中堕水而去的传闻在诗人自答中得到隐现。

“魂来枫林青，魂返关塞黑。”“魂”显非真人，但一来一去，以及来时经过江南一带青青的枫林和返回时经过黑沉沉的秦陇关塞的情景，却依然真真切切，历历在目。

“君今在罗网，何以有羽翼？”友人被贬僻远，突然“到来”，自会引起种种疑猜。“羽翼”之想虽属幻觉，但也有诗人念友心切、希望能有奇迹出现、令友人能一下飞到自己身边的心愿。

以梦写真，真藏梦中，亦真亦梦，疑真疑幻，诗人巧借梦景园情之笔，亦堪称高妙。

诗的后四句则是梦醒时的光景以及梦醒后对友人的担心和深情祝愿，更见对友人生命的关切。

“落月满屋梁，犹疑照颜色。”梦醒时在皎洁的明月下还仿佛能见到梦中人的容颜，多么情真意切呀！

“水深波浪阔，无使蛟龙得！”江南多水，深水有蛟龙。隐然又见传说可能堕水的阴影。

《梦李白》（二）似不如（一）隐约多变，但诗中两位伟大诗人的友谊却更见深挚。

“浮云终日行，游子久不至。”

李白有首题为《送友人》的诗，其中两句是：“浮云游子意，落日故人情。”是以“浮云”比游子心：飘忽无定；而以“落日”喻故人情：难舍难分。

杜甫上两句显系化李诗而来，但又嵌新意，给人以新的情思：“浮云终日行”，“游子”（友人）何以会久去不归？祈盼友人归，此其一；其二，“久不至”不等于不至，暗示友人总有归来之时，这也是诗人的最大心愿。化而出新，也见诗人的善化功夫。

“三夜频梦君，情亲见君意。”

果然友人翩然而“至”，只不过不是“人”至，而是“魂”至，而且是“三夜频梦君”，岂不更见诗人思念之甚。不过，这里对梦因的表述却又与前诗中的表述略有不同。前诗是“故人入我梦，明我长相忆”，是你入我梦，明我忆你；而这诗则是我梦你，见你与我感情亲近。其梦同，梦因有我有你，有忆有亲，岂不更见彼此友爱情深。

紧接的六句也是梦中景，可也不似前诗梦景之疑幻多变，而是直笔梦中人之形、之言、之心境。

“告归常局促”——形；

“苦道：‘来不易……’”——言；

“出门搔白首，若负平生志”——心境。

种种情态，如见如现。

《梦李白》（二）的重心和精粹是后六句的“醒后情”。六句虽均系慨叹，但蕴涵其中的巨大反差、深刻哲理以及那惊天动地、慨古叹今的呼喊，却将梦中人——我国历史上最伟大的诗人之一——李白的光辉形象极其悲惨的一生倾诉一尽，令人景仰。同时也衬出另一位伟大的诗人杜甫对这位伟大诗人相知之深、相爱之甚，以及浩瀚思想之深远和深邃。

“冠盖满京华，斯人独憔悴！”

“冠盖”，旧指仕官的冠服和车盖，也作仕官的代称。

京城里到处都是高官厚禄的显赫权贵，唯独这个伟大诗人却失意潦倒，形容憔悴。多么巨大的反差呀！反差，道出了社会的畸形，也道出了伟大诗人对另一个伟大诗人悲惨遭遇的同情以及对当时社会制度的憎愤。可在当时社会，诗人又能如何呢？他只能直诉上苍了——

“孰云‘网恢恢’，将老身反累。”

《老子·道德经》：“天网恢恢，疏而不失。”“天网”意为天理。“恢恢”，宽广浩荡貌。谁说天理那么宽广浩荡、“疏而不失”呢？怎么这个才华出众、卓尔不群的伟大诗人，到老了反要身受其累？善有善报、恶有恶报，像李白这样的奇才、伟才，怎么就不能得善报呢？“天网恢恢”何在？李白时年 59 岁，故曰“将老”。

诗人直诉上苍，自然不会得到回答。然而公道自在人间。

“千秋万岁名，寂寞身后事！”

千秋万代，名垂青史，万古流芳。不过，那是伟大诗人寂寞身后的事了。

多么崇高的评价！多么深沉的痛惋！多么有历史远见的悲哀！几个“多么”集于一处，也更见诗人思绪之深和对友人敬爱之挚。

诚然，历史是公允而无情的。漫漫历史，不知湮没了多少显赫一时、权倾朝野的公侯权贵，也湮没了许多名噪一时的英雄人物，可是却没有也不会湮没像李白这样的伟大诗人。尽管这诗人一生备受磨难，坎坷寂寞。“李杜文章在，光焰万丈长”。随着历史潮流滚滚向前，他——伟大诗人的英名及其在我国文坛上的辉煌和卓越，还会放射出愈来愈耀眼的光彩。

梦李白，上，显非梦语，而是饱含深刻哲理的至理名言，是千古不朽的文豪赞歌。

3. 李白豪旷飘逸的恋友情结

上面主要是从杜甫在李白晚年落难时写的两首梦李白的诗中，体味两位诗人的深情厚谊，并非两位诗人相互关爱和相互交往诗作的全部。碍于篇幅，他们这方面的诗作也不再赘陈笔端、一一赏读了。这里要着重指出的是，两位伟大诗人，一生中都还写过许多有关友情方面的诗，真切地表现了伟大诗人对友情的珍重和在友情问题上的博大胸怀，是千古不朽的友情之歌，值得反复咀嚼和回味。下面赏读的是李白的几首友情诗。

李白一生漂泊，交游遍天下，非常重友情。他写的许多有关友情方面的诗，和他的其他许多诗作一样，也有个显著特点，就是豪旷飘逸，情真意挚。这主要又体现在他那众多的送别诗中。《黄鹤楼送孟浩然之广陵》，和他的一些传诵很广的名篇一样，是古诗词中的极品，也是友情送别诗中的佼佼者。

故人西辞黄鹤楼，烟花三月下扬州。
孤帆远影碧空尽，唯见长江天际流。

读诗题便知，这是李白在湖北武昌黄鹤楼送友人孟浩然去广陵（今江苏扬州）时作。

孟，襄阳（今湖北襄阳）人，盛唐著名诗人。一生未官，但与李白相交甚厚。李白曾专门作诗赞其高洁。诗云：“吾爱孟夫子，风流天下闻。红颜弃轩冕，白首卧松云。醉月频中圣，迷花不事君。高山安可仰，徒此揖清芬！”（《赠孟浩然》）这诗后人评论对孟推崇有过，但说明李孟确系挚友无疑。

挚友远行，诗人登高话别，赋诗抒怀，在情理中。按说也无特别新奇处。可这诗，高情远韵，独具风骚，非一般诗词佳作能比。在写作上，尤具一般送别、抒情诗所望尘莫及的神韵和特色。

作为送别诗，它一不见殷殷切切的送别之言，二不见依依惜别之状。字里行间，唯一能见到的就只有送别的时间、地点、友人的去向以及送别时高远开阔的景状。可就在这极其平常的时、地、景中，却深嵌诗人对挚友的涓涓情深和诗人那豪雄飘逸、神情飞扬的浓浓情趣，岂不新颖和别致！

同样，作为抒情诗，它既无婉婉曲曲的感人情事，又无脉脉含情的情话和情语。通篇就只有由好友（“故人”）、名楼（“黄鹤楼”）、胜地（“扬州”）、旷空（“碧空”）和巨江（“长江”）等极具美感和极具诗情画意的人、地和胜景组成的极具动感（“西辞”、“下”、“尽”、“流”）的画面。可在这画面里，也更见诗人那昂扬风发、飘逸潇洒、奔腾不息的情志，岂不更见神奇。

那么，诗人究竟是怎样吟成的这千古绝唱？下面不妨循诗人送友时的心情、心绪和心境，赏读这诗之奥秘。

“故人西辞黄鹤楼，烟花三月下扬州。”

“故人”即被送友人孟浩然；送别地，湖北“黄鹤楼”；送别时间，“烟花三月”；友人去地，扬州。扬州在黄鹤楼东，故曰“西辞”。

短短两句，送别之要，交代再清楚不过了。

那么，这诗的前两句，要告诉人们的，就仅是上面这些送别之要吗？否。细品便见，人、时、地后，是一个令人缥缈的神奇世界。

黄鹤楼，我国古老而神奇的名楼，坐落在今湖北武昌蛇山黄鹤矶上，下临长江，传为神仙驾鹤登仙之处。

崔颢有名诗：“昔人已乘黄鹤去，此地空余黄鹤楼。黄鹤一去不复返，白云千载空悠悠。晴川历历汉阳树，芳草萋萋鹦鹉洲。日暮乡关何处是？烟波江上使人愁！”（《黄鹤楼》）

昔人，传为三国蜀人费文帏，曾在此乘鹤登仙而去。崔诗系借此婉抒失意怀乡之情。

《黄鹤楼送孟浩然之广陵》中的“故人”孟浩然。前面提到，李白曾写诗赞其“红颜弃轩冕，白首卧松云。”那是在黄鹤楼送别后作（《赠孟浩然》作于唐开元十八至二十八年间，而《黄鹤楼送孟浩然之广陵》成于开元十六年）。由此前推，孟氏此去，似为“弃轩冕”、“卧松云”之举。送友飘仙，何其惬意！况又时值“烟花三月”的阳春；友人所去之地，又是“天下三分明月夜”、“二分无赖”的扬州。如此美好时节，如此神奇去处，又怎能不令人神思缥缈呢？

然而，诗人的送，又何尝不无凄楚！诗人会知道，孟氏其人，其实并非无用世之心。他曾不止一次在诗中流露：“魏阙心常在，金门诏不忘”，想为朝廷尽忠，只因“欲渡无舟楫”，才不得不“徒此揖清芬”，致辞黄鹤而去。李氏之送，能无伤感！

至于友人要去的扬州，诗人也并不陌生。一年前（开元十四年），它曾在那里流连徜徉了近一年时间。那是一个烟柳弥漫的繁华之乡。诗人在这里“散金三十万”（李白《上安州裴长史书》），而“功业莫从就”

（李白《赠赵征君蕤》）；孟氏之去，又能如何呢？“黄鹤一去不复返，白云千载空悠悠”，“日暮乡关何处是？烟波江上使人愁”。崔颢吊古怀今之叹，又何尝不是诗人黄鹤楼送挚友之广陵之忧！

诗人和好友孟浩然究是何时和怎样登上黄鹤楼的，两人在黄鹤楼上把酒话别，是否话及了上述令人忧虑的问题，不得而知。但后面的诗却又使人能隐约感觉到，上述话题会在两位挚友嘴边坦诚流淌，只不过这话语和细节都被诗人神奇而跳跃的笔给隐在诗后了。这种将事情的某种过程和某些情节隐于诗后的写作方法，在古诗词中也常有所见，是一种很高明的抒情手法。

但隐匿不是事情本身的虚无，也不是事件过程的超越，而是事件运行的潜隐。事情本身还在进行中，只不过字里行间表面，不为读者所见罢了。读者能感到的，是情节和时间的跳跃。

此时，友人似已登舟进发了。于是诗人便站立在楼前，饱含深情地相送。但见，那古老而神奇的黄鹤楼上，一个意气风发、才华横溢的伟大诗人（时诗人年方 28 岁），双目炯炯凝视前方，凝视友人将要直驶而去的江面。面对滚滚波涛，他心潮起伏，不能自已。那么，此时他又在思忖什么呢？诗中仍未明言。但联系诗人当时的情况和心境，似乎也可以推知，诗人此时极可能是在思忖：像孟浩然这样的“风流”才子，竟然不得重用，不能仕进，要“西辞黄鹤”而去；他自己初入长安，又将会遇到怎样的情况、出现怎样的结局呢？他雄心勃勃，但不无忧虑。况初入长安后，他已遇到一些磕绊和梗阻。

此时，友人的行舟显已疾驰如飞了。诗人的双目和心扉，也像离弦的箭一样，随着友人的行舟，风驰电掣而去。船渐渐地消失在水天连接处，“孤帆”随碧空而“尽”。诗人终于看不到友人远去的船影了。诗人的双眸，便久久定格在那茫茫无边的天际处。突然回眸，哟！但见那浩渺长江，却依然奔腾不息，茫茫无际，在默默东流。人去矣，江自流，诗人更著感慨。

“孤帆远影碧空尽，唯见长江天际流。”

多么平朴而又意味深长的素描和感慨呀！

孤帆，远影，随碧空而尽，多么优美的景观！可一个“孤”字，一个“远”字，一个“尽”字，却又告诉人们：友人远去矣。友人辞“黄鹤楼”而去，何尝不是离红尘而去，而去者又是“风流天下闻”的才子，岂不更见当时社会制度之哀！唐王朝由盛趋衰的端倪可见。

人去矣，江自流。这“流”，要告诉人们的，似内涵更丰。

“唯见长江天际流”，最先展现在人们眼前的，无疑是山河湖泊、宇宙乾坤的奔腾不息，旋转无已，是宇宙乾坤的永恒变势在“流”。“君不见黄河之水天上来，奔流到海不复回。”诗人此前发出的这旋转乾坤的呼唤，此时就凝结在这水天相接、茫茫无际的“流”字上。

不过，此时的“流”又和人去楼空相连。人去楼空，可乾坤依旧转，山河照样流。诗人心胸何其宽广！

杜甫《戏为六绝句》：“尔曹身与名俱灭，不废江河万古流”。被诗人誉为“高山安可仰”的挚友离去，又何尝能泯灭其“风流天下闻”的光辉！一个“流”字，更展诗人对挚友的由衷敬慕。这恐也是“唯见”句诗人精心构思的重要思想内涵所在。尽管世人对孟氏其人有不同认识。

自然，这“流”，也是挚友情深、临别依依、难舍难分的感情潮水在“流”：人远去，彼此友谊不会断绝，如同长江水，绵绵无尽时。

这“流”，恐还是诗人那“长风破浪会有时，直挂云帆济沧海”的雄心壮志和勃勃豪情在“流”。“天生我才必有用，千金散尽还复来。”诗人坚信，一旦时机到来，一定会长风直驶，大展雄图。

面对浩渺长江，诗人的心胸、感情、思绪何其浩荡！友情送别诗之送，真是旷古难觅。

和《黄鹤楼送孟浩然之广陵》相似，李白还写过许多情长意深、高尚、高雅而又优美别致的友情送别诗。《渡荆门送别》是其中的又一名篇。

渡远荆门外，来从楚国游。
山随平野尽，江入大荒流。
月下飞天镜，云生结海楼。
仍怜故乡水，万里送行舟。

和《黄鹤楼送孟浩然之广陵》不同的是，该诗中送别的友人不知究系何人。然细味全诗，似也可推知，这友人极可能是和诗人同为蜀人的乡友（李白五岁时随父迁居绵州）。

“渡远荆门外，来从楚国游。”

显然诗人不是在蜀中和友人告别，而是和友人从蜀中同舟共发，沿江东下，过荆门口，将友人一直送到湖北（楚国）才分手。

按地图推算，他们分手的地点应为今湖北省宁都县西北、长江南岸之荆门山。

“荆门”即荆门山，隔江和虎牙山对峙。江流湍急，战国时为楚国的西方门户，称为“楚之西塞”。从蜀中至荆门山，行程千余里。诗人不远千里同舟而送，足见两人友谊之深。

不过，这诗又如上诗，通篇也无切切话别之言和依依惜别之语，甚至连送行的具体时间以及被送人究竟要去何处，也无明确表述。不似上诗有“烟花三月下扬州”之句。全诗的重心是对送行途中自然风光的浓墨重抹，极抒诗人当时豪雄旷逸的胸襟。

请看诗中的这四句：

“山随平野尽，江入大荒流。”

连绵起伏的山，随着广阔平原的到来，山形愈来愈小，渐渐地便消失殆尽了。而那浩渺长江，一进入这辽阔的原野，那奔腾的江水，又如同涓涓细流，在广袤而苍茫的大地上缓缓流淌。这是何等开阔、壮丽的景观呀！也是长江出巴蜀入平原后的实景。诗为诗人出蜀前作。时，诗人意气风发，雄心勃勃，和上述景观昭示的意境是相通的。

“月下飞天镜，云生结海楼”，更见江流平原之美和诗人心境之幽。

在皎洁的明月映照下，那浩瀚的长江，俨然一面飞在天上的明镜，分外明亮、纤洁；而江面的美景倒映在空中，和空中的云霞缭绕成趣，神奇变幻，又不由得使人想起那传说中的海市蜃楼，奇妙无比。

前两句，一个“尽”，一个“流”，两个字，将长江由山区入平川的雄浑开阔景象，隐衬得如见如现，令人心胸寥廓；后两句，一个“飞天镜”，一个“结海楼”，两个比喻，更将月夜长江在平原上奔流、天上地下、空中水面交相辉映的奇观，烘托得令人如痴如醉，真乃绝妙神来之笔。

送行诗，重在送别。何以如此浓墨重抹写景？以景言情，以景为送，古人和古诗中惯常之笔。美景如画，挚友同舟话别，多少深情厚谊，岂不尽在其中！豪旷飘逸更见情深。

尽管如此，也还是不能减少挚友依依惜别之情。

“仍怜故乡水，万里送行舟。”不远千里（“万里”显是文学语言的夸大形容）相送，同船共发，这种深情厚谊又绝非任何美景所能消弭和排遣得了的。景色愈美，也愈能折射和衬托出送行人送友的一片情深。

“仍怜”二字，则更将送行人对被送者的友谊推上了极致，而且凸显出了对同饮故乡水的乡友的特殊感情，尤见送友情挚。“怜”，宠爱、怜爱意。长江源经川蜀，故诗人曰故乡水。

李白豪旷飘逸的恋友情结，在上两首送行诗中，如果说主要还蕴含在对自然景物和自然风光的描绘和抒情中；那么，下面两首，友情的含蓄便一变而为袒露直白了，也更见浓烈。不过，袒露中仍不乏含蓄，直白中却有妙笔，浓烈中更见激越。《闻王昌龄左迁龙标遥有此寄》，便是一首融含蓄、袒露、直白、浓烈、激越于一炉的怀友佳作。

杨花落尽子规啼，闻道龙标过五溪。
我寄愁心与明月，随风直到夜郎西。

王昌龄，字少伯，江宁（今南京）人，也有说是太原（今山西太原）和京兆（今陕西西安）人。盛唐著名诗人。在盛唐诗坛上，他也是璀璨的群星中的一颗。李白在长安供奉翰林时，便与他有密切交往，是李白的诗坛挚友。

王性格与李白也有相似处。一身傲骨，蔑视权贵，致两度遭贬。安史之乱时竟为刺史闾丘晓所杀。

李上诗作于天宝七年（748 年）。

时，王由校书郎贬江宁丞后再贬龙标（今湖南黔阳）尉，而李此时正在南京、安徽等地漫游，闻讯，倍感伤楚，便即作上诗以寄。古人以右为尊。“左迁”即为贬官。

这里还需特别提及的是，王昌龄当时获贬，其实并无大过。据《新唐书·文艺传》记，充其量不过“不护细行”而已。可在当时，却“谤议沸腾”。以致连他自己，似也有难言之隐。以致要以“一片冰心在玉壶”婉答洛阳诸友之“问”（见《芙蓉楼送辛渐》）。可李白却毫不为“谤议”所动。当得知其获贬消息后，竟毫不犹豫，第一时间便痴情赋诗，不远数千里以寄，足见诗人对这位诗友感情之深。诗中传递出的别致情怀和情心——愁心寄月，尤见诗人怀友至诚至真。

“杨花落尽子规啼”。

首句便见情真意切。

“杨花”，柳絮。“杨花落尽”，柳絮飘零。花落则零落成泥，飘零则粉身碎骨。隐见好友命运难测。也见诗人自己身在泊中，无柳可拆，不能相送，更箸悲哀。

“子规”，即杜鹃鸟。杜鹃泣血，其声凄厉。“啼”不同于“鸣”和“叫”，啼声更哀，骇不忍闻。

一花一鸟，一形一声，既是暮春景象的素描，也是怜友悲惨境遇的写景，更是诗人念友情深感情的流露。一语三味，可谓语朴意丰。

首句，借景言时彰情，已见情浓意蜜；下句，以地叙事，尤见情深。

“闻道龙标过五溪”。

“闻道”，颇有突如其来的惊诧感，令人夺目惊心。也有将信将疑的奇异感，隐嵌忧愤和不平。

“龙标”，唐县名，今湖南黔阳。这里指王昌龄。古时常以州、县名称州、县官。

“五溪”，辰溪、酉溪、巫溪、武溪、沅溪的合称，唐属黔中道，今湖南西部、贵州东部。时荒芜僻远，被称为“微处蛮夷之地”。“过五溪”，显言友人已进入蛮荒僻野，陷入穷山恶水之中，多么令人揪心！可友人究被贬到了何处，似未明言。未言尤言。“龙标”言人，也隐贬地。和诗尾的“夜郎西”相照应，更见荒僻。

一句借景言时彰情，一句以地叙事达意。景、时、地、事，皆发诗人动情之笔，皆见诗人怀友情深。这种寓情于景、于时、于地、于事的表现手法，在古诗词中常有所见。诗人，隐巧寓平，不留痕迹，更见娴熟。

然尽管如此，诗的前两句，也还是不见诗人真切思念挚友的言和行，不见诗人如何为友人的遭难、远去而牵肠挂肚、撕心裂肺。诗的后两句，似也无这种哀哀楚楚的动人表述，可是却用了五组内涵极丰、思极深邃的复合词，推出了一个令人意想不到的感情举作——愁心寄月，将诗人思挚友之情推上了极致，真是妙绝之极！

“我寄愁心与明月，随风直到夜郎西。”

“愁心”。常见的有诚心、恒心、爱心……。“愁心”显系诗人创造，似内涵颇丰。它不仅包括对友人悲惨遭遇的同情和牵挂，也包括对友人蒙受不白之冤的不平和愤慨，似还包括前面提到的所有对挚友真切思念的言、思和行。诗人巧将“愁”和“心”相连，结成“愁心”，更见友情蕴含之丰厚。

心能“寄”么？月能载“心”以远为“寄”么？显然，这只能是痴心人赤诚相与的心愿，并非可以变为现实之奇观。可友人远在数千里外，何能与之相从？看来也只能寄希望于朗照乾坤的明月了。“此夜一轮满，清光何处无”？月也是最能传递人的感情的身外之物呀！更何况，诗人还会想到，对只身僻远的友人说，最大的痛苦莫过于孤独和寂寞，最大的愿望莫过于有人和他做伴。自己不能亲身前去，那就将自己的这颗心——“愁心”，托付给朗照乾坤的明月，让它去陪伴友人，和友人一同去经受那僻远荒野流放的煎熬吧！多么别致而浓烈的感情！诗人的心，明月可鉴。

“随君”一作“随风”，似更有意境。明月、清风，从来都是相伴为伍、相得益彰的。清风、明月相连，不但会给人以清新、快捷感，而且益增友情的神奇与缥缈，益增情趣。

"直到"明月，清风，飞越千山万水，直抵夜郎龙标，更见诗人怀友心切、心飞神驰、迫不及待地寄思难友的殷殷深情。

"夜郎"，亦唐县名。汉时我国西南地区少数民族曾在今贵州西部、北部和云南东北部及四川南部建立过政权，称为夜郎；唐代在今贵州桐梓和湖南沅陵等地设过夜郎县。这里指湖南夜郎，治所在今新晃侗族自治县。诗人时在扬州，在东南方位，故曰"随风直到夜郎西"。

两句诗，寥寥十四字，五组词，每组词都有深刻内涵于其中，巧妙织成愁心寄月图。伟大诗人炼字、组词、达意、园情之功，确非常人能及。

李白一生重友情，广交游。他不但有众多诗友、文友、酒友，还有诸多忘年交、布衣交，而且彼此间感情都十分浓痴。汪伦就是他在安徽泾县游桃花潭时结识的一位布衣朋友。也有说是乡中隐士。

汪，为人尚豪义，喜结交，好饮酒。李白游桃花潭时，他常以美酒相待，彼此相交甚厚。李离桃花潭时，他又"踏歌"（用脚为歌打拍子，当地的一种唱歌方式）相送。李白感其真情，临别时赋诗以赠，诗题《赠汪伦》，诗如下：

李白乘舟将欲行，忽闻岸上踏歌声。
桃花潭水深千尺，不及汪伦送我情。

送行诗，多为送行人和被送者叙别离情之作，这诗是被送者为答谢送者的送行而作，似更有新意。

这诗的外观，似还有两处不同于一般：

一是被送者和送行者双双真名实姓入诗，这在古送行诗中似不多见。常见的是被送人姓名入题而在诗中则多用代称或仅作隐示。

二是这诗不但如《静夜思》等名篇，四句纯系口语，平白如话，而且像是在事后有人提起游桃花潭事时，诗人不经意地说出的一个很小的细节：将欲行，闻歌声；打了一个很浅近的比喻：汪伦待我情比桃花潭水还深。可就这样一个很小的细节和并不起眼的比喻，却将一个伟大诗人和一个普通村民之间的友谊抒发得淋漓尽致，情真意切，分外感人。诗人巧织友情之笔，尤堪回味。

“李白乘舟将欲行，忽闻岸上踏歌声。”

将欲行，闻歌声。歌者谁？为何此时踏歌来到江边？读者不禁会问。更会问的是，诗人“将欲行”，为何对岸上的踏歌还那样关切，有一种闻歌而喜、将行又止的愉悦感。通读全诗，方知是他的好友汪伦踏着歌来为他送行。

未见其人，先闻歌声，便知好友前来送行，以致欲行又止，诗人平日和汪伦交往之厚可想而知。

不说情深，更见情深；不言谊厚，更知厚谊。诗人巧嵌深情厚谊于细小情事中，不能不说是一种很高明的抒情技巧。

说高明，高明恐还不仅是“嵌”——嵌情于细小；还有“隐”和“跳”。

诗人游桃花潭，汪伦美酒相待，来来往往，定会有诸多情长意深之事。尤其是汪伦对李白的款待，更会有诸多感人细节。可奇怪的是，所有这些均未见于诗中。何也？显也如前面赏读的名篇：《黄鹤楼送孟浩然之广陵》中诗人和友人在黄鹤楼上把酒话别等许多情节一样，是诗人用神奇的笔将其“隐”在诗后了。有“隐”便有“跳”。接着诗人便来了个大跨越，将自己对好友汪伦的赞，由开始时的“踏歌”相送，越过大量感人细节，一下子“跳”到了一个简朴得不能再简朴的比喻：“桃花潭水深千尺，不及汪伦送我情。”

从“踏歌”相送，到“桃花潭水”的比喻，这中间包含有多少感人情事、多少深情厚谊呀！恐谁也难说清楚。可潜心品味，隐去的情节再丰、情谊再厚，也不如“桃花潭水”这比喻来得形象、真切、生动、感人。

其一，桃花潭水，近在眼前，可见可触，形象直观，比喻友谊，自会给人以真切实在感；

其二，水，柔和、温馨、甜蜜、绵长；潭水，波涛不惊，微风荡漾，尤富情趣；冠名“桃花”，更见夭夭美艳。以“桃花潭水”喻友谊，温馨、甜蜜、柔和、绵长、深厚……种种情致，自会一同泛出，这比历述再多的情事细节，都更生动感人。

其三，“深千尺”和“不及”两个概量词相接，尤令人情思缥缈，益增友谊深厚之念。水“千尺”，已是很深很深的概念了，可它还比不上好友情深。诗人和汪伦友谊之厚，更在不言中了。

比喻虽简，魅力无穷。两句妙手偶得，自然天成，堪称神来之笔。

一个细小情节，一个简单比喻，三种抒情手法(“嵌”，“隐”，“跳”)，吟哦出脍炙人口的友情绝唱，更见天才诗人的神奇功夫。

4. 几首别具情韵的友情送别诗

李白、杜甫而外，历史上还有许多杰出诗人，留下过许多脍炙人口的友情送别诗。王勃《送杜少府之任蜀州》，便是一首人共知之的送友佳作。

城阙辅三秦，风烟望五津。
与君离别意，同是宦游人。
海内存知己，天涯若比邻。
无为在歧路，儿女共沾巾。

审题也知，这是送友人赴任的诗。

赴任，可喜可贺，按说应该高兴才对。可奇怪的是，诗中却不见喜悦和祝贺，而是忧郁和宽慰——被送者的忧郁和送者的宽慰。

被送者杜少府，实名不详。赴任何以忧郁，深层原因难考。但知少府是唐时对县尉的尊称，位在县令之下。少府被任命去做县尉的地方是蜀州。蜀州即蜀川，今四川崇庆县，唐时属剑南道。相对于当时的政治中心长安，自属僻远之地。王、杜是密友，以王度杜，杜亦当非平庸辈。以王佐之才，发配僻远，自非重用。杜对赴蜀任心怀耿介，似也有可理解处。

送者诗人（王勃），祖籍太原，后移居龙州（今山西河津县）。“初唐四杰”之首，但官运并不亨通。只做过几任小官，还都因故被革职。好友心怀忐忑，赋诗宽慰，在情理中。但宽慰诗要写得真挚感人，亦非易事。贵在高屋建瓴，情真意切。王上诗，以开阔胸怀，爽朗意境，从“地”入手，巧言“别”事，层层涤荡开怀，尽扫“黯然销魂”的离情别绪，令人精神振奋，堪称佳作。其中又特别是“海内存知己，天涯若比邻”两句，千古传诵不朽，令人心胸辽阔。诗的写作技巧，尤堪称道。

“城阙辅三秦，风烟望五津。与君离别意，同是宦游人。”

起笔四句，两句言“地”：送别地，赴任地；两句言“意”：“离别意”。送别之要，交代亦可谓清清楚楚。

然，送别言地，毕竟属细微末节，似无须浓墨重抹。可在这诗里，诗人却极尽渲染之笔，自有深意在焉。

送别地：长安。当时的政治文化中心。“城阙”二字已见地理位置重要，又诠以“三秦”（秦亡后，项羽将秦地分为雍、塞、翟三国，是谓“三秦”）为“辅”，自更见形胜和雄浑。如此重地挥手言别，怎能不令被送者顿生豪迈之情！

接着，诗又引友人纵目远望。但见在那“风烟”迷漫处，长江（岷江）在蜀中的五大渡口（白华津、万里津、江首津、涉头津、江南津），波光闪烁、水天一色，气象万千。诗人欣然言于友人曰，那就是你将要前去供职之地呀！是你将要大展作为之地。

告别地——出发地——起点，神奇雄浑；赴任地——落脚地——将要大显身手之地，令人神往。两地相连，不由得不令被送人心胸豁然开朗，顿减忧郁之绪。诗人宽怀之术，岂不立见高超。

“地”能宽人，“别”也能宽人。

“宦游人”，旧谓在外求官或为官者。唐诗人杜审言《和晋陵陆丞早春游望》诗中有“独有宦游人，偏惊物候新”句。如果许以新意，似也可说是为国操劳而东奔西走的人。无论是为官“宦游”还是为国奔忙，上面后两句恐都隐嵌如下深意：丈夫志在四方，不能总偎恋于一处，东奔西走是常事；你我皆宦游中人，为事业奔忙，暂时分离不可避免，不能因离别而过分悲伤。“别”意新解，似也会使被送人茅塞顿开，心胸豁朗。

一“地”一“别”，被送人郁郁寡欢之情，自会得到一定程度缓解。然而，要更好地达成宽怀化郁目的，似还需有更能荡人心怀的开心剂。下面两句千古不朽的名联，似能派生出神奇开心剂效用。

“海内存知己，天涯若比邻。”

三国魏曹植有诗云：“丈夫志四海，万里犹比邻。”（《赠白马王彪》）是说男子汉大丈夫，应志在天下，即是相隔万里，也如同近邻一般。

王诗显化曹诗而来，但较曹诗似蕴含更丰。不但有大丈夫志天下意，还有“朋友遍天下”、“四海皆弟兄”情。这对即将远离而又心存耿介的友人，无疑是一服尽扫愁云的化郁剂。至此，被送人郁郁寡欢之情便可能得到有效化解，而代之以精神振奋。

还值得指出的是，上千古不朽名联，作为上诗中最富神韵的佳句，对后世的影响尤堪称道。

千百年来，当人们送别友人时，我们常常可以听到，上两句总是作为和友人分手时的告别语在送者口中深情流淌。那既是对友人怀有深厚感情的表白，又是祝愿友人放心纵横驰骋的心语，无疑会对友人产生极大的鼓舞和激励效应。

不仅如此，在聚朋、结友、励志等诸多场合，也莫不见其神奇魅力。无论你走到哪里，哪怕你漂洋过海，来到异国他乡；也不管友人来自何方，就是来自遥远的大洋彼岸，只要吟哦起上两句诗，都会立时化陌生为亲热，化冷漠为热忱，且能产生出患难与共、共克时艰的力量。何其魅力非凡！时下，创建和谐社会、和谐世界洪流滚滚，两句诗卷起的优美音符，在五湖四海的广阔上空回荡，更富时代神韵，更具神奇魅力。诗人化语出新，园情励志，和人益世，功不可没。

“无为在歧路，儿女共沾巾。”

结尾化凄楚为幽默，化沉重为轻松，更见风趣而高雅的送别情韵。

和王勃《送杜少府之任蜀州》相似，王维的《送綦毋潜落第还乡》，也是宽人作。只不过前者是赴任，后者是落第。落第更令人凄楚，更需有人动之以情，宽慰其怀，勉其振奋。王诗也颇具化悲为奋的魅力。

圣代无隐者，英灵尽来归。
遂令东山客，不得顾采薇。
既至金门远，孰云吾道非？
江淮渡寒食，京洛缝春衣。
置酒临长道，同心与我违。
行当浮桂棹，未几拂荆扉。

远树带行客，孤城当落晖。

“吾谋适不用”，勿谓知音稀。

我国自隋唐以后，严格的科举制度是朝廷选贤任能的主要手段。举则仕。“金榜题名时”，无疑是荣耀和令人喜悦的；落第则会令应试者沮丧。才学差池固是落第的重要原因；才华横溢而应试不举，历史上也常见不鲜。綦毋潜落第，当属后者。

綦，字季通，荆南（今湖北江陵）人，王维好友，也是一位才华出众的诗人。可在唐开元中应试落第。本人当时之心情也可想而知。

时，王维正在长安，而且是在皇帝身边掌管文书奏章之事（任右拾遗）。好友落第，他未去打通关节，活动录取，而是“置酒临长道”，以诗慰勉相送，说明当时政治还是较为清明的；王维其人，为官也尚属清正。

“圣代无隐者，英灵尽来归。遂令东山客，不得顾采薇。”

如许多名篇，这诗起笔也是气势磅礴，高屋建瓴。以“世”（“圣代”）言“士”（“隐者”），以“时”论“考”（“英灵尽来归”——科举考试），豪雄飘逸，全然没有半点儿忧愁气味。从而为全诗营造出一种积极振奋氛围，令落第者受到感染和鼓舞。

不过，还需指出的是，上面这四句，恐不仅是一般意义上的以“世”言“士”和以“时”论“考”，似还有更神奇的构思。只要细心品味，便会发现，隐在其中的似还有诗人精心设计的两条神秘的“感情魔变升转链”：先将落第者和“来归”的“英灵”相并列，达成由落第到“英灵”的提升，促成落第者由悲观沮丧到精神振奋的转变；继而又隐将落第者和“不得顾采薇”的东晋大政治家谢安（“东山客”）相类比，达成由“英灵”到政坛佼佼者的提升，促成由振奋到雄豪的转变。

一个并列，一个类比，两个提升，两个转变，令落第者顿扫颓然沮丧之情，而代之以自信。诗人宽人之术，起笔便见高超。

然而，落第者毕竟已落第，仅是并列、类比、提升，就能使其尽扫愁云吗？恐还难以完全达成此目的。诗人自还有宽人高招。

“既至金门远，孰云吾道非”。

“金门”，即宫门。“远”，指应试未举，被拒于金门之外。可谁能说这就是“吾道非”呢？

“吾道非”，语出《家语》：楚昭王聘孔子，孔子往，陈蔡发兵围孔子，孔子曰：“《诗》云：‘匪兕匪虎，率彼旷野’，吾道非乎？吾何为至此乎？”这是孔子在周游列国、推行其政策主张遇阻时发出的哀叹。上两句则是借孔子之叹言落第者应试未举，并非自己才学不济，只是因为不被所识，以致得不到朝廷的录用。言外之意也有对朝廷未能选贤任能的非议。

前面，诗人以落第者的“来”盛赞“圣代无隐者”，说落第者是“来归”的“英灵”，是“不得顾采薇”的“东山客”；这里，又以落第者的“去”（落第而回）对朝廷心生非议，甚至将其落第与孔圣人行道受阻相提并议，落第者在诗人心目中的位置何其显赫，也可想而知。这对落第者，无疑是更大的宽慰。这一“来”一“去”的宽慰之术，岂不更见高超！

宽人术，贵以理宽心，也需以情暖人，方能促其振奋。后面的诗，又见情深。

“江淮渡寒食，京洛缝春衣。”

落第人家在湖北江陵，经江淮至京洛（今河南洛阳）的时间是头年二三月份，正值寒食前后，现在又是缝制春衣的时候了，说明落第人在京洛滞留已有一年之久。

一年时间，落第人访朋问友，备考应试，身心经受之劳苦，可想而知。可最后还是落第未举，不得不败兴而归，何其凄楚！

挚友临去之时，诗人“置酒长安道”，长亭把酒话别，在情理中。更有情意的是，临行还嘱以桂木为船桨，并许以“未几拂荆扉”，更见友情之笃。

“远树带行客，孤城当落晖。”

友人终于要求船进发了，诗人就站在江边深情相送。但见船行如飞，就像远方的树将友人带走一样。真是难舍难分。这时，已是夕阳西下的黄昏时分，回首京城，顿时感到有一种莫名的孤寂，就像友人离去的这座城市，也变成了孤城，也要落晖一样。因友人离去而感到孤寂，甚至觉得连所在的城市也变成了孤城，也在落晖，诗人对友人的看重，更是可想而知。也更见诗人对挚友未被录取之愤。

“‘吾谋适不用’，勿谓知音稀。”

“吾谋”句，语出《左传》：“士会行，绕朝赠之以策（马鞭）曰：‘子毋谓秦无人，吾谋适不用也。’”这里借用再谓友人未被录用，不是友人才学不及，而是偶然不为所识、不得其用罢了。

“知音稀”，见于《列子》：“伯牙鼓琴，志在高山，钟子期曰：‘峨峨然兮泰山。’志在流水，曰：‘洋洋乎若江河。’子期死，伯牙绝弦，以无知音者。”

上两句，应为诗人和友人分手时的告别话语。置于诗尾，似更有回味深意。勾勒出一幅饶有风趣的深情告别图：

朋友，你放心回去吧！可不要因为偶然的失意，就误以为当今世上没有你知音的人啊！言外意，挚心朋友是会永远和你心连心的。语重心长，含情脉脉，自会令落第者更加精神爽朗，心旷神怡，轻松愉快而归。

在众多的友情送别古诗中，还有首传诵更广、更脍炙人口，在唐代被谱成曲，被称为《阳关三叠》，又名《渭城曲》的送别诗精品，也出自王维之手，这就是《送元二使安西》。

渭城朝雨浥轻尘，客舍青青柳色新。
劝君更尽一杯酒，西出阳关无故人。

这诗的情节，按说也是再简单不过了。一句话可以概括。即是：在一个细雨连绵的早晨，诗人客舍送客，劝被送者再干一杯酒。就这样一个简单得不能再简单的情节，却吟成了千古绝唱，不能不佩服诗人的神奇功夫。

元二，名不详，估计是姓元排行第二，故以元二称之。王维好友。

安西，原为高昌国。唐灭高昌后，在此设安西都护府，为唐六都护府之一。治所在今新疆维吾尔自治区库车县。时辖自今阿尔泰山西至咸海（一说里海）所有游牧部族和葱岭东西，东起银山，西包阿姆河西岸城廓诸国。这里属荒漠干旱地带，长年不雨，沙石滚滚，气候灼热。据说唐玄奘赴西域，过此，连人带马，五天昏厥在沙漠中。这里境内，各派争斗激烈；境外，东突厥、吐蕃、大食等势力也常入侵。出使安西，在当时自为重要和艰苦差事。诗人置酒为其饯行，自有个中缘由。

时，二人均在长安。渭城，古县名，因渭水而名，故址在今陕西咸阳市东北，即古长安北。这里风光绮丽，多诗情画意，是士人吟诗作赋、欢聚送别的惯常去处。诗人送元二即于此。

"渭城朝雨浥轻尘，客舍青青柳色新。"

诗起也是叙送别之地、之时、之景。这是许多送别诗的惯用手法。按说，也无特别新奇处。然细味之，这诗似又不同于一般。短短两句，围绕地、时、景，有较其他诗作要丰盈、细腻得多的表述。

地，不但有送别的大的地区——渭城；还有具体送别场所——客舍。

时，既有大的时令、季节的隐现——“柳色新”，象征初春；又有具体时间的表述——“朝”，即早晨。

尤其是景，不光有总的天候的明示——“雨”；更有具体景色、景貌的描绘，而且可见描绘层次的多样和多变：既有对自然景色的客观素描，又有客观景物、景貌作用于人的主观所致成的特殊感受，还有由于景物本身所包含的特定喻意在人的思想感情上招致的异样情趣。如“渭城朝雨浥轻尘”，空气是清新宜人的，但也不无凄冷和伤感；“客舍青青柳色新”，风景幽雅而宁静，可“柳色”二字又不能不使人联想到折柳赠别，频增离愁别恨情。上述种种，全都融聚在两句诗里，如果不是大手笔，恐断难做到。这也使我们想到，中国文字确奥妙无穷，摆布调度得当，便会蕴含百出，别具神功。

诗的后两句更见魅力。

“劝君更尽一杯酒，西出阳关无故人。”

两句诗如果换成白话，不过是：“朋友，再干一杯吧，不然到了安西那边，就没有陪你喝酒的老朋友了呀！”

多么熟悉而常见的劝酒话语！哪一次酒宴，哪一回聚别，不曾听到这类似的劝酒声！可在诗人笔下，却汇成了千古绝唱，何也？

“西出阳关”，神奇的去处，不寻常的送别，固易引人翩翩遐思，飘逸成趣；但更重要的，恐还得益于诗人高度敏感和高度准确地捕捉和概括了千百年来人们分别时那种千言万语往往浓于一杯的复杂感情和典型心境，唱出了人们常说、常听到而此前又未变成诗的语言的那样一种心声。这也启迪我们，为诗之道，不在于猎奇求异，雕砌词藻，故弄玄虚；而贵在平朴真淳。往往越是平朴无华的诗和诗句，越具有感人肺腑的魅力，越能千古流传而不朽。诗人《九月九日忆山东兄弟》中的“每逢佳节倍思亲”和上面两句，之所以成为人们日常表露亲情、友情脱口而出的最常见的感情话语，其原因恐也就在这里。

这里还需提及的是，诗尾的“西出阳关”。阳关并非玉门关，但和玉门关同为当时通西域的门户。玉门关故址在今甘肃敦煌西北的小方盘城；阳关故址在敦煌西南古董滩附近。因在玉门关南，故名阳关。当时赴西域，出玉门关为北道，出阳关为南道。诗人所送友人，当时显系拟从南道赴西安。不过，宋以后，由于和西方陆路交通逐渐衰落，此关遂废圮。

友情送别诗，友人临别抒怀之作，常见的有：叙往昔相知、相亲、相近之情；抒临行殷殷、切切、依依惜别之绪；荡平生飘逸、豪旷、潇洒之怀；寄别后相思、互砺、希冀之托；等等。但也有别具情趣、别怀深意之作。王昌龄《芙蓉楼送辛渐》，在极抒依依惜别深情的同时，针对自己当时“时已沸腾”的“谤议”，巧出奇思，吟哦出“绝伦逸群”（清·宋荦《漫堂说诗》）佳句，堪称送别诗中的又一奇葩。

寒雨连江夜入吴，平明送客楚山孤。
洛阳亲友如相问，一片冰心在玉壶。

“芙蓉楼送辛渐”，芙蓉楼在何处？有人说在湖南。湖南黔阳确有一芙蓉楼，清《沅洲府志》、《黔阳县志》、《黔阳县乡士志》均有记载。而且王昌龄曾在黔阳做过龙标尉。但王这诗是两首。第二首实已点明了芙蓉楼的准确位置。这首诗原文是：

“丹阳城南秋海阴，丹阳城北楚云深。高楼送客不能醉，寂寂寒江明月心。”

丹阳城即镇江。镇江也有芙蓉楼。

据考，该楼时在镇江西北月华山上，当年是诗人墨客常聚之处，只不知何年何月何故被毁，今已荡然无存了。

时，诗人正在江宁（今南京市）县丞任上。江宁、丹阳（镇江）一水之隔。辛渐——诗人好友，路过镇江回洛阳，诗人得知，前往会晤，合情合理。说明此诗中的芙蓉楼系镇江芙蓉楼无疑。

“寒雨连江夜入吴，平明送客楚山孤。”

“寒雨”即秋雨。秋雨连绵凄冷，诗人冒雨送客，已见情长谊深，何况还是“夜入吴”呢？

“吴”，指镇江一带，春秋时系吴地。友人路过，诗人连夜冒雨渡江相送，岂不更见情深。

下句，“平明送客”。“平明”即平旦，凌晨 4 点钟。联系上面提到的第二首诗：“高楼送客不能醉”，可想见他们是通宵话别。彻夜无眠，更见情笃。可何以又说“楚山孤”呢？这也是诗人对友人怀有特殊感情的反映。

原来镇江春秋属吴，越灭吴后属楚，故后人多吴、楚并称。“镇江三山”(金山、焦山、北固山)，既可称吴山，也可称楚山，还可称淮山。三山相连，山岭逶迤，平明视之，本无所谓“孤”。“孤”，纯系诗人个人感情流露的反映。好友离去，自会萌生出一种莫名的孤寂感。这也正如上面提到的第二首诗中所说：“寂寂寒江明月心”。

上两句，应该说已将诗人深长的恋友情结表露无遗了。至此，诗人还会有什么心思和什么话语需要向友人表白的呢？

令人想不到的是，诗人心思缠绵凝重。此时竟超越时空，一下由镇江飞到了友人将要落脚而尚未起程之地——洛阳。

洛阳，诗人也曾在这里逗留过。这里有诗人的许多亲友，如刘宴

（今云南华县人，唐时官至吏部尚书）、李硕（今河南许昌人，唐著名诗人）、綦母潜等。他们和辛渐也都是好友。诗人想到，辛渐一到洛阳，亲友们必会问及他的近况。可时下如前所述，外界对他“谤议沸腾”。洛阳亲友如问时，友人又当如何作答呢？他自觉光明磊落，问心无愧。那就理直气壮，让友人至时坦然回答吧！

“一片冰心在玉壶”。

“冰心”，高洁而纯净无比的心。如此纯洁的心还置于晶莹剔透的“玉壶”之中，那又是何等洁白无瑕、纤尘不染呀！

多么高洁、高尚、俊美的心灵！在如此高雅、美好的灵魂面前，再“腾沸”的“谤议”又怎奈他何！显然这是对“谤议”最有力的回击，也是对洛阳亲友最好的回答。送别诗，如此豪旷潇洒，亦堪称绝笔！

“冰心玉壶”，有人说出自鲍照的《白头吟》。《白头吟》中确有“清如玉壶冰”句。但必须指出，“玉壶冰”和“冰心在玉壶”，无论思想内涵还是艺术构思都大不相同。前者主体是“冰”，是物；后者主体是“心”，是“人”——主体不同。前者是说颜色“清如玉壶冰”；后者则是形容心灵高洁有如“冰心在玉壶”——比拟的载体也不同。如果说后者确从前句中来，那也是取其躯壳，充填内核，化而出彩，意境全新。其实任何创新都不可能纯粹是拔地而起，而只能是在借鉴和继承基础上的推陈出新。果如上所说，诗中的“冰心玉壶”出自鲍照的《白头吟》，那诗人高妙化变之笔，亦堪称艺术创新之典范。

（三）山水情

闲适情，即闲情逸致情怀，也是一种人皆共有而又千差万别、因人而异的高雅情愫。

忙和闲是对立的统一，相辅相成。有忙有闲，有劳有逸，乃“文武之道”的“一张一弛”，是构建丰富多彩人生的基石。而具体到社会上，不同阶层、不同类型的人，其闲情逸趣，其追求，其品位，其喜好的内容、层次和方式，又大不相同。

走进浩瀚的古诗词大海，我们还可看到，古人，特别是古文人、古诗人，他们所追求的闲适情趣，和他们的生平、业绩又往往联系在一起，多是高尚、高雅、豪旷飘逸而充满诗情画意的。那忘情山水自然的豪逸情怀，那“陶然共忘机”的田园情趣，那悠然自得、怡然自乐的多彩闲适，莫不令人心旷神怡，情驰天外。

1. 最是忘情山水自然间

自然，万物本源。人的本性是亲近自然的。“知者乐水，仁者乐山”。追求人与自然的和谐，是中国文化的重要传统。

古诗人和山水自然有不解之缘。游历名山大川，徜徉山水自然间，饱赏山川的秀美和蕴藏其中的浓浓情趣，几乎是所有著名诗人的共同喜好和追求；归隐山之涯、水之湄，让秀美山河涤荡胸怀，化解心中的抑郁和烦忧，也是许多失意诗人的选择和归宿；讴歌自然景物、景貌的神奇和俊美，揭示蕴藏其中的深刻内涵和哲理，启迪人的心维，净化人的心灵，更是诗人们苦心孤诣、常咏常新的主题。

东晋诗人谢灵运是我国山水诗的开创者，和他同族、人称“小谢”的谢朓，则是当时著名的山水诗人。王维、孟浩然等，是唐代山水田园派的代表。

山水诗的显著特点，是寄情于山水之中，思逐于风云之上，忘情于江天之外；人与自然高度和谐，情和景融为一体，闲适飘逸，情趣无穷。谢朓的名作《游东田》堪称这方面的开拓之作。其清新闲逸诗风，对后世山水诗不无影响。

戚戚苦无悰，携手共行乐。
寻云陟累榭，随山望菌阁。
远树暧阡阡，生烟纷漠漠。
鱼戏新荷动，鸟散余花落。
不对芳春酒，还望青山郭。

东田，南朝时南京钟山上一楼馆，今已无存。钟山，一名紫金山，风景秀丽。自古以来，骚人墨客游历者甚众。诗人时为宣城（今安徽宣州）太守，紧邻钟山，本人又喜游山观景，来此游览恐非仅次。

“戚戚苦无悰，携手共行乐。”

诗人此次出游的原因，系心绪欠佳，故约伴前来寻“乐”，以排“戚戚”之绪。这也说明，大自然确有排忧怡情之功。

接着，诗人便投入了大自然怀抱。

“寻云陟累榭，随山望菌阁。”

诗人沿着重重叠叠的台榭，一步一步地向上攀登，不肯停歇。他究竟要“寻”什么呢？不说寻山，不说寻水，也不说寻花、草、树木，偏说“寻云”，何也？

山、水、树木，都在飘渺云雾中。“寻云”，说明攀登已至高处。更有深意的是，云雾缭绕，幻化无穷，大自然种种奇观，尽在其中。“寻云”，更见诗人投身大自然的心境，也更能激起人们对大自然神奇、浩渺的翩翩遐思。二字之用，恰到好处，非其他实词所能代替。

那么，在云雾缭绕中，诗人又望见了什么呢？楼阁林立，如芝菌一般。好一个“菌阁”！大概这就是东田了。

茫茫云雾中托起一座座华美壮丽的楼阁，这又会给人以怎样的感觉、引发出怎样的联想呢？“海市蜃楼”，现实中的海上奇观，曾被人传为海上仙境。诗人在这山中所见，不也是山中“海市蜃楼”——山中仙境吗！

此时，诗人显已陶醉在大自然中了。忘情于山水之外，出游前种种“苦无悰”的“戚戚”之情似早已烟消云散、化为乌有了。

然而，诗人的山水情远未此止。他要尽情享受这大自然的美景。此时他不再攀登了，而是伫立山头。

先纵目远眺。但见山峦层叠，树木葱茏；轻烟薄雾，盘旋其间。“阡阡”、“漠漠”，更见生动。

再观近处，景画尤佳。池中，“鱼戏新荷动”；丛中，“鸟散余花落”。

“鱼戏”，动中有静——山中幽静，鱼儿方能自由嬉戏池中。

“鸟散”，静中生动——鸟在花丛，足见山之静；人至鸟惊而散，静又生动矣。

而“新荷动”、“余花落”，则又将春末夏初“鱼戏”、“鸟散”之动引向再动，更增山中之幽。

两句诗，四景物（鱼、鸟、荷、花），四动词（戏、散、动、落），不但使山中景物巧妙配合，组成了一幅精美的深山幽静图；而且极尽动、静魔变之情趣，有动有静，亦动亦静，动静互变，且以动促动，动生再动，平添了大自然的神奇和活力，给人以生生不息的理念。如此别致构思，亦堪称得山水诗作之正念。

一远一近，大自然的神奇、俊美尽展读者面前，令人如痴如醉；身在其中的诗人又怎能不流连忘返呢！

“不对芳春酒，还望青山郭”。

酒，历来是一些人特别是古人常用的一种排遣忧愁的妙物，诗人

“不对芳春酒”，显是找到了比“借酒浇愁”更有效的排忧之法，这就是投身到浩渺的大自然中去。青山不老，绿水常新，置身其中，一切忧愁烦闷都将被抛到九霄云外。诗人留给后人的启迪亦堪称闲适正道。

《游东田》以其清新俊逸之笔，展现出了酷似人间仙境的幽静山林的秀美，令人忘情山水而不思返；而王维的两首山水诗：《汉江临眺》和《终南山》，则以豪旷壮浪之笔，极写山川的壮丽和多变，在崇峻浩渺中引发人们更多的遐想和沉思，有着更令人回味不尽的山水情趣。

王上两诗，一登山，一临水；一静眺，一游观，都极富闲逸情趣。限于篇幅，这里仅举其一：《汉江临眺》。

楚塞三湘接，荆门九派通。
江流天地外，山色有无中。
郡邑浮前浦，波澜动远空。
襄阳好风日，留醉与山翁。

这诗是开元二十八年（740 年）秋，诗人 40 岁时，以殿中侍御史（皇帝身边的官）身份去黔中、岭南任选补史时，在去桂林途中过襄阳时作。

选补史，朝廷派往边远地区选拔地方官员的使臣，是一种为期几月的短期差任。非外放或贬谪。故诗人当时心情颇佳，沿途竟有此游览登临雅兴。

题为《汉江临眺》，自为汉江畔登临览胜作。

汉江，即汉水，是长江最长的支流。源发于甘肃嶓冢山，流经陕西南部、湖北西北部和中部，至武昌市入长江。全长 1500 余公里，流域面积达 18 万余平方公里。汉江临眺，自别有一番风味。

时，诗人逗留襄阳。襄阳，坐落在汉江中游平原上，是汉水与唐、白河交汇处，地理形势险要，风光绮丽。城西隆中山是诸葛亮出山前隐居地，尤富神韵。诗人身临其境，自会益增登临雅兴。故上诗也应是襄阳和襄楚大地的登临揽胜作。

“楚塞三湘接，荆门九派通。”

诗起便将一个北连汾洛、南接湖湘，“荆门”、“楚塞”（“荆门”即荆门山，战国时为“楚之西塞”）、巍峨耸立，滔滔汉水、浩荡其间的宏浑襄楚大地展现在读者面前，令人心胸寥廓；而“三湘接”、“九派通”，则又将浩瀚汉江在襄楚大地奔腾的雄姿尽展无遗，尤令人心潮澎湃。

“三湘”即漓湘、潇湘、蒸湘，合称“三湘”，实指湘水。湘水和汉水相接，奔腾不息，一泻千里，足见浩荡。

长江在赣、鄂一带支流甚众，统称“九派”。“九派”代言长江。汉江滚滚滔滔，波涛汹涌，直通长江，更见汪洋。

仅上两句，汉江临眺，按说便可尽饱眼福了。然而，诗人心胸浩荡，自有更神奇视角。

“江流天地外，山色有无中。”

顺着汹涌奔腾的汉水，诗人极目远望，但见波涛翻滚，一泻千里。水，愈流愈急，愈泻愈远。诗人的双目，也随着江水滚滚向前。慢慢地，他注目的那股江水就不见了。就像这江水流出了天地外一般。抬头看那荆门山，哟！在江水奔腾的拥簇下，那巍峨的高山，似乎也动了起来。那绚丽的山色，在江水掩映中，时隐时现，时有时无，千变万化，神奇莫测。

这又是怎样的一种奇观呢？如果人们身临其境，恐也不一定会感到神奇，但一定会感到壮观，感到真切；可如果要用几句诗来描绘，那恐就难上加难了。就连画家恐也难一一画出，更不要说这景观中还蕴涵有无穷深意——宇宙和大自然的多样、多变和永恒了。

可在这诗里，诗人只用两句看似并无神妙的话，却使种种奇观尽展，意境意韵全出，真乃神来之笔！

苏轼有云："味摩诘之诗，诗中有画，观摩诘之画，画中有诗。"如果就上两句诗言，似还可略作补注：诗中有画——画家难画出之画；画中有诗——诗意无尽的诗。难怪后人，包括一些著名诗人对这两句诗都推崇备至，化摹者甚众。

然尽管如此，诗人的"汉江临眺"仍情尤未了。他还有更神奇的感观。下两句也极富情趣：

"郡邑浮前浦，波澜动远空。"

"郡邑"，显指诗人当时所在的襄阳城。襄阳，东汉建安十三年(208年）置郡，隋废，唐天宝时又改州为郡。

面对浩渺汉江，诗人心潮起伏。由远及近，仿佛自己和自己脚下站立的这个城市也在滔滔的江水中飘浮起来，大有飘飘欲仙的样子；再由近及远，眺望远空，哟！更神奇的景观出现了：那遥远的天际，在江水反照下，也仿佛波涛翻滚、汹涌澎湃起来。

近处（脚下）、远处（天空）、地下（江河）、天上，整个大自然的空间全都"浮"、"动"起来了，多么神奇的感观和畅想呀！不由得使人又想起杜甫的名句："乾坤日夜浮"（《登岳阳楼》)。多么相似的描绘！王诗在前，杜诗在后，杜诗是否得王诗之启，不得而知，或许是诗人之感大同吧。

汉江临眺，美不胜收。如此美景，诗人又怎能不痴迷忘返呢？

"襄阳好风日，留醉与山翁。"山翁，即当时镇守襄阳的征南将军晋山简。"竹林七贤"山涛之子。

据传，此人嗜酒。在任时常携酒外游，期在必醉，每每大醉而归。

诗人沉迷于襄阳风光，居然要留下来与简翁共醉，大自然的诱人魅力，更在不言中。

时间和空间，运动着的物质的存在形式，也是大自然存在和运动的时分纪录和载体。大自然的颜色、景物，景貌莫不和时序、季节紧密相连。春花秋月，夏荷冬雪，绿（春的象征）、红（夏的颜色）、黄（秋的色彩基调）、白（冬色的神韵），不同季节有不同的景物出现；即是同一地段，同方山水，同一景物，在不同时分、不同天候条件下，呈现在人们眼前的形态、颜色、状貌，也会大不相同。物候天择，异彩纷呈，神奇无比！

大自然是巧夺天工的神奇造物主，诗人也是巧夺天工的神奇调色匠。无论是春夏秋冬，抑或是梦春、仲夏、深秋、隆冬；无论是风和日丽的晴日还是阴雨连绵的湿季；也无论是“晨光熹微”的黎明，抑或“暮雨潇潇”的黄昏等，几乎所有季节、所有时间段以及各种天候情况下的景物、景貌，在古诗词中均有吟咏和表现，而且多有佳作佳句传递诗人寄情于山水的飘逸情怀。

下面不妨再欣赏一首早春游湖佳作：白居易《钱塘江春行》。

孤山寺北贾亭西，水面初平云脚低。
几处早莺争暖树，谁家新燕啄春泥。
乱花渐欲迷人眼，浅草才能没马蹄。
最爱湖东行不足，绿杨阴里白沙堤。

钱塘湖即杭州西湖，又名西子湖。

西湖之美，闻名天下。古往今来，游历者不计其数，吟咏的名篇佳作也不绝如缕。白氏这篇，是他任杭州太守时初春游湖作。不过，从全诗看，他当时游的不是西湖全景，而是“绿杨阴里白沙堤”。自然也可能是仅以白沙堤之游为诗。

白沙堤，即白堤，又称断桥堤，在湖东畔。

据考，此堤建于白氏任杭州太守前，非白所建；而改白沙堤为白堤则和白氏有关。是后人为纪念诗人在杭州任职时大兴水利、筑堤护湖、引湖水灌溉农田千余顷的卓著政绩而为。况白氏还有这诗专咏白沙堤。白氏在杭所筑之堤在钱塘江门外，非此白堤。

“孤山寺北贾亭西，水面初平云脚低。”

首句言白堤起止地点，接句言诗人游湖时的天气及当时湖面水纹状况。起止地点不无诗情画意，可天气和水面状况却令人颇生疑窦。

贾亭，传为唐贞元（785—804 年）中贾全任杭州刺史时建，今已无存。其具体位置应在西湖“断桥残雪”，也就是民间故事《白蛇传》中说的白娘子和许仙相会处。白堤东端即起于此。

孤山，在西湖里、外湖之间。孤峙湖中，故曰“孤”。孤山东南脚下“平湖秋月”处旧有寺，筑于陈天嘉初年。白堤西端止于此。

“水面初平”，显示此前湖面并非风平浪静。这是当时西湖实景还是另有他意？似需细心推敲。

“云脚低”，从字面解，当指当时天空彤云密布，云脚低垂，非明朗天日。

可纵观全诗，诗人要着力刻画的是具有无限生机活力的早春景象，极抒诗人心中窃窃滋滋的喜悦之情，为何偏要用“云脚低”这种显然是阴暗、压抑的景象笼罩视野？莫非诗人游湖时真是这种天候？可诗人身在杭州，随时都可出游，又为何非要选择这种天气出游呢？再说，诗词毕竟是文学作品。在这类细节上，似也无须完全拘泥于实景。诗人是仅次于李、杜的唐代大诗人，自也不会有疏失。上述描绘，似难理喻。

然而，当我们联系诗人写这诗时的社会背景，特别是联系诗人此前和当时的情况，以及诗人当时最可能泛起的心境分析，又不难看出，上述描绘并不奇怪，完全是诗人在当时情况下一种特殊心态和心境的隐现。

原来，诗人进入仕途后，正值唐王朝更趋衰落。目睹朝廷腐败和官吏龌龊，诗人十分愤慨。曾多次上书和直面皇上（诗人时为左拾遗，是皇帝身边的谏官），请除弊政。不但未被采纳，反而屡遭贬斥。曾被贬为江州（今江西九江市）司马，实是闲置不用。后又被召回长安。回长安后，诗人更见皇上耽于酒色，荒于国政；而朝中大臣又互相倾轧，争权夺利。惊涛骇浪，诗人唯恐卷入旋涡而不能自拔，便又主动请求外放，终被任命为杭州太守。

“水面初平”，显系隐示此前政坛风云险恶；而“云脚低”则极可能是暗喻当时整个政治形势之阴暗和压抑。

诗人对外放杭州显是庆幸而喜悦的。他似乎觉得这是他自己春天的到来，而这春天又是他自己主动“争”来的，他是多么惬意呀！

下面的诗，便是这种惬意喜悦之情在游湖观景中的独特视觉所见。

“几处早莺争暖树，谁家新燕啄春泥。”

“几处”，不是一处，可也不是多处，更不是处处；“谁家”，不是所有的家，也不是众多家。显然这是早春景象。

莺和燕，鸟中美丽而娇小者。“早莺”、“新燕”，更见新生和幼弱。

在迷人的西子湖畔，一些刚出生的小莺在几株树上嬉戏争闹，几只雏燕在几家屋檐下衔泥筑巢，这是多么生机勃勃的早春之图呀！

自然，这是自然景观，可对人不无启迪。

如此娇小的小动物尚且不甘落后，不甘平庸，积极“争暖树”、“啄春泥”，人作为高级动物，又当如何呢？

诗人勇于冲出潜伏危机的旋涡，寻求自由发展的空间，这种积极进取精神和自然界动物求生、求进、图强的本能又何其相似！愿望变成现实，诗人心中欢欣雀跃之情自难言表。多么意味深长！

下两句尤富情趣。

“乱花渐欲迷人眼，浅草才能没马蹄。”

“早莺”、“新燕”，这些自然界初生的小动物，给人带来的感受是春天的无限生机和活力；那满山遍野的“乱花”和“浅草”又会给人以怎样的感受呢？春意盎然，欣欣向荣，同样是无限生机和活力。

动物、植物，整个自然界都是充满生机、活力、希望无限的，徜徉其中，怎能不令人心旷神怡、精神振奋！何况这还是早春。“渐欲”、“才能”，则更使人想到那即将到来的眼花缭乱的迷人景象：繁花似锦，绿草如茵，美不胜收。如此绚丽美景，又怎能不使人乐以忘忧、迷恋忘返呢！

“最爱湖东行不足，绿杨阴里白沙堤。”

难怪诗人要在这“绿杨阴里”尽情享受、陶冶心灵了。多么高尚而高雅的闲适情趣！

2.“采菊东篱下，悠然见南山”

以表现农村景物、农家环境、农事劳动和农民生活为内容的田园诗，也是古诗词中极具闲适情趣诗作的重要组成部分。

《诗经·幽风·七月》是我国最早的田园诗。《诗经》中还有许多吟咏农事、农家的诗篇，应视为我国田园诗的先声。但真正开启田园诗写作的还是东晋陶渊明。他那篇《归去来兮辞》“田园将芜胡不归”奠定了他田园诗作的思想政治基础。他的《归田园居》五首，则是他创作的众多田园诗的代表作，下面这首是其中之一：

少无适俗韵，性本爱丘山。误落尘网中，一去三十年。
羁鸟恋旧林，池鱼思故渊。开荒南野际，守拙归园田。
方宅十余亩，草屋八九间。榆柳荫后檐，桃李罗堂前。
暧暧远人村，依依墟里烟。狗吠深巷中，鸡鸣桑树颠。
户庭无尘杂，虚室有余闲。久在樊笼里，复得返自然。

陶渊明，又名潜，字元亮，浔阳柴桑（今江西九江）人。出身官僚地主家庭，但至渊明时已家道贫寒。自幼博览群书，有远大抱负，但又性爱山丘，不慕荣利。29岁时出仕，曾任江州祭酒、镇军参军、建威参军等小官。41岁时任彭泽（今江西省彭泽县）令，因不满官场束缚，仅80余日便弃官而去，归隐田园，直至老死。上诗便是他归隐后次年作。

该诗思想内涵，和《归去来兮辞》同，主要叙诗人自己归田的原因、归后的田园生活、田园情趣以及那怡然自得、乐天知命的心情。是田园诗的经典作。

“少无适俗韵，性本爱丘山。误落尘网中，一去三十年。”

诗起，诗人便直言不讳，说自己从小就志趣高雅，不随凡俗，没有低级趣味；还说酷爱山野，酷爱园林，是他的“本性”。这不禁使人想到此前他毅然弃官归隐的壮举，令人崇敬。

不过，对于诗人究因何故弃官归隐，历史记述并不完全一致。

一种颇富传奇、又颇形象的说法是：“不为五斗米折腰”。如，

梁朝萧统《陶渊明传》记：陶任彭泽令不久，适年终，“会郡遣督邮（郡的使官）至县。吏请曰：‘应束带见之。’渊明叹曰：‘我岂能为五斗米折腰向乡里小儿！’即日解绶去职。赋《归去来》。”

《晋书》、《陶潜》列传所记和上述大致相同，只是后面的叹语又多

了“拳拳”二字，为：“吾不能为五斗米折腰，拳拳事乡里小人邪!”

可陶氏自己在讲到弃官归隐的原因时，却未提及“五斗米”事，而是：“及少日，眷然有归隐之情。何则？质性自然，非娇历所得；饥冻虽切，违已交病。”（见《归去来兮辞》序）上言也就是说，诗人之所以弃官归隐，主要原因是，到任不多日子，便产生了眷恋乡土之情，想回家去。何以如此？诗人自己说，又源于本性使然（“质”，本质，也是本性）。不能勉强去做违心的事，否则比饥冻还难受。

诗人自己的说法无疑是最准确的。这和前面诗的第二句“性本爱丘山”中蕴嵌的思想内涵完全吻合。自然，有关史书记载的“不为五斗米折腰”，也完全可能是事实，但那极可能只是引爆弃官的导火索，而非归隐的根本原因。陶氏弃官归隐的根本原因是“质”和“性”——“性本爱丘山。”

因为性爱丘山，自然会视官场、仕途为“尘网”。

何谓“尘网”？“尘网”犹尘世。宗教徒常用以与“天堂”、“仙界”相对，把现实世界看成是束缚人的罗网。值得注意的是，诗人并非视现实世界为“尘网”。他对现实世界还是充满深情的。他弃官归隐，回到田园中去，便是回到了最广阔的现实天地。他对田园生活的热爱，更见他对现实世界有深厚感情。他在《归去来兮辞》中还明确说过：“帝乡不可期”。可见他对所谓“天堂”、“仙境”，也是持否定态度的。这和那些一心沉湎于“极乐世界”的宗教徒们的鄙世、贬世、厌世观念是完全不相同的。不能混为一谈。

至于诗中说的“三十年”，似为13年之误。因诗人29岁从政，42岁退隐，如上说从政是误落“尘网”，那刚好13年。

“羁鸟恋旧林，池鱼思故渊。”

这是诗人“误落尘网”时的心情和心境。

“羁鸟”，被关进笼子受束缚的鸟；“池鱼”，养在池中的鱼。用来比喻仕途为官，也是再形象、再贴切不过了。你看，那笼中的鸟，多么沮丧：有翅能展但不能高展，不能自由自在地在天空翱翔；那池中鱼呢，更见悲哀：有水能游，但不能远游，不能在大江大河里任意遨游。仕途为官，又何尝不是如此：处处受制于人，受制于制，不能随心所欲，“英雄无用武之地”。不仅如此，更令人难以容忍的是，在仕途为官还得随时准备承受和忍受来自权贵和豪门望族们的颐指气使，以致遭受凌辱和欺压。还要善于阿谀逢迎，卑躬屈膝。这岂不也和笼中鸟、池中鱼一样，要随时准备承受来自游人、主人和各式各样的观赏者的肆意玩逗、凌辱甚至摧残和扼杀。诗人出身名门，且素孤高自守，如此恶劣环境，又怎能承受的了呢？诗人弃官归隐，回到田园中去，是完全可以理解的。完全可以从其和官场、仕途的格格不入中预料到的。

可回到田园中去，回到广阔天地中去，又何以是恋“旧”林、思“故”渊呢？难道诗人家在农村，心思故里，要回到故居旧地吗？否。

《晋书》、《宋书》载，诗人系东晋王朝开国元勋、官至大司马的陶侃的曾孙。后有人疑其说。但其出身官僚地主家庭无疑。尽管至诗人时，已家道中落。

诗人既非农家子弟，又非家居农村，“旧林”、“故渊”说，显非纯地理概念，而是另有深意在焉。

深意者何？恐还是“性本爱丘山”。“丘山”犹大自然。“爱丘山”，即爱大自然。这是他的本性。“木欣欣以向荣，泉涓涓而始流”（《归去来兮辞》）。大自然是万物之本，也是人生存和栖息之所。人和自然不可分离。回到大自然中去，回到山林、田园中去，是人的本性的回归。本性回归之地，自然不会是什么新天地，而只能是“旧林”和“故渊”。“旧”、“故”说应是再准确不过了。诗人对大自然不同凡俗的理性认知，也更见其田园情笃。

诗中关于诗人回归后田园景况的描述，尤使人倍增对大自然和田园风光的憧憬和向往。

“方宅十余亩，草屋八九间。榆柳荫后檐，桃李罗堂前。暖暖远人村，依依墟里烟。狗吠深巷中，鸡鸣桑树颠。”

这不禁又使人想起诗人另一旷古奇文：《桃花源记》。

“……土地平旷，屋舍俨然，有良田、美池、桑竹之属；阡陌交通，鸡犬相闻……”

看！这和上面的描绘何其相似！这使人不难推知，诗人弃官归隐，他心中的理想境界，那超然世外的“远人村”，其实也就是《桃花源记》中描绘的桃源仙境。只不过，诗人自己知道，“帝乡不可期”。回到大自然的怀抱，才是理想和正当的抉择。

接下来两句，更见诗人对超然尘外的向往。

“户庭无尘杂，虚室有余闲”。这和后来唐诗人刘禹锡《陋室铭》中“可以调素琴，阅金经，无丝竹之乱耳，无案牍之劳形，南阳诸葛庐，西蜀子云亭”中传递出的意境也十分相似。诗人心中的田园，说穿了恐也就是“南阳诸葛庐”、“西蜀子云亭”那样的人间胜境：恬静、幽雅、和谐。

“久在樊笼里，复得返自然。”

诗人庆幸自己终于回到了大自然的怀抱。

“樊笼”，关鸟兽的笼子，比喻不自由的境地。诗人视官场为鸟笼，长年被禁锢在那不得自由的领地里，突然挣脱羁绊，回到了自由的天地，心中愉悦之情自难言表，也更见诗人超然尘外的田园情结。

上诗外，陶渊明还创作了许多田园诗。可贵的是，在这众多田园诗中，所展现出的田园风情也是丰富多彩、各式各样的。有“相见无杂言，但道桑麻长”（《归园田居五首》）——与农夫共话桑麻的欢欣；有“种豆南山下，草盛豆苗稀。晨兴理荒秽，带月荷锄归……”（《归园田居其三》）——自己参加劳动的喜悦；有“春秋多佳日，登高赋新诗。过门更相呼，有酒斟酌之……”（《移居》其二）——农闲时和邻里郊游时的诗酒谈笑；有“此事真复乐，聊用忘华簪。遥遥望白云，怀古一何深。”（《和郭主簿》其一）——和远方友人的唱和吟咏及独自怀古沉思……

而在这众多的田园诗中，我们还看到，诗人表现田园生活、田园风情的写作技巧也造诣极高。善于白描，率真而自然，平实而有深意。尤其是他那首《饮酒》诗其五：“结庐在人境，而无车马喧。问君何能尔，心远地自偏。采菊东篱下，悠然见南山。山气日夕佳，飞鸟相与还。此中有真意，欲辨已忘言。”将诗人那置身世外、安然自得、怡然自乐，只可意会、不可言传的心境，抒发得淋漓尽致，简直令人“陶然共忘机”。真是绝妙之极。

自然，也需指出的是，陶氏弃官归隐，无论是出于对当时社会的愤懑和不满，抑或基于乐天知命而引发出的对田园生活的向往，和我们今天所说的闲适情趣，都有其本质的不同。陶氏弃官归隐，给予人的积极影响是“不为五斗米折腰”，负面印象是消极避世。尽管他避的是官，是官场，而不是民间，不是百姓。但这个“避”字便难辞消极退隐之咎。而我们所提倡的闲适，是在改造客观世界中一种有劳有逸的积极生活情趣，是奋发精神状态在生活领域的反映。两者有根本区别。但这并不影响我们对陶氏田园诗作的欣赏。相反，陶氏诗作中那不同凡俗地对大自然的倾情和赞美，那出神入化地对田家生活和田园风光的细腻描绘和讴歌，却使我们能频增对大自然的憧憬和向往，对农村和田家的亲昵和热爱，益增别有风味的闲适情趣。这是很有积极意义的。

田园诗发展到南北朝，因战乱出现冷落。由田园诗写作发展到田园诗派，则是在唐代。王维、孟浩然、储光义、祖咏、裴迪等继承陶渊明诗风，将田园诗写作推上了新的阶梯，涌现出了一系列光耀千古的田园诗精品。王维的《渭川田家》堪称田园诗中的佼佼者，孟浩然的《过故人庄》也是别有情趣的田园诗佳作。

先赏王维《渭川田家》。

斜阳照墟落，穷巷牛羊归。
野老念牧童，倚杖候荆扉。
雉雊麦苗秀，蚕眠桑叶稀。
田夫荷锄至，相见语依依。
即此羡闲逸，怅然吟式微。

这诗写作的时间和背景，应是唐开元天宝年间。时，诗人在政治上遭受冷遇。有很长一段时间，就独自住在长安郊外农村。这诗便是他在农村居住时作。渭川即渭水，源出甘肃渭源县乌鼠山，东流入陕，经凤翔、西安、朝邑，过潼关，入黄河。田家即长安郊外的农村农家。

诗人 21 岁进士及第，调任太乐丞，因伶人舞黄狮子牵累，被贬洛州（今山东长清县)。唐开元二十二年，张九龄执政，王上诗请求引荐，被任为右拾遗，在皇帝身边掌管文书奏章事。开元二十五年，张九龄因谤被贬，王便开始被冷落。就在这年秋天，他奉命出使塞上，在凉州住了一个时期。后来回到了长安。回到长安后，朝廷虽也曾令其赴边远地区执行某项临时性差事，但总的说并不重用。而诗人又性喜静逸，酷爱田园山水，于是就干脆搬到了长安郊外农村居住。

在农村居住的日子，诗人陶醉在田园风光和山水情趣中，总的说，心情是愉悦的。但政治上失去依靠带来的困惑，又使他不能不感到有一种夕阳西下、黄昏落幕的悲哀。而田园风光的安宁、幽美和和谐，则又使他感到有一种“不如归去”情怀的激越和“欲归不能”的怅然。田园情，落幕情，思归情，交织一处，便汇成了《渭川田家》这田园绝唱。其核心又是一个归字——羡归：羡黄昏落幕时分农村、田家的浓浓归情；思归：思窘境而倍觉不如尽快归去；“怅”归：怅身不由己而欲归不能。

且看这“归”织成的农家风景画——

“斜阳照墟落，穷巷牛羊归。野老念牧童，倚杖候荆扉。”

诗起，便见几“情”融于一处的田园美景：黄昏时分的农家村落（“墟落”即村落），牛羊回归的别景，野老关心牧童的和谐。

黄昏，白日向黑夜转换之时，亦即由动即将转化为静，忙碌、劳作即将转化为休息、睡眠之际。就像飞鸟即将归巢，动物都将进洞休眠一样，农村的农夫们在一天紧张忙碌之后，此时也都将回到自己家里——“安乐窝”里，和家人团聚，共享天伦之乐，包括休生养息。

这是农村最神奇也最富诗情画意的时刻。诗人选择这时分作为观赏农村风光的视点，显是经过精心推敲的，因为这时段的农村风景也最能隐衬出诗人当时的复杂心情和心境。

值得注意的是，诗人在审视黄昏时分的农村和田园风光时，又不是泛泛地做全方位扫描，而是首先将目光投射在村尽头那偏僻的小巷和田野通向村内的村边小路上，接着便推出了一幅只有农村才能见到、只有田家才能演绎出的别致风俗画：

一群群牛羊，咩咩咩咩，兴致勃勃地从野外归来。多么可爱的家畜们，它们显然是在野外吃饱玩足了，要回到栏里睡觉。多么典型的农家风情呀！——牛羊归栏。

牛羊回归，那整天在外、风吹日晒、辛勤放牧的牧童呢？他们可都是些未成年的儿童呀！他们整天在野外放牧会怎样呢？村里可有人关心他们？这也是人们最关心的。随着读者的闪念，一幅更感人的图画又在村头出现了。又只见：

那村中的老人们，一个个拄着拐杖，倚立在门前，在引颈瞭望。他们在望什么？原来是在等候和祈盼牧童们安全归来——牧童回归。

那么，这些牧童又都是谁家的呢？是不是倚门候望的老人的至亲？诗中未说，似乎也并不重要。重要的是这一老一少，特别是野老们关心牧童归来的这一特写镜头，就足以表明诗人笔下的农村和田家，是多么和谐和温馨！

随着黄昏的余晖愈来愈接近地平线，忽然从远处传来山鸡的鸣叫声。这山鸡大概也要归巢了——山鸡归巢。

顺着叫声望去，哟！又见那广阔的田野，麦苗青青，秀丽如茵。显然这是夏季。但可以预料，这将是一个丰收的好年成。丰收在望，这也是一种"归"呀——颗粒归仓。

再看那村边的桑树，郁郁葱葱，可树上的叶显见稀疏了。这说明村妇们采桑喂蚕也颇辛劳，进而可想到蚕儿饱食后休眠、结茧、酿丝的情景——桑麻农事也是一派兴旺景象。休眠，结茧，这何尝不也是一种"归"——蚕蛹的"归"。

"雉雊麦苗秀，蚕眠桑叶稀。"多么诱人的农家景观呀！聊聊十个字，既有听到的（雉雊——野鸡鸣叫声），又有看到的（麦苗秀、桑叶稀），还有预测的（丰收）和想象的（蚕眠）；既有村外景（田野），又有室内情（养蚕）。不但使人益增对田家浓浓归情的感染，而且更见农村的勃勃生机和活力。诗人组句之精，尤堪称道。

牛羊归栏，牧童归来，山鸡归巢，颗粒归仓，蚕蛹也归，那农村农家最主要的劳动力，那长年累月在田野上辛勤劳作的农夫们呢？他们可曾归来？

看，随着夜幕即将降临，他们也都陆续回村了。又只见，他们一个个肩上扛着锄头，身虽疲乏而脸上却满带喜悦。见了村人，都亲切地打着招呼，互致问候。有的还久久站在一起，兴致勃勃地交谈着一天的劳作情况和所见所闻，包括未来丰收的喜悦。

“相见语依依”。诗人眼中的田家，人和人之间的关系何其融洽！也更见诗人心中的净土何其安宁、和谐和温馨！不过这很可能是诗人自己当时追求安适自得心情的反映。唐王朝当时正值安史之乱前夕，天子脚下的长安农村，恐不会有如此安宁和谐景象。

诗人眼中的净土，如此祥和温馨，而黄昏时分的田家和农村，所有的生物，包括高级动物的农夫和牧童，低级动物的牛羊、雉和蚕，植物庄家麦苗，又都呈现出一幅浓浓“归”意，这怎能不更加激起身处逆境的诗人心中愈来愈炽热的“不如归去”之情呢？而“欲归不能”的现实，又自会使其频增忧愁和伤感。

“即此羡闲逸，怅然吟式微”。

“式微”，即《诗经·邶风·式微》篇。该篇，《诗序》以为是黎候为狄所逐，流于卫，随行者劝其归国而作。其中有“式微式微胡不归”句，后人用其表示思归。陶渊明《归去来兮辞》“田园将芜胡不归”中的“胡不归”即源于此。

王诗上两句因“羡闲逸”而“吟式微”，则是羡渭川田家而思归故里。

诗人故里蒲州，即今山西永济。诗人欲归不能，故有“怅然”之叹！“怅然”二字，也隐示诗人当时已有退朝归隐之念。

王维的《渭川田家》，实是陶渊明“归去来”中的归情归景和诗人当时在农村、田家见闻，两者融汇幻化而成的田园风光。这风光无疑是诗人晚年退朝归隐后理想生活的素描。而孟浩然《过故人庄》中讴歌的田园风情，恐就不仅是诗人归隐后理想生活的素描了；而是诗人，包括当时唐皇朝一些不得志的文人、士大夫们不满现实，而对理想社会的憧憬和向往了。这理想社会是什么？其实还是前面陶渊明《归园田居》五首中提到的“远人村”和《桃花源记》中的桃源仙境，还有刘禹锡《陋室铭》中的南阳诸葛庐、西蜀子云亭。这是古往今来人们梦寐以求，但根本不存在，也不可能变成现实的社会形态。这里权以田园情赏之。

故人具鸡黍，邀我至田家。
绿树村边合，青山郭外斜。
开轩面场圃，把酒话桑麻。
待到重阳日，还来就菊花。

题为《过故人庄》，未言“过”，先见“邀”。有“邀”方有“过”。应“邀”而“至”，而且是“具鸡黍”（丰美菜饭）之“邀”，足见诗人与邀者的友谊非同一般。

邀者谁？难确考。估计可能是和诗人同为隐士的“故”友。也可能并无真人，而是作者基于吟咏的需要而精心设置的人和事。这在文学作品中也是常见得。

“绿树村边合，青山郭外斜。”

诗起，一个无比幽美、迷人的青绿世界便展现在人们面前，令人陶醉。

近处，绿树层层叠叠，像一道道绿色城墙，把整个村庄包得密不透风；

远处，翠绿的青山隐隐迢迢，俨然一幅精美绝伦的风景画，斜挂在村外的天边。

一个“合”（严密封闭），一个“斜”（天地横斜），便将这神奇去处渲染得神奇无比。这何尝不是陶渊明《归田园居》中的“暧暧远人村”！超然人世。

这还是村外景，村内呢？更见奇观：

“轩”，有窗槛的长廊或小室。陶渊明《饮酒》“啸傲东轩下”。

“开轩面场圃，把酒话桑麻。”

此时，诗人显已走进主人家。他进得门来，顺手推开了窗门。哟！一幅更幽美的图画展现在眼前。只见，那房前房后，远处近处，阡陌相连。苗圃，花圃，菜圃，应有尽有；庄稼，花果，蔬菜，百业兴旺，万物葱茏。这又是怎样的一个天地呀！

“有良田、美池、桑竹之属，阡陌交通，鸡犬相闻……”(陶渊明《桃花源记》)，这不就是桃源仙境吗！诗人无限感赞！

就在这如画美景中，诗人和友人促膝而坐，“把酒话桑麻”，海阔天空，高谈雅论无拘无束，自由自在。这又是怎样的一种风情呢？

“谈笑有鸿儒，往来无白丁。可以调素琴，阅金经。无丝竹之乱耳，无案牍之劳形，南阳诸葛庐，西蜀子云亭……”刘禹锡《陋室铭》又何尝不是这田园情的倩影！

至此，诗人显已完全陶醉在这田园美景和田园风情中了。

他神思缥缈，情驰天外。忽然竟超越时空，由眼前的春夏（依诗中描绘之景状推测，诗人过故人庄的时间应为春夏之交），越过盛夏、初秋、中秋，竟飘到半年后的深秋。他突然对友人说，待到重阳佳时，我还要来这里，和你一同把酒赏菊啊！多么意味深长！

“待到重阳日，还来就菊花。”

这不是对故人庄田园风情的赞美，而是思想的升华。此时，诗人显不是“魏阙心常在，金门诏不忘”了，而是要效仿陶渊明“采菊东篱下，悠然见南山”了。何其情趣！

《过故人庄》，诗人对理想社会和美好生活的追求和向往！

（四）闲适情

明代文学家张潮在《幽梦影》中说：“能闲世人之所忙者，方能忙世人之所闲。闲则能读书，闲则能游名胜，闲则能交益友，闲则能酒，闲则能著书。”一个“闲”字，天地何其广！情趣何其多！

古诗词中，几乎所有闲适情事，都有名篇、佳作吟哦咏颂。山水情、田园情、亲友情外，还有许多别具风韵的闲情逸趣，下面不妨略举二三，共赏闲适。

1.“唯书有真乐”

书，知识和智慧的海洋。读书，人生之雅事，也是闲适情趣之高尚者。古文人大都是书的酷好者，且多嗜书成癖。这在古诗词中亦多有赞咏。

陆游是我国古文坛上作品特别丰富的一位诗人。他一生为后世留下了近万首佳作。这和他嗜读成瘾、博览群书有直接因果关系。他的一生，是“万卷古今消永日，一窗昏晓送流年”的一生。他写的许多有关读书的诗，对世人也多有启迪。下面这首题为《读书》的诗，是其中之一。

先亲爱我读书声，追慕慈颜涕每倾。万事到前心尽懒，一编相向眼偏明。致君正使违初志，为己犹当毕此生。更祝吾儿思早退，雨蓑烟笠事春耕。

抒写读书情怀的诗，多为个人感受。上诗融先亲（已故父母）、诗人自己、吾儿三代读书理念于一炉，既有父母谆谆教诲之情，更有自己一生喜读、嗜读的感悟和思考，还有对儿辈的祝愿和希冀，堪称诵读佳作。

“先亲爱我读书声，追慕慈颜涕每倾。”

说自己读书，先从父母教诲起，亦可谓饮水知源。

诗人父亲陆宰，学识渊博，对诗人好学上进，自有谆谆垂范之功。其母唐氏，虽有过拆散其和表妹唐婉儿婚姻、酿成爱情悲剧之过失，但对诗人读书、求学、上进，也辛劳多多，致诗人回忆起来，“涕每倾”。这恐也是后来诗人在婚姻问题上忍痛割爱、顺从母意的一个原因。

“我生学语即耽书，万卷纵横眼欲枯。”（《解嘲》）

“少小喜读书，终夜守短檠（灯架）。”（《幽居记今昔事》）

诗人从小嗜书如痴，显是父母辛勤教诲的结果。

家庭的良好教育，使诗人养成了喜读的良好习惯。诗人对书看得比什么都重。

“万事到前心尽懒，一编相向眼偏明。”

在诗人心中，读书成了唯一的爱好和精神支柱。

尤值得称道的是，通过对喜读和嗜读的回顾，诗人对人的一生，对人生正道，有了新的感悟和启迪，从而也更加坚定了他终身勤读的信念。

“致君正使违初志，为己犹当毕此生。”

“致君正使”，意即在朝廷为官。诗人爱国心切，少怀大志，图登报国之门，但不为当权者赏识，致四十有五方仕，且仅止于小官。壮志未酬，回忆起来，诗人后悔当年“致君正使”有“违初志”，可以理解；但由此而引发出的对人生的感悟：“为己犹当毕此生”，则是对千百年来

“学而优则仕”读书理念的贬否，从而将对读书的认识和意念提升到了新的境界：读书，不是为了做官，不是为了出人头地，而是美好人生的正当抉择和毕生追求，是构建美好人生的基石。

自然，诗人的这种超时空读书理念，不是在明窗净几下冥思苦想中形成，而是在历尽磨难和曲折中生发。在某种意义上似乎也可说是他一心谋求“致君正使”而始终不能如愿以偿，才不得不退避三舍，感悟到应以读书“毕此生”。其实这也是一种退隐心理。只不过他对读书的坚定信念又使他始终保持着高昂的积极进取精神，勤奋刻苦，孜孜不倦，以致成为我国文坛上作品特别丰富的诗人。

正是基于上面那种超越时空的读书理念，使他由己及子，作出了更果敢的抉择：“更祝吾儿思早退，雨蓑烟笠事春耕。”他要儿子接受他的教训，及早退出官场和仕途，回到田园中去，在那烟雨迷漫中，披蓑戴笠，躬耕乐读，感悟美好的人生。

诗人晚年，南宋政权摇摇欲坠，诗人处境也十分艰难。他要儿子这样做，恐也和当时的政治形势有关，是他超越时空读书理念的延伸和展现。其子之名，时官何职，未考。

如果说陆游之读还有某种苦涩于其中，那么宋诗人韩驹（字子苍，仙井监即今四川仁寿县人，累官至著作郎）《李氏娱乐斋》中的“唯书有真乐”，则是至纯至圣的书中之乐了。这诗的写作技巧似无特别处，但其将读书之乐和凡夫俗子纵欲之乐对比褒贬，极抒鲜为人知的书外之乐，令人彻悟而神往，亦堪称劝读佳作。诗如后。

欲乐狂凡夫，须臾皆变坏。唯书有真乐，意味久犹在。李君名家流，事业窥前辈。澹然无他娱，开卷与心会。忆吾童稚时，书亦甚所爱。传抄春复秋，讽诵昼连晦。饮食忘辛咸，汗垢失盥颒。而来欢喜处，乃在文字外。卷藏二万篇，棐几静相对。此乐君未知，狂言勿吾怪。

诗开门见山。起笔便一针见血，尖锐指出："欲乐狂凡夫，须臾皆变坏"。将凡夫俗子纵欲之乐置于不齿境地，令人惊警。接着，诗又针锋相对指出："唯书有真乐，意味久犹在。"一反一正，清楚告诉人们："乐"有两种：高尚、高雅、健康，令人振奋的"乐"；庸俗、低级，令人萎靡、颓废的"乐"。

凡夫俗子纵欲之"乐"，寻求一时的感观刺激，放浪形骸之外，自属后者。

而读书之"乐"，有深刻的思想内涵，有长久的"意味"于其中，有永不消逝的至理音波流传于后世。可以使人变聪明，有智慧，长才干，通天理；可以令人胸怀豁达，精神振奋，意安气稳，杂念全消；能强身，能安神，能健脑，能益智。这种"乐"自然是高尚、高雅、健康的"真乐"了。读书之"乐"在所有"乐"中之至纯至高之趣也就不言自明了。

上诗题为《李氏娱乐斋》，李氏何人，不晓其详，从诗中推知，当为当时名达。事业显赫而生性恬淡，无他嗜好，唯喜读书，且开卷必能心领神会，从中获得无穷乐趣。

诗人仰慕其高雅，回忆自己自童年至今一生中的读书经历，也深感书中其乐无穷。

"传抄春复秋，讽诵昼连晦。饮食忘辛咸，汗垢失盥颒。"

一年四季，长年累月，就在传书、抄书、嗜读、苦读中过日子，年复一年，无日无夜，无春无秋。因为读书，兴之所至，常常在吃饭进餐时忘了菜的咸淡味道；身上、衣服脏了，也来不及清洗。如果不是书中有"真乐"，又怎会痴迷如此呢？

“而来欢喜处，乃在文字外。”

“欢喜”即“真乐”，可何以又言“在文字外”呢？恐是“真乐”之所在也。细味诗人“文字外”的“真乐”之“真”，似还可有如下二解：

一是书中之“乐”，主要不在字句和词语本身，而在蕴藏其中的深刻思想内涵，包括由于精巧构思、巧用词语等艺术手法而引发的种种情趣，而这些往往都在文字之“外”；

二是前面已提到，书是知识和智慧的海洋，能使人创造奇迹，成就大业，铸造辉煌。“书中自有黄金屋，书中自有颜如玉”。俗话说，钱能通神，其实，书才是真能通神的。通神之乐，岂非真乐！而这则更在文字之“外”。

两句诗将“真乐”之“真”揭示无余，令人信服。

诗人喜读、嗜读，家藏书两万卷。他自己经常静坐几案前，潜心诵读，冥思遐想，其乐无穷。他自信，他的这种读书之乐，外人也是很难体会到的，说不定还会以为他说的“真乐”是口出狂言哩！言外更见诗人读书不同凡响的“真乐”。

2. 琴棋书画趣横生

“若言琴上有琴声，放在匣中何不鸣？若言声在指头上，何不于君指上听。”（苏轼《琴诗》）悠扬悦耳、优美动听的琴音，如香醇甘露，令人心旷神怡。

静坐园林中，于明窗净几下，调琴自娱，“高山”、“流水”，出神入化，岂不更见情趣悠悠。

古时，许多大诗人、大文人、大名人都是调琴能手，且多有佳句流传。

白居易琴诗最多。“一声来耳里，万事离心中”、“身外都无事，舟中只有琴”、“七弦为益友，两耳是知音”……诗人抚琴自适之情跃然纸上。

王维《竹里馆》：“独坐幽篁里，弹琴复长啸。深林人不知，明月来相照。”“深林”、“幽篁（竹丛）里”、“独坐”，“弹琴”、“长啸”，“人不知”、“明月照”，多么清旷神奇的境界，使人如置身蓬莱仙境，悠然自得。而琴在这里是唯一能沟通人和自然的桥梁，是抒发感情、陶冶心灵的神来之物，是最富诗情画意的闲适情趣。

三国诸葛亮城楼抚琴，兵退司马，闲适之物竟成就军事奇迹，何其缥缈！

周瑜身为大将，亦精通琴乐，以致时人“欲得周郎顾，时时误拂弦。”更见琴趣。

棋弈，无论是下象棋、围棋，还是走军旗、跳棋，也都是高尚、高雅的极富闲适情趣的活动，古诗词中多有吟咏。南宋诗人刘克庄，精通象弈。弈作颇多。他写的一首《象弈一首呈叶潜仲》，寓军事智慧、军事哲理于娱乐中，堪称棋艺诗作的经典。诗如后：

> 小艺无难精，上智有未解。君看橘中戏，妙不出局外。屹然两国立，限以大河界。连营凛中权，四壁设坚械。三十二子者，一一具变态。先登如挑敌，分布如备塞。尽锐贾吾勇，持重伺彼怠。或迟如围莒，或速如入蔡。远砲勿虚发，冗卒要精汰。负非繇寡少，胜岂击彊大。昆阳以象奔，陈涛以车败。匹马郭令来，一士汲暗在。献俘将策勋，得隽众牧快……

开门见山，便见象弈之玄秘：“小艺无难精，上智有未解。君看橘中戏，妙不出局外。”

“橘中戏”见于《搜神记》：古有巴印人，家有橘园，园中有一大橘，剖之，见二叟相对象戏。后人便以“橘中戏”喻象棋棋局，其中玄机奥秘，妙不可言。

接着，诗人便以争战目光，审视并展开了“橘中戏”局：

“屹然两国立，限以大河界。连营凛中权，四壁设坚械。三十二子者，一一具变态。……”

红、黑双方，俨如交战两国，以大河为界，屹立对峙。正中为大本营——指挥中心，统领全局，凛然不可侵犯；四周重械设防，壁垒森严。三十二子，代表诸多参战兵种和有生力量，各具特性，分布要塞，严阵以待……

仅上布局，一个气势磅礴的争战局面便展现面前，令人如临实战而跃跃欲试。然而，“橘中戏”之妙，又妙在斗智斗勇，论胜论负。诗人将我国古代许多著名战例，包括成功的战例和失败的战例，引入棋艺，融战法、棋艺于一炉，更令人思棋艺之玄妙而神往。

“或迟如围莒，或速如入蔡。”——快和慢，迟和速，辩证的统一，关键是把握战机和不失时机。

“围莒”、“入蔡”，均见于《春秋左传》：楚子重从陈攻莒，迂而获胜；李塑雪夜入蔡州，兵贵神速，一举成功。

“远砲勿虚发，冗卒要精汰。”——多和少，强和弱，也是相对的。讲究战术、战法，少可变多，弱可胜强；相反，亦然。历史上少胜多、弱胜强之战比比皆是，棋弈同理。

“昆阳以象奔，陈涛以车败。匹马郭令来，一士汲暗在。”——象、车、马、士均攸关全局，可以致胜致败。“一着不慎，满盘皆输”。汉王莽曾以象战而败于昆阳（昆阳，古县名，在今河南叶县。刘秀曾歼王莽主力于此）；房官军曾以车战而败于咸阳陈涛斜之地；郭子仪单骑闯营，迫敌兵退；汲黯及一士人，见重于汉武帝，创立奇功；等等。这些对棋弈均有借鉴之功。

棋弈之胜，也如同战争。“献俘将策勋，得隽众牧快。”获胜之时，献俘策勋，朝野欢腾，上下称快。“隽”，谓鸟肉肥美，此处比喻战胜所获甚丰。“牧”，古时治民之官，也是主事之官。

书法与绘画，也是我国古老的传统艺术，是高尚而高雅的闲适情趣。古诗词中也多有咏颂佳句。

“快剑长戟森相向……书贵瘦硬方通神”（杜甫《李潮八分小篆歌》）；

“短长肥瘠各有态，玉环飞燕谁敢憎”（苏轼《孙莘老术墨妙亭诗》）；

“觉来落笔不经意，神妙独到秋毫颠”（苏轼《鲜于子俊见遗吴道子画》）；

“妙手何人为写真，只难传处是精神”（宋·张孝祥《浣溪沙》）；

“始知丹青笔，能夺造化功”（唐·岑参《刘阳公中书江山画障》）；

“写取一枝清瘦竹，秋风江上作钓竿”（清·郑燮《予告归里，画竹别潍县绅士民》）；

……古老的线条艺术，挥毫泼墨，“凝神静虑，端己正容，秉笔思生，临池志逸”，可以摒杂念，去邪欲，和心气，冶性情，舒胸襟，壮豪情，无论身心，都有百利而无一弊，难怪古书画家多高寿，今之年迈老人也多以此作为晚年修身养性、陶冶心灵、延年益寿的理想闲适选择。

3. 垂钓之乐乐无涯

古诗词中涉及抒写垂钓情怀方面的诗作和佳句，较之上述琴棋书画方面的诗作，不仅数量多，而且质量高，更多脍炙人口之句。这和古诗人、文人多喜游赏山水、钟情渔钓有关。

“严陵不从万乘游，归卧空山钓碧流。”（李白《独酌清饭江》）

“闲来垂钓碧溪上，忽复乘舟梦日边。”（李白《行路难》）

“山雨溪风卷钓丝，瓦瓯蓬底独斟时。醉来睡着无人唤，流到前溪也不知。”（唐·杜荀鹤《误兴》）

“垂钓绿春湾，春深杏花乱，潭清疑水浅，荷动知鱼散。”（唐·储光义《钓鱼湾》）

……融江河湖溪、山光水色于一炉，集赏悦自然风光和戏诱水中灵类于一钓，婉抒胸中豪旷飘逸之怀，勾勒出一幅幅置身自然、忘情物外、情景交融、人物和谐的图画，令人如痴如醉。垂钓之乐，何其高妙！

然而在众多的与垂钓有关的诗作中，更能发人痴迷垂钓之乐和引人遐思的，恐又要数张志和的《渔歌子》了。

张志和，字子同，婺州金华（今浙江金华）人。曾做过左金吾卫、录事参军一类的官，后因事被贬南蒲尉，遇赦后退隐终身。他长年徜徉于太湖山水间，自称“烟波钓徒”。他写过许多忘情山水和抒发垂钓情怀的诗，《渔歌子》是其代表作。

只不过，这诗也并非专为“渔”作，但以“钓”为意境，颇富垂钓情趣，故以垂钓乐赏之。

渔歌子（之一）

张志和

西塞山前白鹭飞，桃花流水鳜鱼肥。青箬笠，绿蓑衣，斜风细雨不须归。

西塞山，坐落在今浙江湖州市，即古吴兴县西。

白鹭，即鹭鸶，一种捕食小鱼的水鸟，羽毛纯白。

在幽美如画的西塞山前，一群白鹭在翩翩飞翔。这不禁使人想起王维的诗：“漠漠水田飞白鹭”（《积雨辋川庄作》）。在这下面，是一湾碧绿的春水，水面漂浮的是落英缤纷的鲜红桃花瓣。这又使人想到王维的另一名句：“两岸桃花夹古津”（《桃源行》）。而在这水里，无数鲜活肥嫩的鳜鱼，在自由自在地游弋，尤令人羡艳不已。这是多么迷人的垂钓去处呀！何况诗人又是有名的“烟波钓徒”。置身其中，又怎能不留连忘归呢？

看，果然，一个头戴“青箬笠”（竹笠）、身披“绿蓑衣”的渔翁在“斜风细雨”中出现了。这就是诗人自己。

天下着毛毛细雨，微风拂在湖面上，荡漾起层层波纹，诗人就坐在这徐徐颠簸的小船上，手持钓竿，在全神贯注地垂钓。他似乎全然未觉察到天正在下雨，也似乎根本未想过什么时候该回去了。

“斜风细雨不须归”。“不须归”，不同于不想归，恐也不是因风微雨细而不必归，而是另有深意在焉。

据史载，张志和退隐江湖后，“每垂钓不设饵”，何故？“志不在鱼也”。“不在鱼”而钓，志在山水间也。江河湖泊，山水自然，风光绮丽，赏心悦目，安神逸志，不正是最好的归宿吗！“烟波钓徒”自有其独特而别致的情趣。

好一幅烟波垂钓图！这别致图画的背景，无疑是当时——唐王朝天宝大历年间一些仕途上不得志的文人归隐山之涯、水之湄、忘情山水自然间感情的流露。还值得注意的是，组成这俊美图画的载体却只有寥寥27字。

27字，嵌入了多少景物、景象、景貌呀！简直难以计数。

青山（西塞山）、绿水、斜风、细雨，白鹭、鳜鱼肥，桃花、青箬笠、绿蓑衣，还有字面无而实际有的渔翁、小船和钓竿等，光景物、景象加在一起，就有 12 种之多。平均两个多字就嵌入了一种景物。这在古诗词中，似不多见。

不仅如此，尤令人惊异的是，在众多的景物、景象中，还形态、颜色各异。千姿百态，五光十色，绚丽无比。有动（流水等），有静（山等），有远，有近，有隐，有现；天上飞的（白鹭），水面飘的（桃花），水里游的（鳜鱼），空中流动的（风和雨），以及人头上戴的（青箬笠），身上披的（绿蓑衣），手里拿的（钓竿），身下坐的（小船），红的（桃花），白的（白鹭），青的（闪、箬笠），绿的（蓑衣），蓝的（水），银灰色的（鳜鱼），等等。几乎应有尽有，真是美不胜收。

寥寥 27 字，竟演绎出如此多彩的美妙图画，诗人高超的艺术构思和技巧，无疑值得由衷赞赏！垂钓之乐、之美、之能令钓者无与伦比的美的享受，岂不也显然可见！

四、哀怨情

情，就其内涵说，有忧国忧民情，男女婚爱情，乡土情，亲友情，闲适情，等等；就其表现形态说，则是人们常说的喜、怒、哀、惧、爱、恶、欲，即所谓的“七情”。前者是后者的载体，后者则是前者在各种情况下感情的真实流露和形象再现。

悲愁哀怨情，在本卷前三章赏读的诗词中已有实际展现。何以还要另辟章节，专注这方面的情和趣？这是因为，在古诗词中，这方面的情和趣，较之其他方面，比如喜和乐、愉和悦等方面，似更具撼人心肺的魅力。辛酸凄楚，怨恨丛生，声泪俱下，撕心裂肺，肝肠寸断，痛不欲生，较之窃窃自喜、洋洋得意、欢欣鼓舞、喜出望外等，在一般情况下，似更易使人受到情绪的感染，更能激起人感情的共鸣。

之所以如此，又源于诗歌艺术本身的内在特质使然。

“文章憎达命。”艺术最本质的东西是忧郁。美的事物本身就包含着悲伤的成分。

“国家不幸诗家兴，赋到沧桑句便工。”历史上真正的艺术家又总是和痛苦相连。伟大的艺术家常常和巨大痛苦不能分。

痛苦使人深沉，使人向善，使人走向大彻大悟，从而产生出真正美好的艺术。“《诗》三百篇，大抵圣贤发愤之所为作也。”只有浑浑噩噩、麻木不仁、不识不知的人，才没有痛苦，没有忧患，也就不会有真正美好的艺术。

潜心领略古诗词中那至善至美倾诉悲、愁、哀、怨的艺术，才能尽享古韵情趣中那登峰造极的感情绝唱所独有的神韵和风彩。

（一）怆然涕下的悲歌

如本卷第一章前言所述，我国古文人和知识分子，大都是爱国忧民的。

“学而优则仕”。在科举兴隆时代，爱国爱民志士，只有攀登仕途，才能于国于民多有作为。否则，即便满腹经纶，也会英雄无用武之地。

然而，在阶级严重对立的社会，即便是政治清明时代，官场倾轧也十分激烈，仕途风云诡谲。而文人、学士，又多耿直忠贞之士，被挤、被压、被排斥是司空见惯的常事；被诬陷、被谪贬、被放逐，以至惨遭牢狱之灾、杀身之祸，历史上也屡见不鲜。

对大多数文人来说，最大的痛苦莫过于政治上不被信用，无端受辱、受屈而又有冤不能伸；最大的悲哀莫过于有翅难展，壮志难酬，“英雄无用武之地”。

而文人，特别是一些伟大、杰出诗人，又多豪旷飘逸之气。他们不会喜怒皆形于色，不会动辄在自己的诗作中直抒胸臆。用含蓄隐晦之笔曲抒胸中之愤，倒是诗坛大家们常用的手法。

唐人张九龄《感遇》12 首，便是用含蓄手法隐抒宦途偃蹇失意情的佳作。下面仅赏其中二首。

其　四

孤鸿海上来，池潢不敢顾。侧见双翠鸟，巢在三珠树。矫矫珍木巅，得无金丸惧。美服患人指，高明逼神恶。今我游冥冥，弋者何所慕。

其　七

江南有丹橘，经冬犹绿林。岂伊地气暖？自有岁寒心。可以荐嘉客，奈何阻重深？运命唯所遇，循环不可寻。徒言树桃李，此木岂无阴？

张九龄，字子寿，韶州曲江（今广东韶关市）人。长安进士。玄宗时官司至中书侍郎同中书门下平章事，即宰相。为人正直，为官清正。开元二十四年，因李林甫谤，罢相，贬为荆州长史。

《感遇》12 首便是他被贬荆州后作。

该组诗近似寓言作。别致的比喻，隐约的语言，曲婉的笔法，尽展诗人崇高品格，尽现诗人落难失意情。

“其四”，诗人是以“孤鸿”自比高洁，而以“双翠鸟”暗指李林甫和牛仙客，警告他们不要过于得意忘形，隐抒自己不得志的失意之哀。

“孤鸿海上来，池潢不敢顾。”

诗起便见失志之哀。

鸿，即鸿鹄鸟。《孟子・告子上》：“一心以为有鸿鹄将至。”鸿鹄飞得高，故常用来比喻志气远大者。

《史记・陈涉世家》：“陈涉太息曰：‘嗟乎，燕雀安知鸿鹄之志哉！’”诗人以鸿鹄自比，足见其有非凡志。诗人开元为相，且多有建树，“时称平允”，也说明他确有非凡治国安邦才。

可令人费解的是，如此才华超群者，竟是一只“孤”鸿。形单影只，独来独往，岂不可悲！尤可悲的是，这“孤”鸿还是从“海上来”。大海浩瀚无边，波涛汹涌。“孤”鸿也应是经过大风大浪洗礼，是无所畏惧的。可在诗人笔下，这“孤”鸿竟连池潢这样的小水沼也不敢多看一眼，岂不奇怪！

诗人何以构思如此胆小的鸿雁奇观？自有深意在焉。

深意之一是，隐射当时唐王朝政坛腐败，特别是李林甫、牛仙客们，横行无忌，胡作妄为，致国人皆畏首畏尾，不敢越雷池一步；

深意之二则是，隐言诗人自己的举步维艰：由于李林甫们的排挤陷压，不但有翅难展，壮志难酬，而且陷阱多多，如临深渊，如履薄冰，不得不格外小心。——宦途偃蹇失志者之悲。

接下来更见凄楚：

“侧见双翠鸟，巢在三珠树。”

李林甫、牛仙客，头顶耀眼光环，身披锦袍玉带，岂不俨然“双翠鸟”。他们高高营巢在神话中传说的“三珠树”，赫赫然不可一世。而诗人却只能站在远处悄悄“侧”视，岂不更见悲哀。

“三珠树”，传说在厌火国北，生赤水上，其树如柏，皆为珠。

“巢在三珠树”，极言李、牛的张狂和得势。

然而诗人并未因此而馁。他坚信，李、牛们是不会长久的。他警告他们：你们高高独立于珍木之巅，难道就不怕有打鸟的弹丸袭击？人穿着过于豪华，还怕有人背后议论。你们身居高位，又自恃高明，不可一世，必然会遭到神明的厌恶，为天地所不容。

李林甫挟权自重，为所欲为。果然，他死后不久，他一手扶持的安禄山便发动了叛乱，宣告了唐王朝的由盛而衰。

诗人曾任开元宰相，自有察时度世之明。他深知在当时情况下，时局已难好转；况他自己又被罢相，更难于国于民有所作为。权衡利弊，他觉得只有远离这政治是非之地，到冥冥太空中去悠然安度晚年。他寻思，那样即便有猎人想以他为猎物，也难以得手。

“今我游冥冥，弋者何所慕。”

《法言·向明》：“鸿飞冥冥，弋人何篡焉？”

诗人仍以鸿鹄自许。他要像鸿鹄那样，遨游太空，超然尘外。旷达中仍见辛酸，飘逸中更见凄楚。

《感遇》其七，则是诗人借丹橘自比贞操，感叹自己为重阴所阻，不能发展自身抱负；也流露出无可奈何的宿命论思想和希望得到君王垂青、再为朝廷所用的意愿。

“江南有丹橘，经冬犹绿林。岂伊地气暖？自有岁寒心。”

不惧风霜，不畏严寒，经冬犹绿，永葆坚贞。这便是江南丹橘的高贵品格，也是诗人自我品格的写照。

《感遇》其四，诗人以鸿鹄自比志远；其五，是借兰、桂自喻高洁；其七又以丹橘自喻坚贞，足见诗人对品格、品行的看重，也更见诗人不甘被贬、急于自我表白，以便能再为朝廷所用之心。

诗人认为，丹橘之所以“经冬犹绿”，主要还不是因为外因——江南“地气暖”所致，而是源于内因：本身具有一种能够经霜傲雪、常绿常青的特质——“岁寒心”，这就更为难能可贵了。

《论语·子罕》，孔子云：“岁寒然后知松柏之后凋也。”“岁寒心”，实是坚贞不屈的“心”。这里，诗人显然不是在议论橘“心”，而是以橘“心”比自“心”，言自“心”无比高洁、坚贞。

那么，这“心”又有何用处呢？诗中说，“可以荐嘉客”。“荐”，举荐，自荐，进荐，均有奉献意。问题是这“嘉客”究系何人，何以值得奉献？联系诗人被贬前的地位、身份（相）分析，这“嘉客”显然不是一般宾客，而是至高无上的皇帝。

由此可见，此时诗人的心思仍在皇帝身上，希望能再为皇帝所用。这在当时情况下，对诗人应该说是完全可以理解的。

因为遭谤被贬，远离金门，不能直接为君王所用，故有“奈何阻重深”之叹。

“奈何阻重深”，既有被阻于重阴深处、难见天日之悲，又有“无可奈何花落去”之怨。五字之用，宦途偃蹇失意情尽见。

由于历史和时代的局限，诗人自然不可能认清自己被贬落难的真正原因。他只能归咎于冥冥的虚无运命中。

“运命唯所遇，循环不可寻。”

在诗人眼里，命运是不以人的意志为转移的，不可抗拒的。荣难祸福的循环往复，也是很难寻觅出其真正缘由，是无法驾驭的。只能听其自然。

然至此，诗人仍未放弃东山再出之愿。他总觉得，他的高尚品格和卓越才能，还未为更多的人所认识，以致不能长期被接纳，被信用，致有遭谗受贬之误。他幻想，有朝一日，他的品格、才能重新为朝廷和君王所识，再被任用，为国为民效力。

“徒言树桃李，此木岂无阴?”

《韩诗外传》载赵简子语:“夫春树桃李，夏得阴其下，秋得食其实。”“桃李不言，下自成蹊”，丹橘飘香，能无阴乎。诗人望用之心，何其浓烈。

自然，这只是诗人自己的一厢情愿。在当时情况下，要变成现实，是难上加难的。此后，诗人再未复出进仕，三年后郁病而逝。

后人评此诗，多有说是取意于屈原的《九章·橘颂》，不无道理。

屈《九章·橘颂》以橘自况坚贞，托物寄兴，颇有深意。张诗也是借自橘喻有岁寒之节。只因命运不济，被阻于江南，不能奉献于君王。两诗无论是采用的兴比手法，抑或用于兴比的客体（橘），还是兴比蕴含之深意，都大同小异。屈诗在前，张诗在后，张得屈诗之启，很有可能。

况张和屈还有诸多相似处。都生于南国（屈生楚，张生岭南），都秉性刚直，都曾被朝廷委以重任，又都为奸佞所谗，都被贬外放……相似的经历、遭遇，产生出息息相通的感情，也有其必然的情文继承性。

和张九龄用兴比手法婉抒宦途偃蹇失意情相似，天宝大历年间诗人刘长卿的《谪仙怨》词，也是用含蓄隐晦手法，婉抒宦途失意情。只不过这词不是托物寄兴，而是假人悲抒己悲，借友恨发己恨，尤富情趣。

> 晴川落日初低，惆怅孤舟解携。鸟向平芜远近，人随流水东西。白云千里万里，明月前溪后溪。独恨长沙谪去，江潭春草萋萋。

《谪仙怨》，本为唐玄宗天宝十五载即安史之乱奔蜀途中为思念前宰相张九龄而创制的词牌名，又名《剑南神曲》。

据唐窦弘余《广谪仙怨序》载，玄宗时，张九龄相，曾预察安禄山必反，密启玄宗诛之。勿听。后张遭贬至死。玄宗于安禄山叛后奔蜀，后悔未听张言，特制《谪仙怨》曲以悼。

刘长卿用此牌填词，则是寄给一个叫梁耿的友人的。梁，何许人氏，官何职，不详。但知他当时也在被贬中。刘用此牌填词，自有深意。

时，刘长卿因受大官僚吴仲儒诬，下苏州狱，贬潘州南巴（今广东茂名县）尉，移睦州（今浙江建德）司马。上词便是他赴睦州途中，在浙江湖州（苕溪）时作。

苕溪，正是他数年前和友人梁耿分别之地，而且极可能是送梁去贬所时分手之地。如今自己又由原贬地经此至新贬地，流离辗转，无止无休，怎能不万感交集、百怨丛生！同病相怜。此时，他又想起此前被贬的宰相张九龄的遭遇，怨情尤炽。于是便以玄宗悼张特制的词牌填了这首词。

友人，张九龄，诗人自己，加上诗结尾更见深情也更具深意联想到的西汉杰出政治家和文学家贾谊，四位政坛坎坷、备受摧残之苦的文人的悲惨遭遇和结局，浓织于一诗，自会益增宦途偃蹇失意情的辛酸和凄楚。故这诗实也是一首词牌、词义名实相符的“谪仙怨情诗”。

“晴川落日初低，惆怅孤舟解携。”

诗起，便见数年前送友人至贬所分手时的情景：

晴朗的原野，太阳已接近地平线——已是黄昏时分。

“寂寞黄昏落幕情”。友人当时就是在这种气氛中，满怀忧伤失意情，独自驾一叶扁舟，分手而去的。何其凄楚！

接着，诗人脑海里便又泛起宦海漂泊的情景。那是怎样的一种情景呢？

“鸟向平芜远近，人随流水东西。”

只见，那浩瀚无垠的草原上空，无数鸟儿在自由飞翔。它们忽上忽下，忽左忽右，忽远忽近，无拘无束，何其惬意。

而人呢？那身在官场的人，却只能随着流水，一会儿向东，一会儿向西，不能自主，更不能随心所欲，何等被动和难受！

两者相较，人不如鸟，能不悲乎！

诗人身处逆境，想到宦海漂浮之苦，不胜伤感，在情理中；但将宦海漂浮和小鸟自由飞翔对比，用可以忽远忽近映衬只能向东向西之悲，不能不说是精巧别致的艺术构思。

还有“向”、“随”两动词，也颇生动、贴切。“向”，向前、向上，随心所向。小鸟自由飞翔之状如见如现；而“随”，跟随、随从、相随，则完全是一种受制于人的被动态势。将宦游人之尴尬和无奈隐衬得十分到位。两字之用，更见功夫。

诗的这上两句，如果说，主要是通过回忆送别友人时所感，极抒宦海沉浮身不由己之悲；那接下来两句，则是通过对友人的切切思念之情，尽展宦海漂浮疲于奔命之忧。

“白云千里万里，明月前溪后溪。”

白云，在诗人笔下，从来都是远行游子天涯漂泊的神奇物象；而明月，朗照乾坤，天涯与共，则是传递友人异地情思的太空“情种”。

诗人遥想，远去的友人，俨如虚无缥缈的白云，不远千里万里，四处奔波，漂泊无定；而他自己，在这明月皎洁之夜，在由原贬地移放新贬所途中，在这苕溪的前溪后溪，来回踱步，思念远去的友人。此情此景，又何其令人伤感！

尤令人伤感的是，两句恐不仅是对友人的素描，恐还是诗人自己一生和当时心境的写照。

“白云千里万里”。诗人一生漂泊，曾辗转长洲（今广东番禺县东。唐肃宗至德初，诗人为长洲尉）、潘州、淮西鄂岳、睦州、随州（今湖北北部。刘终于随州刺史，世称刘随州）多地，还下过苏州监狱，何止“千里万里”！

“明月前溪后溪”，也是诗人为自己凄楚遭遇而忧思忡忡、在前溪后溪来回踱步之况。思友自思，怜友自怜，宦途偃蹇失意情尤见辛酸凄楚。

然而，辛酸、凄楚的又何尝只是诗人和友人，恐也不仅是张九龄。

在那魑魅魍魉横行、奸佞当道的岁月，在那纷纭繁复、诡谲难测的官场和仕途，失意、偃蹇、沉沦以至被摧毁，在许多文人和杰出人才中，都是屡见不鲜的。失意可怜，偃蹇可悲，被摧残，被毁灭，在可怜可悲后面，更有对为恶者的恨。

此时，诗人情难自禁，他思潮翻滚。此时不由得又由眼前他和友人的处境，超越时空，先是飞到了此前的开元二十四年，伤及张九龄的遭遇；接着又来了个更大时幅的跨越，一下飞到了九百多年前的汉文帝时期，忆及一个更具才华也更令世人惋叹的古政论家、文学家来，从而卷起了更大的愤怒波涛，引发出了更深邃的情思。

“独恨长沙谪去，江潭春草萋萋。”

“长沙”，贾谊代称。贾，汉文帝时为太中大夫，为大臣所忌，一度被贬为长沙王太傅，后人遂以“长沙”称之。

“贾生才调更无伦”。诗人对贾推崇备至。对贾的遭贬，感慨尤多。曾在被贬潘州南巴、路过长沙时，特地赴贾宅凭吊，慨叹“汉文有道恩犹薄，湘水无情吊岂知”（《过贾谊宅》）。此处又及贾谊。超越时空，由今及古，慨古叹今。隐言古往今来，才华横溢者，常遭忌恨，多有磨难，伤感时代妒贤嫉能之悲。诗人的用心，可谓深远。而“独恨”二字则更见深邃。

“独恨”，恨谁？当然不是恨贾谊，也不是恨友人和自己，而是恨才高者竟被“谪去”，那自然只能是当朝的最高执政者、最高统治者君王了。矛头直指朝廷，宦途偃蹇失意情可谓真正触及了要害，诗的深刻思想内涵自更见深邃。

“江潭春草萋萋”。

《楚辞·招隐士》中有“王孙游兮不归，春草生兮萋萋”句。“萋萋”，茂盛貌。春草萋萋，游子当归，触景生情，更增宦途漂泊之哀。

在众多倾诉、抒发宦途偃蹇失意情的古诗词中，最感人肺腑，最能使人心胸辽阔、感情激越，能发千古幽思的，恐又要数另一首脍炙人口的千古绝唱：《登幽州台歌》了。作者陈子昂，“初唐四杰”后一位开拓型诗人。

这是一首感人至深的怀才不遇、壮志难酬的慷慨悲歌，读之，令人心寒而不馁；

这更是一曲心怀天下、横扫古今、气贯长虹的豪雄壮歌，千古传诵而不朽。

前不见古人，后不见来者。念天地之悠悠，独怆然而涕下。

陈子昂，字伯玉，梓州射洪（今四川射洪县）人。少怀大志。24岁举进士，为武则天所赏识，擢为麟台正字，后又任右拾遗。35岁时从武攸宜征讨契丹，一心报国建功。

就在征战中，他见先头部队作战不力，便多次向武攸宜陈言献策，并请自领万人“以为前驱”。未料所请非但未被采纳，反而迁怒于武氏，竟将他从随军参谋降为普通军曹，实是弃而不用。诗人心忧国事，忧连自我，益增悲愤之情。

时，武军驻洪阳（今河北蓟县）。这里是战国时燕国的都城（蓟城）所在地。

燕国，东周时本属弱小，常为山戎攻掠。燕昭王即位后，励精图治，广纳贤臣，得乐毅、邹衍等，革新政治，国力大增，竟崛起成为战国七雄之一。

这里还有燕国遗址：蓟丘。蓟丘即蓟门，又名蓟北楼。唐代属幽州，故又称幽州台。

诗人心怀忧愤，身临古境，登临览古，吊古思今，万千感慨一齐涌上心头，笔下顿发神奇之作。

《登幽州台歌》，便是在上述情况下，诗人心潮澎湃，不能自已，慨然喷吐而出的壮歌。

“前不见古人，后不见来者。”

劈头盖脸就是两个“不见”，何其豪壮！

“不见”什么？一“古人”，二“来者”。“古人”、“来者”均非景，而是人。

登临览胜，不说见景，而说不见人，岂非奇怪！

其实不然。恰恰说明诗人心中当时所思所想主要不是景，而是人；抑或见景思人，因人忘景。

那么，诗人“不见”而思的“古人”和“来者”又是何种类型的人呢？芸芸众生的凡人？显然不是；从诗人当时所处环境和诗人的心境、气度看，诗中的“古人”和“来者”，应是在以往和未来历史中有卓越贡献的伟人。不排除古之至贤至圣者，尧、舜、禹、周公、孔子等，可能成为诗人心中的偶像。但诗人当时身在燕国故都，登临的胜景，又是燕国遗址，而历史上，燕昭王重用乐毅等人，使燕国由弱变强、成为战国七雄之一的史实，恰和诗人当时所处朝代的情势以及诗人的遭遇形成鲜明对比。诗人此时登临览古，又怎能不思明君燕昭王和慕乐毅等贤臣呢？

由上推断可知，诗中“前不见古人”的“古人”，应主要是燕昭王和乐毅等人；而“后不见来者”的“来者”，也应是燕昭王一类的明君和乐毅等一类的贤臣。两个“不见”其实是一个“不见”，就是“不见”明君和贤臣。只不过一个是往昔的明君和贤臣，一个是诗人登临时和其后的明君和贤臣，一前一后罢了。当然其中首先又是明君。因为没有燕昭王那样的明君，即是有乐毅那样的贤臣，也会英雄无用武之地。诗人自己的遭遇就是证明。

两个“不见”，从字面看，似并无神奇。然当其并列一处，作为诗人登临古境时一登临便喷吐而出的呼喊，其气势之雄，其回肠荡气之激，其撼人心扉之烈，又绝非一般语言、文字所能比拟。细品蕴藏其中的深刻内涵，那心连广宇，胸怀天下，“位卑未敢忘忧国”的豪情；那通晓古今、深谙治国济世安邦之道的真知灼见；那怀才不遇、壮志难酬，偃蹇失意而雄心未泯，仍昂扬图进的人生哲理等，尤令人咀嚼回味无尽。

——历史和现实，古和今。“前不见古人”，是历史，是古；“后不见来者”，是现实，是未来，是今。历史是现实的镜子。“以铜为镜，可以正衣冠；以古为镜，可以知兴替”。两个“不见”连在一起，便见诗人对国家时局的关切，对天下兴亡事的忧虑。诗人时为武攸宜部下普通军曹，竟如此萦怀国事，心忧天下兴亡，岂不更见诗人是以天下为己任的信徒，是“位卑未敢忘忧国”的崇高志士。

——明君和贤臣，用贤和济世。治国安邦之道，全在用贤。“得人者兴，失人者崩”（《史记·商君列传》）。两个“不见”，说到底是不见今日有古时知贤、识贤之君和礼贤、用贤之政。诗人通晓古今兴亡之道，一针见血地抓住了当时时政弊端的要害，发出了令人振聋发聩、响彻云霄的呼喊，也足见诗人是确具远见卓识的雄才大略者。令人遗憾的是，如此才华横溢者，竟不被重用，反频遭贬斥，岂非更见时代之悲！

——国忧和己忧，失志和不馁。诗人少怀大志，一心报国，才华出众而不被重用，无疑也是诗人个人的悲哀。两个“不见”，也是诗人个人忧愁悲愤的呐喊。但两个“不见”的字里行间，并不见诗人个人的悲愤之言，而只有国忧和社稷忧愁之叹。显是诗人将己忧寓于国忧和社稷忧愁之中了，致己忧、国忧融为一体，密不可分。这种融国忧、己忧于一炉的兴叹，恐也是诗人当时心境的真实写照，是诗人不因受挫而衰、不因失志而馁、身处逆境而仍能发出两个“不见”这样震惊环宇呼唤的重要原因。

一前一后的两个“不见”，竟有如上所言丰富而深刻的思想内涵，诗人的构思之奇、之巧，可见非同一般。

然尽管如此，仅两个“不见”，也还是不能尽展诗人那宇宙般的博大胸怀和大海般的豪情壮志。随着两个“不见”的悄然隐去，一个“念”字出现，一个以天下为己任的忧国忧民者的崇高形象，便更真切地展现在读者面前，尤令人高山仰止。

“念天地之悠悠，独怆然而涕下。”

天地为何物?

李白《春夜宴桃李园序》云:“夫天地者，万物之逆旅。光阴者，百代之过客。”

万物逆旅，天地何其大;百代过客，光阴何其长!“悠悠苍天”(《诗·王风·黍离》)，时间无限，空间无穷。而在这无限、无穷中，又不知蕴藏着多少纷繁浩复的沧桑巨变!

然而，诗人的心思，似并不全在这“大”、“长”、“无限”、“无穷”以及纷繁浩复的巨变上，他还有更深沉、更深邃的思忖。“两个不见”后“念”字的出现，就说明诗人当时的心思还在人上。

面对“大”、“长”、“无限”、“无穷”和纷繁浩复的沧桑巨变，诗人似乎在寻思，如何将个人有限生命，融注在“无限”、“无穷”的具体历史阶段，焕发出更大的活力，铸造人生辉煌，推动历史车轮滚滚向前。这是每个有历史抱负和历史责任感的人的神圣而崇高的使命。诗人自己，这种使命感，似尤为浓烈。

诗人出身虽无显赫，但在唐科举取士制度的引导和鼓舞下，施展才华和抱负之情弥炽。曾在诗歌中表达：“感时思报国，拔剑起蒿莱”。任右拾遗时，虽位卑职下，却不断向武则天陈言政见。还说：“王政之贵，莫大乎安人。”然而当他想起眼前面临的凄楚遭遇时，他又不由得悲从中生：“独怆然而涕下”。

“独怆然而涕下”，何以“怆然”，因为有两个“不见”；何以“涕下”，也因为有两个“不见”。“不见”而“怆然”，而“涕下”，更见悲之深，哀之甚。而前面的这个“独”字，则又将个人和宇宙、匹夫和天下、位卑和国家更紧密地连在了一起，更见诗人心胸的辽阔和广大，从而也使宦途偃蹇失意情升华到了宇宙情、天下情的崇高境界。诗人立意、用笔之高深、奇巧，尤见神功。

（二）闺宫商妇的怨情

在古诗词中，倾诉悲愁哀怨情方面的诗作，数量多而又饶富情趣的，又莫过于男女间的感情纠葛和哀怨、哀思了。其中又以女怨为最。闺怨，宫怨，商妇怨，征妇怨，还有弃妇怨、嫠妇怨等，不一而足，且各具别致情趣。

自然，这类诗词，特别是宫怨、商妇怨等一类诗作，与当今现实无关联。其思想内涵，也无任何可资启迪处。但其对人物心理细致入微的刻画，尤其是构思技巧的别致、独特和多样，在古诗词中，却非其他类型的诗作所能取代。故仍不吝笔墨，另辟章节，择其中部分优异者以赏。

1. 闺怨——闺中少妇、少女思夫或思情人之怨

或春心萌动，缠绵恍惚，如痴如醉；

或久别幽思，思而生怨，怨极生恨；

或触景生情，情思万缕，绵绵无绝。

本卷第二章《男女婚爱情》中赏读的诗词，其中不少便是闺怨名篇，如李白的《春思》、权德舆的《玉台体》、金昌绪的《春怨》等，这里再赏读几首这方面的名作。

怨情

李白

美人卷珠帘，深坐颦蛾眉。但见泪痕湿，不知心恨谁。

有人说，此诗乃诗人寄托之作，借美人之怨而恨之。不排除可能有此隐义。但仅从描述美女思怨的情态和心绪说，也不失为闺怨佳作。

“美人卷珠帘。”

随着精美而豪华的窗帘徐徐卷起，一个貌容娇美的闺中少妇（也可能是少女）倏然在闺房窗前亮相，令人顿起遐思。

此时，少妇（少女）的心情应是愉悦的，“卷”就给人一种轻松愉悦感。可奇怪的是，接着这少妇（少女）就退回到闺房深处，“深坐颦蛾眉”。

“颦蛾眉”，用俗话说就是皱眉头，完全是一种惆怅和不愉快的表情。

少妇（少女）刚才还心情愉悦，何以突然有变？似乎也只有一种解释，那就是卷帘为望人，人未至，少妇（少女）顿失所望，只好悻悻地退回到闺房深处，“深坐颦蛾眉”。

“深坐”，这个“深”字恐还不仅是指闺房深处，似还有“颦蛾眉”时相思之多且深意。

那么，这少妇（少女）想的又是什么呢？诗中未明言，但从下句可知，她想的是很动情很伤心的。

“但见泪痕湿”——潸然泪下不说，而且泪痕不干，以至连衣襟都被泪水浸湿了，足见悲痛之甚。

少妇（少女）何以如此悲痛？诗中仍未明言，但最后一句：“不知心恨谁”，“不知”二字又不由得引人翩翩遐思：或许这少妇另有意中人抑或这少女另有难于启齿的隐秘事，不然似不会有“不知”之谜，这少妇（少女）更不会卷帘不见便立即伤心流泪，怨恨丛生。当然也可能是诗人或旁观者猜测揣摩。巧弄玄虚，发人遐想，益增闺怨情趣。

“卷珠帘”，“颦蛾眉”，“泪痕湿”，“不知心恨谁”，短短四句，有喜，有忧，有悲，有恨；有动有静，有现有隐；手、眼、眉、心并用，且形态各异，表情生动；喜、忧、悲、恨背后，又可见一巨型爱字——浓浓爱心。闺怨情深，一览无余。诗人妙笔，随处可见。

上诗开门见山，直抒胸臆，闺中少妇（少女）闺怨情态活灵活现；李白另一首闺怨诗：《玉阶怨》，其表现风格则迥然不同。它不是直述少妇（少女）闺怨情深，甚至诗中不见“怨”字、“恨”字，而是寓怨于景，寓恨于形，却更见闺怨情深。

玉阶生白露，夜久侵罗袜。却下水晶帘，玲珑望秋月。

“玉阶”，显指富贵人家房前的台阶，晶莹剔透如玉。似也象征房中的女主人洁美如玉。

时属深秋，露凝而白。露白又象征清寒凄冷。女主人独卧凉秋，岂不孤寒清冷之甚！“玉阶怨”之“怨”，隐其中矣——“怨”在“露”中。

不过，这句和上诗的首句不同。上诗首句“美人卷珠帘”，美人卷帘而出；这句虽有女主人意象，却不见女主人身影。更有意思的是，下句“夜久侵罗袜”，仍不见女主人亮相，却在暗中又隐见其人，也更见“玉阶怨”之“怨”。

夜，惯常用语，多初夜、中夜、深夜、夜阑、夜深说，这里却是“夜久”。“久”注“夜”后，人影可见；“久”后又见“罗袜”，女主人无疑矣。

深秋凉夜，女主人何以“久”立玉阶？似乎只能有一种解释，那就是她在等待意中人的到来。意中人是女主人的配偶还是情人，不得而知，似乎并不重要，反正是心上人。

女主人等得实在太久了，以至连脚上的罗袜都被露水浸湿了，仍不见意中人来，女主人是多么伤心凄楚呀！“玉阶怨”之“怨”，此时更见——“怨”在“侵”中。

女主人再不能在室外等了。于是她只好回到房里，放下精美的水晶帘。可她也未像前诗女主人那样：“深坐颦蛾眉”，而是依然凭栏瞭望，透过那精美窗帘的隙缝，“玲珑望秋月”。

“玲珑望秋月”，多么幽美而发人遐思的意境呀！

“月到中秋分外明”。

秋月，玲珑剔透，明净纤洁，也最富情韵和情致。

“君如天上月，不肯照一回”。

“人攀明月不可得，月行却与人相随”。(上两句均李白诗)

意中人未至，女主人望月而思，对月凝神，此中又有多少复杂微妙感情呢？外人断难知晓。虽未言“怨”、言“恨”，“怨”、“恨”更在其中——“怨”在“望”中。

不见“人”，只见“影”，“人”在“影”中；不言“怨”，不言“恨”，“怨”、“恨”在“露”（白露）中，在“侵”（侵罗袜）中，在“望”（望秋月）中。《玉阶怨》之“怨”，较之《怨情》之“怨”，似更富闺怨情趣。

被后人称为“七绝圣手”的王昌龄，写的一首七言绝句：《闺怨》，也是一首极富情趣的闺怨诗佳作。其奇巧构思，其别出的意境，尤令人交口赞绝。

闺中少妇不知愁，春日凝妆上翠楼。忽见陌头杨柳色，悔教夫婿觅封侯。

夫婿远游，历久不归，对独卧空帏的闺中少妇说，无疑是最最忧烦惆怅的事了。

明明愁肠百结，诗起却说“不知愁”，何也？更令人费解的是，接下来第二句诗：“春日凝妆上翠楼”——明媚春日，闺中少妇，精心盛妆（“凝妆”即盛妆），兴致勃勃地登上小翠楼，完全是一派欢欣愉悦模样，哪有一点惆怅的影子！

这不禁使人要问，这闺中少妇，究竟是愁还是不愁，是知愁还是不知愁？

有释者据“春日”、“凝妆”之举，判定这少妇是无忧无愁才“上翠楼”的，认为首句“知”系“曾”误，应改“知”为“曾”。

也有的古诗版本，不知是据考证所得还是仅依上推断，竟将上诗的这首句勘定为：“闺中少妇不曾愁”。

笔者认为，如果不是经过认真考究，确有原始依据为准，仅凭上推断改“知”为“曾”，理由似不充分。况闺中少妇，独卧空帏，百无聊赖，焉有不愁之情，不怅之理。真要不“曾”愁，恐也不会有此闺怨诗了，更不要说后面还有那个“悔”字。

笔者认为，这诗好，首先就好在这首句：平语异起。而首句的好，又好在这“不知愁”的“不知”二字上。“不知”更见惆怅。

俗话说得好，好汉不言愁。不言愁不是无愁，而是将愁强压在心里。同样，“不知愁”也非真的不知，而是故作麻木，故作不知。这大抵是因为忧愁太多太盛所致。忧愁太多太盛，不故作麻木，便无法排解。故作麻木，故作不知，自更见惆怅。自然，“不知愁”也可能是正话反说。反说，也是一种更见忧愁的故意，是一种故作麻木的幽默。二字之用，何其新巧！

细品上诗中少妇之思，似还可更见这“不知愁”的构思之妙。

诗中少妇之思，似乎是沿着下面的思路运行的：

闺中少妇，久卧空纬，无聊之甚。春到人间。“春到人间草木知”，她似乎觉得，丈夫是应该回来和她团聚了。愈思情愈炽。想着想着，她似乎又觉得丈夫果然要回来，于是便精心打扮，准备迎接。接着便兴致勃勃地登上了翠楼，瞭望、等待和迎接丈夫的归来。自然也有探望丈夫是否会归来之隐。显然，少妇“上翠楼”之举，并非“不知愁”，而是为了解愁、消愁和去愁——解独卧空闱之愁，消和去“不知愁”之愁。

愁，不知愁，解愁、消愁和去愁，全都融汇在这开头的两句诗里，叫人分不清究竟是愁还是不知愁，是发愁还是解愁、消愁和去愁，而在这似愁非愁、非愁似愁的扑朔迷离中，又使人深深地打上了“愁”的烙印。诗人巧织忧愁之笔，岂不更见奇妙！

少妇满怀春天的喜悦，兴致勃勃地登楼瞭望，那么少妇的丈夫是否真的归来了呢？显然也不会如愿。不然恐也不会有此闺怨诗了。

一心消愁未消愁，只会愁更愁。此时此刻，少妇心中的沮丧怨恨之情更是可想而知。可接下来的诗如果只是直抒胸臆，那这诗恐也很难给人以新感，更不要说千古脍炙人口了。

诗人自有更神奇的妙笔。

一个“忽见”，便将少妇登楼所见引向了“陌头杨柳色”。这少妇还未来得及细欣赏这杨柳的婀娜多姿，紧接着又将视线收回到自己心底：“悔教夫婿觅封侯”。这一引一收，生动、细腻、准确地揭示出了闺中少妇当时心中的微妙心扉。

“杨柳枝，芳菲节，所恨年年赠离别。”（唐·柳氏《杨柳枝》）

含烟袅袅、临风摇曳的杨柳，历来是寄托夫妻和情侣离愁别恨的多情物。少妇登楼望夫，不见夫婿归来，忽见陌上杨柳依依，“青青我心”，怎能不倍增忧伤之情！

忧、愁、怨、恨交织在一起，一个更令人震撼的感情赤字便自然而然地从少妇心底喷涌而出了。这就是“悔”——

“悔教夫婿觅封侯。”

宋诗人陆游有名句：“当年万里觅封侯，匹马戍梁州。”（《诉衷情》）

“觅封侯”，曾是多少仁人志士梦寐以求的理想和夙愿呀！可闺中少妇竟连丈夫觅封侯这样的人生盛事都后悔莫及，少妇独卧空帏之苦之甚，也不言自明了。

这里似也隐示少妇的丈夫是远在外地为官的“宦游人”，甚至可能是个不小的官，有“封侯”之望。闺中少妇之怨显是官宦富贵人家闺人之怨。“凝妆”、“翠楼”和前诗（《玉阶怨》）的“玉阶”、“水晶帘”等，似都有富贵人家的隐影，不是寻常百姓家。这恐也是古闺怨诗特殊的社会背景。但闺中的“愁”和“怨”以及对“愁”和“怨”的抒发，富贵人家和寻常百姓似也有相同处。

明明愁，偏说“不知愁”，更见“愁”；明明怨，不说“怨”，偏说“悔”，更见怨和恨。诗人闺怨之笔，岂不更见神奇高妙！

2. 宫怨——一种特殊的更见残酷的闺怨

封建社会历朝历代的帝王，包括一些有作为的君王，很少不荒淫邪荡的。三宫六院，嫔妃如云。“后宫佳丽三千人，三千宠爱在一身”（白居易《长恨歌》）、“有不得见者三十六年”（杜牧《阿房宫赋》），并非形容和夸张。

青春少女，幽闭深宫，悲苦之甚，断难穷述。本卷第一章第四节赏读的白居易《新乐府》诗中的《上阳人》，通过上阳白发宫女自述，道出了古时千万宫女的悲惨命运，令人发指。古诗词中宫怨诗佳作，更多的则是通过宫中少妇幽居中的生活琐事，隐抒宫妇心中无比浓烈的忧愁怨恨情，极展幽禁之苦。这类诗作往往更富闺怨情趣。刘禹锡《春词》，便是这类诗作中饶有风趣者。不过，也有人说，这诗另有寓意。隐贤能者不为人赏识，不受重用。联及诗人自身情况及其一贯言诗风格，上说完全可能。这里着眼其巧妙构思，仍以宫怨作赏之。诗如后：

新妆宜面下朱楼，深锁春光一院愁。行到中庭数花朵，蜻蜓飞上玉搔头。

调脂敷粉，精心打扮，“新妆宜面”，走下朱楼。此时，这宫中少妇的心情应该说也是愉悦的。

她满以为，下楼后定会有人迎接，说不定还会得到君王的宠幸。

未料，下楼后，却无人见赏。她沮丧已极。愁极无聊，便不由得信步走到庭园深处。庭园花木葱茏，繁花似锦。可奇怪的是，这少妇却既不看花，又不赏花，而是默默地站在花前，在有心无心地“数花朵”。岂不有趣！更有趣的是，这时，一个小动物——蜻蜓，竟飞到了少妇的头上，而且老是在少妇头上飞来飞去，俨然舍不得离开这少妇的样子。

蜻蜓，无情的小动物。何以对少妇如此青睐？很可能是将少妇头上的华丽装饰，当成了庭园的真花。它老在少妇头上飞来飞去，是在欣赏这从未见过的花朵！似乎也是隐示，只有这小动物才赏识这位不被见赏的宫中少妇呀！诗人的敏锐捉捕力和丰富想象力赋予了无情小动物以“有情”的情愫。

古皇宫里，像上面这类生活琐事，恐也是再平常不过了。这中间会有多少诗情画意呢？可在诗人笔下，却演绎成了一幅绝妙的宫中幽怨图，不能不佩服诗人的神奇功夫。

神奇何处？

巧弄融合，善移情愫，魔变生愁，便是这诗的前两句的神奇用笔所在。

美丽的少妇，新妆，宜面，风姿绰约地从小楼上走下来，这画面是多么优美呀！按说也应是喜悦的预示和先兆。可接下来却是180度的大转弯：“深锁春光一院愁”。全然没有一点愉悦的影子。

突然由喜变忧，这魔变是怎么演化出来的？魔具之一就在这“深锁”上。“深锁”春光，能不“一院愁”吗！

问题是这“春光”又是什么？“春光”也能“深锁”么？自然界的春光是无法“深锁”也是“深锁”不住的。能“深锁”的只能是人或物。

魔具之二，则显是将人——美丽而春情荡漾的宫中少妇，和自然界的风景——庭院里的美好春光融而为一，然后又将庭院紧闭视为“深锁”，这样一来，“深锁春光”便情理皆宜了。多么巧妙的艺术融合呀！

还有“一院愁”，就是将宫中少妇心中的忧愁哀怨，巧妙地移到庭院的花草树木、建筑设施和庭院空间上，“一院愁”也就自然膨出了。

短短两句，竟有如此众多魔变奥妙于其中，诗人用笔之神，可见一斑。

然而更神奇的用笔还是后两句：

“行到中庭数花朵，蜻蜓飞上玉搔头。”

少妇下得楼来，百无聊赖，信步花丛，合乎常情。可身在花丛，既不观花、看花，又不赏花，而是“数花朵”，岂不新鲜！新鲜中更见少妇无聊之甚。

更令人赞绝的是，少妇身在花丛，蜻蜓飞到少妇头上，多么平常的小景观呀！一般人不会在意；可诗人却在凡中见诗，随手拈来，便成妙趣横生、新颖别致、意境优美、蕴含丰富的佳句，岂不更见神奇！

凡中见新，平中出奇，录小趣而成千古忧——诗中神奇用笔之二。

当人们潜心吟哦起这两句毫无雕砌之痕的诗句时，谁能不为诗中那别致的意境而啧啧称赞，更为诗中那深邃的思想内涵而翩翩遐思呢——

小蜻蜓将少妇当成庭院的花朵，少妇的美貌和装饰的华丽自不必言；如此娇美少妇，竟无人见赏，只有无情的小蜻蜓垂青，岂不悲哀！宫怨之怨，昭然若揭矣！

更甚者，宫中少妇，何止千计！如此众多的妙龄少女，长年累月，幽闭深宫，无人理睬，最高统治者的荒淫无道和封建制度的残酷无情，岂不更见之甚！

诗人以特有的敏感和朴实无华的神来之笔，录小趣而成千古脍炙人口的闺怨绝唱，诗人诗作造诣之高，不愧时人将其和白居易并称“刘、白”而后人又多以“诗豪”相称。

秋 夕

杜牧

银烛秋光冷画屏，轻罗小扇扑流萤。天阶夜色凉如水，卧看牵牛织女星。

这也是一首脍炙人口的宫怨诗佳作。而且是一首在一个最能令宫中少妇、少女动情动容、频增相思和凄楚情的最敏感时刻的宫怨诗，因而较上诗似更具闺怨情愫。

题《秋夕》，“秋夕”即七夕。

七夕，传为牛郎、织女天上人间一年一度相会之夜。此时此刻，独卧空帏的宫中少妇，怎能不心潮澎湃如汤如沸呢？而民间爱情故事，又会使人频增辛酸凄楚的浪漫情趣。细品上诗，四句，恰似两幅情趣别致的相思图组成的一幅天上人间交辉互动的秋夜宫怨图。

两幅相思图是：

一幅，宫妇秋夕扑萤图。

“银烛秋光冷画屏。”

诗起，便见一苍凉、凄冷然而又妆饰豪华的房间。房中用来照明的“银烛”(烛，多为红色。“银”从何来？银，无色，也是白色。烛从光色，故曰银烛。也有银白清寒凄冷意)，在秋凉夜冷中，发出了瘆人的寒光。

这寒光照在室内画屏上，画屏也显得十分冷峻，令人不寒而栗！

这是谁人的卧室？何以又如此凄凉阴森？通读全诗方知，原来是未得君王宠幸的宫妇的卧室。

宫妇尚未露面，幽闭深宫之苦便隐然膨出，诗人借景言人抒情之笔，可谓高超。

宫妇自然不会甘心于这骇人的寂寞。她幻想和祈盼君王的到来。百无聊赖之际，便轻妆薄饰，走出闺房，来到庭院空地。但见，月明如洗，万籁俱静，唯有萤火虫在夜空中飞来飞去。萤光闪烁，似也会给少妇带来某种美好希冀。少妇兴随情至，便干脆找来小团扇，独自在庭院中玩扑萤游戏。不知这少妇内心深处，当时是否也有某种心愿，想以此游戏为寄托，为象征，祈望能捕捉到一星半点光明呢？这也完全可能的。

“轻罗小扇扑流萤”，多么轻松、优美而又饶有风趣的游戏呀！然而，在这七夕之夜，美丽的宫中少妇，独自玩这种游戏，这中间又包含多少辛酸呀？也只有少妇自己知道。自然这中间也包含着某种期待和希冀。

寂寞，无聊，心存希冀，美好的幻想，集于一句——一个不为人经意的小小游戏中，诗人聚情于谐的艺术手法，又何其高妙！

自然，这小小的游戏不会赢得君王的到来。少妇沮丧之极。于是，另一幅图画便又出现了：

宫妇秋夕卧月遥思图。

少妇一心等待君王的到来，可等啊等啊，一直等到深夜，仍不见君王的影子。天越来越冷了。“天阶夜色凉如水”。少妇断定，君王是不会来了，于是只好悻悻地回到房里。可回到房里，又毫无睡意。坐也不是，站也不是，只得随身躺在床上，睁着双眼，“卧看牵牛织女星”。

“卧看”，也有作“坐看”。“卧看”似更传神。似睡非睡，似醒非醒，对月遥思，也更富情韵。

问题是，此时此刻，少妇对月，又会在思念什么呢？诗中仍未明言，可也如前面“轻罗小扇扑流萤”一样，给人留下了广阔的遐思空间。同情？艳羡？嫉妒？自怜？怨恨……恐都蕴含在其中了。

此时此刻，少妇似乎在寻思：牛郎、织女呀！你们一在河东，一在河西，遥遥相对，不能团聚在一起，这是何等痛苦呀！不过，每年七夕，你们还能渡河相会，品尝人间欢乐，也还能略减相思之苦呀！而我呢？长年累月，幽闭深宫，无人理睬，比起你们来，那更要悲惨得多了。

不言艳羡，艳羡在其中；不说怨恨，怨恨自见。这种寓怨情于浪漫浩渺情思和古神话传说中的艺术手法，和前面聚情于谐的手法相似，也是一种很高明的艺术构思。而在这高超独特的构思中，将宫中少妇的宫怨情推上了极致。

两幅画，一幅，由室内（宫妇卧室）到室外（庭院），人和夜空、萤光相连，有内有外，有静有动，有景有情；一幅，人又回到室内，还躺在了床上，而心和眼却飞到了银河，飞到了天上，有上有下，有卧有仰，有观有思。室内室外，地下天上，又静又动，扑（扑流萤）、卧、看、想，融为一体，天上人间交相辉映的秋夜宫怨图，岂不更见浩渺情深。诗人精心绘图之功，超凡脱俗之笔，也真是旷古难觅。

赠内人

张祜

禁门宫树月痕过，媚眼唯看宿鹭窠。斜拔玉钗灯影畔，剔开红焰救飞蛾。

如果说前面两首宫怨诗，宫妇之怨还只是停留在一般的怨和恨的倾诉上，那么，张祜的这首《赠内人》，则不只是一般倾诉，而是在直呼垂垂命危和哀哀求救了。怨恨之心，尤见浓烈。

可能正是基于上述原因，这诗的表现手法也和上两诗不同。它不是直述少妇、少女在宫中所见、所闻、所思、所感，而是以宫妇在两种不同境况的小动物面前的不同情举，组成了如前诗一样，也是两幅生动别致、表面看似互不相干、实则丝缕相连的相思画，一前一后并列在四句诗里，汇成了又一曲千古脍炙人口的宫怨绝唱。

请看这两幅生动别致的画汇成的诗：

前一幅，可名艳羡图。

题为《赠内人》。“内人”即宫娥，唐宫中对宫人的专称。也有说是宫中宜春院歌舞伎的称谓，歌舞伎似不宜等同于内人。

“禁门宫树月痕过，媚眼唯看宿鹭窠。”

月过宫树，鹭鸟宿窠，夜幕即临。

临暮时分，对幽闭深宫的宫妇们说，无疑是动情而敏感的时刻。对绝大多数将独守空房的宫女们说，则更是如坐针毡的时刻。诗中的这位女主人——宫中少妇，此时正是这样一种忐忑不安、如坐针毡的心情。

室外，天还没完全黑下来。少妇透过窗纱，向庭院望去，但见庭院树上（有说是梁上），鹭鸟（一说是燕子）已归窠。雌雄鹭鸟（燕子）正双双相伴而眠。少妇看在眼里，想在心里。少妇究竟想的什么？诗中也未明言，但此前的四个字：“媚眼微看”，却令人不难推知。

何谓“媚眼”？“媚眼”就是妩媚而又艳羡的目光。少妇艳羡什么？显是鹭鸟（燕子）双宿共眠之情。这是幸福、美满的象征。而“微看”，则是在细看之中，似还有更深沉的思忖。这思忖又是什么？联系少妇独卧宫闱的处境，恐也不言可明了。

以上实是两个镜头：鹭鸟双宿共眠，少妇媚眼微看。组成一幅画：宫女艳羡图。

后一幅，少妇剔焰救蛾图。

天渐渐黑下来了。此时，少妇显然不能再“媚眼微看”了。于是她从窗前退回到房中，随便打坐在小桌旁的凳上。

桌上置放着一盏精美的小油灯。灯光闪烁，映照室内华美的陈设，更显得沉寂和忧伤。

也不知是当时真有某种实情实景作依托，诗人据实描摹，还是纯系诗人奇妙构思，接着，一个平常得再平常不过、小得也不能再小，然而又是十分感人的小镜头出现了：

也不知是从哪里突然飞来了一只小蛾，“飞蛾扑火”。果然，油灯闪闪，蛾被火燎，眼看就要化为灰烬，坐在灯畔的宫妇一看，急了，马上从自己头上拔下玉钗，迅速而又小心翼翼地拨开红焰，从火苗里救出了小飞蛾。

“斜拔玉钗灯影畔，剔开红焰救飞蛾。”便是这感人镜头的生动写照。

幽幽深宫，夜阑人静，宫女拔钗剔焰救蛾，这镜头又会引发人怎样的联想呢？境遇相同，命运相似，怜蛾自怜，救蛾自救，少妇极度悲楚之情更见。

奇思巧构，寄情于蛾，藏怨于救，诗人神来之笔，尤见奇功。

两幅画，集于一诗，似更具新意和深意。

全诗不见“怨”字，“怨”在“羡”（艳羡鹭鸟宿窠）中，是艳羡和向往幸福而美满的爱情。向往幸福，向往爱情，宫妇之怨，怨在“向往”。

全诗不见“恨”字，“恨”在“救”（剔焰救蛾）中，是求救于生命垂危的奄奄一息之中。渴望生存，渴望自由，宫妇之恨，恨源“渴望”。

向往幸福，向往爱情；渴望生存，渴望自由。宫怨之怨，何其质朴！

还有，“飞蛾扑火，自取灭亡”，乃民间谚语。少妇以蛾自比，似也隐示入宫前有仰慕豪华、致误投罗网之忏；而“斜拔玉钗”、“剔开红焰”，又有求助外力、急于跳出皇宫之情。诗人巧用民谚，频增诗中情趣。

“红焰”，皇宫豪华、残酷双重含义兼而具之。诗人遣词炼字之功，尤见精细。

3. 商妇怨——也是一种特殊的闺怨

“莫作商人妇，深山闻鹧鸪。”

“商人重利轻别离，前月浮梁买茶去。”（白居易《琵琶行》）

古时交通不畅，商人外出经商，千山万水，隔阻重重，延宕时日，久不能归，是常有的事；中途遇险，舟楫失坠，人去无归，也屡有所闻；身在江湖，心猿意马，薄情寡义，厌旧喜新，也不无先例……

商妇之忧，较之其他闺中旷妇，自更多更甚。故商妇之怨，在古诗词中，也多有佳句。

李白《长干行》，堪称商妇怨代表作。

妾发初覆额，折花门前剧。郎骑竹马来，绕床弄青梅。同居长干里，两小无嫌猜。十四为君妇，羞颜未尝开。低头向暗壁，千唤不一回。十五始展眉，愿同尘与灰。常存抱柱信，岂上望夫台！十六君远行，瞿塘滟预堆。五月不可触，猿鸣天上哀。门前迟行迹，一一生绿苔。苔深不能扫，落叶秋风早。八月蝴蝶来，双飞西园草。感此伤妾心，坐愁红颜老。早晚下三巴，预将书报家。相迎不道远，直至长风沙。

长干，如前（本卷第二章第二节）述，古金陵里巷名，故址在今南京南。

由于地理关系，长干人多以操舟捕捞为生，后发展为从事采购贩运。至唐，长干商人已负盛名。

王建有诗云：“扬州桥边小妇，长干市里商人。三年不得消息，各自拜鬼求神。”（《江南三台》）可见当时长干商人外出经商之众、之艰、之险。

李白这首《长干行》则是以商妇口吻，直白自己成为商妇的经过和丈夫远行后提心吊胆的种种复杂心情，活现出了一个清纯、痴情、奔放的商家小新妇形象，是一曲感人至深的商妇怨作。诗的写作构思，也颇新颖别致。怨从童起，忧随龄增，愁远及近，谐化而终；童乐阵阵，闺情密密，愁深似海，谐趣横生；喜（童喜，婚喜），忧、愁，谐交织一处，汇成了别具风韵的商妇怨绝唱。

“妾发初覆额，折花门前剧。郎骑竹马来，绕床弄青梅。”

大凡闺怨诗，多从少妇起，这诗从童时起，堪称独创。

一个额前覆着刘海的小女孩，手里拿着一枝花，站在门前戏耍；一个头上扎着丫角的小男孩，胯下骑着竹马，在小路上又跑又跳。玩着玩着，两个小孩就玩到了一起，一同“绕床弄青梅”。

“竹马”，拿竹竿当马；“弄青梅”，古时有用双手快速连续抛接若干圆球的杂耍，叫“跳丸”，这里很可能是儿童学“跳丸”而把青梅抛来抛去做游戏。

多么优美的民间儿童风俗画！

小孩的玩耍自然是天真无邪的。可接下来两句又不由得使人生发出某种遐思和联想：

“同居长干里，两小无嫌猜。”

“无嫌猜”，天真不避嫌，这不就有男女爱情萌芽的隐示吗！

诗人巧注情心，不但为全词商妇之怨埋下了厚重伏笔，而且为后人羡慕和憧憬从小就萌发爱情的美好婚姻，留下了美好情语。“青梅竹马，两小无猜”，即始于此。

因为有上面美好童趣铺垫，下面的情事也就顺理成章了。

“十四为君妇，羞颜未尝开。低头向暗壁，千唤不一回。”

少妇十四岁便做新娘了，显是“青梅竹马”结出的甜果。诗中对小新娘羞颜未开时的描摹真是入木三分：头使劲地低着，不好意思抬头面对新夫，而且还面向暗壁，新夫怎么呼她，也不肯回过头来。羞涩、娇痴、扭捏之情，活龙活现。

“十五始展眉，愿同尘与灰。常存抱柱信，岂上望夫台！”

直到十五岁，小新娘一直蹙皱的双眉才得以舒展，决心和新夫永远不分离，就像“尘与灰”一样。

“抱柱信”，典出《庄子》：“尾生与女子期于梁（桥）下，女子不来，水至不去，抱柱而死。”

“望夫台”，在今四川忠县南，实为一小坡。相传，古时有人久出不归，其妻天天登此瞭望，故名。

少妇是多么盼望婚后能有个和谐、安稳、幸福的家呀！她尤其担心丈夫外出经商不能如期归来，特用“抱柱信”的典故提醒丈夫恪守信誓。而“望夫台”之出，又透露出某种不祥预兆。诗人对商妇心理的刻画，何其纤细！

然而，商人毕竟是要外出经商的。

少妇十六岁时，丈夫终于远行了。

此时此刻，少妇又会是怎样的心情呢？

她想得更多、更细，也更复杂了。

丈夫外出经商的路线，哪儿有暗礁，有险滩，在什么时候会出现怎样的风险，哪里最令人触目惊心，她几乎都想了个遍。

“瞿塘滟预堆。五月不可触，猿鸣天上哀。”

瞿塘，长江三峡之一，在四川奉节县。两岸对峙，江水湍流其中。峡口有一巨型礁石，曰“滟预堆”。每年五月水涨，堆淹其中，行船极易触而危倾。有歌云：“滟预大如马，瞿塘不可下；滟预大如襆，瞿塘不可触。”

三峡两岸多猿，其鸣甚哀，尤令人凄楚。

丈夫行程如此险恶，怎能不令少妇胆战心惊呢？少妇思虑之甚，完全可以理解。

对丈夫远行的惊险足迹追思愈切，丈夫离家前和离家时的旧足迹，也必会令商妇更加触景生情。由远及近，更见情深。

“门前迟行迹，一一生绿苔。苔深不能扫，落叶秋风早。”

丈夫久出不归，离家时迟迟不行的旧足迹，自然会长满绿苔。这也是江南水乡特有的景色。可苔深又何以不能扫呢？因为一扫就连丈夫的旧足迹也看不到了。岂不更悲！何况秋来早，风吹叶落，将丈夫迟迟不行的旧足迹已淹没了许多。

思夫而及丈夫离家时的旧足迹，以致连旧足迹也不忍心去扫，还埋怨秋风淹没了旧足迹，少妇之思，何其深切别致！至于“秋风早”，恐还不只是时令上的“秋”，更多的恐还是商妇思想感情上的“秋”。

“八月蝴蝶来，双飞西园草。感此伤妾心，坐愁红颜老。”

蝴蝶双飞，象征夫妻恩爱。可眼前不见花，只见“草”，“哀草凄凄”，岂不更悲！

面对一派荒凉、凄楚景象，少妇又能如何呢？她别无他法，看来也只能“坐愁红颜老”了。

白居易有诗云：“红颜未老恩先断”（《后宫词》），是言宫女失宠之悲的。这里则是商妇盼夫未归，而且还不知道能不能归之悲，似更见渺茫和悲楚。

喜而忧，忧生愁，愁肠百结，难解难排。至此，商妇之怨，可谓倾诉殆尽了。然而，这商妇还毕竟只有 16 岁，还是个稚气未脱的小女娃。如此沉重的悲，又怎能承受得了呢？诗人自更有善园善化之笔。请看这更见神奇的结尾：

“早晚下三巴，预将书报家。相迎不道远，直至长风沙。”

巴郡、巴东、巴西，统称三巴，即今四川东北部。

少妇丈夫当时很可能是在巴蜀一带经商。

少妇刚说“坐愁红颜老”，说明她并不知道丈夫何日能归；可突然又说迎迓事，岂不蹊跷！蹊跷中更见商妇盼夫回归心切。也说明这少妇对丈夫回归还是满怀希冀的，不然也就不会有迎迓之念了。

少妇说，她唯一的希望就是，丈夫回来前能先捎个书信告知，以便自己前去迎接，而且不管道路有多远，哪怕“直到长风沙”。

“长风沙，隶池州”，在今安徽安庆市东长江边。据洪亮吉《北江诗话》考，此处就是今安徽怀宁县的石碑湾。陆游在《入蜀记》中说，此地距金陵（南京）七百里。

上七百里迎夫，在当时交通条件下，对一个只有16岁的少妇说，谈何容易！这少妇恐也只能想想和说说而已。可这一想，一说，却见诗中感情风云骤变，谐趣横生，何其惬意！

一想一说，顿化悲为谐，化忧悉为希望，岂非感情风云骤变；

一想一说，不但将少妇思夫情深推上了极致，而且将一个痴情、奔放、清纯、活泼的商家新少妇形象活灵活现地推在了读者面前，令人欣喜不禁，岂不谐趣横生！

你看，这小商妇说得何等轻松！她以为只要划一条船儿，便可独自到长风沙去，在茫茫大江上拦住丈夫，给丈夫一个惊喜，那多有意思！真是天真无邪！

诗人善化人的感情、善园诗中情趣的艺术技巧，在写人言情诗作中，亦堪称奇绝！

如本节起笔言，古时交通不畅，商人外出经商，因道路阻隔或其他原因，不能如期回返，是常有的事；舟楫失坠，中途遇险，人去无归，也时有所闻；浪迹天涯，心猿意马，乐而忘归，也非个别。以上情况，除中途遇难、亡命他乡外，其余情况，对痴心守候在家、一心盼夫归来的商妇来说，都有个丈夫误期和失信的问题。这是商妇们最不愿看到的。尽管前一种情况很难避免，而后一种情况，则更为商妇所不容。

这是一个商家特有的和最常遇到的问题，是以古诗词中，凡涉及商妇怨的诗，内容又多与“信”有关。

上诗《长干行》中的“常存抱柱信”，便是小商妇用《庄子》中尾生践约抱柱而死的典故，提醒其夫恪守信誓的。重在提醒。

下面要赏读的李益的《江南曲》，则是专为“信”讴歌的。只不过，它不是泛泛言情，也非就事论理，而是瞿塘贾妇对其夫屡屡误期直来直去的指责，和用后悔口吻，随便说出的一句调侃、然而又极其辛辣的气话：不如“嫁与弄潮儿”为妻。风趣、幽默中更见“信”字在商妇内心深处的位置和份量，也更见“信”的风采，是一曲张扬“信”的心歌。诗也只有四句，如后：

嫁得瞿塘贾，朝朝误妾期。早知潮有信，嫁与弄潮儿。

瞿塘，如前述，即四川瞿塘峡，长江川鄂间三峡之一，以水流湍激、暗礁多、险象环生而著。

瞿塘贾，那自然是经常穿行瞿峡经商的商人。贾，即商人。

“莫作商人妇”。也如前言，古时人们对商贾多存偏见。“商人重利轻别离”，进而认定，嫁给商人为妻，是女人一生最大的不幸。可诗中的这女人，不但嫁给了商人，而且还嫁给的是要经常穿行瞿峡、在滟预堆那样的“鬼门关”上来回冲闯的瞿塘贾商人，意味着瞿塘贾妇要长年累月在提心吊胆的惊恐中过日子，岂不是更大的不幸！

可奇怪的是，接下来第二句诗，从表面看，似又不见瞿塘贾妇长年累月提心吊胆之情，也不见整日心惊肉跳之窘。而只有看似平缓无惊的五个字：“朝朝误妾期”——似乎这瞿塘贾妇关心的，就只有这简单的丈夫回归的时间问题，并无特别辛酸处。

果如是吗？否。

细味“朝朝误妾期”，便知，这看似平缓无惊的五字中，却有着比长年累月提心吊胆还要凄楚得多的辛酸，有着更令人难以承受的悲楚。试想——

丈夫外出经商，要跨越急流险滩，妻子提心吊胆，自无须多言。可现在的情况是，临行前，夫妻有约在先，说好是要什么时候回来的。可现在约期已到，仍不见丈夫回来的影子。丈夫究竟怎样了？何以会误期失信？丈夫究竟能否安然无恙归来？此时，妻子心里会是怎样的辛酸凄楚呢？一般提心吊胆能够涵盖得了吗？

这还是一种情况，一种担心：担心丈夫会遭遇危险，身罹不测。“朝朝误”似还有另外的情况，另外的担心。

丈夫无疑是可信赖的。但长年累月闯荡江湖，形形色色的引诱纷至沓来，丈夫能经得起外界的不良引诱吗？能不能做到始终感情坚贞如一、情志不二？这也是痴心商妇最为关心的。而“误妾期”后面，似也有丈夫可能被诱之隐。

还需指出的是，上面两种情况(也可能还有其他情况）导致的“误”，在瞿塘贾妇婚后的岁月里，还不是一次两次，一回两回，更不是偶然和偶尔，而是“朝朝误”。“朝朝误”，这中间蕴藏着多少辛酸凄楚呢？外人恐断难知晓。瞿塘贾妇之苦，就苦在这“朝朝误”中；瞿塘贾妇之怨，也怨在这“朝朝误”中。

身为商妇，自然也知道潮汐事。

早曰潮，夕曰汐，来去涨落，必有定期，是为“潮信”。

有趣的是，在这诗里，少妇并未用“潮有信”这自然现象和自然规律，规劝和启迪丈夫恪守信誓，莫误归期，却骤然想起一个并不为人所熟悉的小人物——“弄潮儿”，并公然宣称不如嫁给他为妻，岂不叫人哭笑不得！

自然，这商妇并不是真要嫁给“弄潮儿”为妻。商妇的“嫁与”说，只不过是一句气话，前提是“早知潮有信”——一个“信”字，既道出了古今男女情爱心心相印的奥秘，也道出了瞿塘贾妇心中的隐秘心扉。

因为丈夫“朝朝误”，瞿塘贾妇才深切感到“潮有信”的可宝贵，才想到“弄潮儿”，才突然冒出一句“嫁与弄潮儿”的气话。气话虽辣，但非对丈夫怀有异心。相反，却更见瞿塘贾妇对丈夫的恩爱情深：唯恐丈夫在外出现意外，不能经常一起相亲相爱。商妇的心，就在这“信”字中。

不过，也需指出的是：“弄潮儿”之出，也为商妇怨注入了更浓更炽的情愫。

“弄潮儿”迎潮而上，冲波激浪，风险之大，付出之多，尽人皆知。商妇居然还说不如“嫁与弄潮儿”为妻，是商妇之苦、之艰，更甚于“弄潮儿”妻矣。这种正话趣说和高起点的烘托手法，也深得抒怨情之妙。

4.“写情圣手”李清照笔下的“愁”

说到古诗词中的男女忧愁怨恨情，又不由得使人想起宋代女词人李清照笔下的“愁”。

李清照，号易安居士，山东济南人。其父李格非，是当时著名学者兼散文家，有很高的文学修养。母也工于文笔。从而使清照从小就受到良好的文学熏陶。

清照 18 岁与太学士赵明诚结婚。赵后出任莱州、淄州太守。夫妻二人常吟唱对和，颇多情趣。

金人入侵，黄河南北相继沦陷，夫妻二人便渡淮南奔。混乱中赵接受湖州太守任命。就在赴任途中，中暑病死于南京。此后，清照便只身漂泊，流离辗转于杭（杭州）、越（今绍兴）、台（今浙江临海一带）州和金华一带，过着凄凉、困苦的难民生活。

良好的家庭教育，女性特有的多愁善感特质，加上她那曲折的人生经历，育化出她特殊的艺术素质。她是我国文坛上公认的“婉约派”正宗词人，是最擅长写情、写愁、写男女离情别绪的圣手。

她能以女性的特有方式、体味、情怀，将人们内心世界中所具有的那种抽象的愁思依恋，细腻地、温婉地，然而又极其深刻地予以具体化、形象化，以致凡属情感领域的波澜，只要经过她的手形诸笔端，便会呈现出特色鲜明的阴柔之美。

易安居士笔下的“愁”，则更是异彩纷呈，姿态百出。“闲愁”，“新愁”，“浓愁”，“许多愁”，“愁永昼”，“愁千缕”，“怎一个愁字了得”，“阑干愁不倚”……“愁”的种类、数量、浓度、广度、时间、空间、内涵、外延等、简直是无所不及其及。

从愁的内涵看，则有离别之怨，相思之苦，身世之愁，家国之痛。南渡前多为离别、相思怨，《醉花阴》是代表作；南渡后，身世、家国痛是主旋律，《武陵春》是代表作。而《声声慢》，则将国破家亡背景下思夫之情、亡夫之痛、无夫之愁发泄到了极致。“凄凄惨惨戚戚”，是典型的易安风格。细味上述三作，我们对女词人善于以愁张目、借愁彰情的高超艺术技巧，会有更真切的感受。先赏《醉花阴》：

薄雾浓云愁永昼，瑞脑消金兽。佳节又重阳，玉枕纱厨，半夜凉初透。东篱把酒黄昏后，有暗香盈袖。莫道不消魂，帘卷西风，人比黄花瘦。

王维《九月九日忆山东兄弟》，是远在他乡的游子，九九重阳怀念家中诸弟之作；易安上面这首《醉花阴》，也是重阳怀亲作，但不是怀念兄弟，而是新婚妻子怀念离家不久的丈夫，感情似更炙热。

其时，易安和赵明诚刚完婚不久。赵赴莱州（今山东掖县、即墨、莱阳、平度、莱西、海阳等县地）任，易安独居济南家中，倍感孤寂。重阳佳节，思情愈炽，于是便以《醉花阴》词致明诚。

据元人伊世珍撰《瑯嬛记》载，明诚读到该词后，曾大为叹赏，“自愧勿如，务欲胜之”，便闭门谢客，“忘食忘寝者三日夜，得五十阙，杂易安作以示友人陆德夫。德夫玩之再三，曰：‘只三句绝佳。’明诚诘之，答曰：‘莫道不消魂，帘卷西风，人比黄花瘦。’正易安作也。”

上记未必可靠，但《醉花阴》绝佳可见。“莫道”三句，确非他人能及。

然细味该词，最先映入读者眼帘的，恐还是女词人特有的多愁善感和用委婉含蓄手法婉抒闺人隐秘心扉之笔。这情和感，这隐秘心扉，恰如浓云密雾，整日整夜笼罩闺阁，让人气不能喘；又如深山密林中的小溪，蜿蜒而隐曲地徐徐流淌，让游人仔细寻觅、欣赏、陶醉。

“薄雾浓云愁永昼，瑞脑消金兽。”

词起便见阴云密布，永昼皆愁。

天，阴沉沉的。空气沉闷而压抑。独卧空房的闺中少妇，压抑中更见烦郁。

她愁极无聊，便独自打坐在床前，两眼睁睁地望着桌上那形如金兽的香炉，望着那香炉里正在燃烧的香料——“瑞脑”（俗称冰片）冒出的袅袅青烟发愁，直到这香料燃烧一尽。

少妇何以坐看香炉冒出的青烟发愁？何以如此烦忧？上两句未见明言，但细味接下来的三句，却又不难走进少妇的隐秘心扉。

“佳节又重阳。玉枕纱厨，半夜凉初透。”

又是重阳佳节了。

“每逢佳节倍思亲。”此时此刻，少妇心中思念的亲人又是谁呢？新婚新别可知，“玉枕纱厨”更见。

“玉枕”，少妇床上精美的睡枕；

“纱厨”，即碧纱厨，一种用木架的纱蚊帐。

此时，少妇显已不是坐在床前看那形如金兽的香炉冒出的青烟出神了，而是睡在了那温馨舒适的牙床上了。

可奇怪的是，时已“半夜”，少妇却怎么也睡不着。不但睡不着，还总觉得衣寒被冷，而且有一种透心皆凉的感觉。只不过，这感觉并非原来就有，而是新出现的。

显然，这寒冷不是被单褥薄所致，而是另有原因。这原因便是，新婚新别，丈夫不在身边。孤栖独眠，怎能不令新婚少妇倍感透心皆凉呢？

“凉初透”，三个字，将新婚新别闺中少妇深夜思夫之情揭示得再真切不过了。词人巧展新妇隐秘心扉之笔，亦堪称别致。

词上阕从清晨到深夜（坐看“瑞脑消金兽”应是清晨、白日之景），少妇心中“愁永昼”之情，按说已尽展无遗了。然而，女词人多情之笔，却不会因为一天时光的终结而止息。词下阕伊始，便又出现了时光的倒流——倒流到把酒赏花的黄昏时分。如果说词上阕是“永昼”之愁，那下阕则是黄昏之忧了。

这种时光倒流和时段错置的结构，在写作上被称为意识流结构。这种结构往往最能表现诗中主人公烦躁不安的心情。此时，女词人显还在烦躁不安中。

“东篱把酒黄昏后，有暗香盈袖。”

陶渊明名句：“采菊东篱下，悠然见南山。”（《饮酒》）古时有重阳饮酒习俗。少妇黄昏时分把酒赏菊，显为借酒消愁。可不料更触动了少妇心中的烦愁之绪。

《古诗十九首》之《庭中有奇树》：“攀高折其荣，将以遗所思。馨香盈怀袖，路远莫致之。”

“馨香”，即菊花的幽香。少妇把酒赏菊，自然也会“馨香盈怀袖。”可丈夫远在莱州任上，相距几百里，在当时交通不发达情况下，岂不也是“路远莫致之”！少妇忧愁之甚，完全可以理解。

“莫道不消魂，帘卷西风，人比黄花瘦。”

“黯然销魂者，唯别而已矣。”江淹《别赋》中的这两句道出了闺中少妇心中惆怅情怀的真谛。并将这种忧愁情推上了极致。

谁说新婚之别不令人辛酸凄楚呢？请看——

当萧瑟西风将那闺中精美窗帘徐徐卷起时，那立在窗前日夜期盼丈夫归来的人儿，不是比那纤弱细嫩的菊花瓣儿还要消瘦吗！这就是“别”带来的苦果呀！

少妇思夫之情，简直到了无以复加地步。

词的这最后三句之所以被历代词评家和世人推崇备至，有其充分缘由。

一是用江淹《别赋》中的“黯然销魂”说，升华少妇思夫情，不但一针见血地击中了“愁永昼”的要害，而且最能焕发出“愁永昼”感人的风采。

“销魂”，“惜别”，已使人黯然悲伤；“莫道不”，否定之否定，感情自更浓烈。

二是“帘卷西风”，主人公亮相。先闻其声，又见其人：瑟瑟秋风中，一个比黄花还要消瘦的闺中少妇站立在窗前，那形态，那情致，多么令人心碎！这比只说“愁永昼”似更感人得多。

三是尤见奇绝的还是用菊花比人——“人比黄花瘦。”“黄花”即菊花。

这比喻如何恰切、精妙，《文史知识》2004年第4期有篇缅怀沈祖芬先生的文章（作者刘庆云），记录了沈先生关于这个比喻的讲解，颇生动、精辟，特转抄于后：

“她（指沈祖芬先生）说，用来比喻瘦的物体有很多，而此处的‘黄花’却不是任何其他物体可以替代的。如果写‘帘卷西风’，人比猴儿瘦（众笑），行吗？尖嘴猴腮，这个形象不美，岂能形容闺阁离人！又如‘帘卷西风，人比干柴瘦’（众笑），这用来形容枯瘦老头尚可，形容闺中少妇则不合适。用花来形容是可以的，但如果说‘人比牡丹瘦’，就不贴切，因为牡丹显得肥硕而富贵。李清照也没有说‘人比桃花瘦’，因为一则与她写作的时令不符，再则桃花的品质与诗人的气质不甚相合。

以‘黄花’比瘦，其精妙处有三：

其一，取自眼前现成景物，与词中‘东篱把酒黄昏后’相应。陶渊明诗中有‘采菊东篱下’之句，说‘东篱’即寓示有菊。

其二，菊有幽雅傲霜之品质，为词人所喜，与词人品性相合。

其三，西风中摇曳之菊纤细凄美，更便于塑造一个因愁而瘦的闺阁美人形象。”

沈先生之解，对于我们理解词人的精巧构思，大有裨益。

风住尘香花已尽，日晚倦梳头。物是人非事事休，欲语泪先流。闻说双溪春尚好，也拟泛轻舟。只恐双溪舴艋舟，载不动许多愁。

《武陵春》作为清照南渡后的代表作，此词当作于1135年。

时，丈夫赵明诚早已去世。易安为避金兵，由杭、越、台诸州流落金华。

金华，古婺州治所。婺港流经期间。婺港即双溪，因东港、南港两溪合流而名。

唐宋时，这里是文人流连吟咏之风景区。易安辗转疲甚，心思喘息，便拟在这里稍憩，以休身养心。

上词作为清照此时心情的流淌，其感情微波，上下阕又不尽相同。上阕主要是，前一段因连遭重大灾祸招致巨大痛苦，感情无处宣泄，而积蓄形成的悲情迸发和沉淀；下阕则是，饱受流离之苦后，心希平静而又担心不能平静，表现出来的疑惑与烦忧。全词既有山河色变、国破人亡、物是人非的社稷之悲，又有夫亡人去、只身流离、漂泊无着的身世之忧。是一曲集国、家、夫、己种种忧愁怨恨于一身的感情极其复杂浓郁的心歌，也是一曲百感交集的愁歌。其构思之精，用词成句之新、巧、厚重，尤非常人所能及。细品词中的每一句、每组词，甚至每个字，几乎都有深意。全词尤令人咀嚼回味不尽。

“风住尘香花已尽，日夜倦梳头。”

起句七字，便见动地之哀。

“风住”，说明此前并非风平浪静。金人入侵，夫君暴逝，国破家亡，自己只身飘零，一桩桩，一件件，岂不都是疾风暴雨，令人难以承受。况女词人也闺中弱女呀！只不过，现在风已住，暂见平静了。

“尘香”，似从陆游《卜算子·咏梅》“零落成泥碾作尘，只有香如故”中摘组而来。陆句意为美好事物惨遭摧残，却余香如故。赞誉梅花高洁。易安撷二字组词入句，似更有深意。暗喻国虽破，夫虽亡，不但“香如故”，而且“尘”亦“香”，极言高洁，足见对国家和夫婿爱恋之深。

“花已尽”，在女词人眼中，国和夫君均如美丽鲜艳的花朵。如今，国已破，夫已亡，岂不“花已尽”！更见忧国思夫之甚。

梳头，女人妆扮最起码的过招。“倦梳头”也最能表现女性的忧思和愁绪。

词人曾多次在自己的词作中用“倦梳”抒愁。如“睡起觉微寒，梅花鬓上残”（《菩萨蛮》）——倦梳而残、“起来慵自梳头”（《凤凰台上忆吹箫》）、“髻子伤春懒更梳”（《浣溪沙》）——“慵”、“懒”皆倦，等等，皆惆怅之绪。“日晚倦梳”，更见惆怅。

然而，女词人的愁恐还不仅是“花已尽”，还有“物是人非事事休”。

杜甫《春望》首句：“国破山河在”，言国虽破而山河依旧，见山河益增国破之忧。这是一种大的“物是人非”：山河——物；国、国人——人。

女词人恐还有另一种“物是人非”。这就是丈夫赵明诚之死和赵遗物仍存。

赵生前是著名金石家，著有《金石录》等著作。易安只身漂泊，身边会有丈夫遗物。见物思人，自会益增嫠纬之哀。

“事事休”，恐还更有词人心中的抑郁之事。

清照是一个才华横溢、有理想、有抱负、性情豪爽的女子。她不会安于“寂寞深闺”的狭小樊笼，会有更广阔的事业、生活和精神的追求。如今国破家亡，和自己志同道合的夫婿也撒手尘寰而去，理想、抱负眼看要化为泡影，怎能不感到“事事休”而倍觉伤心凄楚呢？

可上面这一切，如今又能对谁去说呢？丈夫不在了，说也无人听呀。只好欲言又止，“欲语泪先流”。

泪，人类传递感情的工具，也是忧愁怨恨发展到极致的产物。“男儿有泪不轻弹”。女人亡夫之泪，更非一般眼泪所能比。况“欲语”未语，未语先泪，这泪水中又包含有多少辛酸凄苦呢？外人断难通晓。

先是“花已尽”、“倦梳头”，进而“事事休”、“泪先流”。悲声切切，涕泪涟涟，至此，女词人之心，之笔，可谓惆怅已极；至此，诗中的愁，还能所向何之呢？

然而，事物自有幻化多变之姿。物极必反，情张则弛。跌宕起伏，也是为文之道。易安填词，尤善巧弄玄关，令其曲折多变，妙趣横生。

一个“闻说”,“山重水复疑无路”，顿化为“柳暗花明又一村”——词下阕，便又出现了新天地。

“闻说双溪春尚好，也拟泛轻舟。”

双溪春好，多么诱人的讯息呀！尽管只是“闻说”，只是“尚”好，也会引人无限向往，心旷神怡，顿减忧烦之绪。

一个“也拟”，便更见春心荡漾了：

在那和风丽日之下，在那青山绿水之间，一个忧愁满怀的女子，架一叶扁舟，徜徉在浩瀚无垠的碧波之上，“舟遥遥以轻扬，风飘飘而吹衣”，那是何等惬意呀！一切忧愁烦郁，一切悲伤痛苦，都将化为乌有。

然而，这又谈何容易——

“只恐双溪蚱蜢舟，载不动许多愁。”

一个“只恐”，又回到了现实，回到了“愁”上。

不过，这“愁”不知究为何物，它不但有数量，还有重量，还能搬到船上，用舟船载运。

在易安前的文学作品中，赋予愁以数量概念的似多有见。如李煜的

“问君能有几多愁？恰似一江春水向东流”（《虞美人》）、贺铸的“试问闲愁都几许？一川烟草，满城风絮，梅子黄时雨”（《横塘路》）、秦观的“便做春江都是泪，流不尽许多愁”（《江城子》）等，“几多”、“几许”、“许多”等，都是用模糊数词言愁，是愁的数量说；但赋予愁以既有数量又有重量，而且能搬来搬去、运来运去概念的，则不多见。《武陵春》似属首创。

从而使愁这个抽象的、虚幻的感情概念变得更形象更有实感，能让人看得见、摸得着、可以称、可以数、可以搬、可以运……更能为传递和表达人的复杂、细腻的悲愁感情张目，不能说不是女词人的一大贡献。

其后，在许多文学作品，特别是在一些通俗文学作品中，在倾诉愁情哀绪时，便常常可见到类似的表述。

董解元《西厢记宫调》：“休问离愁轻重，向个马儿上驼也驼不动”，将愁推上了马背；王实甫《西厢记》：“遍人间烦恼填胸臆，量这些大小车儿如何载得起”，愁又被装在了车上。真是妙趣横生。

一个“闻说”，一个“也拟”，一个“只恐”，三组虚词，先将女主人心焦如焚、哀婉欲绝之情引向春光明媚、春情荡漾的际空；接着又将这美好的憧憬推向变幻莫测、喜忧难卜的缥缈境地。一波三折，将少妇心中种种复杂、微妙感情尽展无遗。女词人写愁、织愁之笔，岂不更见奇绝。

在易安写愁抒怨的词作中，最为人称道和最富愁情悲趣的恐还要数《声声慢》了。这词为女词人词集《漱玉词》的压卷词，也是千古不朽之作。

寻寻觅觅，冷冷清清，凄凄惨惨戚戚。乍暖还寒时候，最难将息。三杯两盏淡酒，怎敌他晚来风急？雁过也，正伤心，却是旧时相识。满地黄花堆积，憔悴损，如今又谁堪摘？守着窗儿，独自怎生得黑！梧桐更兼细雨，到黄昏、点点滴滴。这次第，怎一个愁字了得！

有关这词的赏读、释解和赞誉文字，可谓汗牛充栋，且多名家、权威言，笔者自不敢班门弄斧。着眼于悲愁哀怨情，权从中攫取数妙笔，以聊赏女词人擅长织愁言情的独特风韵。

不过，首先还需指出的是，这词系女词人南渡后的名篇之一，是女词人晚年作。国破、家亡、夫逝、己孤，种种灾祸集于一身，此时，女词人的悲苦心情是无与伦比的。上词便是在上述种种灾祸背景和女词人极度痛苦心情下感情总爆之作。只不过在诗中又更多的表现为个人身世之悲。

其独到妙笔，笔者品味所及，主要有三：

妙笔一，七叠词连在一起，横压词端，恰如漫天浓云密雾，笼罩四野，托出了一个愁满乾坤的凄楚世界。

“寻寻觅觅，冷冷清清，凄凄惨惨戚戚。”

连连七叠起笔，此前未见过；此词后虽多有仿作，但意境和境界，未见有能与之相衡者。

七叠词，简言之，不过三味：寻觅、冷清、凄惨。三味虽简，却能清晰勾勒出女词人当时的凄楚心境；七字重叠，则更见暮年嫠妇种种微妙心扉。

丈夫已去，妻子不相信丈夫会离己而去，故有“寻”而又“觅”之举：“寻寻觅觅”，则更见反复搜寻之状。这是恩爱夫妻死别后，生者思念死者的典型情致反应：生者总觉得对方不会贸然离去。

不过，这里的寻觅，恐还不仅是寡妻寻亡夫，还有一种茫然若有所失、漫天寻觅的味道。国家的安定，家庭的幸福，美好的爱情，还有女词人在颠簸中丢失的珍贵玉石文物——丈夫陈明诚的遗物等，恐都在寻觅之中。上词如前词《醉花阴》上片，实也是女词人一整天悲苦心情的流露。词从寻觅起，也说明女词人一早起便百无聊赖，茫然若有所失。不由自主，东寻西找，仿佛要在这漫天迷蒙中，找寻出一点能给自己带来安慰的物件，以聊减极度孤凄寂寞之情。多么真切的情致！

反复寻觅，结果如何呢？自然会大失所望。“冷冷清清”便是寻觅之果。

冷清，有外冷内清说；“冷冷清清”，则更见凄冷之甚。

由寻觅到冷清，是行动到心灵的伤感；伤感发展到极致，便是“凄凄惨惨戚戚。”

“凄凄”，悲伤貌。“有悲心则有声戚戚然”（《关尹子·三极》）。

“惨惨”，暗淡无光貌。“天惨惨而无色，云苍苍而正寒”（庾信《伤心赋》）。

“戚戚”，悲戚忧惧貌。“君子坦荡荡，小人常戚戚”（《论语·述而》）。

“凄凄惨惨戚戚”叠于一处，悲凄哀楚之甚，简直登峰造极。

三句七叠，一股脑儿横于词端，所形成的悲楚氛围，绝非其他语言文字所能比拟。这恐也是《声声慢》这词最具强烈感染力的重要原因，是女词人高超言愁手法的最有力见证。

妙笔二，六道风景，六幅图画，浓织嫠妇整日忧戚情，尽展愁的神韵和风采。

六道风景、六幅图画是：

一曰时。“乍暖还寒时候”——“最难将息。”

时为深秋，自然气候应为“乍寒还暖”，何以会“乍暖还寒”？

其一，恐非一季之景，而是一日之候。秋晨清朗，朝日喷出，自会有“乍暖”感；可晓寒犹重，秋风砭骨，岂不“还寒”！

其二，恐更有忽冷忽热、气温变化无常、致心烦意乱之绪，重在“最难将息”。国破家亡，夫丧己孤，又寻觅无着，怎能不倍感气温难调、心情烦郁不安呢？这也是起笔三句极度凄楚心情在天候上的反映。

其三，还可能是社会气候反常的一种变语和说法，“最难将息”才是诗中真意，不必拘泥于自然界的实际气候。

二曰酒。女主人焦躁难耐，便想借酒消愁。

酒，从来是人们消愁解烦之佳品。可“三杯两盏淡酒”又怎能“敌晚来风急”呢？——借酒消愁愁难销。

何言“淡酒”？女词人《如梦令》中有“浓睡不消残酒”句。浓浓沉睡竟未能将“残酒”消掉，那酒力之大可想而知。那原因恐不全在酒，而是因为当时虽“雨狂风骤”，但毕竟无切肤之痛，因而尽管“绿肥红瘦”，也还能“海棠依旧”。所以女主人当时能够浓浓沉睡。现在的情况则完全不同。连遭弥天灾祸，愁肠百结。想借酒消愁，酒恐还是那酒，只因“晚来风急”，也难消减心中忧烦之绪。故有酒“淡”之感。实非酒“淡”，忧愁太多、太甚所致。一个“淡”字，更见凄苦。

至于“晚来风急”。俞平伯先生《唐宋词解释》认为，“晚”系“晓”误。颇有见地。词言一日事，“晚来风急”似于时不合。古人有晨饮卯时酒习俗，名“扶头卯酒”。“三杯两盏”似为“卯酒”。“晓来风急”与上句“乍暖还寒”合。但“风急”显非纯自然风雨，而有社会和人间疾风骤雨之隐。而社会政治风雨似无早晚之别的。“晚来”也可能有女主人自己暮年和国将灭亡之隐。如上“乍暖还寒”，似也不宜完全拘泥于自然时段。

三曰雁。女主人正在把酒消愁，忽然“雁过”。

时，女词人正辗转流离杭、越、台、金间，此雁，应是南归秋雁。“鸿雁传书”，女主人不由得心随情动。抬头观望，果然是曾为她和丈夫赵明诚传送过信笺的大雁，颇有“旧时相识”的亲切感。可又一想，如今丈夫早已仙逝，纵有故雁飞来，又怎能传书寄情呢？雁行翩翩，雁鸣哀哀，岂不更增伤心凄楚之情！

四曰黄花。黄花即菊花。

“满地黄花堆积”，而且“憔悴损”，多么凄惨！显然这是女词人俯察园庭所见。

花非花，人似人，花落人亡，见花更增对丈夫赵明诚死去之悲。然女词人自己又何尝不是这花样的命运！当年娆妖美艳，亭亭玉立，宛若鲜花；如今夫去已孤，人老珠黄，无人见赏，岂不也如落花凋零，“有谁堪摘”？触景生情，更著悲哀。

五曰窗。“窗儿”——独守盼黑。

常言道，人老怕孤独。一个人独自坐在窗前，从早一直熬到天黑，这份孤独又何其令人恐怖！天啊，你什么时候才能黑呢？这辛酸的呼喊，更令人心碎！

六曰雨打梧桐——“到黄昏、点点滴滴”。

这是听觉的感知，是以声传情。

黄昏时分，细雨蒙蒙，点点滴滴，打在梧桐叶上。“梧桐树，三更雨，不道离情正苦。一叶叶，一声声，空阶滴到明。”晚唐词人温庭筠《更漏子》传达的这份辛酸凄楚情，又怎能让人承受得了！

“乍暖还寒”，“三杯两盏”，南归秋雁，“满地黄花”，“窗儿”独守，“细雨”、“梧桐”，融感觉、味觉、视觉（仰视、俯视）、“守着”、听觉于一炉，六道风景，六幅图画，一个镜头紧接一个镜头，简直像一部电视短片，将女主人从早到晚一整天的忧愁怨恨情尽展眼前。女词人浓织忧愁之笔，实在高妙。好一个“愁的大观园”！

妙笔三，“这第次，怎一个愁字了得”结尾，欲言还休，戛然而止，却又倦起愁的阵阵波涛，留下了愁的绵绵余韵。

“这第次”，即言上述种种情况，或曰凡此种种；

“了得”即了。“怎一个愁字了得”，犹言种种愁肠悲苦之情，不是一个简单的愁字所能囊括和包容得了的。

那么，一个愁字又何以囊括包容不了呢？是愁的广宽、深度、内涵、外延，给予女词人的无情摧残，词中的倾诉囊括不了呢；还是爱情、婚姻、恩爱夫妻的死别，给予人的震撼，词中难以涵盖一尽；抑或女词人心中还有更深沉、更痛苦的隐忧……不管人们怎么去想，这戛然而止的结尾，都给人留下了广阔的思维空间。人们可以尽情地去想，去遐思……

更神奇的是，这戛然而止，这欲言还休，在女词人和人们心灵上掀起的感情波澜，却较多少个愁字都来得更令人震撼。一个“愁”字囊括不了，那还有多少愁，多少悲，多少苦，在等待这位女主人啊，人们很难去猜想。愁上加愁愁更愁。横在女主人面前的，莫非是一个永恒的“愁的王国”，多么悲哀！

愁满乾坤的凄楚世界，“愁的大观园”，永恒的“愁的王国”，女词人笔下的“愁”，真是弥天至绝！

（三）凄厉泣血的余音

在我国历史上，南唐的最后一个皇帝李煜，即李后主，是一个集昭著历史罪污和卓越文学才华于一身的人物。

作为君王，他好声色，喜游乐，耽于政事，终成为亡国之君，声名颇秽；但作为词人，他又给后世留下了许多惊天地、泣鬼神的血泪文字，千古传诵而不朽。

“作个人才真绝代，可怜薄命作君王。”后人吊后主之句，可谓入木三分。

不过，他前期作品，多宫廷艳丽淫靡之作，格调不高；只有在他被俘成为囚徒、经历了人间屈辱的巨大痛苦后，他的作品才焕发出熠熠的光彩。从这个意义上，似乎也可以说，他的成功在一定程度上又得益于他前期的荒诞所招致的惨痛苦果。

说到底，就因为，这时他已不是一个骑在人民头上、可以作威作福的皇帝了，而是一个完全失去自由、可以任人凌辱、任人宰割的囚徒。他这时的作品，也不是至高无上的皇帝在抒发自己骄奢淫逸、可以为所欲为的言和语，而是落难者、受辱者发自内心的悲鸣。这就有可能使他的作品感情上表现得分外真切，分外沉重，分外感人，从而产生出撼人的魅力。

然尽管如此，也必须指出，后主的悲伤痛苦，和广大劳动人民、包括一般士大夫的苦难，是完全不同的。他词中所谓的“不堪回首”的“故国”，实是他那至高无上的皇帝地位和糜烂腐朽的宫廷享乐，而绝非广大劳动人民、包括一般士大夫的家园和生活。他的这种“回首”发出的悲鸣，之所以那样感人，那样具有催人泪下的撼人魅力，除字字血泪、感情真挚外，恐又要归功于他那丰富的想象、新巧构思和造句奇特的高超艺术技巧和表现手法了。

不过话还得说回来。后主的词尽管具有强烈感染力，却很难使人产生奋发上进的精神力量。这和李白、杜甫等伟大诗人的作品激人上进、催人奋发是根本不能相比拟的。基于以上原因，所以本节标题为：“李煜：凄惘泣血的靡靡亡国之音”，应该说是贴切的。

《虞美人》是后主后期的代表作。

春花秋月何时了，往事知多少？小楼昨夜又东风，故国不堪回首月明中。雕栏玉砌应犹在，只是朱颜改。问君能有几多愁，恰似一江春水向东流。

词为后主被俘后第二年作。

后主被俘后，宋太祖即下令将其从金陵（南京）带到汴京（今河南开封），还赐给他一个侮辱性的封号:“左千年卫上将军违命侯”，从此便沦为宋朝的阶下囚，过着“日夕只以眼泪洗面”的屈辱生活。

据史料记载，最使李煜感到羞辱痛苦的是，往日与他朝夕相伴的小周后，被宋廷封为郑国夫人，竟常被赵光义召进宫中，陪宴侍寝，使李煜蒙受了奇耻大辱。

屈辱的现实，使后主度日如年。他抚今思昔，忧心如焚，连哭带喊，便吼出了上面这首千古绝唱。

“春花秋月何时了，往事知多少?”

“奇语劈空而下”。这是著名学者俞伯平先生盛赞上两句的评语，见俞先生《读词偶得》。笔者深感上评甚贴。

可上两语奇在何处？笔者以为，又涉及对“春花秋月”这组复词的理解。

“春花秋月”究为何物？释者多释为美好事物。可美好事物何以会有“何时了”之叹？莫非后主在叹问自己被俘前的“美好生活”是何时结束的？可这是无须叹问的呀！该说似有牵强。

再说，如解“春花秋月”为美好事物，那下句“往事知多少”，似又有贯连不畅之感。美好事物和“往事知多少”，似难有关联。真如上解，上两句恐也不能称为奇语了。

细揣词人当时心境，笔者认为，“春花秋月”主要非景物概念，而是时空概念。“春花”、“秋月”，连在一起，如同与“夏荷”、“冬雪”相并列，是用最能显示季节特色的景物衬托季节的绚丽和多彩，重在泛指春夏秋冬时序之转换，非专指美好景物，更非特指美好事物。

而一年四季，依天候而分。“春花”，“夏荷”，“秋月”，“冬雪”，正是时令变化所致。从这个意义上讲，“春花秋月”似也有天和天候的意象。

上说如果成立，那上两句——“劈空而下”的“奇语”之“奇”，也就不难理解了。

这是怎样的一种“奇语”呢？

是“时问”：问天时；也是“天问”：问茫茫上苍。

如果将两句译成白话，那便是：天啊！我眼前的这种境况——囚徒的境况，这种时光和岁月，究何时是个头，何日才能了呢？过去的岁月（自然是被俘前），那纷繁浩复的“往事”，你又知道多少呀！

两问。一问，问眼前，问现在；一问，问过去，问“往事”。两问，如同两柄彻骨利刃，直指茫茫上苍，直掏词人心扉——词人、后主刻骨铭心的失国、亡国之问。

问发自词人心底，更来自被囚人痛苦而深沉的回忆。接下来便是这“不堪回首”的回忆。

“小楼昨夜又东风，故国不堪回首月明中。”

“小楼”，显是词人被俘后被囚禁在汴京的住所：囚楼。

“昨夜又”，便是回忆——夜阑人静时的回忆。

“东风”。词人被囚前身为一国之君，威风凛凛，一呼百应，用“东风”二字再现后主当年权倾朝野、畅行无阻之情，应是再贴切不过了。

"东风"还能勾起人们和词人自己对那梦绕魂牵的"故国"所在——金陵的联想和回忆，更增亡国、失国之悲。金陵在汴京东，"东风"似也有"风"从东来之隐。

"故国"神游，"往事"历历在目。那是怎样尊荣显贵呀！可现在呢？身为囚俘，身居牢笼，受尽人间屈辱……

国君，囚徒；至尊，至卑；至荣，至贱；天上，地下。多么巨大的反差呀！词人怎能不心如刀绞呢？

千愁万恨，千言万语，难以尽述。一个"不堪回首"，一切辛酸痛苦，所有奇耻大辱，尽入其中矣。皓月当空，"月明中"，抚今追昔，悲情尤炽。词人挥洒惆怅之笔，亦堪称淋漓尽致。

后主深知，往昔的尊荣已一去不返了。可不知怎的，此时此刻，他内心深处，又萌生出一种异样情思，令人彻骨。

"雕栏玉砌今犹在，只是朱颜改。"

后主寻思，如今"故国"是不复存在了，但当年供他寻欢作乐、发号施令的精美豪华设施，那雄伟堂皇的建筑，那酷似人间天堂的一切，总应该还在吧——"国破山河在"嘛！可令人追悔莫及的是，那里的一切，如今已"朱颜改"了。

"朱颜改"，用现今时髦的话说，就是变颜色，即主权的丧失。

有权便有一切，失权便丧失一切。这是林彪的政变语言，用在此时后主身上，倒也蛮合适。后主肉袒出降，曾经拥有的一切，便都化为乌有。当年由他随心所欲支配、供他尽情挥霍享受的一切，现在也再不是他的了。这是多么可悲的现实呀，一切悲哀之源。

想到这里，后主可谓是大彻大悟了。词中的悲愁哀怨情，也由身肤之痛进而深彻骨髓矣。

由"春花秋月……往事知多少"到"小楼昨夜……故国不堪回首"，

到“雕栏玉砌……朱颜改”——时序之悲，去国之哀，丧权之恨，一切的一切，一齐涌上心头。词人——当年的后主，又怎能承受得了呢？

然而，词人并没有抱愁嚎哭，也未向隅而泣，可是却发出了比抱愁嚎哭和向隅而泣更令人震撼的呼唤——雷鸣般的惊天动地的呼唤：

“问君能有几多愁？恰似一江春水向东流。”

词起是问。问“春花秋月”，是问天，是“天问”；这结尾又是问。不同的是，是“问君”。君即词人自己，是“自问”。“天问”两句，答在深沉回忆中；“自问”也是两句，一问一答，自问自答。

“自问”，其实只有三个字：“几多愁”？答，也只有七字：“一江春水向东流”，实是以水言愁，以水喻愁，以水答愁。

以水言愁，在古诗词中并不罕见。

刘禹锡《竹枝调》：“水流无限似浓愁。”“无限”，“浓愁”，何其恰切！

秦观《江城子》：“便作春江都是泪，流不尽，许多愁。”“春江”比泪，言愁，多么生动、形象、直观！

但上两句较之“一江春水向东流”，前者似略嫌直白，含蓄不足；后者似又稍满，有过实感。而“一江春水”，既有“水流无限”、浩浩荡荡、侈意汪洋、长流不息之象；又有春水多情、情动于心、点点滴滴、浓缩成泪、尽展“浓愁”之情；更有江水东流，一去不返，光阴不再，覆水难收、“无可奈何花落去”、此“恨绵绵无绝期”之意。一句妙答，寓意之丰，蕴含之重，真是难与伦比。

词起是“奇雨（语）劈空而下”。奇雨也是奇“雨”。那这结尾又何尝不是“春水”东流而去。雨和水，都是愁，都是悲，都是怨。愁肠百结，悲声切切，哀怨涟涟，后主亡国之恨，真是罄竹难书。

《虞美人》，亡国恨绝世佳作。《相见欢》二首，也皆后主亡国恨杰作。

相见欢

其　一

无言独上西楼，月如钩，寂寞梧桐深院锁清秋。剪不断，理还乱，是离愁。别是一般滋味在心头。

《虞美人》第三句，“小楼昨夜又春风”；这诗首句，“无言独上西楼”。“小楼”，“西楼”，为同一楼，即汴京囚后主的小楼。

词人被囚小楼，已是巨大悲哀；“独上”而且“无言”，岂不更见哀楚。也正如俞平伯先生评该句云：“六字之中，已摄尽凄惋之神”（《读诗偶得》）。

主人公上得楼来，举目眺望，又望见了什么呢？

“月如钩”。“钩”，不由得使人想到此时可能正值中秋上弦。上弦月如钩。更有意味的是，这“钩”字，还不由得会使人隐隐“钩”起月圆月缺的人事之憾——

当年身为一国之君，至高无上；如今却沦为阶下囚，一落千丈，岂非月园而缺乎。“缺”如钩。

接着，词人俯视园庭，又见桐荫森森，一派清秋景象。词人更觉幽寂凄冷。

“寂寞梧桐深院锁清秋”。

梧桐，在古诗词中，历来也是诗人动情言怨之木。

“梧桐树，三更雨，不道离情正苦”（温庭钧《更漏子》）；

“依约相思碎语，夜凉桐叶声声”（陆甫之《清平乐》）；

“只有一枝梧叶，不知多少秋声”（张炎《清平乐》）等，皆以梧为伴，梧彰愁思。

可在这诗里，梧却不完全是身外之物，也是词人（后主）自己的隐象。

身陷囹圄，“茕茕孑立，形影相吊”，岂非“寂寞梧桐”乎！

时属深秋，庭院紧闭。“深院锁清秋”，“清秋”在这里是言时令，似也有词人自己之隐，不然怎能被“锁”呢？和前面“梧桐”一样，人、景融而为一。

刘禹锡《春词》头两句：“新妆宜面下朱楼，深锁春光一院愁。”刘诗是“锁春光”，这词是“锁清秋”。一个“春光”，一个“清秋”，都被“锁”，都有人、景同格之隐。

说到这里，又不由得使人想到，上两诗（刘诗和李词），似有相似的巧妙构思。

刘诗上两句，实是通过宫中少妇下朱楼瞬间的情绪变化，极抒少妇幽居深宫、不被见赏之怨。寥寥14字，集“新妆宜面”的少妇、朱楼、春光、庭院于一炉，将少妇由喜到悲之情表现得淋漓尽致；

而李氏这词，则是通过被囚之君在上囚楼瞬间的表情和一仰一俯所见，表现被囚人的极度悲伤。三句诗也只有18字，集“无言”、“独上”的亡国之君、西楼、明月、梧桐、庭院、清秋等诸多物象、景象于一阕，却更将被囚人的悲伤孤苦之情表现得十分逼真、分外感人。

两诗人的精巧构思和圆熟的表现技巧，可以说都到了炉火纯青地步。只不过他们笔下的对象，一个是深宫少妇，一个是被囚国君；一是下朱楼，一是上囚楼，其悲愁情致、悲愁浓度和悲愁侵彻度不尽相同罢了。

通读《相见欢》其一，还使人看到，这词其实就只有上阕的一个情节：被囚人上囚楼之举。包括上楼时的表情（无言）、景况（独上）和上楼后一仰一俯所见（月如钩、梧桐等）；词下阕则是上楼后的沉思。

沉思应是深沉而清醒的。可奇怪的是，下阕却不见朗朗之言，而多游离仿佛之语。似说非说，非说又说，虚无缥杳，扑朔迷离。可就在这扑朔迷离中，却更见惆怅和悲哀，也更见词人言愁手法之高妙。

词人上得楼来，仰俯之间，即陷入迷茫中。他总觉得似乎有什么东西在眼前，在脑里，老是缠来缠去，绕来绕去，就像一团乱麻，剪也剪不断。不但“剪不断”，而且“理还乱”——道理乱，似也有难于梳理之乱。

这究竟是什么？词人终于断言：“是离愁”。

可又是什么样的“离愁”呢？是一般亲人、友人、家人别离之愁吗？不像。再说，一般愁也不是根本剪不断的。

“心中得胜暂抛愁，醉卧凉风拂簟秋”（雍陶诗）——一般“愁”是可以抛掉的；

“一曲清歌一杯酒，为君洗去古今愁”（刘秉忠诗）——“愁”也可以洗去；

“梁园歌舞足风流，美酒如刀割断愁”（刘子翚诗）——“愁”还能割断。

而后主的“愁”是“剪不断”的。可见不是一般的愁，而是一种特殊的、一般愁根本无法比拟的“愁”呀！

那究竟又是一种什么样的“愁”呢？词中始终未明言，可结尾却又推出了一个令人咀嚼回味不尽、却又依然让人扑朔迷离的所谓“愁”的“滋味”，让人漫天遐思，漫天寻味，真是别有情趣。

“别是一般滋味在心头”。

究竟怎么“别是一般”？如果泛泛推想，恐难于作答。可如果假设当时后主所处情况再现，或设身处地地站在后主的境地去想，这结论似又不难作出。试想——

曾经高居庙堂之巅，手握生杀予夺大权，享尽荣华富贵的国君，现在竟沦为可以任人凌辱、任人宰割的囚徒，这是一种什么样的悲愁痛苦呢？

是一种从天上到地底、由天堂到地狱的悲，一种由至荣至贵、至尊至显地位到至微至陋、至卑至贱地位的“愁”。

这种悲，这种“愁”，谁能承受得了呢！后主“剪不断，理还乱”，是可以想象到的。如果说是“离愁”，那也是一种“离”开天堂（实际也就是词人自己所说的“故国”）入地狱、“离”开至荣至贵、至尊至显地位进入至微至卑、至陋至贱境地这样的“离愁”呀！这种“愁”的滋味，自然和别的愁的滋味完全不一样的。这滋味说到底，就是亡国、失国之味，任人凌辱、任人宰割之味！

“别是一般”，看似平淡无奇的四个字，竟有如此丰厚的内涵，诗人寓深意于平浅之中的手笔，也真令人折服。

一个简单不过的上楼动作，在词人笔下，先是演幻出一幅令人触目惊心的亡国之君的忧愁悲戚图；继而又演绎出一组表面扑朔迷离、实则悲情尤炽的绝妙文字。一幅悲图，一组妙语，汇成一曲亡国之音的绝唱，词人鸣哀之笔，岂不更见奇绝。

相见欢

其　二

林花谢了春红，太匆匆，无奈朝来寒雨晚来风。胭脂泪，相留醉，几时重？自是人生长恨水长东。

这也是一曲亡国音绝唱。和前词不同的是，前词（其一）是正面直抒亡国之恨、被囚之苦，极言苦味“别是一般”；这词（其二）则是在认定亡国现实已无法改变的情况下，埋怨风雨摧残太急，国亡太快，从而发出的一种无可奈何的悲鸣，进而寻求心理的自慰和解脱，实则更见悲哀。上阕重在埋怨，下阕则是在绝望中心仪解脱，更见绝望。

“林花谢了春红，太匆匆，无奈朝来寒雨晚来风。”

“林花”，显非一花，也非数花，而是繁花如林。象征美好事物，也隐喻美好国度。这里显指灭亡前的南唐——在后主眼里，灭亡前的南唐是无比美好的。

可遗憾的是，林花“谢了”春红——繁花凋谢了。“美好”的南唐灭亡了。

繁花凋零是必然的——繁花迟早会凋零，这是不变的自然规律。

朝代更替也是必然的，不以人的意志为转移。南唐也迟早会灭亡，问题是“太匆匆”——灭亡的太快了。

“太匆匆”，三个字，道出了词人——后主当时的真实思想。

据史载：后主也曾“知道将要亡国，与臣下日夜饮酒作文章，表示忧愁。”（参见范文澜《中国通史》第三册，第429页）但他未料到会亡得这么快，以致城破之日，他还在静居寺中听经，仓忙中肉袒出降。“太匆匆”，正是词人当时心境的反映。

那么，究竟南唐何以会灭亡得那么快呢？

阶级和历史的局限，也决定后主不可能正确认识南唐灭亡的真正原因，而只能咎于天意和外因。

“无奈朝来寒雨晚来风。”

刀枪剑战，无情风雨，无疑是加速南唐覆亡的重要原因。但通晓历史的人会知道，南唐覆亡的真正原因主要在内部，包括后主前任——唐元宗信用邪佞，治国无方。后主即位后，“更提倡文学和谄谀”，“好声色”，“喜浮华”，加剧了南唐的迅速覆亡。

词人以“无奈”二字，轻松地将南唐灭亡的原因统归咎于无情的风雨，显与历史真实不符。但作为文学作品，上阕用“谢了”、“太”、“无奈”，一个动词，两个副词，将南唐覆亡之事连在一起，构成一波三折的艺术构思，也颇引人入胜。

这精巧构思所营造出的“无可奈何花落去”（晏殊《浣溪沙》）和“一年三百六十天，风刀霜剑严相逼”（《红楼梦》林黛玉《葬花词》）的悲愁景况，尤使人倍觉凄楚。

这词的基本构思，和前词(其一）也有相似处。上阕都是借景言事，寓情（悲、愁、恨）于景；下阕则是缘情（悲、愁、恨）而思（沉思、遐思），思推情极，极转而终。

“胭脂泪，相留醉，几时重？”

“胭脂泪”，“林花”的泪，亡国的泪。“梨花一枝春带雨”（白居易《长恨歌》），这雨便是泪。是花的泪，也是人的泪。人思“花”而泪。也是杜甫笔下“感时花溅泪”的泪，人、花同泪，能不悲乎！

“相留醉”，谁和谁留？恐也是人和“花”相留——难舍难分，如醉如痴，不忍离去。然而，这也只能是一厢情愿。“流水落花春去也”（李煜《浪淘沙令》），“花”和春都是挽留不住的。只能“花落人亡两不知”（《红楼梦》林黛玉《葬花词》），多么悲惨！

“几时重？”恐怕是永远不能“重”了——南唐的日月是永远一去不复返了，更见悲哀！

和前词一样，上面也是三句话九个字，却将亡国之君、被囚人思“故国”之情和花落人离去、风光不再之悲演绎得无以复加。词人织愁之笔，更见高绝！

然至此，词人心中的悲愁怨恨情也还是不能遏止。怎样才能使这种浓愁烈恨得到缓解，得到遏沮以致获得某种解脱呢？看来只有自寻超越路了。

“自是人生长恨水长东。”

多么神奇的超越路呀！

“人生长恨”。喜怒哀乐，人皆有之，且无时无刻不在。从这个意义上说，无疑是对的。但后主的亡国恨，却不是这四字所能囊括得了和敷衍过去的。词人之所以心仪上说，恐还是因为他实在找不出更多的理由（也可能是不愿去找）来解释造成这巨大灾难的原因，更找不出能解脱这巨大痛苦的妙法，只好避重就轻，用人生的一般哲理来开脱自己，聊以自慰。这一方面固然说明，后主确是个“做个人才（文才）真绝代，可怜薄命作君王”的双重人物；另一方面，这种举轻言重的手法，也恰恰反衬出后主的这种亡国之悲是何等难以名状，而只能敷衍言之。

“人生长恨”，那么，后主的这种亡国“恨”究竟有多长？“相留”不能，“重”逢无望，岂不如江水东流一样，滚滚滔滔，长流不息，永无穷尽。

“水长东”，这结尾三字，不由得使人想起本节开始时赏读的那首千古绝唱《虞美人》的结尾：“恰似一春水向东流”。不但形象地揭示出了后主这种亡国恨永无止息的悲惨前景；而且将这种仇和恨推上了浩渺的江河上空，让愁和恨在那汪洋和浩瀚中飞扬、飘荡、沉浮，直到消失殆尽，多么意味深长！

据史载，后主被俘后，在汴州过了三年囚徒生活后，终于978年被宋太宗赵光义用药毒死。——薄命君王悲惨薄命之终结。

（四）悲哀悠然的心曲

本书曾以汉乐府民歌《孔雀东南飞》为例，聊赏古诗词中讴歌爱情坚贞的高雅情趣。

《孔》是爱情坚贞的颂歌，也是不幸婚姻和爱情悲剧的血泪控诉。

爱情坚贞在许多情况下都和不幸婚姻相连，且常常是在不幸婚姻和爱情悲剧中放射出更加绚丽和感人的光彩。《孔》便是一例。

古诗词中有关不幸婚姻和爱情悲剧方面的佳作颇多。人们从中还可看到，遭受过这痛苦的主人几乎遍及社会各阶层和各类人士。有平民百姓，也有文人、学士和士丈夫，甚至还有君王和宫妃，如唐明皇和杨贵妃。

宋朝大诗人陆游和其表妹唐婉的爱情悲剧，是封建礼教摧残美满婚姻酿成悲惨结局的一个典型史例。陆游和唐婉离别后陆游写的许多怀念唐婉的诗，真实记录了这悲剧的惨况及其酿成的恶果，非常感人。陆唐离别八年后偶遇时陆致唐和的两首《钗头凤》词，尤感人肺腑，特录后，以聊赏不幸婚姻诗作中的悲戚情愫。

红酥手，黄藤酒，满城春色宫墙柳。东风恶，欢情薄，一怀愁绪，几年离索。错！错！错！

春如旧，人空瘦，泪痕红浥鲛绡透。桃花落，闲池阁，山盟虽在，锦书难托。莫！莫！莫！

世情薄，人情恶，雨送黄昏花易落。晓风干，泪痕残，欲笺心事，独语斜阑。难！难！难！

人成各，今非昨，病魂尝似秋千索。角声寒，夜阑珊，怕人寻问，咽泪装欢。瞒！瞒！瞒！

上面前一首是陆游致唐婉的《钗头凤》词，后首是唐婉的和词。

陆游和唐婉结为伉俪是宋高宗绍兴十四年，即 1144 年。时陆年 20

岁。婚后，夫妻二人恩爱有加，十分相得。

未料，陆母却总是不喜欢这个儿媳，致婆媳关系恶化。三年后终逼其离异。唐后改适赵士程，陆另娶王氏。

绍兴二十五年（1155 年）春，31 岁的陆游突遇唐婉于绍兴东南的沈氏花园。双方见面，感慨万千。但碍于唐新夫赵士程在场，双方只得三缄其口。可彼此仍心潮起伏难平。随后，陆便书《钗头凤》词题于沈园壁上，便是上面前一首。

唐婉读到陆游词后，更是柔肠寸断，泪雨倾盆而下，随即奉和作答，即上面后一首。

两首《钗头凤》，俨如两柄利刃，直刺封建礼教的残酷和无情，令人激愤；又如两枝幽笛，柔婉地诉说着一对被横暴拆散“鸳鸯”的不幸和人离、心聚、情尤炽的悲哀，令人怦怦心悴。

“红酥手，黄藤酒，满城春色宫墙柳。”

离别八年，骤然相见，夫妻恩爱往事，自会一齐涌上心头。可短短一首词，又怎能一一尽述？只有从众多往情趣事中，撷取一朵或数朵最能令人心动的感情浪花，细心描绘，方能再现夫妻往日恩爱情深于万一。

我们的词人——词中的男主人公，也就是陆游自己，在这词的起头，为我们撷取的是一朵并无新奇却又饶有趣味的感情之花：夫妻春日郊游中的浪漫。

那是一个春光明媚的晴日。

“紫燕呢喃春正芳，杏花初落柳絮长。”多么美好的时光呀！就在这充满生机、春意盎然的美好时刻，词中的男女主人公，夫妻二人相伴来到了郊外。在一道古老的宫墙下，摆下了美酒佳肴。夫妻二人耳鬓厮磨，边斟边酌，尽情陶醉在这美好的春光里。

手，人类感情交流的工具。女人的手，更是传递感情的尤物。

那是怎样的一双手呀！红润酥软，柔嫩如玉。可就是这双手，当时含情脉脉地递过一杯黄澄澄的酒。夫妻二人边饮着美酒，边说着隐秘的情话，那情景又是多么甜蜜温馨呀！

这是一对多么美好的恩爱夫妻！一门多么美满的婚姻！

美好春色，美好夫妻，美满婚姻，连在一起，岂不是“满城春色”吗！然而，可恼的是，这“宫墙柳”，却又给这“满城春色”投下了可怕阴影。

“宫墙”，古老宫廷的围墙，象征古老而传统的习俗、法度、礼仪，这里暗指封建礼教。

“柳”，婀娜多姿，但“杨柳青青，离别依依”，又隐嵌离别和分手。

词人显已感到来自高堂老母的巨大压力。老母始终不肯接纳这个多情的儿媳妇，非要把她赶出家门不可。

在那父母之命至高无上的社会，这无疑是一道不可逾越的鸿沟。何况陆游还是孝子。但对母亲的残酷和无情，也不无厌恶和反感。

“东风恶，欢情薄，一怀愁绪，几年离索。”

“东风”，应是和煦温暖的风，何以会“恶”呢？来自“慈”母的无情和残暴，岂非“东风恶”！词人用字是很准确的。

“东风恶”，必然导致“欢情薄”。恩爱夫妻终于分手而去。一别就是八年。

八年，夫妻二人无时无刻不在铭心刻骨地思念。思念是可以理解的，可何以又“一怀愁绪”呢？愁什么？莫非还想破镜重圆？从词后面传递出的感情纠葛和唐婉离去后陆游的痴情看，恐不能排除词人当时会有此愿。藕断丝连，岂不离情如“索”吗！

对唐婉离去前夫妻恩爱情深的回忆和对唐婉离去的追悔，使词人心中的悲愤之情翻江倒海，激昂澎湃，难遏难止。千言万语，千情万绪，终于汇成三个字：“错！错！错！”

接连三个错，错之甚，错之巨，在不言中。值得思忖是，在词人眼里，究竟是谁的错？是母亲错，还是自己有错，还是社会制度的错？恐兼而有之。接连三个“错”，既见词人自我悔恨之忱，又见词人对封建礼教反抗和愤怒之甚，其深刻思想内涵显而易见。

词下片则是八年后偶遇唐婉进而引发的对唐婉离去后的深情思念以及陆游自己在感情上的痛苦纠葛，更见词人和唐婉感情之笃和词人在感情问题上的理智和理性。

“春如旧，人空瘦，泪痕红浥鲛绡透。”

一晃八年过去了，眼前又是一个风和日丽的明媚春天。万万没有想到，在这沈氏花园，又突然遇见了这日思夜念的心上人。

突然相遇，词人脑子第一闪念是什么？“春如旧”。

春何以“如旧”？显然，词人脑子此时又一下闪回到了八年前的郊游。那时的情况和眼前何其相似呀！都是春光明媚，景色怡人。可人呢？再看那人，“衣带渐宽人消瘦”，比那时憔悴多了。

憔悴，似乎也可以理解。可何以又“空瘦”呢？这个“空”字，似也另有深意。

按说，其时唐婉已有新夫，是不应有“空”的感觉的。空感，只能是因为心里老想着原先的丈夫，又不能如愿以偿，才感到“空”——空想而瘦呀！自然，这只是词人自己的推想，并非唐婉所告。但想得如此细腻入微而又合情合理，也足见词人对唐婉知之弥深、爱之弥切。

下面还有更感人处。

“泪痕红浥鲛绡透。”

“鲛绡”，即鲛人所织之绡，又名龙纱，泛指薄纱。这里指唐婉身上穿的红薄纱内衣。

由“空瘦”，词人又进而想到，唐婉离去后，因为思己心切，备受感情折磨。可新夫就在身边，又不能放声大哭，便只能在暗夜或隐秘处偷偷以泪洗面。因为悲伤过度，泪流不断，流到身上，竟将身上穿的红薄纱内衣都浸透了，留下了深深的泪痕，多么令人伤感呀！

真是绝妙的至诚至真文字！看，唐婉怎么哭，脸上的泪怎么流，流到了什么地方，甚至连她身上穿的红薄纱内衣留下了深深的泪痕，都想到了，描绘得清清楚楚，真真切切，就像亲眼看见一样，不是对这女人有最深厚的爱，恐很难描摹得出的。

接着，词人的心、脑和笔，又回到八年前曾经和唐婉相亲、相爱、相恋的陆家，引发出了更浓郁的情思。

“桃花落，闲池阁，山盟虽在，锦书难托。”

“桃花”，“桃之夭夭”。美丽少女的象征。这里显隐唐婉。

春天眼看就要过去了，可能由于“东风恶”的原因吧，美丽的花瓣被吹落在溪水中，被无情的溪水涌流而去。

这和唐婉离去的情景又何其相似。可夫妻二人曾在这里悠游依恋的池台亭阁仍在，风景依旧，只不过现在无人游赏，被闲置在那里了。物是人非，何其悲伤！

更悲伤的是，也就是在这里呀，词人和唐婉曾多次山盟海誓，决心海枯石烂，永不分离。可现在呢？“山盟虽在”，“山盟”之人却劳燕分飞，天各一方了。岂不更悲！

陆游也曾多次萌动心思，想修书唐婉，重叙旧情。可又想到，唐现在已有新夫，自己也有了新夫人。觉得修书不妥，以至于“锦书”始终未能发出。

“莫！莫！莫！”接连三个“莫”字。词人究竟又要“莫”什么？难道仅是要莫修书吗？如果是莫修书，那这“锦书”又是什么样的书呢？联系前面的“一怀愁绪”，可以推知，词中的“莫”字背后，词人的隐秘心扉，恐还在破镜重圆上。连连三个“莫”字，便见词人的这种隐秘心扉何其强烈，也见理智强压的艰难和理智强压反复之多。词人毕竟是深明大义的文人学士呀！

唐婉也是才女，她的和词和陆游的原词放在一起，并不逊色。有些词语还更真挚感人。

“世情薄，人情恶，雨送黄昏花易落。”

起笔三句，将和陆游的婚姻悲剧作了精辟而形象概括，令人信服。

一是“世情薄”。什么世情？封建制度和封建礼教的残酷和无情。尽管在当时社会条件下，词人不会有这种超时空的清醒认识和表述。

二是“人情恶”。人和人之间感情冷峻、险恶。这和陆词“东风恶”也有相通处。暗指陆母等的强横无理。

上两者便是酿成陆、杨婚姻悲剧的基本原因。女词人概括得何其准确呀！

黄昏，在诗人笔下，从来都是忧伤、孤寂和落幕的景象。黄昏又被“雨送”——无情的风雨摧残，那娇嫩的花瓣岂不“易落”吗！这花便是她和陆游的爱情之花，如今已飘零凋落了。多么令人叹惋！

接下来四句则是女词人离陆家后仍痴心思念前夫的悲苦心境。

“晓风干，泪痕残，欲笺心事，独语斜阑。”

多少个不眠之夜呀！因为思念你——原夫心切，泪洒枕席。可早晨起来，风一吹，泪便干了，而泪痕犹存。这和陆词“泪痕红浥鲛绡透”恰成鲜明照应。

好多次也想写信，把自己的悲苦心思告诉你，可想来想去，也是不敢呀！因为现在我毕竟有了新夫，你也有新夫人，再不能有非分之想了。而只能独自“斜阑”，眺望远方，自言自语。女词人的心境，又何其凄苦！从这心境中也可想到，原来女词人和陆游一样，也有破镜重圆之愿，只是没有表露出来罢了。

“独语斜阑”。类似意境的诗还见于南唐李煜的《浪淘沙》：“独自莫凭阑，无限江山”。

李词的意境是劝人不要独自凭栏眺望南唐江山，以免引起对往事的无限伤感。是亡国之哀！

唐句则重在“独语”。是唯恐自己的心事被他人知晓，只好独自“斜阑”沉思，独言自语。是离异之悲。

割不断对前夫的眷恋之情，又不敢将自己的心思坦然向对方表白，更怕旁人（新夫）知晓，女主人陷入了三难境地。

“难！难！难！”接连三个“难”字，真实地再现出了女词人那进也不能、退也不能，左也不是、右也不是极其矛盾的艰难处境。然而，即是再艰难，也还是要作出抉择的。词下阕便是女主人公为应对三“难”处境而做出的痛苦抉择。女词人似也是要通过此词和前夫交流，以达成某种默契。

“人成各，今非昨，病魔尝似秋千索。”

女词人无比深情地对前夫说：我俩天各一方，已成不可改变的事实。现在不是八年前的情况了，你我都有了新家，想破镜重圆是不可能的。更何况，我现在又重病缠身。病魔就像“秋千索”一样，把我缠得紧紧的，让我气不能喘。言外意，我恐也不久于人世了，你又何必总痴心于我呢？真是凄楚之极。

陆词中有“几年离索”句，“离索”，言离情如索。这里是“秋千索”。秋千索是病索。离索，病索，两个索，都给人一种无法解脱的缠绵感，令人叹惋。

女词人上说，显是在劝前夫缓解对她的深切思念之情，可这种刻骨铭心的思念又怎能缓解得了呢？下面又见女词人对前夫的痴心思念。

“角声寒，夜阑珊，怕人询问，咽泪装欢。”

最难熬的是夜阑人静之时。“角声”阵阵，给人一种凄寒彻骨感。此时，女词人不由得又想起前夫，想起和前夫在一起的日子。想着想着，眼泪不由得又要掉下来。可女词人的新夫此时就睡在身边，女词人怎能放声痛哭呢？只好将眼泪咽进肚里，表面上还得装着高高兴兴的样子，假戏真做，也真是难受！

“瞒！瞒！瞒！”女词人左右权衡，觉得只有一个办法，那就是“瞒”了。

一连三个“瞒”字，则又告诉人们，女词人不是要瞒一次，两次，而是一直“瞒”下去，将这份被人为地拆散的真情永远保持下去，永远珍藏在自己心里。爱情的力量，不是任何外力强压所能完全征服的。

这以后，唐婉更郁郁寡欢，不思饮食，不久便抱恨而终。

对于这位无辜被弃、英年早逝的妻子，陆游也一直不能忘怀。直到1210年他85岁病逝前，唐婉的音容笑貌、言谈举止，还时常浮现在他眼前。他写的许多怀念唐婉的诗，也都极富悲愁情趣。碍于篇幅，这里也不一一赏读了。

封建社会，皇帝是至高无上的国君。皇帝和宫妃的关系，是占有和被占有、享乐和供享乐、蹂躏和被蹂躏的关系，根本不存在爱情。他（她）们相互间的恩仇怨恨，普通百姓一般也不会关心。可唐明皇和杨贵妃的爱情故事，千百年来却一直在我国民间广为流传，原因除故事本身情节生动曲折、感人至深外，恐又和白居易的《长恨歌》千古脍炙人口分不开。

《长恨歌》和白氏创作的另一名作《琵琶行》，都是长篇叙事诗。《长恨歌》被誉为“古今长歌第一”。白居易自己也认为这是他生平的压卷之作。

《长恨歌》主旨，文坛颇有争议。有说主要是揭露唐明皇荒淫误国和贵妃以色祸国的，是揭露、批判之作；也有说是歌颂唐明皇和杨贵妃爱情的，是爱情的颂歌。综观全诗，笔者认为，二者应兼而具之，密不可分，很难说何者是主要的。

一首叙事诗，记叙的又是同一事件，竟有两个截然相悖的主题，寓褒贬、美丑于一，似不合为文之道。其实不然。为文之道不能机械拘泥于某种固定不变的程式，而应以人们（读者）乐于接受为尺度，以社会效果为衡量标准。从千百年来人们对这诗的喜爱程度和这诗产生的巨大影响看，应该说，这种新奇构思恰是构思理念上的一个创新。

如果说一篇作品只能有一个主旨，那这诗也可以说是一个主题。这就是“长恨”——国之“长恨”和人之“长恨”。人之“长恨”之源（汉皇重色思倾国）是引发和促成国之“长恨”之端；国之“长恨”反过来又致人之“长恨”于“绵绵无绝期”中。

细品全诗，还可看到，这诗不但在主旨内涵层面上，融褒（歌颂、赞美）贬（揭露、批判）、美丑于一炉；在艺术构思和表现手法上，还集实（依实而叙）虚（传说、想象）、真幻于一诗，开创了在长篇叙事诗中，真实历史和民间浪漫传说巧妙融合的先河，令人在咏唱中获得更多的启迪和享受。褒贬、美丑，实虚，真幻交织辉映，谱成了感天动地的长恨悲歌。

诗起至“惊破《霓裳羽衣曲》”为一阕，依史叙实，重在揭露和批判唐明皇荒淫误国和贵妃以色祸国，是人之“长恨”引发国之“长恨”之峻笔——“长恨”之根；

此后至“悠悠生死别经年，魂魄不曾来入梦”，再至结尾，两阕，一真(汉皇之恨)一幻(方士之觅)，悠扬婉转，哀艳动人，侧重歌颂唐、杨爱情。尽管这种爱情（君王和妃子之恋）不伦不类，古今难觅。

全诗通篇叙事，不着一句议论，而褒贬自在其中。诗的前两阕还可作诗史读。

汉皇重色思倾国，御宇多年求不得。杨家有女初长成，养在深闺人未识。天生丽质难自弃，一朝选在君王侧。回眸一笑百媚生，六宫粉黛无颜色。春寒赐浴华清池，温泉水滑洗凝脂。侍儿扶起娇无力，始是新承恩泽时。云鬓花颜金步摇，芙蓉帐暖度春宵。春宵苦短日高起，从此君王不早朝。承欢侍宴无闲暇，春从春游夜专夜。后宫佳丽三千人，三千宠爱在一身。金屋妆成娇侍夜，玉楼宴罢醉和春。姐妹兄弟皆列土，可怜光彩生门户。遂令天下父母心，不重生男重生女。骊宫高处入青云，仙乐风飘处处闻。缓歌慢舞凝丝竹，尽日君王看不足。渔阳鼙鼓动地来，惊破《霓裳羽衣曲》。

九重城阙烟尘生，千乘万骑西南行。翠华摇摇行复止，西出都门百余里。六军不发无奈何，宛转娥眉马前死。花钿委地无人收，翠翘金雀玉搔头。君王掩面救不得，回看血泪相和流。黄埃散漫风萧索，云栈萦纡登剑阁。峨眉山下少人行，旌旗无光日色薄。蜀江水碧蜀山青，圣主朝朝暮暮情。行宫见月伤心色，夜雨闻铃肠断声。天旋日转回龙驭，到此踌躇不能去。马嵬坡下泥土中，不见玉颜空死处。君臣相顾尽沾衣，东望都门信马归。归来池苑皆依旧，太液芙蓉未央柳。芙蓉如面柳如眉，对此如何不泪垂？春风桃李花开日，秋雨梧桐叶落时。西宫南内多秋草，落日满阶红不扫。梨园弟子白发新，椒房阿监青娥老。夕殿萤飞思悄然，孤灯挑尽未成眠。迟迟钟漏初长夜，耿耿星河欲曙天。鸳鸯瓦冷霜华重，翡翠衾寒谁与共？悠悠生死别经年，魂魄不曾来入梦。

临邛道士鸿都客，能以精诚致魂魄。为感君王展转思，遂教方士殷勤觅。排云驭气奔如电，升天入地求之遍。上穷碧落下黄泉，两处茫茫皆不见。忽闻海上有仙山，山在虚无缥缈间。楼阁玲珑五云起，其中绰约多仙子。中有一人字太真，雪肤花貌参差是。金阙西厢吊玉扃，转教小玉报双成。闻道汉家天子使，九华帐里梦魂惊。揽衣推枕起徘徊，珠箔银屏逦迤开。云髻半偏新睡觉，衣冠不整下堂来。风吹仙袂飘飘举，犹似霓裳羽衣舞。玉容寂寞泪阑干，梨花一枝春带雨。含情凝睇谢君王："一别音容两渺茫。昭阳殿里恩爱绝，蓬莱宫中日月长。回头下望人寰处，不见长安见烟雾。唯将旧物表深情，钿合金钗寄将去。钗留一股合一扇，钗擘黄金合钿分。但令心似金钿坚，天上人间会相见。"临别殷重寄词，词中有誓两心知："七月七日长生殿，夜半无人语时。在天愿作比翼鸟，在地愿为连理枝。"天长地久有时尽，此恨绵绵无绝期！

(一)

通读全诗感到，这首120句、840字的长诗，最能提纲挈领、彰显全诗主旨的恐还是首句："汉室重色思倾国"。

寥寥七字，不但开门见山、一针见血地指明了"长恨"之源——"汉皇重色"，而且巧妙地隐出了"长恨"之果——"倾国"，从而揭开了"长恨"的序幕。

"汉皇"即唐明皇。唐人诗中，多称唐帝为汉皇，似有讳避意。

"倾国"，源出两汉乐工李延年诗："北方有佳人，绝世而独立，一顾倾人城，再顾倾人国。"实为汉武帝宠妃李夫人，后泛喻美女。这里似还有“重色”必“倾国”之隐义。这种视美女为祸水、断言“重色”必“倾国”以及这诗将安史之乱完全归咎为女祸说，显系偏颇，但在当时却是一种带普遍性的观念。

接着，诗便以细腻之笔，详尽而生动地展开了由“重”到“倾”的演变过程。环环紧扣，煞是骇人。

由“重”(重色) 而“思”(“思倾国”)，而“求”(“御宇多年求不得”)，而“现”——发现(“杨家有女初长成”)，而“得”(“一朝选在君王册”)，而“喜”(“回头一笑百媚生，六宫粉黛无颜色”)，而“迷”(“春宵苦短日高起，从此君王不早朝”)，而“宠”(“承欢侍宴无闲暇，春从春游夜专夜”)，而“专”(“后宫佳丽三千人，三千宠爱在一身”)，而惠及家人(“姐妹兄弟皆列土，可怜光彩生门户。”杨玉环册为贵妃后，其父杨玄琰追赠太尉，爵齐国公。叔父杨玄珪升为光禄卿，宗兄杨铦为鸿胪卿，杨琦为侍御史，杨钊即杨国忠为侍郎，都做了高官，封爵通侯。贵妃的三个姐妹也分别封为韩国夫人、虢国夫人、秦国夫人)，而反响及天下(“遂令天下父母心，不重生男生女”)，以致整个骊宫(即骊山华清宫)到处都迷漫在轻歌曼舞之中，唐皇整日沉湎在歌舞声色之里……

似此，怎能不祸从天降!

诗人叙事之笔，真是严谨、简洁而富深意!

一声“渔阳鼙鼓”，朝野震惊——安禄山叛乱了。“仙乐风飘处处闻”顿化为乌有，“倾国”之危立见。

这便是“长恨”之起，也是“长恨”之端。“起”和“端”都是对唐皇荒淫误国和贵妃以色祸国的有力鞭挞。

“渔阳”，唐郡名，属范阳节度使管辖，在今河北蓟县一带，是安禄山叛军的出发地。这里同时也是暗用汉代彭宠据渔阳反汉王朝的典故，表示这一事变的叛乱性质。

“恨”从“鼙鼓”起，也伴“鼙鼓”而展——

“九重城阙烟尘生，千乘万骑西南行。”——“恨”展之始。

“九重”，古制，皇宫有九重门。“烟尘生”，形容战云弥漫；“西南行”，指唐玄宗西南入蜀避难。

据诗前的《长恨歌传》载，叛军南下，“潼关不守”，“翠华（皇帝乘舆前用翠羽饰制的旌旗，此指唐皇）南幸”，“出咸阳”，向西南逃奔蜀郡（今四川成都）。

国破帝奔，可谓奇耻大辱！然而对此前一心沉缅享乐、不理国事的唐皇说，也许还不能算是奇耻“长恨”；对他来说，“真正”的“长恨”恐还在下面：“恨”的续展——

“翠华遥遥行复止，西出都门百余里。六军不发无奈何，宛转蛾眉马前死。”

“花钿委地无人收，翠翘金雀玉搔头。君王掩面救不得，回看血泪相和流。”

又据《长恨歌传》载，唐皇逃蜀郡时，“出咸阳，道次马嵬亭（即马嵬驿站，在今陕西兴平县，距长安约百里），六军（皇帝禁卫军）徘徊，持戟（古兵器）不进。从官郎吏伏上马前，请诛晁错（本为汉景帝御史大夫，这里指杨国忠等奸佞之臣）以谢天下。国忠奉牦缨盘水死于道周。左右之意未决。上问之。时有敢言者，请以贵妃塞天下怨。上知不免，而不忍见其死，反袂掩面，使率之而去。仓皇展转，竟就死于尺组之下（尺组，泛指不长的一段丝带。贵妃系自缢而死）。”

日夜专宠的爱妃，在近卫军威逼下，竟“掩面救不得”，眼睁睁看着把她牵走，看着她自缢而死，这对一个皇帝说，是何等心如刀绞的痛苦呀！国之“长恨”终辗转而为唐皇个人之恨矣。这恐也是唐皇的真正“长恨”之始。

动乱在延续中，“恨”，也在发酵中。下面，诗人展“恨”之笔，似尤见精彩——

“黄埃散漫风萧索，云栈萦纡登剑阁。蛾眉山下少人行，旌旗无光日色薄。”——“恨”在奔蜀途中。

多么萧肃凄惨的景象呀！由于“恨”，连那金光闪闪的旌旗，也变得黯然无光了；那火红的太阳的颜色，也变得淡薄了。

萧肃凄楚景象能增君王的怨和“恨”；那秀美如画的美景，就能消减唐皇的悲愁怨恨情吗？否。

“蜀江水碧蜀山青，圣主朝朝暮暮情。”

宋玉《高唐赋》：“巫山神女旦为朝云，暮为行雨，朝朝暮暮，阳台之下。”秀美如画的蜀山蜀水，不但未减唐皇心中怨，反而使唐皇更加想起往昔与贵妃“朝朝暮暮”的缠绵悱恻而益增怨恨之情。

“行宫见月伤心色，夜雨闻铃肠断声。”——“恨”在行宫里。

“行宫”，指唐皇蜀中居处。行宫见月，分外伤心；雨、铃交织，更增惆怅。

又据郑处诲《明室杂录补编》：“唐皇既幸蜀，西南行。初入斜谷，霖雨涉旬，于栈道中闻铃声与山相应。上既悼念贵妃，采其声为《雨霖铃》曲，以寄恨焉。”上后句显用其意。

“天旋日转回龙驭，到此踌躇不能去。马嵬坡下泥土中，不见玉颜空死处。”——“恨”在回转时。

史载，唐肃宗至德二年（757年），郭子仪收复长安、洛阳；年底，唐玄宗回长安，途中曾在马嵬驿停留，派人到贵妃葬地改葬，只剩香囊一枚，玄宗见了很伤心。见《新唐书·后妃传》。

上四句便是上述史实的真实素描。一个“实”（“泥土中”），一个“空”（“空死处”），将唐皇转程时不见贵妃之悲倾诉得十分到位。

接来下两句："君臣相顾尽沾衣，东望都门信马归。"

一个"尽"（"尽沾衣"），一个"信"（"信马归"），又将唐皇心中惨不忍睹之恨隐衬得分外夺目惊心。

"归来池苑皆依旧，太液芙蓉未央柳。芙蓉如面柳如眉，对此如何不泪垂？"——"恨"在归来后。

"太液"，汉宫池，在大明宫内，今长安故城西；

"未央"，汉宫名，在今长安故城西南。

唐皇归来，但见池苑依旧，物是人非，自多伤感。特别是当看到太液池边盛开的芙蓉和未央宫前那婀娜多姿的柳树时，马上想到贵妃生前美丽的容颜，不由得泪如雨下。

又据《新唐书·后妃传》，唐玄宗回宫后，曾请人画了一张贵妃像，放在殿上，早晚必看，一看便哭。何等情痴！

"春风桃李花开日，秋雨梧桐叶落时。西宫南内多秋草，落日满阶红不扫。"

一年四季，无论是刮风下雨，还是花开叶落，都能引发唐皇极度伤感。而"西宫"、"南内"又多引情发悲之物，触景生情，自会益增唐皇思杨之哀。

"西宫"，即"西内"，指太极宫；"南内"，即"南宫"，指兴庆宫。

据史载，玄宗回到长安后，起先被安排住在兴庆宫，后来，唐肃宗担心他进行复辟活动，又让他迁居皇宫深处太极宫甘露殿，等于软禁。

"梨园弟子白发新，椒房阿监青娥老。"

"梨园弟子"，《新唐书·礼乐志》："玄宗既知音律，又酷爱法曲（大型舞曲），选坐部使子弟三百，教于梨园。……号皇帝梨园弟子。""阿监"即太监；"青娥"，即宫女。以上均宫中陪侍唐皇之人。如今，在唐皇眼里，这些人也都陈旧而衰老了，更见忧烦之甚。

更令唐皇悲戚难忍的恐还是夜的到来。

“夕殿萤飞思情然，孤灯挑尽未成眠。迟迟钟漏初长夜，耿耿声河欲曙天。鸳鸯瓦冷霜华重，翡翠衾寒谁与共？悠悠生死别经年，魂魄不曾来入梦。”——“恨”，更在绵绵长夜中。

“夕殿萤飞”和“耿耿”句，均化谢眺诗而来。谢眺《玉阶怨》有“夕殿下珠帘，流萤飞复息”句；《暂使下都夜发新林至京邑》中有“秋河曙耿耿”句。

从“夕殿萤飞”黄昏时分的“悄然”之思，到“孤灯挑尽”仍不能“成眠”，到“迟迟钟鼓”、“长夜”殆尽，到“耿耿星河”东方欲晓，唐皇真是度夜如年啊！

度夜如年，还不仅因为夜长难寐，更因为宠妃不在身边。宠妃不在身边，虽然睡在豪华的龙床上，枕的是鸳鸯枕，盖的是翡翠绣成的被，却仍如睡在冰霜覆盖的瓦砾下一样，冷寒彻骨，苦不堪言。可就这样，贵妃的魂魄也从未入梦来。连梦都梦不见，岂不更见凄惨！

“恨”，在奔蜀途中；“恨”，在行宫里；“恨”，在回转时；“恨”，在归来后；“恨”，更在绵绵长夜的到来和“耿耿星河”的“霜华”、“瓦冷”中。诗人对唐皇当时心中的“恨”，倾诉得何其详尽、细腻、生动、真切呀！古往今来，恐难再有过此的抒“恨”之笔了——古今畸形婚姻更见畸形的悲剧之“恨”。

（二）

恨，多么浓烈的恨呀！然而，恨和爱是对立的统一。在男女感情问题上，恨往往是更真挚、更深沉的爱。唐皇此时心中无与伦比的恨，何尝不是对“三千宠爱在一身”的贵妃发自肺腑的爱！只不过，又值得注意的是，诗至此，诗中所叙，尽管有文学创作许可范围内的形容和夸张，但总体上，应该说还是真实的，也是可以当作历史来读的。可接下来，也不知是唐皇的“爱”和“恨”真的感动了上天（在唯物主义者眼里，上帝是不存在的。感动上天说纯属迷信），还是黎民百姓对唐杨这门特殊婚姻萌生出的特殊爱情酿成的悲剧，产生了特殊的怜悯和同情，以致在接下来的故事中，竟出现了魔术般的浪漫和神奇：唐杨之爱，竟跨越时空和阴阳极界，由地下飙升到天上，由人间延伸至虚无缥缈的仙境，由现实世界升浮到冥冥环宇中。自然，这是民间故事的传奇，是民间传说故事的嬗变。可贵的是，诗人心仪民间传说，巧妙地将民间故事和真实历史相连，使这一具有真实背景的故事频增神奇浪漫色彩，不但未使人感到故事的离奇和荒诞，而且将世人对美好爱情的向往注入了悲的长恨中，变悲为喜的希冀，变“恩爱绝”为“日月长”的遐想，更见《长恨歌》的绚丽和多彩。也益增爱情悲剧悲戚感人的浸切度。

随着唐皇的神思恍惚，悲痛欲绝，一个神秘人物出现了。

“临邛道士鸿都客，能以精诚致魂魄。”

“临邛”，今四川邛崃县。“鸿都”，东汉京都洛阳宫门名，这里喻长安。临邛的道士突然来到了长安。

这是一个神通广大、能够通天入地的人物。

“为感君王展转思，遂教方士殷勤觅。”

“方士”，即道士，有法术的人。据《长恨歌传》：适有道士自蜀来，知上思杨妃心切，自言有李少君术，能招死人魂魄。玄宗大喜，遂“命致其神”。

至于“方士”之觅，《长恨歌传》中叙述颇详。“出天界”，“没地府”，“极天海”（神话里天上的大海，此指渤海，一说东海），“跨蓬壶”（蓬莱山别名，神话中海上三神山之一）；查找、询问、验证、转报，等等，煞费苦心。可在这诗里，诗人只用四句："排云驭气奔如电，升天入地求之遍。上穷碧落下黄泉，两处茫茫皆不见。"便将方士寻觅之难、之艰以及奔波空间之广，辗转地域之多，囊括一尽。诗人形象概括之笔，亦堪称神功！

可遗憾的是，还是"不见"。

"忽闻海上有仙山，山在虚无缥缈间。中有一人字太真，雪肤花貌参差是。"

一个"忽闻"，便峰回路转，柳暗花明。终于在渤海深处的蓬莱山上，找到死后升天的杨贵妃。此时她已改名号太真。

接着又一个"闻道"：

"闻道汉家天子使，九华帐里梦魂惊。"

"汉家天子使"，即方士；"九华帐"，极华美的帐幕。《西京杂记》载汉宫妃用具中有"九华帐"。

接连两个"闻"："忽闻"，"闻道"，顿将天上地下连在了一起，架起了一座人间、仙境息息相通的桥梁，令人神奇而神往。

而"梦魂惊"的"惊"字，则更将贵妃对唐皇的极度思念之情展现无遗。你看，她听说唐皇使至，多么惊喜和急于相见呀！

"揽云推枕起徘徊，珠箔银屏拖延开。云髻半偏新睡觉，衣冠不整下堂来。"

"揽衣推枕"，何其迅速！

"徘徊"而又"迤俪开"，可见慌乱！

"云髻半偏"、"衣冠不整"，便下堂迎客。连女人见客前最起码的修饰打扮都顾不上了，岂不更见贵妃思唐黄之痴和急见其使之甚。

不但室内急，出去和使者见面时走得更急，似乎连一分钟都不想多耽搁。因为走得太快，风扇在衣襟上，飘飘扬扬，就像当年贵妃在宫中为明皇跳霓裳舞一样。

“犹似霓裳羽衣舞”，多么美妙而动情的联想！不由得使人勾起对往昔宫中盛况的回忆。今昔对比，益增蓼纬之哀。

“玉容寂寞泪阑干，梨花一枝春带雨。”

这是方士见到贵妃时，方士眼中贵妃当时的模样。

毕竟经过一场生死浩劫，如果说贵妃升天后玉容憔悴，似乎可以理解；可宫中侍女如云，何以会“寂寞”呢？“寂寞”二字更见唐皇在贵妃心中的位置：唐皇不在身边，虽有众多侍女相伴，也不减孤独寂寞情。

“泪阑干”。泪流满面如阑干一样在脸上纵横流淌，更见伤心凄楚之甚。

可贵妃是绝代佳人。美女伤心流泪，也会别具神韵。诗人巧出奇思，状以“梨花”、“春带雨”，将悲和美连在一起，形象何其新颖别致！

你看，那一张“寂寞”的脸上，尽管愁情满怀，泪水交加，可又何尝稍减她那“天生丽质”的美呢？你看她多像一枝春天盛开的梨花，在那春雨淋漓中黯然伤神！而在“梨花”背后，不是也可隐见那爱情坚贞之花在欣然怒放吗！

“梨花带雨”，后人多以此形容美女伤心流泪，盖源出于此。——诗人别致状美之功。

（三）

《长恨歌》还有更感人的吟咏。

男女情爱诗，从来以感情互动为佳。可这诗前两阕，由于故事情节和事件性质使然，只有唐皇对贵妃的爱和恨，不见或少见贵妃对唐皇的挚爱之情。方士之出，特别是随着太真的仙山露面，唐杨之恋才见双向情动，但也只是隐见往昔情深，不见现实恩爱互动之情。真正双向互动、能尽展唐杨恩爱情深的，恐还是太真见使者后的言和行。请看下面这血泪交织凝结而成的诗句：

“含情凝涕谢君王：‘一别音容两渺茫。昭阳殿里恩爱绝，莲莱宫中日月长。’”

据《长恨歌传》：玉妃（即贵妃）出见方士时，“揖方士，问‘黄帝安否’，次问天宝十四载已还事。言讫，悯然。”

上四句，据实言情，循情写意，更见生动和逼真。

贵妃含情脉脉地注视汉家使者，衷心感谢唐皇派使者前来，足见贵妃对唐皇的敬重。

“一别音容两渺茫”，生离死别，音容笑貌，多少往事，多少思念，尽在其中。七字胜过千言万语。

“昭阳殿”，本为汉成帝皇后赵飞燕宫殿，这里喻贵妃生前所居；

“蓬莱宫”，贵妃成仙后居。

一个“绝”（“恩情绝”），一个“长”（“日月长”），既见往昔恩情的痛苦诀别，又见来世因爱的炽热和绵长。唐杨之恋，超越时空，超越阴阳，绵绵无绝。“日月长”，也暗示明皇驾崩后可来蓬莱宫和贵妃永为夫妻。

更感人肺腑的还是下面的献钗分钿以及临别时的殷勤寄词。

据陈鸿《长恨歌传》：（玉妃）“指碧衣取金钗钿合；各析其半，授使者曰：‘为我谢太上皇（注：肃宗二年，尊玄宗为太上皇），谨献是物，寻旧好也。’”

“钗留一股合一扇，钗擘黄金合分钿。但令心似金钿坚，天上人间会相见。”

上四句诗，便是隐指上事。贵妃用心，可谓深细！

“回头下望人寰处，不见长安见烟雾。唯将旧物表深情，钿合金钗寄将去。钗留一股合一扇，钗擘黄金合分钿，但令心似金钿坚，天上人间会相见。”

据《长恨歌传》，“钿合金钗”系明皇定情之夕送给贵妃的定情之物（钿和钗，均妇女首饰；“钿合金钗”，系由黄金制成的极贵重的首饰）。贵妃也真是特有心计。虽经生死浩劫，仍将其保留在身边。也更见其对明皇真心爱恋之笃。

此时，她令侍女（碧衣）将其取出，并令“各析其半”，将一半授使者转明皇，其意显是要以此为信物，与明皇重修旧好。因钿钗两半相合，方是完整信物。

至于临别的殷勤寄词：“在天愿做比翼鸟，在地愿为连理枝。”据《长恨歌传》，本为方士求赐验证钗和钿非诈，“夜半无人”之“私语”。七夕牛郎、织女相会的传说，和“在天”、“在地”两种涵盖宇宙乾坤的情况，以及“比翼鸟”、“连理枝”这一鸟一树两种不可分离的情物连在一起，所传递出的至情至爱情，又绝非任何情物、情语所能比拟和替代，也更见诗人超凡脱俗的艺术构思和至高至绝的抒情之笔。

比翼鸟：传说是一种雌雄并翅而飞的鸟；连理枝；两株树木的树干相抱，树枝相连。“比翼鸟”、“连理枝”都是男女痴情相爱的象征。

两句寄词成为后世男女永结同心的誓言和人们用来歌唱爱情坚贞的名句之一，更见其具有无比旺盛的艺术生命力和感染力。

一浪高过一浪，一层深似一层，诗人用高超别致的艺术手法，将贵妃对唐皇的深情厚谊推上了顶峰，也将唐皇的“长恨”延伸到极致。情、恨交加，一个惊天地、泣鬼神的呼喊，有如黄河决口，便不由得在诗人笔下喷涌而出了：

“天长地久有时尽，此恨绵绵无绝期！”

“有时尽”，“无绝期”，谱出了“长恨”的最强音。

五、思念情

人生最大和最常见的悲哀，莫过于生离和死别。

“死别已吞声，生别常恻恻。”这是杜甫《梦李白》诗的头二句。其意是，死别固悲哀，令人哭泣不能成声，但毕竟已经过去；而生别则不然。常常更折磨人，要人长久地经受感情的煎熬。这无疑是一位伟大诗人对另一位被贬的伟大诗人真实感情的流露，是感人至深的。但话还得说回来，人死了毕竟不能复生，而且在许多情况下死又常常是在极度痛苦中发生、发展和终结的，因此，一般说来，死别较生离更具悲戚情愫。

（一）悼亡诗

古诗词中，倾诉死别情怀的诗作也是多种多样的，悼亡诗是常见的一种。而悼亡夫和亡妻之作，往往又是悼亡诗中之最感人者。

悼亡本为丧妻别意。据史载，晋潘岳妻死，作“悼亡”诗三首，后人因称丧妻为悼亡。后来意义扩大，泛指对一切死者的哀悼。

苏轼的《江城子》（乙卯正月二十日记梦），名为“记梦”，实是在妻亡十年后用“纪梦”形式写的一首感人至深的悼亡妻佳作。如后：

十年生死两茫茫，不思量，自难忘。千里孤坟，无处话凄凉。纵使相逢应不识，尘满面，鬓如霜。夜来幽梦忽还乡，小轩窗，正梳妆。相顾无言，唯有泪千行。料得年年肠断处：明月夜，短松冈。

时为宋熙宁八年（1015年）。

时，苏轼在密州（今山东诸城）刺史任上。

苏当时政治处境不利。反变法失败，被通判杭州，又被贬密州，且值“乌案”前夕，情势十分严峻。

苏一生结过两次婚。第一个妻子名王弗。苏19岁与王结婚，王时年仅16，年轻貌美，温柔贤淑。婚后，夫妻二人恩爱情深，十分相得。未料，王27岁时突然暴病身亡。苏悲痛至极。王去世后，苏又续娶其堂妹王润之为妻。婚后感情也佳。可奇怪的是，苏却始终不能忘怀于对前妻的眷眷情思。虽政务繁忙，频繁辗转，仍思王不止。

密州任上，苏思王愈炽。忧思成梦。上词便是苏思王情极梦醒时作。

“十年生死两茫茫。不思量，自难忘。”

“茫茫”，时地远隔、视感模糊状。白居易《长恨歌》中有“一别音容两渺茫”句，渺茫、茫茫，意相近。均有生死阴阳之隔、相视茫然无知之悲。

爱妻去世十年。十年间，恩爱夫妻，一在人间、一长眠地下。人间，世事沧桑，瞬息万变；地下，幽暗漆黑，玄谲莫测。岂非“两茫茫”乎！诗起便见诗人对亡妻的深情思念。

明明思妻心切，何以又说“不思量，自难忘”呢？岂不自相矛盾？其实不然。“不思量”不是不思，而是说夫妻恩爱情深，用不着专门思忖，也不会忘怀的。更见情笃。爱妻入梦就是明证。

可爱妻毕竟已去世十年，“难忘”又能怎样？人死了也不能复生呀！词人情挚。不但超越时空、超越地界，想到了远在千里外、四川眉山老家爱妻的“孤坟”，想到埋在地下的爱妻，甚至还超越阴阳，想到能否和亡妻“共话凄凉”，真是新颖别致！

“千里孤坟，无处话凄凉”。

时，诗人在密州，而亡妻坟在眉山老家，相距何止千里。说“千里”是极言遥远，并非实数。其实，遥远的还不是里数，而是天地之阻，阴阳之隔。一地上；一地下，一人间，一黄泉，又怎能共话“凄凉”呢？“无处话凄凉”，实是无法“话凄凉”呀！

“凄凉”二字，除上说外，恐还内涵更丰。前面提到，词人眼前处境不佳，频遭贬谪，何止“凄凉”！“无处话凄凉”，凸显出诗人当时的悲楚遭际。

下面三句尤见悲怆。

“纵使相逢应不识，尘满面，鬓如霜。”

词人感情也真丰富！刚说“无处话凄凉”，忽而又想到见面时“识”和“不识”问题。真是异想天开！可从另一角度，也可见词人对亡妻真切思念之情何其炽热。他是多么盼望能和亡妻再见面呀，哪怕是在梦中。至于“尘满面”、“鬓如霜”、“相逢应不识”，那是词人在经历十年煎熬后落魄潦倒的生动写照，更见伤心悲楚。

词题下注“记梦”，可上阕并未见梦，梦在下阕。

“夜来幽梦忽还乡，小轩窗，正梳妆。”

凭借着梦幻的翅膀，词人才得以忽然回到自己日思夜梦的故乡——

四川眉山。宦海沉浮，不由自主呀！

一到家，老远，一个亲切而熟悉的背影便展现在词人眼前——自然是在梦中。

咦！是谁在那明净雅洁的卧室窗前，正在兴致勃勃地梳妆打扮？定睛一看，哟！那不是爱妻吗？她正在精心打扮，准备迎接自己的归来哩！

词人终于“见到”分别十年的妻子了。欢欣喜悦之情，自难言表。尽管是在梦中。

这时，梦中的妻子显然也觉察到丈夫的归来。猛然回首，哟！果然是自己心爱的丈夫。

此时此刻，在茫茫宇宙间，在梦绕魂牵的交汇处，又会是怎样的一种情景呢？人们恐难描绘得出。然而妙笔生花，诗人自有神奇妙语：

“相顾无言，唯有泪千行。”

“相顾”——四目相视，形情蓦然；疑中有惊，惊中有喜。突然相见，二字之用何其真切！

“无言”——千头万绪，不知从何说起。“此时无声胜有声”。“古今多少事，尽在不言中。”这无言无声中，又不知包含有多少尴尬复杂的情致和多少纷繁浩复的心情和心态呀！二字之用，更见传神！

“泪千行”——“物是人非事事休，欲语泪先流”(李清照《武陵晋》)、“十年泪别知多少，不道相逢泪更多”（明·徐火通《酒店逢李大》)。泪有千行之多，岂不更见悲楚。

然而，梦，终有醒时。此时此刻，词人心中浓炽的思亡情，又能所向何方呢？词人自有更神奇妙笔。

“料得年年肠断处；明月夜，短松冈。”

一个“料得”，梦，终于醒了。“泪千行”顿化为“月夜”、“松”涛。

明月下，涛声阵阵，情思滚滚。

词人遥想，在每年伤逝的忌日，在他肝肠寸断之时，那长眠在地下的亡妻之魂，定会从地底钻出来，在那月明星稀之夜，在那短松岗旁，为思念自己而卷动阵阵涛声，掀起阵阵涛浪，以寄托对自己的思念；而他自己——自己的心和灵魂，此时也会跨越千山万水，来到亡妻坟地，聆听涛声，追逐涛浪，和亡妻一道肝肠寸断……

多么神奇缥缈的悼亡情呀！真是古今难觅！

曾有人说，苏作“短于情”，显系讹误。苏善于“情”。他笔下的“情”，绰绰多姿。有“豪放恣肆”之情，也有“缠绵深切”之情。上词乃“悱恻凄戚、深沉真挚”的悼亡情。“不自量，自难忘”，多么深挚；“千里孤坟，无处话凄凉”，多么惆怅；“相顾无言，唯有泪千行”，多么悲痛；“年年肠断处：明月夜，短松冈”，则更见哀楚。更有意境的是，诗中时空横荡，天壤对接，阴阳贯通，醒、梦交织，奇情别出，幻化无穷，真是绚丽多姿，情满乾坤。词评家陈延焯云：“东坡词，纯以情胜，情之至者词亦至。”（《白雨斋词话》）确有见地。

（二）挽　歌

挽歌，即葬歌，俗称哭丧歌，也是一种悼亡者之作。汉乐府《薤露行》、《篙里行》，都是挽歌。

据说，汉高祖一统天下后，召齐王田横入都。田不肯臣服，便中途自绝，门人“不敢哭而不胜哀，故为挽歌以寄哀音”。

《薤露行》是以薤草（俗称藠头）之露喻人生短促，哀叹“人死一去何时归”；

《篙里行》则是说人死后魂魄归于泰山脚下的篙（野草）里。

两歌原为同曲。汉武帝时，乐师李延年将其一分为二。前者用来为王公贵人送葬，后者则用于士大夫和庶人。让挽灵柩者哭唱，“世谓之挽歌”。

曹操也作过《薤露行》、《蒿里行》，但不是挽歌，而是袭题名以咏时事。

西晋陆机作挽歌颇多。有为王公作的，也有挽庶人的。

晋陶渊明生前为自己作过一首别致挽歌，题为《拟挽歌辞》，三章，极富旷达情趣，特录后赏读。

有生必有死，早终非命促。昨暮同为人，今旦在鬼录。魂魄散何之，枯形寄空木。娇儿索父啼，良友拊我哭。得失不复知，是非安能觉。千秋万岁后，谁知荣与辱？但恨在世时，饮酒不得足。(其一)

在昔无酒饮，但恨湛空觞。春醪生浮蚁，何时更能尝？肴案列我前，亲旧哭我傍。欲语口无音，欲视眼无光。昔在高堂寝，今宿荒草乡。荒草无人眠，极视正茫茫。相送出门去，归来夜未央。(其二)

荒草何茫茫，白杨亦萧萧。严霜九月中，送我出远郊。四面无人居，高坟正嶕峣。马为仰天鸣，风为自萧条。幽室一已闭，千年不复朝。千年不复朝，贤达无奈何。向来相送人，各自还其家。亲戚或余悲，他人亦已歌。死去何所道，托体同山阿。(其三)

诗人何以要在生前为自己写挽歌？

有人说是因为诗人晚年身体不佳，一直折磨他的热病不断加剧，“自恐大分将有限也”，故遗歌后世，以示旷达。

更有人说，“靖节（陶，世称靖节先生）诗文乃绝笔于祭挽三篇，盖出于属纩之际者”。意为上挽歌成于他弥留之际（属纩，即是将新棉放在临死者鼻前，以验证其是否断气。这是古时判定人死的一种方法），不久诗人即去世。

上说均后人推测，究实情如何，已难确认。似乎也并不重要。重要的是诗人一生旷达，“不慕荣利”，不为俗累；且生性思新喜异，不蹈故辙，不落窠臼。

“不为五斗米折腰”，是他在功名利禄上“不慕荣利”、不甘为人驱使旷达情怀的壮举；

以“五柳先生”自居，“环堵萧然，不蔽风日。短褐穿结，单瓢屡空”（陶渊明《五柳先生传》），是他在居家生活领域“不戚戚于贫贱，不汲汲于富贵”旷达情怀的展现。

他对待生死问题也是理智、豪旷而豁达的。

《拟挽歌辞》三章，便是这样一篇旷达生死观的杰作。

三章一个整体。围绕人死和死后的祭奠、安葬三个环节，三章在思想、感情和理念上，又各有侧重。

其一，总述生死观——临死见旷达；

其二，祭奠的荒诞——荒诞中有嘲讽；

其三，落墓的怆悲——怆悲中更见豪旷。

豪旷，嘲讽，诙谐，悲戚，苍凉，集于一诗。亦叙亦议，有景有情，《拟挽歌辞》不愧为历代哀祭诗文中别具一格的旷古杰作。

“有生必有死，早终非命促。昨暮同为人，今旦在鬼录。”

诗起便见豪旷和豁达——将人的生和死置于事物运动的发展和转化之中，坦言“有生必有死”，人鬼旦夕间。一扫常人对死的恐惧和神秘，颇具唯物灼见。

尤可贵的是，诗人还断言，“早终非命促”。显然，他对几千年盘踞在人们头脑里根深蒂固的“生死有命”说也是持否定态度的。在他看来，“命”是不存在的；人早死晚死，只是生命转化的迟早和快慢的不同而已。从而又和命运决定论者划清了界限。这更是唯物世界观在生死问题上的展现。

可接下来唯物主义又不见了。

“魂魄散何之，枯形寄空木。”

诗人并不认为人死后灵魂已不复存在。而是认为，人死只是形枯，装棺入木，而魂魄仍存。只不过不知飘散到何处去了。以致娇儿爬在“空木”上哭着要父亲，亲友们拊柩而泣，也全然无知；至于“得失”、“是非”、“荣辱”等一类有形和无形、物质和精神方面的东西，就更茫然无知了。这种人死魂在、“形枯魂散”的观点，又颇具唯心色彩，然仍不失为旷达。

诗人对死心怀旷达，无所畏惧；但对生却又不无眷念和留恋。

“但恨在世时，饮酒不得足。”

和历史上许多大诗人、大文人一样，“性嗜酒”是诗人一生的最大爱好。“亲旧知其如此，或置酒而招之，造饮辄尽，其在必醉。既醉而退，曾不吝情去留”（《五柳先生传》）。但上两句恐又非仅言饮酒，而是以饮喻人生。“饮酒不得足”，实言美好人生享受未尽。如今突然要撒手人寰，又怎能不愀然“但恨”呢？

不是议论文章，更不是生死问题的专著，却将心中对死的种种旷达理念，一一陈与笔端，胜过鸿篇巨著。如此自我悼挽，实为旷古奇观！

上是诗“其一”。

“其二”，通过对死者祭奠的模拟，嘲讽祭奠的荒诞，更见诗人对死的旷达和幽默。

“在昔无酒饮，但恨湛空殇。春醪生浮蚁，何时更能尝?”

酒，祭奠的主要奠物。可在这里，却勾起了诗人对祭奠荒诞的喟叹。“无酒饮”——“湛空殇”；“生浮蚁”（奠酒经风吹日晒，上面浮上一层像蚂蚁样的东西）——“何时……尝”？两个画面连在一起，将祭奠的荒诞尽展无遗，令人忍俊不禁。

尤令人忍俊的，美酒佳肴陈列在面前，亲朋故旧围在身旁哭，可死者呢?“欲语口无言，欲视眼无光”，真是哭笑不得!

最堪笑的还是祭奠之后：死者生前住在明净雅洁的卧室，今晚却要独自住到偏僻荒凉的草莽山冈。这里乱草丛生，荆棘遍野，从无人住过。死者独自躺在这里，又怎能安然入睡呢?环顾四周，一片黑茫茫。死者实在无法承受这骇人的寂寞和孤独，等到亲朋离去后，灵魂便又悄悄回到原来的家里。回到家时夜还未尽哩!“央”：尽。多么生动而幽默的嘲讽!

“魂兮归来”，也见死者（诗人）对生和人间的留恋。

祭奠的酒——不能饮；亲朋的哭——不能“语”和“视”；祭后的魂——悄悄潜回故居。祭奠的荒诞，不言而喻。诗人的嘲讽，可谓入木三分。

“其三”，对送葬和落葬的遐思和沉思，悲楚中更见诙谐与豪旷。

“荒草何茫茫，白杨亦萧萧。严霜九月中，送我出远郊。”

送葬伊始，便笼罩上一层浓浓的悲凉之气。

“荒草”，“白杨”，“严霜”，“秋声”，将送葬的悲楚渲染得令人窒息。

诗人设想，他死后就将在上面这种气氛中被送到荒郊僻远。何其凄惨!

那么，这荒郊又是怎样的一种景况呢?

“四面无人居，高坟正嶕峣。”

四周荒无人烟，一座座坟堆高高耸立着，就像一个个小山包；马儿来到这里，不由得要仰天悲鸣；风呼啸着，怒吼着，使这里的气氛更显得萧杀凄厉，恐怖万状。可“我”就将长眠在这里，多么可悲可哀！

这还是安葬地面景，真要落葬——尸体被装在棺木里，再被深深地埋在地底下，那就更惨了。“幽室一已闭，千年不复朝”。那将是永远被囚禁在幽暗漆黑的地底里，再也不会有明朝，再也见不着太阳了。

从此不会有明朝，那聪明才智还有什么用呢？再聪颖贤达，也无济于事了呀！“贤达无奈何”——人死了，还想到聪明才智有无用场，诗人的奇思妙想，也真是独特！

送葬，自然也会想到送葬人。可又奇怪的是，诗中并未具体描述送葬人送葬时的种种情态和言谈话语，却又设想出他们回去后会有何种反映。大概是因为回去后的反映更能真实地再现送葬人的真实感情吧！

“亲戚或余悲，他人亦已歌。”

诗人设想，送葬人回去后，至亲至爱者，或许还会余悲未泯。而他人，恐很快就会喜悦如旧了。多么真切！

这也无异告诉人们，送葬的悲悲切切、热热闹闹，却掩盖不了人情冷暖和世态炎凉，更见对送葬的嘲讽。

“死去何所道，托体同山阿。”

诗人坦言，人死了，生命停止了，一切都终结了。还有什么可说道的呢？一切都无所谓了。祭奠、送葬再隆重、再讲究，又有什么用呢？最重要的是要将自己的躯体，和这荒山野岭、和大自然融为一体，一同去“灰飞烟灭”，一道万古长青。

多么豪逸旷荡的情怀！这和诗人《归田园居》中“性本爱丘山”和要回到“旧林”、“故渊”的大自然中去的人生理念，是一脉相承的。是诗人一生旷达情怀在生命终结时的豪语。

透过三章自挽，读者还可看到，这诗的写作手法，还有许多令人赞赏的叹点：不是写景，景在其中；不见抒情，情扬诗外；不是议论文章，而议论贯穿始终。景、情、理巧妙融于“拟挽”之中，似真非真，似假非假，疑真疑幻，“音调弥响，哀思弥深”（清·沈德潜语），开创了历代哀祭诗自挽的先河。难怪后人评此诗时说：“此诗气格笔势，横姿游行自在，与《三百篇》同旷，而又全具兴、观、群、怨，杜公（指杜甫）且逊之。”（清·方东树语）评价之高，诗中罕见。

（三）绝命辞

绝命辞——死者临终前诀别人世的内心自白，较之悼亡词、挽歌一类的诗作，往往更具警世撼人的魅力，也更为世人所珍重。

古诗歌中的这类作品，就其命绝的原因和临终时的心态说，也是纷繁复杂的。有封建帝王将相、朝廷宫闱，频于权力角逐，刀光剑影，失败者惨遭杀戮，命绝前发出的悲鸣；也有忠臣志士，为国为民，不畏强暴，英勇牺牲，临终前喷吐而出的慷慨悲歌；还有并非外力所迫，纯系自然死亡，但由于死者生前的种种特殊经历，离世前心繁绪复，有言告白于天下，或有嘱遗诸后人，而发出的最后玄音。等，莫衷一是。

而在上述种种绝命作中，最摄人心魂、感人肺腑，甚至足以惊天地、泣鬼神的，又是那为真理、正义而斗争，不惜肝脑涂地，为国捐躯，为民舍命的伟大爱国志士和可歌可泣的民族英雄。他们的最后心声是光照日月的。

屈原投汨罗前，回顾平生遭际，痛感“美政”理想破灭，不惜以死悟“雍君之不识”。他的绝命词《惜往日》，堪称向天挑战的战书。

文天祥为挽救南宋灭亡而浴血奋战，不幸被俘，入狱三年，始终坚贞不屈，终遭杀害。行刑后竟从衣带中发现绝命词："孔曰成仁，孟曰取义。唯其义尽，所以仁至……而今而后，庶几无悔。"那"留取丹心照汗青"的耿耿"丹心"，更是光耀千古。

我国近代史上，也有两位著名的爱国志士，一位是"戊戌六君子"之一谭嗣同；另一位是"鉴湖女侠"秋瑾。他（她）们就义前也均有绝命作面世。细味两勇士的绝命作，不但心灵会受到强烈震撼，艺术上也能获得高超的享受，特赏读于后。

狱中题壁

谭嗣同

望门投止思张俭，忍死须臾待杜根。我自横刀向天笑，去留肝胆两昆仑。

谭嗣同，字复生，号壮飞。湖南浏阳人，"戊戌六君子"之首。他的绝命词其实是两首。上面这首是他在狱中题在壁上的绝笔诗，后面还有一首是他在临刑前愤然高呼的《绝命词》。一书一呼的两首绝命辞，完整地凸现出了诗人的崇高和伟岸。

先赏读上面这首。

这是清朝晚年的事。

1848 年 9 月 21 日，慈禧太后发动政变，光绪被囚，戊戌维新遂告失败。改良派领袖康有为、梁启超分别逃往香港和日本，谭嗣同等六人（即"戊戌六君子"）被捕下狱，数日后被杀害。

上诗便是诗人被捕后、行刑前在狱中作，是明知必死前的绝命作。

诗以戊戌维新为背景，直抒诗人在生死问题上的豪旷情怀和对待死的大无畏英雄气概。可令人颇感新奇的是，诗并未正面叙说戊戌维新的发生、发展和结局，也未说自己被捕的经过和遭遇，而是一起笔便推出了两个鲜为人知的我国东汉末年的历史人物：张俭和杜根。

诗人何以要先推出上两个历史人物？我们不妨先从史书中寻觅两历史人物的轨迹。

据《后汉书》载，张俭和杜根，均东汉末年清流人物。所谓清流人物，也就是旧时负有时望、不肯与当朝权贵同流合污的士大夫。

张“清心忌恶，终陷党议”，曾被朝廷“刻章讨捕”。“困迫遁走，望门投止，莫不重其名行，破家相容”（《后汉书·张俭传》）；

杜“性方实，如绞直”。当邓后临朝、外戚专政之际，他不顾个人安危，“上书直谏”，致“太后大怒，收执根等，令盛以缣囊（双系细绢编织的袋子），于殿上捕杀之。执法者以根知名，私语行事人不加力，既而载出城外，根得苏。太后使人检视，根遂诈死。三日，目中生蛆，因得逃窜。为宜城山中酒家仔。积 15 年，酒家知其贤，厚敬待之”（均《后汉书·杜根传》）。

细味上述史实，感悟诗人之所以要先推出这两个历史人物，其良苦用心，似有三隐：

一隐戊戌维新时之社会背景和东汉末年相似。都是太后临朝、外戚和宦官交相颤权乱政，国内政治黑暗腐败，民族危机空前严重。诗从两历史人物起，实是告诉人们，诗人和友人当时所从事的——“戊戌维新”，是拯救民族危亡的伟业，是无比正义的壮举；

二隐维新派的领导者们，如张、杜二人，“清心忌恶”，不惧权贵，也皆以天下为己任的贤明之士。为了国家和民族的安危，他们舍生忘死，同浊恶势力展开了殊死搏斗。他们的英勇之举，是可以光耀青史、光照日月的；

三隐对友人行动的理解、敬重和自己誓为事业献身的决心。“望门投止”，是以张俭誉比康、梁诸人的仓促出逃，说他们是为革命保存实力“以图将来”，表达了诗人对友人的理解、敬重和深情关怀；而“忍死须臾”，则是以杜根自况，展现诗人自己对死的旷达、无畏和决心。敬友、舍己，更见诗人品德之高尚！

短短两句，寓意多多。诗人巧用史实叙事、言情、写意之功，可谓浑圆熟娴。

伟大斗争为勇士披上绚丽的光环，而真正勇士谱写出的时代强音，也必定会更令人震撼。下面两句便是这更令人心胸澎湃、令人灵魂受到强烈震撼的时代最强音。

“我自横刀向天笑，去留肝胆两昆仑。”

为能真正感悟两句诗的震撼魅力，这里似还有必要对戊戌维新失败后的情况略作回顾。

据胡绳《从鸦片战争到五四运动》一书记载，“政变发生后，谭嗣同本来还有机会逃走。但他决定不走，静待逮捕。”（下册，第564页）这就是说，在当时形势下，在生和死之间，谭嗣同选择的不是生，而是死。

谭何以要选择死？是一时冲动？否。是经过深思熟虑后作出的抉择。这从当时他劝别人走和别人劝他走的话语中可以看得很清楚。他劝梁启超逃走时说：“不有行者，无以图将来；不有死者，无以召后来！”多有远见！

他对劝他去日本避难的友人说：“各国变法，无不以流血而成，今日中国未闻有因变法而流血者，此国之所以不昌也。有之，请自嗣同始！”何其无私无畏！

他还坦然向死神宣战：“我不下地狱谁下地狱！”何等豪迈、果敢！

透过上述种种凛然大义的言行和掷地有声的铿锵话语，我们清楚看到一个为国为民视死如归、为正义事业义无反顾的崇高志士形象，一个令鬼神失色、令乾坤颤抖的大无畏勇士形象矗立眼前，而这也正是上两句诗的深刻思想内涵所在。

细品两句诗的独特词语，对诗人那无与伦比的忧国忧民情，那为事业献身的坚定意志和崇高胸襟，还会有更具体、更真切的感悟。

“自”——“我自横刀”。

不说“敢”，不说“要”，也不说“愿”，而说“自”。一个坚信事业正义、自觉自愿甘为事业献身的成熟领导者的形象便展现在人们面前，令人崇敬。

“笑”——“对天笑”。

不是“呼”，不是“唤”，更不是“喊”，而是“对天笑”，既见坚信事业正义的豪旷情怀，又见对死神的嘲笑和向死神的宣战，是对死的大无畏精神的生动展现。

“两昆仑”——“去留肝胆两昆仑”。

“昆仑”，巍峨伟岸貌。司马光：“昆仑者，天象之大也。”昆仑山，神话中之莽然者，现实中的巍峨者。

“两昆仑”究隐何人？说法颇多。有说是隐指谭嗣同的江湖朋友胡七和王五；谭嗣同战友梁启超在《饮冰室诗话》中则说：“所谓‘两昆仑’者，其一指南海（即康有为），其一乃侠客大刀王五”；也有人说是分指梁启超和康有为。笔者揣摩感到，上两说似都与诗情、史实不甚吻合，且与前面的“去留”二字不能完全对号入座。笔者认为，应是暗指康、梁和他自己为代表的起义失败后的去者和留者。

全句应是，无论是“去”者——起义失败后逃走的，还是“留”者，也无论是生还是死（留下的就是决心为国捐躯的），推而广之，甚至无论是从事这伟大事业（戊戌维新）的人，还是这伟大事业本身，都如同莽莽昆仑一样巍峨耸立，万古流芳。诗人对事业正义的坚信，何其诚挚！诗人的胸怀、心襟，何其宽广！

正因为如此，所以，当他被推上刑场、马上就要血洒神州时，仍毫无惧色，竟愤然高呼，发出了更令人震撼的时代最强音——《绝命词》：

有心杀贼，无力回天。死得其所，快哉快哉！

真是气势雄浑，一字千钧！

起句“有……”，接句“无……”，仅此两句，便将戊戌维新的兴起和失败，从必要（正义）和可能两方面，作了极精辟概括，令人信服。

“贼”，国贼，民贼，寇贼，皆祸国殃民之徒。“有心杀贼”，救国救民，何其崇高伟岸！戊戌维新的必要性、正义性，以及维新者们一心为国为民的崇高情怀和品德，岂不显然可见！

“回天”，见于《新唐书·张玄素传》：唐太宗欲兴修洛阳乾元殿，为张玄素谏止。魏微叹曰“张公论事，有回天之力”。比喻力能移转极难挽回之事势。

上词“无力回天”，则言维新变法，遭慈禧太后血腥镇压，无力挽回其必然失败的结局。是无可奈何之语。

自然，戊戌维新的失败，有深刻的社会历史原因，不是简单的“力”和“力”的对比所能了断的。“无力回天”，实也是对“贼”极度仇恨，必欲“杀”之，而未能“杀”之的愤语，是有我无敌、有敌无我的壮语。

诗人认定，在当时情况下，解决矛盾的办法只有一个，就是自己为事业献身。“死得其所”，包括死的必要性、死的意义、死的价值等，也都蕴含其中。诗人对自己的死，作出了最准确也最令人称道和崇敬的定位。同时也更能说明，诗人即将为之的献身并非一时之冲动。

不但“死得其所”，而且诗人自己还认为，死得愈快愈好，因为死得愈快，愈能迅速“召后来”，死的意义也愈大。

“快哉快哉”，接连两个“快哉”，不但将诗人那种以事业为重、视死如归的志士情怀，推上了极致；而且尽展对敌人的轻蔑、愤怒和不屑一顾。诗人的胸怀，更见豪迈。

十六字绝命词，一曲更见嘹亮的响彻云霄的英雄壮歌。

“鉴湖女侠”秋瑾的《致徐小淑绝命词》，也是一曲令天地震惊、令鬼神失色的悲壮乐章。

痛同胞之醉梦犹昏，悲祖国之陆沉谁挽。日暮穷途，徒下新亭之泪；残山剩水，谁招志士之魂？不须三尺孤坟，中国已无干净土；好持一杯鲁酒，他年共唱拜伦歌。虽死犹生，牺牲尽我责任；即此永别，风潮取彼头颅。壮志犹虚，雄心未谕，中原回首肠堪断！

秋瑾，我国近代著名的女民主革命烈士，浙江山阴（今绍兴）人。早年留学日本，先后加入光复会和同盟会。归国后在上海发刊《中国女报》，提倡女权，宣传革命。

1907 年，她回绍兴主持大通学堂，联络金华、兰溪等地会堂，组织光复军，与徐锡麟分头准备皖、浙两省起义。起义失败，她被捕不屈，终被杀害于绍兴古轩亭口。

上诗便是诗人在被捕前四天，也是壮烈殉国前六天，写给她在上海的女学生徐小淑的（秋瑾 1907 年 7 月 13 日被捕，15 日被杀害，上诗系 7 月 9 日写）。

其实，此后秋瑾还写过一首悲壮激越的诗。那是她被捕前一天去探望一病友时信手写在一册书的背面上的，无题。上面这首诗是郑重其事用书信寄给远在上海的学生，而且题中注明是“绝命词”，还注明“缄中并无别简”，故应视为是她的绝命之作。

和前面提到的戊戌维新的谭嗣同相似，秋瑾当时组织的起义，失败后本来也是可以逃走的。当时有人建议，迅即疏散，隐蔽起义党人，并要她自己马上离开绍兴外出暂避，以便日后再图进取。秋瑾采纳了疏散和隐蔽党人的建议，并作了具体部署；但他自己却坚决不肯离开。她说，革命总是要流血的。这些年来，已有许多男同志，前仆后继，流血牺牲；可未听说过有妇女死于革命事业的。我愿作中国女界为革命死难的第一人。

显然，秋瑾此时的思想，和谭嗣同当时要为国捐躯的想法也完全相同。她也是要用自己的死“召后来”，唤醒国人，特别是妇女。

因为在她看来，国人，特别是妇女，至今仍沉睡在醉梦中。唤起民众，特别是妇女，有她的责任。她的《绝命词》，其实也是一首决心为国尽责、甘为责舍命、勇于以身履责的“责”的宣言书。

“痛同胞之醉梦犹昏，悲祖国之陆沉谁挽。”

词起便见责任。

“陆沉”，言陆地无水而沉，比喻国土沉沦，非由于洪水，而由于祸乱。语见《晋书·桓温传》：“与诸僚属登平乘楼，瞭望中原，概然曰：‘遂使神州陆沉，百年丘墟，王夷甫诸人不得不任其责！’”、“神州陆沉”，即言国土沉沦。“不得不任其责”，犹言要承担责任。

时，中国正值八国联军侵华和《辛丑条约》后，帝国主义瓜分中国的阴影，像可怕的恶魔，横矗在中国人面前，岂非祖国“陆沉”在即！多么可怕的阴影呀！

然而，可怕的还不仅是祖国“陆沉”在即，更有“同胞之醉梦犹昏”。

“醉梦”必“昏”。“醉梦犹昏”方有“陆沉谁挽”之叹。诗人之“责”，隐然可见。

然而，诗人之“责”，就仅是“谁挽”之叹吗？否。他还有更深沉的思虑。

“日暮穷途，徒下新亭之泪；残山剩水，谁召志士之魂？”

“日暮穷途”，“残山剩水”，均祖国“陆沉”状。

“新亭”，亭名，故址在今南京市南，三国吴筑，东晋时为朝士游宴之所。岳飞曾在此大破金兀术。

“新亭之泪”，典出《晋书·王景传》：“过江人士，每至暇日，相要出新亭饮宴。周颐中坐而叹曰：‘风景不殊，举目有河山之异！’皆相视流涕。唯导愀然变色曰：‘当共戳力王室，克复神州，何至作楚囚相对泣邪？’众收泪而谢之。”后人常以此表怀故国之情。

诗人以“徒下”言泪，更见救国挽沉之急。

诗人显是说，如今国家到了严重关头，只是流泪叹息又有什么用呢？关键是行动呀！

“楚囚相对无聊极，樽酒悲歌泪涕多。”诗人此前一首诗：《感时二章》其一，表达的正是这样的一种思绪。

然而，诗人也想到，在国人“醉梦犹昏”之时，也有许多仁人志士，为推翻清王朝而前仆后继，血洒朝野。如今国家残破如此，又何以招安志士在天之魂呢？这又不禁使人想起两千多年前，屈原作《国殇》，为为国捐躯的死难烈士扬幡招魂。诗人也要为死去的仁人志士招魂，多么虔诚的赤子之心啊！

屈原曾作《天问》，声震上苍。上面六句诗，其实也是两声“天问”：一问“祖国之陆沉谁挽”；二问“谁招志士之魂”。两声“天问”，如雷贯耳。如何回答？不见回音。然而，响彻云霄的回答已在其中了。就在责任之中。下面则是响彻云霄回答后的事了。

“不须三尺孤坟，中国已无干净土；好持一杯鲁酒，他年共唱拜伦歌。”

显然，诗人已下定决心：为国捐躯，以尽挽“陆沉”之责。

诗人和其学生徐小淑很可能有某种特殊关系。当她决心以死殉国后，便作此《绝命词》从绍兴寄上海，显是要告诉徐小淑，自己已作出了人生的最重要抉择，似也有某种后事相嘱。

“不须三尺孤坟”，原因就因为“中国已无干净土”，极言朝政之腐败，更见诗人忧国之甚。似也有不须土埋之隐。至于是否火埋、水埋，诗未提及，似也有不必操心意。诗人唯一希望的，就是对方将来（究何时，也未说）前来祭奠时，能持一杯薄酒（“鲁酒”即薄酒），和她的灵魂一起，高唱英国浪漫主义大诗人拜伦歌唱自由的革命诗篇：“拜伦歌”，共祈中国革命的胜利和成功。

多么崇高而浪漫的革命情怀！多么坚定顽强的革命意志和必胜信念！至死不忘责任。这和陆游“王师北定中原日，家祭无忘告乃翁”的情怀又何其相似！

“虽死犹生，牺牲尽我责任；即此永别，风潮取彼头颅。”

至此，这个“绝命”的“死”字才和盘托出。可上几句诗，又赋予了“死”以丰富、深刻的内涵，令人咀嚼回味不尽。

一是死和生相等：“虽死犹生”。较之视死如归、死得其所，似境界更高，胸怀更旷。如此心态，面对死亡，便不会悲戚，更不会恐惧，真正能做到等闲视之，泰然处之。

二是死和“责”相连：死为“尽我责任”。这不由得使人想起诗人的《感时二章》其二：“祖国陆沉人有责，天涯漂泊我无家。”“漂泊”，“无家”，因为有责；“牺牲”，“死”，也为尽责。

三是死和推进革命事业、夺取斗争胜利相通：“即此永别，风潮取彼头颅。”永别之日，革命高潮到来之时；革命浪漫风起云涌，敌人头颅落地，迎来的必定是光辉灿烂的黎明。诗人的浪漫情怀建立在自己流血牺牲为代价的基础上，何其壮丽！

“相等”，“相连”，“相通”，短短几句诗，竟有如此丰富、深刻的思想内涵，以往诗作中，并不多见。

题为绝命词，然作此词时命绝尚未变成现实，故曰“壮志犹虚”。但诗人志坚如钢，“雄心未渝”。“此身拼为同胞死，壮志犹虚与愿违。”诗人以身许国的宏愿至死不渝。

诗人时在江南。此时，他回首中原大地，但见山河破碎，人民在水深火热中煎熬，不由得心情更加沉重、激越：“肠堪断。”

果然，三天后即被捕入狱。狱中，她横眉冷对，始终坚贞不屈，终于两天后被杀害，实现了她“一腔热血勤珍重，死去犹能化碧涛”（《对酒》）的宏愿。